嶺南一角

歐陽修書「集
古錄跋尾」
敍述漢西嶽華
山廟碑。朱熹
謂歐陽修作字
如其為人，外
若優游，中實
剛勁。

右漢西嶽華山廟碑文字尚完

其述自漢以来云高祖初興改古

宗豕備各詔有司其山川

侯者以時祠之孝武皇帝備封

禮述省五岳立宮其下宮曰集

牛郎堂秋晚
圖」──宋人
作，描寫貴似
道的姬妾在半
閒堂中鬥蟋蟀
。貴似道是南
宋理宗、度宗
年間幸相，與
楊過同時代。

蘇漢臣「雜技
戲嬰圖」
蘇漢臣，開封
人，宋徽宗時
的畫院待詔，
高宗、孝宗時
善畫人物、兒
童，比郭靖的
年代略早。

宋人「小庭嬰戲圖」，以筆法細緻、構圖可喜著稱，或為李嵩所作。

宋李嵩「冬日戲嬰圖」——局部畫。宋人．嬰兒玩鬥雀之戲，筆細入微絹品，如活生生的人物。

宋蘇漢臣嬰兒戲。

本書繪畫王教圖守圖的事蹟，其中繪圖故事及其文字說明，大部為「二十四孝圖」及「孝子圖」。至其次者為「孝經圖」——即依照《孝經》各章，其有關繪圖十四幅。全書共有四十圖，各圖繪有典雅的文字說明。梅蘭竹菊「四君子」，永樂宮壁畫以及敦煌的「九色鹿」故事圖傳等名作，皆為本書所採用，而以為全書的視覺享受。本書繪圖不但藝術優美，而且富有教育意義及道德規範的意義，實為士人君子的初步的啟蒙教育，及一般民眾不可不讀的善書。

永樂宮壁畫「三頭六臂神像」——本圖及其上二圖均為三清殿的壁畫。道教以玉清、上清、太清為三清，後世指元始天尊、太上道君、太上老君。三清殿是道觀的正殿，相當於佛寺的大雄寶殿。終南山重陽宮中三清殿的壁畫，當與此大同小異。

略，畧為同一時期。其時全真教大盛，壁畫中的諸神像雖是出於當時道教人士的想像，但服飾兵器等等也必受到當時實物形狀的影響。

神鵰俠侶

金庸著

金庸作品集⑨

神鵰俠侶(一)

The Giant Eagle and Its Companion, Vol. 1

作　者／金　庸

Copyright,ⓒ1959,1976,by Louis Cha. All rights reserved.

＊本書由查良鏞先生授權遠流出版公司在臺灣出版。

平裝版封面設計／黃金鐘　　典藏版封面設計／霍榮齡
內頁插畫／姜雲行　　內頁圖片構成／霍榮齡・潘清芬・陳銘

發 行 人／王 榮 文

出　　版／遠流出版事業股份有限公司
　　　　　臺北市汀州路3段184號七樓之 5
　　　　　郵撥／0189456-1　電話／365-3707(代表號)

發　　行／信報股份有限公司

印　　刷／優文印刷有限公司

□1986(民75)年11月1日　初版一刷
□1994(民83)年11月1日　二版十九刷

平裝版　每冊200元(本作品全四冊，共800元)

〔典藏版「金庸作品集」全套36冊〕

行政院新聞局版臺業字第1295號

ISBN　957-32-0415-0（套：平裝）
ISBN　957-32-0416-9（第一冊：平裝）

「金庸作品集」台灣版序

小說是寫給人看的。小說的內容是人。

小說寫一個人、幾個人、一羣人、或成千成萬人的性格和感情。他們的性格和感情從橫面的環境中反映出來，從縱面的遭遇中反映出來，從人與人之間的交往與關係中反映出來。長篇小說中似乎只有「魯濱遜飄流記」，才只寫一個人，寫他與自然之間的關係，但寫到後來，終於也出現了一個僕人「星期五」。只寫一個人的短篇小說多些，寫一個人在與環境的接觸中表現他外在的世界，尤其是內心世界。

西洋傳統的小說理論分別從環境、人物、情節三個方面去分析一篇作品。由於小說作者不同的個性與才能，往往有不同的偏重。

基本上，武俠小說與別的小說一樣，也是寫人，只不過環境是古代的，人物是有武功的，情節偏重於激烈的鬥爭。任何小說都有它所特別側重的一面。愛情小說寫男女之間與性有關的感情，寫實小說描繪一個特定時代的環境，「三國演義」與「水滸」一類小說敍述大羣人物的鬥爭經歷，現代小說的重點往往放在人物的心理過程上。

小說是藝術的一種，藝術的基本內容是人的感情，主要形式是美、廣義的、美學上的美。在小說，那是語言文筆之美、安排結構之美，關鍵在於怎樣將人物的內心世界通過某種形式而表現出來。甚麼形式都可以，或者是作者主觀的剖析，或者是客觀的敍述故事，從人物的行動和言語中客觀的表達。

讀者閱讀一部小說，是將小說的內容與自己的心理狀態結合起來。同樣一部小說，有的人感到強烈的震動，有的人卻覺得無聊厭倦。讀者的個性與感情，與小說中所表現的個性與感情相接觸，產生了「化學反應」。

武俠小說只是表現人情的一種特定形式。好像作曲家要表現一種情緒，用鋼琴、小提琴、交響樂、或歌唱的形式都可以，畫家可以選擇油畫、水彩、水墨、或漫畫的形式。問題不在採取甚麼形式，而是表現的手法好不好，能不能和讀者、聽者、觀賞者的心靈相溝通，能不能使他的心產生共鳴。小說是藝術形式之一，有好的藝術，也有不好的藝術。

好或者不好，在藝術上是屬於美的範疇，不屬於真或善的範疇。判斷美的標準是美，是感情，不是科學上的真

或不眞，道德上的善或不善，也不是經濟上的值錢不值錢，政治上對統治者的有利或有害。當然，任何藝術作品都

會發生社會影響，自也可以用社會影響的價值去估量，不過那是另一種評價。

在中世紀的歐洲，基督教的勢力及於一切，所以我們到歐美的博物院去參觀，見到所有中世紀的繪畫都以聖經

爲題材，表現女性的人體之美，也必須通過聖母的形象。直到文藝復興之後，凡人的形象才在繪畫和文學中表現出

來，所謂文藝復興，是在文藝上復興希臘、羅馬時代對「人」的描寫，而不再集中於描寫神與聖人。

中國人的文藝觀，長期來是「文以載道」，那和中世紀歐洲黑暗時代的文藝思想是一致

的，用「善或不善」的標準來衡量文藝。「詩經」中的情歌，要牽強附會地解釋爲諷刺君主或歌頌后妃。陶淵明的「閒

情賦」，司馬光、歐陽修、晏殊的相思愛戀之詞，或者惋惜地許之爲白璧之玷，或者好意地解釋爲另有所指。他們不

相信文藝所表現的是感情，認爲文字的唯一功能只是爲政治或社會價值服務。

我寫武俠小說，只是塑造一些人物，描寫他們在特定的武俠環境（古代的、沒有法治的、以武力來解決爭端的社會）中

的遭遇。當時的社會和現代社會已大不相同，人的性格和感情卻沒有多大變化。古代人的悲歡離合、喜怒哀樂，仍

能在現代讀者的心靈中引起相應的情緒。讀者們當然可以覺得表現的手法拙劣，技巧不夠成熟，描寫殊不深刻，以

美學觀點來看是低級的藝術作品。無論如何，我不想載甚麼道。我在寫武俠小說的同時，也寫政治評論，也寫與哲

學、宗教有關的文字。涉及思想的文字，是訴諸讀者理智的，對這些文字，才有是非、眞假的判斷，讀者或許同意，

或許只部份同意，或許完全反對。

對於小說，我希望讀者們只說喜歡或不喜歡，只說受到感動或覺得厭煩。我最高興的是讀者喜愛或憎恨我小說

中的某些人物，如果有了邪種感情，表示我小說中的人物已和讀者的心靈發生聯繫了。小說作者最大的企求，莫過

於創造一些人物，使得他們在讀者心中變成活生生的、有血有肉的人。藝術是創造，音樂創造美的聲音，繪畫創造

美的視覺形象，小說是想創造人物。假使只求如實反映外在世界，那麼有了錄音機、照相機，何必再要音樂、繪畫？

有了報紙、歷史書、記錄電視片、社會調查統計、醫生的病歷紀錄、黨部與警察局的人事檔案，何必再要小說？

一九八六·二·六 於香港

目　錄

「越女採蓮秋水畔……芳心只共絲爭亂……風月無情人暗換，舊遊如夢空腸斷……」

第一回　風月無情

「越女採蓮秋水畔，窄袖輕羅，暗露雙金釧。照影摘花花似面，芳心只共絲爭亂。

鷄尺溪頭風浪晚，霧重烟輕，不見來時伴。隱隱歌聲歸棹遠，離愁引着江南岸。」

一陣輕柔婉轉的歌聲，飄在烟水濛濛的湖面上。歌聲發自一艘小船之中，船裏五個少女和歌嬉笑，盪舟採蓮。她們唱的曲子是北宋大詞人歐陽修所作的「蝶戀花」詞，寫的正是越女採蓮的情景，雖只寥寥六十字，但季節、時辰、所在、景物以及越女的容貌、衣着、首飾、心情，無一不描繪得歷歷如見，下半闋更是寫景中有敍事，敍事中挾抒情，自近而遠，餘意不盡。歐陽修在江南爲官日久，吳山越水，柔情密意，盡皆融入長短句中。宋人不論達官貴人，或是里巷小民，無不以唱詞爲樂，是以柳永新詞一出，有井水處皆能歌，而江南春岸折柳，秋湖採蓮，隨伴的往往便是歐詞。

時當南宋理宗年間，地處嘉興南湖。節近中秋，荷葉漸殘，蓮肉飽實。這一陣歌聲傳入

· 7 ·

湖邊一個道姑耳中。她在一排柳樹下悄立已久，晚風拂動她杏黃色道袍的下襬，拂動她頸中所插拂塵的萬縷柔絲，心頭思潮起伏，當眞亦是「芳心只共絲爭亂」。只聽得歌聲漸漸遠去，唱的是歐陽修另一首「蝶戀花」詞，一陣風吹來，隱隱送來兩句：「風月無情人暗換，舊遊如夢空腸斷……」歌聲甫歇，便是一陣格格嬌笑。

那道姑一聲長嘆，提起左手，瞧着染滿了鮮血的手掌，喃喃自語：「那又有甚麼好笑？

小妮子只是瞎唱，渾不解詞中相思之苦、惆悵之意。」

在那道姑身後十餘丈處，一個靑袍長鬚的老者也是一直悄立不動，只有當「風月無情人暗換，舊遊如夢空腸斷」那兩句傳到之時，發出一聲極輕極輕的嘆息。

小船在碧琉璃般的湖面上滑過，舟中五個少女中三人十五六歲上下，另外兩個都只九歲。

兩個幼女是中表之親，表姊姓程，單名一個英字，表妹姓陸，名無雙。兩人相差半歲。

三個年長少女唱着歌兒，將小舟從荷葉叢中盪將出來。程英道：「表妹你瞧，這位老伯還在這兒。」說着伸手指向垂柳下的一人。

那人滿頭亂髮，鬍鬚也是蓬蓬鬆鬆如刺蝟一般，鬢髮油光烏黑，照說年紀不大，可是滿臉皺紋深陷，卻似七八十歲老翁，身穿藍布直綴，頸中掛着個嬰兒所用的錦緞圍涎，圍涎上繡着幅花貓撲蝶圖，已然陳舊破爛。

陸無雙道：「這怪人在這兒坐了老半天啦，怎麼動也不動？」程英道：「別叫怪人，要叫『老伯伯』。你叫他怪人，他要生氣的。」陸無雙笑道：「他還不怪嗎？這麼老了，頭頸裏

· 8 ·

卻掛了個圍涎。他生了氣，要是鬍子都翹了起來，那才好看呢。」從小舟中拿起一個蓮蓬，往那人頭上擲去。

小舟與那怪客相距數丈，陸無雙年紀雖小，手上勁力竟自不弱，這一擲也是甚準。程英叫了聲：「表妹！」待要阻止，已然不及，只見那蓮蓬逕往怪客臉上飛去。那怪客頭一仰，已咬住蓮蓬，也不伸手去拿，舌頭捲處，咬住蓮蓬便大嚼起來。五個少女見他竟不剝出蓮子，也不怕苦澀，就這麼連瓣連衣的吞吃，互相望了幾眼，忍不住格格而笑，一面划船近前，走上岸來。

程英走到那人身邊，拉一拉他衣襟，道：「老伯伯，這樣不好吃的。」從袋裏取出一個蓮蓬，劈開蓮房，剝出十幾顆蓮子，再將蓮子外的青皮撕開，取出蓮子中苦味的芯兒，然後遞在怪客手裏。那怪客嚼了幾口，但覺滋味清香鮮美，與適才所吃的大不相同，裂嘴向程英一笑，點了點頭。程英又剝了幾枚蓮子遞給他。那怪客將蓮子拋入口中，一陣亂嚼，仰天說道：「跟我來？」說着大踏步向西便走。

陸無雙一拉程英的手，道：「表姊，咱們跟他去。」三個女伴膽小，忙道：「快回家去罷，別走遠了惹你娘罵。」陸無雙扁扁嘴扮個鬼臉，見那怪客走得甚快，說道：「你不來算啦。」放脫表姊的手，向前追去。程英與表妹一同出來玩耍，不能撇下她自歸，只得跟去。

那三個女伴雖比她們大了好幾歲，但個個怕羞膽怯，只叫了幾聲，便見那怪客與程陸二人先後走入了桑樹叢後。

那怪客走得甚快，見程陸二人腳步小跟隨不上，先還停步等了幾次，到後來不耐煩起來，

· 9 ·

突然轉身，長臂伸處，一手一個，將兩個女孩兒挾在腋下，飛步而行。二女只聽耳邊風聲颯然，路上的石塊青草不住在眼前移動。陸無雙害怕起來，叫道：「放下我，放下我！」那怪客那裏理她，反而走得更快了。陸無雙仰起頭來，張口往他手掌緣上猛力咬去。那怪客手掌一碰，只把她牙齒撞得隱隱生痛。陸無雙只得鬆開牙齒，一張嘴可不閒着，拚命的大叫大嚷。

程英卻是默不作聲。

那怪客又奔一陣，將二人放下地來。當地是個墳場。程英的小臉嚇成慘白，陸無雙卻脹得滿臉通紅。程英道：「老伯伯，我們要回家了。」

那怪客兩眼瞪視着她，一言不發。程英見他目光之中流露出一股哀愁悽惋、自憐自傷的神色，不自禁的起了同情之心，輕輕道：「是啊，十年啦，十年來都沒人陪我玩。」突然間目現兇光，惡狠狠的道：「何沅君呢？何沅君到那裏去了？」那怪客嘆道：「要是沒人陪你玩，明天你再到湖邊來，我剝蓮子給你吃。」

那怪客見他突然間聲色俱厲，心裏害怕，低聲道：「我……我……我不知道。」那怪客抓住她手臂，將她身子搖了幾搖，低沉着嗓子道：「何沅君呢？」程英給他嚇得幾欲哭了出來，淚水在眼眶中滾來滾去，卻始終沒有流下。那怪客咬牙切齒的道：「哭啊，哭啊！你幹麼不哭？你在十年前就是這樣。我不准你嫁給他，你說不捨得離開我，可是非跟他走不可。你說感激我對你的恩情，離開我心裏很是難過，呸！都是騙人的鬼話。你要是真的傷心，又為甚麼不哭？」

他狠狠的凝視着程英。程英早給嚇得臉無人色，但淚水總是沒掉下來。那怪客用力搖幌

· 10 ·

她身子。程英牙齒咬住嘴唇，心中只說：「我不哭，我不哭！」那怪客道：「哼，你不肯為我掉一滴眼淚，連一滴眼淚也捨不得，我活着還有甚麼用？」猛然放脫程英，雙腿一彎，矮着身子，往身旁一塊墓碑上撞去，砰的一聲，登時暈了過去，倒在地下。程英奔出幾步，只見怪客頭上泊泊冒血，心中不忍。「表姊，快逃。」拉着程英的手轉身便走。程英吃了一驚，道：「老伯伯別撞死啦」，又怕他變鬼，又怕他忽然醒轉，再抓住自己，說些古裏古怪的瘋話，可是見他滿臉鮮血，實在可憐，自己安慰自己：「老伯伯不是鬼，我不怕，他不會再抓我。」

鬼麼？」陸無雙道：「死了，那不變了」

一步步的緩緩走近，叫道：「老伯伯，你痛麼？」怪客呻吟了一聲，卻不回答。程英膽子大了些，取手帕就給鮮血浸透。但他這一撞之勢着實猛惡，頭上傷得好生厲害，轉瞬之間，一條手帕就給鮮血浸透。她用左手緊緊按住傷口，怪客微微睜眼，見程英坐在身旁，嘆道：「你頭上痛不痛？」怪客搖搖頭，頭上不痛心裏痛？」

過了一會，鮮血不再流出。怪客微微睜眼，很是高興，柔聲道：「你頭上痛不痛？」怪客搖搖頭，當下也不多問，解下腰帶，給他包紮好了傷處。

淒然道：「頭上不痛，心裏痛。」程英聽得奇怪，心想：「怎麼頭上破了這麼一大塊，反而頭上不痛心裏痛？」當下也不多問，解下腰帶，給他包紮好了傷處。

如讓我死了乾淨。」程英見他醒轉，

怪客嘆了口氣，站起身來，道：「你是永不肯再見我的了，那麼咱們就這麼分手了麼？

你一滴眼淚也不肯為我流麼？」程英聽他這話說得傷心，又見他一張醜臉雖然鮮血斑斑的甚是怕人，眼中卻滿是求懇之色，不禁心中酸楚，兩道淚水奪眶而出。怪客見到她的眼淚，臉上神色又是歡喜，又是淒苦，哇的一聲哭了出來。

程英見他哭得心酸，自己眼淚更如珍珠斷綫般從臉頰上滾將下來，輕輕伸出雙手，摟住了他的脖子。陸無雙見他二人莫名其妙的摟着痛哭，一股笑意竟從心底直透上來，再也忍耐不住，縱聲哈哈大笑。

那怪客聽到笑聲，仰天嘆道：「是啊，嘴裏說永遠不離開我，年紀一大，便將過去的說話都忘了，只記着這個新相識的小白臉。你笑得可真開心啊！」低頭仔細再瞧程英，說道：「是的，是的，你是阿沅，是我的小阿沅。我不許你走，不許你跟那小白臉畜生走。」說着緊緊抱住了程英。

陸無雙見他神情激動，卻也不敢再笑了。

怪客道：「阿沅，我找到你啦。咱們回家去罷，你從今以後，永遠跟着爹爹在一起。」

程英道：「老伯伯，我爹爹早死了。」怪客道：「我知道，我知道。我是你的義父啊，你不認得了嗎？」程英微微搖頭，道：「我沒有義父。」怪客大叫一聲，狠狠將她推開，喝道：「阿沅，你連義父也不認了？」程英道：「老伯伯，我叫程英，不是你的阿沅。」

那怪客喃喃的道：「你不是阿沅？不是我的阿沅？」呆了半晌，說道：「嗯，二十多年之前，阿沅才似你這般大。現今阿沅早長大啦，早大得不要爹爹啦。她心眼兒中，就只陸展元那小畜生一個。」陸無雙「啊」的一聲，道：「陸展元？」

那怪客突然滿臉都是狠戾之色，伸手抓住陸無雙兩臂，問道：「他……他是我大伯。」那怪客雙目瞪視着她，問道：「你認得陸展元，是不是？」陸無雙微微笑道：「我自然認得，他是我大伯。」那怪客突然滿臉都是狠戾之色，伸手抓住陸無雙兩臂，問道：「他……他……這小畜生在那裏？快帶我去找他。」陸無雙甚是害怕，臉上卻仍是帶着微笑，顫聲道：

「我大伯住得很近，你真的要去找他？嘻嘻！」怪客道：「是，是！我在嘉興已整整找了三天，就是要找這小畜生算帳。」陸無雙右手撫摸左臂，道：「我給你抓得好痛，我大伯住在那裏，忽然忘記了。」可是一隻手在懷裏伸不出來，顯是摸不到甚麼糖果。

那怪客雙眉直豎，便欲發作，隨即想到欺侮這樣一個小女孩甚是不該，醜陋的臉上露出了笑容，伸手入懷，道：「是公公不好，給你陪不是啦。公公給糖糖你吃。」

陸無雙拍手笑道：「你沒糖，說話騙人，也不害羞。好罷，我跟你說，我大伯就住在那邊。」手指遠處兩株高聳的大槐樹。

怪客長臂伸出，又將兩人挾在腋下，飛步向雙槐樹奔去。他急衝直行，遇到小溪阻路，蹤躍即過。片刻之間，三人已到了雙槐之旁。那怪客放下兩人，卻見槐樹下赫然並列着兩座墳墓，一座墓碑上寫着「陸公展元之墓」六字，另一碑上則是「陸門何夫人之墓」七字。墓畔青草齊膝，顯是安葬已久。

怪客呆呆望着墓碑，自言自語：「陸展元這小畜生死了？幾時死的？」陸無雙笑嘻嘻的道：「死了有三年啦。」

那怪客冷笑道：「死得好，死得好，只可惜我不能親手取他狗命。」說着仰天哈哈大笑。

此時天色向晚，綠楊青草間已籠上淡淡烟霧，殊無歡樂之意。陸無雙拉拉表姊的衣袖，低聲道：「咱們回去罷。」那怪客道：「小白臉死了，阿沅還在這裏幹麼？我要接她回大理去。喂，小娃娃，

- 13 -

你帶我去找你……找你那個死大伯的老婆去。」陸無雙向墓碑一指，道：「你不見嗎？我大媽也死了。」

怪客縱身躍起，叫聲如雷，猛喝：「你這話是真是假？她，她也死了？」陸無雙臉色蒼白，顫聲道：「爹爹說的，我大伯死了之後，大媽跟着也死了。我不知道，我不知道。你別嚇我，我怕！」怪客搥胸大叫：「她死了，她死了？不會的，你還沒見過我面，決不能死。我跟你說過的，十年之後我定要來見你。你……你怎麼不等我？」

他狂叫猛跳，勢若瘋虎，突然橫腿掃出，喀的一聲，將右首那株大槐樹只踢得不住搖幌，枝葉簌簌作響。程英和陸無雙手拉着手，退得遠遠的，那敢近前？只見他忽地抱住那株槐樹用力搖幌，似要拔將起來。但那槐樹幹粗枝密，卻那裏拔得它起？他高聲大叫：「你親口答應的，難道就忘了嗎？你說定要和我再見一面。怎麼答應了的事不算數？」喊到後來，聲音漸漸嘶啞。他蹲下身子，雙手運勁，頭上熱氣緩緩冒起，有如蒸籠，手臂上肌肉虬結，弓身拔背，猛喝一聲：「起！」那槐樹始終未能拔起，可是喀喇一聲巨響，竟爾從中斷為兩截。他抱着半截槐樹發了一陣呆，輕聲道：「死了，死了！」舉起來奮力擲出，半截槐樹遠遠飛了出去，有如在半空張了一柄大傘。

他呆立墓前，喃喃的道：「不錯，陸門何夫人，那就是阿沅了。」眼睛一花，兩塊石碑幻成了兩個人影。一個是拈花微笑、明眸流盼的少女，另一個卻是長身玉立、神情瀟灑的少年。兩人並肩而立。

那怪客睜眼罵道：「你誘拐我的乖女兒，我一指點死你。」伸出右手食指，欺身直進，

· 14 ·

猛往那少年胸口點去，突覺食指劇痛，幾欲折斷，原來這一指點中了石碑，那少年的身影卻隱沒不見了。怪客大怒，罵道：「你逃到那裏去？」左掌隨着擊出，一掌雙發，拍拍兩響，都擊在碑上。他愈打愈怒，掌力也愈來愈是凌厲，打得十餘掌，手掌上已是鮮血淋漓。

程英心中不忍。他愈打愈怒，勸道：「老伯伯，別打了，你可打痛了自己的手。」那怪客哈哈大笑，叫道：「我不痛，我要打死陸展元這小畜生。」

他正自縱身大笑，笑聲忽而中止，呆了一呆，叫道：「我非見你的面不可，非見你的面不可。」雙手猛力探出，十根手指如錐子般插入了那座「陸門何夫人」墳墓的墳土之中，待得手臂縮回，已將墳土抓起了兩大塊。只見他兩隻手掌有如鐵鏟，隨起隨落，將墳土一大塊一大塊的鏟起。

程陸二人嚇得臉無人色，不約而同的轉身便逃。那怪客全神貫注的挖墳，渾沒留意。二人急奔一陣，直到轉了好幾個彎，不見怪客追來，這才稍稍放心。二人不識途徑，沿路向鄉人打聽，直到天色大黑，方進陸家莊大門。

陸無雙張口直嚷：「不好啦，不好啦！爸爸、媽媽快來，那瘋子在挖大伯大媽的墳！」

程英跟着進廳，和父親陸立鼎正抬起了頭，呆呆的望着牆壁。

飛跑着闖進大廳，只見父親陸立鼎正抬起了頭，呆呆的望着牆壁。陸立鼎聽着女兒叫嚷，忙問：「你說甚麼？」陸無雙叫道：「那個瘋子在挖大伯大媽的墳！」程英跟着進廳，卻見牆上印着三排手掌印，上面兩個，中間兩個，下面五個，共是九個。每個掌印都是殷紅如血。

墳。」陸立鼎一驚，站起身來，喝道：「胡說！」程英道：「姨丈，是真的啊。」陸無雙咭咭咯咯的將適才的事說了一遍。

陸立鼎知道自己女兒刁鑽頑皮，精靈古怪，但程英卻從不說謊，問道：「甚麼事？」

陸立鼎心知不妙，不待她說完，從壁上摘下單刀，朝兄嫂墳上急奔而去。奔到墳前，只見不但兄嫂的墳墓已被挖破，連二人的棺木也都打開了。當他聽到女兒說起有人挖墳，此事原在意料之中，但親眼見到，仍是不禁心中怦怦亂跳。棺中屍首卻已蹤影全無，棺木中的石灰、紙筋、棉墊等已凌亂不堪。他定了定神，只見兩具棺木的蓋上留着許多鐵器的斲鑿印痕、不由得既悲且憤，又驚又疑，剛才沒細問女兒，不知這盜屍惡賊跟兄嫂有何深仇大怨，在他們死後尚來毀屍洩憤？當即提刀追趕。

他一身武功都是兄長陸展元所傳，生性淡泊，兼之家道殷實，一生席豐履厚，從不到江湖上行走，可說是全無閱歷，又乏應變之才，不會找尋盜屍賊的蹤迹，兜了個圈子後又回到墳前，更無半點主意，呆了半晌，只得回家。

他走進大廳，坐在椅中，順手將單刀拄在椅邊，望着牆上的九個血手印呆呆出神。心中只是想：「哥哥臨死之時曾說，他有個仇家，是個道姑，名叫李莫愁，外號『赤練仙子』，武功既高，行事又是心狠手辣。預料在他成親之後十年要來找他夫妻報仇。那時他說：『我此病已然不治，這場冤仇，那赤練仙子是報不成的了。再過三年，便是她來報仇之期，你無論如何要勸你嫂子遠遠避開。』我當時含淚答應，不料嫂子在我哥哥逝世的當晚便即自刎殉夫。

哥哥已去世三年，算來正是那道姑前來報仇之期，可是我兄嫂既已去世，冤仇甚麼的自也一

筆勾銷，那道姑又來幹甚麼？哥哥又說，那道姑殺人之前，往往先在那人家中牆上或是門上印上血手印，一個手印便殺一人。我家連長工婢女總共也不過七人，怎地她印上了九個手印？啊，是了，她先印上血手印，才得知我兄嫂已死，便再派人去掘墳盜屍？這……這女魔頭當眞惡毒……我今日一直在家，這九個血手印卻是幾時印下的？如此神不知鬼不覺的下手，此人……此人……」想到此處，不由得打了個寒噤。

背後腳步細碎，一雙柔軟的小手幪住了他雙眼，聽得女兒的聲音說道：「爹爹，你猜我是誰？」這是陸無雙自小跟父親玩慣了的玩意，她三歲時伸手幪住父親雙目，說：「爹爹，你猜我是誰？」令父母大笑了一場，自此而後，每當父親悶悶不樂，她總是使這法兒引他高興。陸立鼎縱在盛怒之下，被愛女這麼一逗，也必怒氣盡消。但今日他卻再無心思與愛女戲耍，拂開她雙手，道：「爹爹沒空，你到裏面玩去！」

陸無雙一呆，她自小得父母愛寵，難得見他如此不理睬自己，小嘴一撇，要待撒嬌跟父親不依，只見男僕阿根匆匆進來，垂手稟道：「少爺，外面來了客人。」陸立鼎揮揮手道：「你說我不在家。」阿根道：「少爺，那大娘不是要見你，是過路人要借宿一晚。」陸立鼎驚道：「甚麼？是娘們？」阿根道：「是啊，那大娘還帶了兩個孩子，長得怪俊的。」陸立鼎道：「她不是道姑？」阿根搖搖頭道：「不是。穿得乾乾淨淨的，瞧上去倒是好人家的大娘。」陸立鼎聽說那女客還帶着兩個孩子，稍稍放心，道：「好罷，你招呼她到客房安息，飯菜相待就是。」阿根答應着去了。陸無雙道：「我也瞧瞧去。」隨後奔出。

陸立鼎站起身來，正要入內與娘子商議如何應敵，陸立鼎將血手印指給她看，又說了墳破屍失之事。陸二娘皺眉道：「兩個孩子送到那裏去躲避？」陸立鼎指着牆上血印道：「兩個孩子也在數內，這魔頭既按下了血手印，只怕輕易躲避不了。嘿，咱兩個枉自練了這些年武功，這人進出我家，我們沒半點知覺，這……這……」陸二娘望着白牆，抓住椅背，道：「為甚麼九個指印？咱們家裏可只有七口。」

她兩句話出口，手足酸軟，怔怔的望着丈夫，竟要流下淚來。陸立鼎伸手扶住她臂膀，道：「娘子，事到臨頭，也不必害怕。上面這兩個手印是要給哥哥和嫂子的，下面兩個自然是打在你我身上了。第三排的兩個，是對付無雙和小英。最後三個，打的是阿根和兩名丫頭。嘿嘿，這才叫血濺滿門啊。」陸二娘顫聲道：「哥哥嫂子？」陸立鼎道：「不知這魔頭跟哥哥嫂子有甚大仇，兄嫂死了，她仍要派人從墳裏掘出他們遺體來折辱。」陸二娘見他滿臉汗水塵土，柔聲道：「你說那瘋子是她派來的？」陸立鼎道：「這個自然。」陸二娘見他滿臉汗水塵土，柔聲道：「回房去擦個臉，換件衣衫，好好休息一下再說。」

陸立鼎站起身來，和她並肩回房，說道：「娘子，陸家滿門今日若是難逃一死，也讓咱們死得不墮了兄嫂的威名。」陸二娘心中一酸，道：「三爺說得是。」兩人均想，陸立鼎雖然藉藉無名，他兄長陸展元、何沅君夫婦卻是俠名震於江湖，嘉興陸家莊的名頭在武林中向來是無人膽敢小覷的。

二人走到後院，忽聽得東邊壁上咯的一響，高處有人。陸立鼎搶上一步，擋在妻子身前，抬頭看時，卻見牆頭上坐着一個男孩，伸手正去摘凌霄花。又聽牆腳邊有人叫道：「小心啦，

莫掉下來。」原來程英、陸無雙和另一個男孩守在牆邊花叢之後。陸立鼎心想：「這兩個孩

兒，想是來借宿那家人的，怎麼如此頑皮？」

牆頭那男孩摘了一朵花。陸無雙叫道：「給我，給我！」那男孩一笑，卻向程英擲去。

程英伸手接過，遞給表妹。陸無雙惱了，拿過花兒丟在地下，踏了幾腳，嗔道：「希罕麼？

我才不要呢。」陸氏夫婦見孩兒們玩得起勁，全不知一場血腥大禍已迫在眉睫，嘆了口氣，

同進房中。

程英見陸無雙踏壞花朵，道：「表妹，你又生甚麼氣啦？」陸無雙小嘴撅起，道：「我

不要他的，我自己採。」說着右足一點，身子躍起，已抓住一根花架上垂下來的紫藤，這麼

一借力，又躍高數尺，逕往一株銀桂樹的枝幹上竄去。牆頭那男孩拍手喝采，叫道：「到這

裏來！」陸無雙手拉着桂花樹枝，在空中盪了幾下，鬆手放樹，向着牆頭撲去。

以她所練過的這一點微末輕功，這一撲實是大為危險，只是她氣惱那男孩把花朵拋給表

姊而不給自己，女孩兒家在生人面前要強好勝，竟不管三七二十一的從空中飛躍過去。那男

孩吃了一驚，叫道：「留神！」伸手相接。他若不伸出手去，陸無雙原可攀到牆頭，但在半

空中見到男孩要來相拉，叱道：「讓開！」側身要避開他雙手。那空中轉身之技是極上乘的

輕功，她曾見父親使過，但連她母親也不會，她一個小小女孩又怎會使？這一轉身，手指已

攀不到牆頭，驚叫一聲「啊喲」，直墮下來。

牆腳下那男孩見她跌落，飛步過來，伸手去接。牆高一丈有餘，陸無雙身子雖輕，這一

跌下來力道可是甚大，那男孩一把抱住了她腰身，兩人重重的一齊摔倒。只聽喀格格兩響，陸

無雙左腿腿骨折斷，那男孩的額角撞在花壇石上，登時鮮血噴出。

程英與另一個男孩見闖了大禍，忙上前相扶。那男孩慢慢站起身來，按住額上創口，陸無雙卻已暈了過去。程英抱住表妹，大叫：「姨丈，阿姨，快來！」

陸立鼎夫婦聽得叫聲，從房中奔出，見到兩個孩子負傷，又見一個中年婦人從西廂房快步出來，料想是那前來借宿的女子。只見她搶起抱起陸無雙與那男孩走向廳中，她不替孩子止血，卻先給陸無雙接續斷了的腿骨。陸二娘取過布帕，給那男孩頭上包紮了，過去看女兒腿傷。

那婦人在陸無雙斷腿內側的「白海穴」與膝後「委中穴」各點一指，止住她的疼痛，雙手持定斷腿兩邊，待要接骨。陸立鼎見她出手利落，點穴功夫更是到家，心中疑雲大起，叫道：「大娘是誰？光臨舍下有何指教？」那婦人全神貫注的替陸無雙接骨，只嗯了幾聲，沒答他問話。

就在此時，忽然屋頂上有人哈哈一笑，一個女子聲音叫道：「但取陸家一門九口性命，餘人快快出去。」那婦人正在接骨，猛聽得屋頂上呼喝之聲，吃了一驚，不自禁的雙手一扭，喀的一聲，陸無雙劇痛之下，大叫一聲，又暈了過去。

各人一齊抬頭，只見屋簷邊站着一個少年道姑，月光映在她臉上，看來只有十五六歲年紀，背插長劍，血紅的劍縧在風中獵獵作響。陸立鼎朗聲道：「在下陸立鼎。你是李仙姑門下的麼？」

那小道姑嘴角一歪，說道：「你知道就好啦！快把你妻子、女兒、婢僕盡都殺了，然後

自盡，免得我多費一番手腳。」這幾句話說得輕描淡寫，不徐不疾，竟是將對方半點沒放在眼裏。

陸立鼎聽了這幾句話只氣得全身發顫，說道：「你……你……」一時不知如何應付，待要躍上與她廝拚，卻想對方年幼，又是女子，可不便當真跟她動手，正躊躇間，忽覺身旁有人掠過，那前來借宿的婦人已縱身上屋，手挺長劍，與那小道姑鬥在一起。

那婦人身穿灰色衫裙，小道姑穿的是杏黃道袍，月光下只見灰影與黃影盤旋飛舞，夾雜着三道寒光，偶而發出幾下兵刃碰撞之聲。陸立鼎武功得自兄長親傳，雖然從無臨敵經歷，眼光卻是不弱，於兩人劍招瞧得清清楚楚。見小道姑手中一柄長劍忽轉攻，攸條變守，劍法甚是凌厲。那婦人凝神應敵，乘隙遞出招數。斗然間聽得錚的一聲，雙劍相交，小道姑手中長劍飛向半空。她急躍退後，俏臉生暈，叱道：「我奉師命來殺陸家滿門，你是甚麼人，卻來多管閒事？」

那婦人冷笑道：「你師父若有本事，就該早尋陸展元算帳，現下明知他死了，卻來找旁人的晦氣，羞也不羞？」小道姑右手一揮，三枚銀針激射而出，兩枚打向那婦人，第三枚卻射向站在天井中的陸立鼎。這一下大是出人意外，那婦人揮劍擊開，陸立鼎低聲怒叱，伸兩指鉗住了銀針。

小道姑微微冷笑，翻身下屋，只聽得步聲細碎，飛快去了。那婦人躍回庭中，見陸立鼎手中拿着銀針，忙道：「快放下！」陸立鼎依言擲下。那婦人揮劍割斷自己一截衣帶，立即將他右手手腕牢牢縛住。

· 21 ·

陸立鼎嚇了一跳，道：「針上有毒？」那婦人道：「劇毒無比。」當即取出一粒藥丸給他服下。陸立鼎只覺食中兩指麻木不仁，隨即腫大。那婦人忙用劍尖劃破他兩根手指的指心，但見一滴滴的黑血滲了出來。陸立鼎大駭，心道：「我手指又未破損，只碰了一下銀針就如此厲害，若是給針尖刺破一點，那裏還有命在？」當下向那婦人施了一禮，道：「在下有眼不識泰山，不敢請問大娘高姓。」

那婦人道：「我家官人姓武，叫作武三通。」陸立鼎一凜，說道：「原來是武三娘子。聽說武前輩是雲南大理一燈大師的門下，不知是否？」武三娘道：「正是。一燈大師是我家官人的師父。小婦人從官人手裏學得一些粗淺武藝，當真是班門弄斧，可教陸爺見笑了。」

陸立鼎連聲稱謝援手之德。他曾聽兄長說起，生平所見武學高手，以大理一燈大師門下的最是了得；一燈大師原為大理的國君，避位為僧後有「漁樵耕讀」四大弟子隨侍，其中那農夫名叫武三通，與他兄長頗有嫌隙，至於如何結怨，則未曾明言。可是武三娘不與己為敵，反而出手逐走赤練仙子的弟子，此中緣由實在難以索解。

各人回進廳堂。陸立鼎將女兒抱在懷內，見她已然蘇醒，臉色慘白，但強自忍痛，竟不哭泣，不禁甚是憐惜。武三娘嘆道：「這女魔頭的徒兒一去，那魔頭立即親至。陸爺，不是我小看於你，憑你夫婦兩人，再加上我，萬萬不是那魔頭的對手。但我瞧逃也無益，咱們聽天由命，便在這兒等她來罷！」

陸二娘問道：「這魔頭到底是何等樣人？和咱家又有甚麼深仇大怨？」武三娘向陸立鼎望了一眼，道：「難道陸爺沒跟你說過？」陸二娘道：「他說只知此事與他兄嫂有關，其中

牽涉到男女情愛，他也並不十分明白。」

武三娘嘆了口氣道：「這就是了。我是外人，說一下不妨。令兄陸大爺十餘年前曾去大理。那魔頭赤練仙子李莫愁現下武林中人聞名喪膽，可是十多年前卻是個美貌溫柔的好女子，那時也並未出家。也是前生的冤孽，她與令兄相見之後，就種下了情苗。後來經過許多糾葛變故，令兄與令嫂何沅君成了親。說到令嫂，卻又不得不提拙夫之事。此事言之有愧，但今日情勢緊迫，我也只好說了。這個何沅君，本來是我們的義女。」

陸立鼎夫婦同時「啊」的一聲。

武三娘輕撫那受傷男孩的肩膀，眼望燭火，說道：「令嫂何沅君自幼孤苦，我夫婦收養在家，認作義女，對她甚是憐愛。後來她結識了令兄，雙方情投意合，要結為夫婦。拙夫一來不願她遠嫁，二來又是固執得緊，說江南人狡猾多詐，十分靠不住，無論如何不肯答允。拙夫和李莫愁同時去跟新夫婦為難。屈指算來，今日正是十年之期，成親之日，拙夫憤激過甚，此後就一直瘋瘋癲癲，不論他的師友和我如何相勸，總是不能開解，老是算着這十年的日子。拙夫與李莫愁當時被迫應承十年內不跟新夫婦為難，要他們衝着他的面子，保新夫婦十年平安。喜宴座中有一位大理天龍寺的高僧，出手鎮住兩人，此後就一直瘋瘋癲癲，阿沅卻悄悄跟着令兄走了。成親之日，拙夫和李莫愁同時去跟新夫婦為難，想不到令兄跟阿沅……唉，卻連十年的福也享不到。」說着垂下頭來，神色淒然。

陸立鼎道：「如此說來，掘墳盜我兄嫂遺體的，便是尊夫了。」陸立鼎怫然道：「尊夫這等行逕，可大大的不是了。這本來也不是甚麼怨仇，何況我兄嫂已死，就算真有深仇大怨，也是一了百了，卻何

「剛才聽上兩位小姐說起，那確是拙夫。」陸立鼎怫然道：「尊夫這等行逕，可大大的不

・ 23 ・

以來盜他遺體，這算甚麼英雄好漢？」論到輩份，武氏夫婦該是尊長，但陸立鼎心下憤怒，說話間便不敍尊卑之禮。武三娘嘆道：「陸爺責備得是，拙夫心智失常，言語舉止，往往不通情理。我今日携這兩個孩兒來此，原是防備拙夫到這裏來胡作非爲。當今之世，只怕也只有我一人，他才忌憚三分了。」說到這裏，向兩個孩兒道：「向陸爺陸二娘叩頭，代你爹爹謝罪。」兩個孩子拜了下去。

陸二娘忙伸手扶起，問起名字，那摔破額角的叫做武敦儒，是哥哥，弟弟叫做武修文。武三娘言道，他夫婦中年得子，深知武林中的險惡，盼望兒子棄武學文，可是兩個孩兒還是好武，跟他們的名字沾不上邊兒。

武三娘說了情由，黯然嘆息，心想：「這番話只能說到這裏爲止，別的話卻是不足爲外人道了。」原來何沅君長到十七八歲時，亭亭玉立，嬌美可愛，武三通對她似乎已不純是義父義女之情。以他武林豪俠的身分，自不能有何逾份的言行，本已內心鬱結，突然見她愛上了一個江南少年，竟是狂怒不能自已。至於他說「江南人狡猾多詐」，除了敵視何沅君的意中人外，也因當年受了黃蓉的欺騙，替郭靖托下壓在肩頭的黃牛、大石，弄得不能脫身，雖然後來與靖蓉二人和解了，但「江南人狡猾多詐」一節，卻是深印腦中。

武三娘又道：「萬想不到拙夫沒來，那赤練仙子卻來尋府上的晦氣……」說到此處，忽聽屋上有人叫道：「儒兒，文兒，給我出來！」這聲音來得甚是突然，絲毫不聞屋瓦上有脚步之聲，便忽然有人呼叫。陸氏夫婦同時一驚，知是武三通到了。程英與陸無雙也認出是吃

· 24 ·

蓮蓬怪客的聲音。

只見人影幌動，武三通飛身下屋，一手一個，提了兩個兒子上屋而去。武三娘大叫：「喂，喂，你來見過陸爺、陸二娘，你取去的那兩具屍體呢？快送回來……」武三通全不理會，早去得遠了。

他亂跑一陣，奔進一座樹林，忽然放下修文，單單抱着敦儒，走得影蹤不見，竟把小兒子留在樹林之中。

武修文大叫：「爸爸，爸爸！」見父親抱着哥哥，早已奔出數十丈外，只聽得他遠遠叫道：「你等着，我回頭再來抱你。」武修文知道父親行事向來顛三倒四，倒也不以爲異。黑夜之中一個人在森林裏雖然害怕，但想父親不久回來，當下坐在樹邊等待。過得良久，父親始終不來，他自言自語：「我找媽去！」向着來路摸索回去。

那知江南鄉間阡陌縱橫，小路彎來繞去，縱在白日也是難認，何況黑夜之中？他越走道路越是狹窄，數次踏入了田中，雙腳全是爛泥。到後來竟摸進了一片樹林之中，腳下七高八低，望出來黑漆一團。他急得想哭，大叫：「爸爸，爸爸！媽媽，媽媽！」靜夜中那裏有人答應？卻聽得咕嚕、咕嚕幾聲，卻是貓頭鷹的啼聲。他曾聽人言道，貓頭鷹最愛數人眉毛的根數，若是被牠數得清楚，立卽斃命，當卽伸指沾了唾液，沾濕眉毛，好教貓頭鷹難以計數。但貓頭鷹還是不住啼鳴，他靠在樹幹上伸指緊緊掀住雙眉，不敢稍動，心中只是怦怦亂跳，過了一會，終於合眼睡着了。

睡到天明，迷糊中聽得頭頂幾下清亮高亢的啼聲，他睜開眼來，抬頭望去，只見兩隻極大的白色大鷹正在天空盤旋翱翔，雙翅橫展，竟達丈許。他從未見過這般大鷹，凝目注視，只覺又是奇怪，又是好玩，叫道：「哥哥，快來看大鷹！」一時沒想到只自己孤身一人，自來形影不離的哥哥卻已不在身邊。

忽聽得背後兩聲低嘯，聲音嬌柔清脆，似出於女孩子之口。兩隻大鷹又盤旋了幾個圈子，緩緩下降。武修文回過頭來，只見樹後走出一個女孩，向天空招手，兩隻大鷹斂翅飛落，站在她的身畔。那女孩向武修文望了一眼，撫摸兩隻大鷹之背，說道：「好鵰兒，乖鵰兒。」但見雙鵰昂首顧盼，神駿非常，站在地下比那女孩還高。

武修文心想：「原來這兩隻大鷹是鵰兒。」

武修文走近說道：「這兩隻鵰兒是你家養的麼？」那女孩小嘴兒微撅，做了個輕蔑神色，道：「我不認得你，不跟你玩。」武修文也不以為忤，伸手去摸鵰背。那女孩一聲輕哨，那鵰兒左翅突然掃出，勁力竟是極大，武修文沒提防，登時摔了個勛斗。

武修文打了個滾站起，望着雙鵰，心下好生羨慕，說道：「這對鵰兒真好，肯聽你話。」那女孩道：「哼，你爹爹捉得着麼？」武修文連討三個沒趣，訕訕的很是不好意思，定睛瞧時，只見她身穿淡綠羅衣，頸中掛着一串明珠，臉色白嫩無比，猶如奶油一般，似乎要滴出水來，雙目流動，秀眉纖長。武修文雖是小童，也覺她秀麗之極，不由自主的心生親近之意，但見她神色凜然，卻又不禁感到畏縮。我回頭要爹爹也去捉一對來養了玩。」

那女孩右手撫摸鵰背，一雙眼珠在武修文身上滾了一轉，問道：「你叫甚麼名字？怎麼

· 26 ·

一個兒出來玩？」武修文道：「我叫武修文，我在等我爹爹啊。你呢？你叫甚麼？」那女孩

扁了扁小嘴，哼的一聲，道：「我不跟野孩子玩。」說着轉身便走。武修文呆了一呆，叫道：

「我不是野孩子。」一邊叫，一邊隨後跟去。

他見那女孩約莫比自己小着兩三歲，人矮腿短，自己一發足便可追上，那知他剛展開輕

功，那女孩腳步好快，片刻間已奔出數丈，竟把他遠遠抛在後面。她再奔幾步，站定身子，

回頭叫道：「哼，你追得着我麼？」武修文道：「自然追得着。」立即提氣急追。

那女孩回頭又跑，忽然向前疾衝，躲在一株松樹後面。武修文隨後跟來，那女孩瞧他跑

得近了，斗然間伸出左足，往他小腿上絆去。武修文全沒料到，登時向前跌出。他忙使個「鐵

樹椿」想定住身子，那女孩右足又出，向他臀部猛力踢去。武修文一交直摔下去，鼻子剛好

撞在一塊小尖石上，鼻血流出，衣上點點斑斑的盡是鮮血。

那女孩見血，不禁慌了，登時沒做理會處，只想拔足逃走，忽然身後有人喝道：「芙兒，

你又在欺侮人了，是不是？」那女孩並不回頭，辯道：「誰說的？他自己摔交，管我甚麼事？

你可別跟我爹亂說。」武修文按住鼻子，其實也不很疼，只是見到滿手鮮血，心下驚慌。他

聽得女孩與人說話，轉過身來，見是個撐着鐵拐的跛足老者。那人兩鬢如霜，形容枯槁，雙

眼翻白，是個瞎子。

只聽他冷笑道：「你別欺我瞧不見，我甚麼都聽得清清楚楚。你這小妞兒啊，現下已經

你這樣壞，大了瞧你怎麼得了？」那女孩過去挽住他的手臂，央求道：「大公公，你別跟我爹

爹說，好不好？他摔出了鼻血，你給他治治啊！」

那老者踏上一步，左手抓住武修文手臂，右手伸指在他鼻旁「聞香穴」掀了幾掀。武修文鼻血本已漸止，這麼幾掀，就全然不流了，只覺那老者五根手指有如鐵鉗，又長又硬，緊緊抓着自己手臂，心中害怕起來，微微一掙，竟是動也不動，當下手臂一縮一圈，使出母親所授的小擒拿手功夫，手掌打個半圈，向外逆翻。那老者沒料到這小小孩童竟有如此巧妙手法，被他一翻之下，竟爾脫手，「噫」的一聲輕呼，隨即又抓住了他手腕。武修文運勁欲再掙扎，卻怎麼也掙不脫了。

那老者道：「小兄弟別怕，你姓甚麼？」武修文道：「我姓武。」那老者道：「你說話不是本地口音，從那裏來的？你爹媽呢？」說着放鬆了他手腕。武修文想起一晚沒見爹娘，不知他兩人怎樣了，聽他問起，險些兒便要哭出來。那女孩刮臉羞他，唱道：「羞羞羞，小花狗，眼圈兒紅，要流油！」

武修文昂然道：「哼，我才不哭呢！」當下將母親在陸家莊等候敵人、父親抱了哥哥不知去了那裏、自己在黑夜中迷路等情說了。他心情激動，說得大是顛三倒四，但那老者也聽出了七八成，又問知他們是從大理國來，父親叫作武三通，最擅長的武功是「一陽指」。那老者道：「你爹爹是一燈大師門下，是不是？」武修文喜道：「是啊，你認識咱們皇爺嗎？你見過他沒有？我可沒見過。」武三通當年在大理國功極帝段智興手下當御林軍總管，後來段智興出家，法名一燈，但武三通與兩個孩子說起往事之時，仍是「咱們皇爺怎樣怎樣」，是以武修文也叫他「咱們皇爺」。

那老者道：「我也沒機緣拜見過他老人家，久仰『南帝』的大名，好生欽羨。這女孩兒

的爹娘曾受過他老人家極大的恩惠。如此說來，大家不是外人，你可知道你媽等的敵人是誰？」

武修文道：「我聽媽跟陸爺爺說話，那敵人好像是甚麼赤練蛇、甚麼愁的。」那老者抬起了頭，喃喃的道：「甚麼赤練蛇？」突然一頓鐵杖，大聲叫道：「是赤練仙子李莫愁？」武修文喜道：「對對！正是赤練仙子！」

那老者登時神色甚是鄭重，說道：「你們兩個在這裏玩，一步也別離開。我瞧瞧去。」那女孩道：「大公公，我也去。」武修文也道：「我也去。」那老者急道：「唉，唉！萬萬去不得。那女魔頭兇惡得緊，我打不過她。不過既知朋友有難，可不能不去。你們要聽話。」

武修文好生佩服，說道：「這有甚麼希奇？我爹爹媽媽的輕功，你見了才嚇一大跳呢。」那女孩大怒，道：「呸！你爹爹媽媽才又瞎又跛！」

那女孩道：「你們兩個在這裏玩」——

說着拄起鐵杖，一蹺一拐的疾行而去。

此時天色大明，田間農夫已在耕作，男男女女唱着山歌。那老者是本地土著，雙目雖盲，但熟悉道路，隨行隨問，不久即來到陸家莊前。遠遠便聽得兵刃相交，乒乒乓乓的打得極是猛烈。陸展元一家是本地的官宦世家，那老者卻是市井之徒，雖然同是嘉興有名的武學之士，卻向無往來；又知自己武功不及赤練仙子，這番趕去只是多陪上一條老命，但想到此事牽涉一燈大師的弟子在內，大夥兒欠一燈大師的情太多，決不能袖手，當下足上加勁，搶到莊前。

只聽得屋頂上有四個人在激鬥，他側耳靜聽，從呼喝與兵刃相交聲中，聽出一邊三個，另一邊只有一個，可是寡不敵眾，那三個已全然落在下風。

「這老公公又瞎又跛，卻奔得這麼快。」那女孩小嘴一扁，道：「你爹爹媽媽也是又瞎又跛的嗎？」那女孩大怒——

29

上晚武三通抱走了兩個兒子，陸立鼎夫婦甚是詫異，不知他是何用意。武三娘卻臉有喜色，笑道：「拙夫平日瘋瘋癲癲，這回卻難得通達事理。」陸二娘問起原因，武三娘笑而不答，只道：「我也不知所料對不對，待會兒便有分曉。」這時夜已漸深，陸無雙伏在父親懷中沉沉睡去。程英也是迷迷糊糊的睜不開眼來。陸二娘抱了兩個孩子要送她們入房安睡。武三娘道：「且稍待片刻。」忽聽得屋頂有人叫道：「拋上來。」正是武三通的聲音。他輕功了得，來到屋頂，陸氏夫婦事先仍是全沒察覺。

武三娘接過程英，走到廳口向上拋去，武三通伸臂抱去。陸氏夫婦正驚異間，武三娘又抱過陸無雙擲了上去。

陸立鼎大驚，叫道：「幹甚麼？」躍上屋頂，四下裏黑沉沉地，已不見武三通與二女的影蹤。他拔足欲追，武三娘叫道：「陸爺不須追趕，他是好意。」陸立鼎怕那魔頭害了孩兒們，顫聲問道：「甚麼好意？」此時陸二娘卻已會意，道：「武三爺將信將疑，跳回庭中，顫聲問道：「甚麼好意？」此時陸二娘卻已會意，道：「武三爺怕那魔頭害了孩兒們，定是將他們藏到了穩妥之處。」陸立鼎當局者迷，被娘子一語點醒，連道：「正是，正是。」但想到武三通盜去自己兄嫂屍體，卻又甚不放心。

武三娘嘆道：「拙夫自從阿沅嫁了令兄之後，見到女孩子就會生氣，不知怎的，竟會眷顧府上兩位千金，實非我意料所及。他第一次來帶走儒兒、文兒之時，我見他對兩位小姐連望幾眼，神色間大是憐愛，頗有關懷之意。他從前對着阿沅，也總是這般模樣的。果然他又來抱去了兩位小姐。唉，但願他從此轉性，不再胡塗！」說着連嘆了兩口長氣，接着道：「兩

位且養養神，那魔頭甚麼時候到來，誰也料想不到，提心吊膽的等着，沒的折磨了自己。」

陸氏夫婦初時顧念女兒與姨姪女的安危，心中栗六，舉止失措，此時去了後顧之憂，恐懼之心漸減，敵愾之意大增，兩人身上帶齊暗器兵刃，坐在廳上，閉目養神。兩人做了十幾年夫妻，平日為家務之事不時小有齟齬，此刻想到強敵轉瞬卽至，想起陸展元與武三娘所說那魔頭武功高強、行事毒辣，多半大數難逃，夫婦相偕之時無多，不自禁互相依偎，四手相握。

過了良久，萬籟俱寂之中，忽聽得遠處飄來一陣輕柔的歌聲，相隔雖遠，但歌聲吐字清亮，清清楚楚聽得是：「問世間，情是何物，直教生死相許？」每唱一字，便近了許多，那人來得好快，第三句歌聲未歇，已來到門外。

三人愕然相顧，突然間砰嘭喀喇數聲響過，大門內門閂木撐齊斷，大門向兩旁飛開，一個美貌道姑微笑着緩步進來，身穿杏黃色道袍，自是赤練仙子李莫愁到了。

阿根正在打掃天井，上前喝問：「是誰？」陸立鼎急叫：「阿根退開！」卻那裏還來得及？李莫愁拂塵揮動，阿根登時頭顧碎裂，不聲不響的死了。陸立鼎提刀搶上，李莫愁身子微側，從他身邊掠過，揮拂塵將兩名婢女同時掃死，笑問：「兩個女孩兒呢？」明知無倖，一咬牙，提起刀劍分從左右攻上。李莫愁舉拂塵正要擊落，見武三娘持劍在側，微微一笑，說道：「既有外人插手，就不便在屋中殺人了！」她話聲輕柔婉轉，神態嬌媚，加之明眸皓齒，膚色白膩，實是個出色的美人，也不見她如何提足抬腿，已輕飄飄的上了屋頂。陸氏夫婦與武三娘跟着躍上。

李莫愁拂塵輕揮，將三般兵刃一齊掃了開去，嬌滴滴的道：「陸二爺，你哥哥若是尚在，只要他出口求我，再休了何沅君這個小賤人，我未始不可饒了你家一門良賤。如今，唉，你們運氣不好，只怪你哥哥太短命，可怪不得我。」陸立鼎叫道：「誰要你饒？」揮刀砍去，武三娘與陸二娘跟着上前夾攻。李莫愁眼見陸立鼎武功平平，但出刀踢腿、轉身劈掌的架子，宛然便是當年意中人陸展元的模樣，心中酸楚，卻盼多看得一刻是一刻，若是舉手間殺了他，在這世上便再也看不到「江南陸家刀法」了，當下隨手揮架，讓這三名敵手在身邊團團而轉，心中情意纏綿，出招也就不如何凌厲。

突然間李莫愁一聲輕嘯，縱下屋去，撲向小河邊一個手持鐵杖的跛足老者，拂塵起處，向他頸口纏了過去。這一招她足未着地，拂塵卻已攻向敵人要害，全未防備自己處處都是空隙，只是要敎對方非守不可。

那老者於敵人來招聽得清清楚楚，鐵杖疾橫，斗地點出，逐刺她的右腕。鐵杖是極笨重的兵刃，自來用以掃打砸撞，這老者卻運起「刺」字訣，竟使鐵杖如劍，出招輕靈飄逸。李莫愁拂塵微揮，銀絲倒轉，已捲住了鐵杖杖頭，叫一聲：「撒手！」借力使力，出招乘勢躍起，身子在空中斜斜竄過，才將她一拂的巧勁卸開，心下暗驚：「這魔頭果然名不虛傳。」李莫愁萬縷銀絲將鐵杖之力盡數借了過來。那老者雙臂劇震，險些把持不住，危急中乘勢躍起，身子在空中斜斜竄過，才將她一拂的巧勁卸開，心下暗驚：「這跛腳老頭兒是誰？本來百不失一，豈知這一招「太公釣魚」，取義於「願者上鉤」，以敵人自身之力奪人兵刃，卻也是大出意料之外，暗道：「這跛腳老頭兒是誰？竟有這等功夫？」李莫愁竟未奪下他的鐵杖，身形微側，但見他雙目翻白，是個瞎子，登時醒悟，叫道：「你是柯鎮惡！」

這盲目跛足老者，正是江南七怪之首的飛天蝙蝠柯鎮惡。

當年郭靖、黃蓉參與華山論劍之後，由黃藥師主持成婚，在桃花島歸隱。黃藥師性情怪僻，不喜熱鬧，與女兒女婿同處數月，不覺厭煩起來，留下一封書信，說要另尋清靜之地閒居，逕自飄然離島。黃蓉知道父親脾氣，雖然不捨，卻也無法可想。初時還道數月之內，父親必有消息帶來，那知一別經年，音訊杳然。黃蓉思念父親和師父洪七公，和郭靖出去尋訪，兩人在江湖上行走數月，不得不重回桃花島，原來黃蓉有了身孕。

她性子向來刁鑽古怪，不肯有片刻安寧，有了身孕，處處不便，甚是煩惱，推源禍始，自是郭靖不好。有孕之人性子本易暴躁，她對郭靖雖然情深愛重，這時卻找些小故，不斷跟他吵鬧。郭靖知道愛妻脾氣，每當她無理取鬧，總是笑笑不理。若是黃蓉惱得狠了，他就溫言慰藉，逗得她開顏為笑方罷。

不覺十月過去，黃蓉生下一女，取名郭芙。她懷孕時心中不喜，但生下女兒之後，卻異常憐惜，事事縱恣。這女孩不到一歲便已頑皮不堪。郭靖有時看不過眼，管教幾句，黃蓉卻着意護持，郭靖每管一回，結果女兒反而更加放肆一回。到郭芙五歲那年，黃蓉開始授她武藝。這一來，桃花島上的蟲鳥走獸可就遭了殃，不是羽毛被拔得精光，就是尾巴給剪去了一截，昔時清清靜靜的隱士養性之所，竟成了雞飛狗走的頑童肆虐之場。郭靖一來順着愛妻，二來對這頑皮女兒確也十分愛憐，每當女兒犯了過錯，要想責打，但見她扮個鬼臉摟着自己脖子軟語相求，只得嘆口長氣，舉起的手又慢慢放了下來。

• 33 •

這些年中，黃藥師與洪七公均是全無音訊，靖蓉夫婦想起二人年老，好生掛念。郭靖又幾次去接大師父柯鎮惡，請他到桃花島來頤養天年。但柯鎮惡愛與市井之徒爲伍，鬧酒賭錢爲樂，不願過桃花島上冷清清的日子，始終推辭不來。這一日他卻不待郭靖來接，自行來到島上。原來他近日手氣不佳，連賭連輸，欠下了一身債，無可奈何，只得到徒兒家裏來避債。郭靖、黃蓉見到師父，自是高興異常，留着他在島上長住，無論怎樣不放他走了。黃蓉慢慢套出眞相，暗地裏派人去替他還了賭債。柯鎮惡卻不知道，不敢回嘉興去，閒着無事，就做了郭芙的遊伴。

忽忽數年，郭芙已滿九歲了。黃蓉記掛父親，與郭靖要出島尋訪，柯鎮惡也要一起去，郭芙自也磨着非同去不可。四人離島之後，談到行程，柯鎮惡說道：「甚麼地方都好，就是嘉興不去。」黃蓉笑道：「大師父，好教你得知，那些債主我早給你打發了。」柯鎮惡大喜之下，首先便要去嘉興。

到得嘉興，四人宿在客店之中。柯鎮惡向故舊打聽，有人說前數日曾見到一個青袍老人獨自在烟雨樓頭喝酒，說起形貌，似乎便是黃藥師的模樣。郭靖、黃蓉大喜，便在嘉興城鄉到處尋訪。這日清晨，柯鎮惡帶着郭芙，攜了雙鵰到樹林中玩，不意湊巧碰到了武修文。

柯鎮惡與李莫愁交手數合，就知不是她的對手，心想：「這女魔頭武功之強，竟似不亞於當年的梅超風。」當下展開伏魔杖法，緊緊守住門戶。李莫愁心中暗讚：「曾聽陸郎這沒良心的小子言道，他嘉興前輩人物中有江南七怪，武功甚是不弱，收下一個徒兒大大有名，

便是大俠郭靖。這老兒是江南七怪之首，果然名不虛傳。他盲目跛足，年老力衰，居然還接得了我十餘招。」只聽陸氏夫婦大聲呼喝，與武三娘已攻到身後，心中主意已定：「要傷柯老頭不難，但惹得郭氏夫婦找上門來，卻是難鬥，今日放他一馬便是。」拂塵一揚，銀絲鼓勁挺直，就似一柄花槍般向柯鎮惡當胸刺去。這拂塵絲雖是柔軟之物，但藉着一股巧勁，所指處又是要害大穴，這一刺之勢卻也頗為厲害。

柯鎮惡鐵杖在地下一頓，借勢後躍。李莫愁踏上一步，似是進招追擊，那知斗然間疾向後仰。她腰肢柔軟之極，翻身後仰，肩膀離武三娘已不及二尺。武三娘吃了一驚，急揮左掌向她額頭拍去。李莫愁腰肢輕擺，就如一朵菊花在風中微微一顫，拍的一下，陸二娘小腹上已然中掌。

陸二娘向前衝了三步，伏地摔倒。陸立鼎見妻子受傷，右手力揮，將單刀向李莫愁擲過去，跟着展開雙臂撲上去，要抱住她與之同歸於盡。李莫愁以處女之身，失意情場，變得異樣的厭憎男女之事，此時見陸立鼎縱身撲來，心中惱恨之極，轉過拂塵柄打落單刀，拂塵借勢揮出，刷的一聲，擊在他的天靈蓋上。

李莫愁連傷陸氏夫婦，只一瞬間之事，待得柯鎮惡與武三娘趕上相救，早已不及。她笑問：「兩個女孩兒呢？」不等武三娘答話，黃影閃動，已竄入莊中，前後搜尋，竟無程英與陸無雙的人影。她從灶下取過火種，在柴房裏放了把火，躍出莊來，笑道：「我跟桃花島、一燈大師都沒過節，兩位請罷。」

柯鎮惡與武三娘見她兇狠肆暴，氣得目眥欲裂，鐵杖鋼劍，雙雙攻上。李莫愁側身避過

· 35 ·

鐵杖，拂塵揚出，銀絲早將武三娘長劍捲住。兩股勁力自拂塵傳出，一收一放，喀的一響，

長劍斷為兩截，劍尖刺向武三娘，劍柄卻向柯鎮惡臉上激射過去。

武三娘長劍被奪，已是大吃一驚，更料不到她能用拂塵震斷長劍，再立即以斷劍分擊二

人，那劍來得好快，急忙低頭閃避，只覺頭頂一涼，劍頭掠頂而過，割斷了一大叢頭髮。

柯鎮惡聽到金刃破空之聲，杖頭激起，擊開劍柄，但聽得武三娘驚聲呼叫，當下運勁成風，

着着進擊，他左手雖扣了三枚毒蒺藜，但想素聞赤練仙子的冰魄銀針陰毒異常，自己目不見

物，別要引出她的厲害暗器來，更是難以抵擋，是以情勢雖甚緊迫，那毒蒺藜卻一直不敢發

射出去。

李莫愁對他始終手下容情，心道：「若不顯顯手段，你這瞎老頭只怕還不知我有意相讓。」

腰肢欹擺，拂塵銀絲已捲住杖頭。柯鎮惡只覺一股大力要將他鐵杖奪出手去，忙運勁回奪，

那知勁力剛透杖端，突然對方相奪之力已不知到了何處，這一瞬間，但覺四肢百骸都是空空

蕩蕩的無所着力。李莫愁左手將鐵杖掠過一旁，手掌已輕輕按在柯鎮惡胸口，笑道：「柯老

爺子，赤練神掌拍到你胸口啦！」柯鎮惡此時自已無法抵擋，怒道：「賊賤人，你發勁就是，

囉唆甚麼？」

武三娘見狀，大驚來救。李莫愁躍起身子，從鐵杖上橫竄而起，身子尚在半空，突然伸

掌在武三娘臉上摸了一下，笑道：「你敢逐我徒兒，膽子也算不小。」說着格格嬌笑，幾個

起落，早去得遠了。

武三娘只覺她手掌心柔膩溫軟，給她這麼一摸，臉上說不出的舒適受用，眼見她背影在

柳樹叢中一幌，隨即不見，自己與她接招雖只數合，但每一招都是險死還生，已然使盡了全力，此刻軟癱在地，一時竟動彈不得。柯鎮惡適才胸口也是猶如壓了一塊大石，悶惡難言，當下急喘了數口氣，才慢慢調勻呼吸。

過了好一會，武三娘奮力站起，但見黑烟騰空，陸家莊已裹在烈燄之中，火勢逼將過來，炙熱異常，當下柯鎮惡分別扶起陸氏夫婦，但見二人氣息奄奄，已挨不過一時三刻，尋思：「若是搬動二人，只怕死得更快，可是又不能將他們留在此地，那便如何是好？」正自為難，忽聽遠處一人大叫：「娘子，你沒事麼？」正是武三通的聲音。

突然間黃影幌動，李莫愁躍上武三通手中所握栗樹的樹梢，揮動拂塵，凌空下擊。此後數十招中，不論武三通如何震撞掃打，她始終猶如黏附在栗樹上一般，乘着樹幹抖動之勢，尋隙進攻。

第二回　故人之子

武三娘正沒做理會處，忽聽得丈夫叫喚，又喜又惱，心想你這瘋子不知在胡鬧些甚麼，卻到這時才來，只見他上身扯得破破爛爛，頸中兀自掛着何沅君時所用的那塊圍涎，急奔而至，不住的叫道：「娘子，你沒事麼？」她近十年來從未見丈夫對自己這般關懷，心中甚喜，叫道：「我在這裏。」武三通撲到跟前，將陸氏夫婦一手一個抱起，叫道：「快跟我來。」

一言甫畢，便騰身而起。柯鎮惡與武三娘跟隨在後。

武三通東彎西遶，奔行數里，到了一座破窰之中。這是座燒酒罈子的陶窰，倒是極大。武三娘走進窰洞，見敦儒、修文兩個孩子安好無恙，當卽放心，歎了口氣。

武氏兄弟正與程英、陸無雙坐在地下玩石子。程英與陸無雙見到陸氏夫婦如此模樣，撲在二人身上，又哭又叫。

柯鎮惡聽陸無雙哭叫爸爸媽媽，猛然想起李莫愁之言，驚叫：「啊喲，不好，咱們引鬼上門，那女魔頭跟着就來啦！」武三娘適才這一戰已嚇得心驚膽戰，忙問：「怎麼？」柯鎮

・41・

惡道：「那魔頭要傷陸家的兩個孩子，可是不知她們在那裏……」武三娘當即醒悟，驚道：「啊，是了，她有意不傷咱們，卻偷偷的跟來。」說着挺身站在窰洞之前。

陸立鼎骨已碎，可是尚有一件心事未了，強自忍着一口氣，向程英道：「阿英，你把我……我……胸口……胸口一塊手帕拿出來。」程英抹了抹眼淚，伸手到他胸衣內取出一塊錦帕。手帕是白綾的質地，四角上都繡着一朵紅花。花紅欲滴，每朵花旁都襯着一張翠綠色的葉子，白綾子已舊得發黃，花葉卻兀自嬌艷可愛，便如真花真葉一般。陸立鼎道：「阿英，你把手帕縛在頸中，千萬不可解脫，知道麼？」程英不明他用意，但既是姨父吩咐，當即接了過去，點頭答應。

陸二娘本已痛得神智迷糊，聽到丈夫說話聲音，睜開眼來，說道：「為甚麼不給雙兒？你給雙兒啊！」陸立鼎道：「不，我怎能負了她父母之託？」陸二娘急道：「你……你好狠心，你自己女兒也不顧了？」說着雙眼翻白，聲音都啞了。陸無雙不知父母吵些甚麼，只是哭叫：「媽媽，爸爸！」陸立鼎柔聲道：「娘子，你疼雙兒，讓她跟着咱們去不好麼？」

原來這塊紅花綠葉錦帕，是當年李莫愁贈給陸展元的定情之物。紅花是大理國最著名的曼陀羅花，李莫愁比作自己，「綠」「陸」音同，綠葉就是比作她心愛的陸郎了，取義於「紅花綠葉，相偎相倚」。陸展元臨死之時，料知十年之期一屆，李莫愁、武三通二人必來生事，無可奈何之中，便將這錦帕交給兄弟，叮囑明白，若是武三通前尋報仇，能避則避，不能避動手自然必輸，卻自己原有應付之策，不料忽染急病，兄弟武藝平平，到時定然抵擋不了，無可奈何之中，便

也不致有性命之憂；但李莫愁近年來心狠手辣之名播於江湖，遇上了勢必無倖，危急之際將錦帕纏在頸中，只盼這女魔頭顧念舊情，或能手下忍得一忍。只是陸立鼎心高氣傲，始終不肯取出錦帕向這女魔頭乞命。

程英是陸立鼎兄之女。她父母生前將女兒託付於他撫養。他受人重託，責任未盡，此時大難臨頭，便將這塊救命的錦帕給了她。陸二娘畢竟舐犢情深，見丈夫不顧親生女兒，惶急之下，傷處劇痛，便暈了過去。

程英見姨母為錦帕之事煩惱，忙將錦帕遞給表妹，道：「姨媽說給你，你拿着罷！」陸立鼎喝道：「雙兒，是表姊的，別接。」武三娘瞧出其中蹊蹺，說道：「我將帕兒撕成兩半，一人半塊，好不好？」陸立鼎欲待再說，可是一口氣接不上來，那能出聲，只是點頭。武三娘將錦帕撕成兩半，分給了程二女。

武三通站在洞口，聽到背後又哭又叫，不知出了甚麼事，回過頭來，驀見妻子左頰漆黑，右臉卻無異狀，不禁駭異，指着她臉問道：「為……為甚麼這樣？」武三娘伸手在臉上一摸，只覺左邊臉頰頰木木的無甚知覺，心中一驚，想起李莫愁臨去時曾在自己臉上摸了一下，難道這隻柔膩溫香的手掌輕撫而過，竟已下了毒手？

武三通欲待再問，忽聽窰洞外有人笑道：「兩個女娃娃在這裏，是不是？不論死活，都給拋出來罷。否則的話，我一把火將你們都燒成了酒罈子。」聲若銀鈴，既脆且柔。

武三通急躍出洞，但見李莫愁俏生生的站在當地，不由得大感詫異：「怎麼十年不見，她仍是這等年輕貌美？」當年在陸展元的喜筵上相見，李莫愁是二十歲左右的年紀，此時已

43

是三十歲，但眼前此人除了改穿道裝之外，卻仍是肌膚嬌嫩，宛如昔日好女。她手中拂塵輕輕揮動，神態甚是悠閒，美目流盼，桃腮帶暈，若非素知她是個殺人不眨眼的魔頭，定道是位帶髮修行的富家小姐。武三通見她拂塵一動，猛想起自己兵刃留在窖洞之中，若再回洞，只怕她乘機闖進去傷害了眾小兒，見洞邊長着棵碗口粗細的栗樹，當即雙掌齊向栗樹推去，吆喝聲中，將樹幹從中擊斷。

李莫愁微微一笑，道：「好力氣。」武三通橫持樹幹，說道：「李姑娘，十年不見，你好啊。」他從前叫她作李姑娘，現下她出了家，他並沒改口，依然舊時稱呼。這十年來，李莫愁從未聽人叫過自己作「李姑娘」，忽然間聽到這三個字，心中一動，少女時種種溫馨旖旎的風光突然湧向胸頭，但隨即想起，自己本可與意中人一生廝守，那知這世上另外有個何沅君在，竟令自己丟盡臉面，一世孤單淒涼，想到此處，心中一瞬間湧現的柔情密意，登時盡化為無窮怨毒。

武三通也是所愛之人棄己而去，雖然和李莫愁其情有別，但也算得是同病相憐，可是那日自陸展元的酒筵上出來，親眼見她手刃何老拳師一家二十餘口男女老幼，下手之狠，此時思之猶有餘悸。何老拳師與她素不相識，無怨無仇，跟何沅君也是毫不相干，只因大家姓了個何字，她傷心之餘，竟去將何家滿門殺了個乾乾淨淨。何家老幼直到臨死，始終沒一個知道到底為了何事。其時武三通不明其故，未曾出手干預，事後才得悉李莫愁純是遷怒，只是發洩心中的失意與怨毒，從此對這女子便既恨且懼，這時見她臉上微現溫柔之色，但隨即轉為冷笑，不禁為程陸二女暗暗擔心。

李莫愁道：「我既在陸家牆上印了九個手印，這兩個小女孩是非殺不可的。武三爺，請你讓路罷。」武三通道：「陸展元夫婦已經死了，他兄弟、弟媳也已中了你的毒手，小小兩個女孩兒，你就饒了罷。」李莫愁微笑搖首，柔聲道：「武三爺，請你讓路。」武三通將栗樹抓得更加緊了，叫道：「李姑娘，你也忒以狠心，阿沅……」「阿沅」這兩字一出口，李莫愁臉色登變，說道：「我曾立過重誓，誰在我面前提起這賤人的名字，不是他死就是我亡。我曾在沅江之上連毀六十三家貨棧船行，只因他們招牌上帶了這個臭字，這件事你可曾聽到了嗎？武三爺，是你自己不好，可怨不得我。」說着拂塵一舉，往武三通頭上拂到。

莫瞧她小小一柄拂塵，這一拂下去既快又勁，只帶得武三通頭上亂髮獵獵飛舞。武三通是一燈大師門下高弟，雖然痴痴呆呆，武功卻確有不凡造詣，是以一上來就下殺手。武三通左手挺舉，樹幹猛地伸出，狂掃過去。李莫愁見來勢厲害，身子隨風飄出，不等他樹幹之勢使足，隨即飛躍而前，攻向他的門面。武三通見她攻入內圈，右手倏起，伸指向她額上點去，這招一陽指點穴去勢雖不甚快，卻是變幻莫測，難閃難擋。李莫愁一招「倒打金鐘」，身子驟然間已躍出丈許之外。

武三通見她忽來忽往，瞬息之間進退數次，心下暗暗驚佩，當下奮力舞動樹幹，將她逼在丈餘之外。但只要稍有空隙，李莫愁立即便如閃電般欺近身來，若非他一陽指厲害，早已不敵，饒是如此，那樹幹畢竟沉重，舞到後來漸感吃力，李莫愁卻越欺越近。突然間黃影幌動，她竟躍上武三通手中所握栗樹的樹梢，揮動拂塵，凌空下擊。武三通大驚，倒轉樹梢往地下撞去。李莫愁格格嬌笑，踏着樹幹直奔過來。武三通側身長臂，一指點出。她纖腰微擺，

• 45 •

已退回樹梢。此後數十招中，不論武三通如何震撞掃打，她始終猶如黏附在栗樹上一般，順着樹幹抖動之勢，尋隙進攻。

這一來武三通更感吃力，她身子雖然不重，究是在樹幹上又加了數十斤的份量，何況她站在樹上，樹幹打不着她，她卻可以攻人，自是立於不敗之地。武三通眼見漸處下風，知道她只要稍有疏忽，自己死了不打緊，滿窑洞老幼要盡喪她手，當下奮起膂力，將樹幹越舞越急，欲以樹幹猛轉之勢，將她甩下樹來。

又鬥片刻，聽得背後柯鎮惡大叫：「芙兒，你也來啦？快叫鵰兒咬這惡女人。」跟着便有一個女孩聲音連聲呼叱，空中兩團白影撲將下來，卻是兩頭大鵰，左右分擊，攻向李莫愁兩側，正是郭芙攜同雙鵰到了。

李莫愁見雙鵰來勢猛惡，一個觔斗翻在栗樹之下，左足鈎住了樹幹。雙鵰撲擊不中，振翼高飛。女孩的聲音又嗯咍了幾下。雙鵰二次撲將下來，四隻鋼鈎鐵爪齊向樹底抓去。李莫愁曾聽人說起，桃花島郭靖、黃蓉夫婦養有一對大鵰，頗通靈性，這時斗見雙鵰分進合擊，對鵰兒倒不放在心上，卻怕雙鵰是郭靖夫婦之物，倘若他夫婦就在左近，那可十分棘手。她閃避數次，拂塵拍的一下，打在雌鵰左翼之上，只痛得牠吱吱急鳴，幾根長長的白羽從空中落了下來。

郭芙見鵰兒受挫，大叫：「鵰兒別怕，咬這惡女人。」李莫愁向她一望，見這女孩兒膚似玉雪，眉目如畫，心裏一動：「聽說郭夫人是當世英俠中的美人，不知比我如何？這小娃兒難道是她女兒嗎？」

她心念微動，手中稍慢。武三通見她雖有雙鵰相助，仍是戰她不下，焦躁起來，猛地力運雙臂，連人帶樹的將她往空中擲去。李莫愁料想不到他竟會出此怪招，身不由主的給他擲高數丈。雙鵰見她飛上，撲動翅膀，上前便啄。

李莫愁若是脚踏平地，雙鵰原也奈何她不得，此時她身在半空，無所借力，如何能與飛禽抵敵？情急之下，揮動拂塵護住頭臉，長袖揮處，三枚冰魄銀針先後急射而出。兩枚分射雙鵰，一枚卻指向武三通胸口。雙鵰急忙振翅高飛，但銀針去得快極，嗤嗤作響，從雄鵰脚爪之旁擦過，劃破了爪皮。

武三通正仰頭相望，猛見銀光一閃，急忙着地滾開，銀針仍是刺中了他左足小腿。武三通一滾站起，那知左腿竟然立時不聽使喚，左膝跪倒。他強運功力，待要撑持起身，麻木已擴及雙腿，登時俯伏跌倒，雙手撑了幾撑，終於伏在地下不動了。

郭芙大叫：「鵰兒，鵰兒，快來！」但雙鵰逃得遠了，並不回頭。李莫愁笑道：「小妹妹，你可是姓郭麼？」郭芙見她容貌美麗，和藹可親，似乎並不是甚麼「惡女人」，便道：「是啊，我姓郭。你姓甚麼？」李莫愁笑道：「來，我帶你去玩。」緩步上前，要去攜她的手。

柯鎮惡鐵棒一撑，急從窰洞中竄出，攔在郭芙面前，叫道：「芙兒，快進去！」李莫愁笑道：

「怕我吃了她麼？」

就在這時，一個衣衫襤褸的少年左手提着一隻公雞，口中唱着俚曲，跳跳躍躍的過來，見窰洞前有人，叫道：「喂，你們到我家裏來幹麼？」走到李莫愁和郭芙之前，側頭向兩人瞧瞧，笑道：「嘖嘖，大美人兒好美貌，小美人兒也挺秀氣，兩位姑娘是來找我的嗎？姓楊

的可沒這般美人兒朋友啊。」臉上賊忒嘻嘻，說話油腔滑調。

郭芙小嘴一扁，怒道：「小叫化，誰來找你了？」那少年笑道：「你不來找我，怎麼到我家來？」說着向窰洞一指，敢情這座破窰竟是他的家。郭芙道：「哼，這樣髒地方，誰愛來了？」

武三娘見丈夫倒在地下，不知死活，擔心之極，從窰洞中搶出來，俯身叫道：「三哥，你怎麼啦？」武三通哼了一聲，背心擺了幾擺，始終站不直身子。郭芙極目遠眺，不見雙鵰，大叫：「鵰兒，鵰兒，快回來！」

李莫愁心想：「夜長夢多，別等郭靖夫婦到來，討不了好去。」微微一笑，逕自闖向窰洞。武三娘急忙縱身回來攔住，揮劍叫道：「別進來！」李莫愁笑道：「這是那個小兄弟的府上，你又作得主了？」左掌對準劍鋒，直接過去，剛要碰到刃鋒，手掌畧側，三指推在劍身的刃面，劍鋒反向武三娘額頭削去，擦的一響，削破了她額頭。李莫愁笑道：「得罪！」將拂塵往衣領中一插，低頭進了窰洞，雙手分別將程英與陸無雙提起，竟不轉身，左足輕點，反躍出洞，百忙中還伸足踢飛了柯鎮惡手中鐵杖。

那襤褸少年見她傷了武三娘，又擄刮二女，大感不平，耳聽得陸程二女驚呼，當即躍起，往李莫愁身上抱去，叫道：「喂，大美人兒，你到我府上傷人捉人，也不跟主人打個招呼，太不講理，快放下人來。」

李莫愁雙手各抓着一個女孩，沒提防這少年竟會張臂相抱，但覺脅下忽然多了一雙手臂，心中一凜，不知怎的，忽然全身發軟，當即勁透掌心，輕輕一彈，將二女彈開數尺，隨即一

把抓住少年後心。她自十歲以後，從未與男子肌膚相接，活了三十歲，仍是處女之身。當年與陸展元痴戀苦纏，始終以禮自持。江湖上有不少漢子見她美貌，不免動情起心，可是只要神色間稍露褻邪念，往往立斃於她赤練神掌之下。那知今日竟會給這少年抱住，她一抓住少年，本欲掌心發力，立時震碎他的心肺，但適才聽他稱讚自己美貌，語出真誠，心下不免有些喜歡，這話若是大男人所說，只有惹她厭憎，出於這十三四歲少年之口卻又不同，一時心軟，竟然下不了手。

忽聽得空中鵰唳聲急，雙鵰自遠處飛回，又撲下襲擊。李莫愁左袖一揮，兩枚冰魄銀針急射而上。雙鵰先前已在這厲害之極的暗器下吃過苦頭，急忙振翅上飛，但銀針去勢勁急異常，雙鵰飛得雖快，銀針卻射得更快，雙鵰嚇得高聲驚叫。李莫愁眼見這對惡鳥再也難以逃脫，正自喜歡，猛聽得呼呼聲響，兩件小物迅速異常的破空而至，剛聽到一點聲息，兩物轉瞬間劃過長空，已將兩枚銀針分別打落。

這暗器先聲奪人，威不可當，李莫愁大吃一驚，隨手放落少年，縱身過去一看，原來只是兩顆尋常的小石子，心想：「發這石子之人武功深不可測，我可不是對手，先避他一避再說。」身隨意轉，手掌拍出，擊向程英的後心。她要先傷了程陸二女，再圖後計。

手掌剛要碰到程英後心，一瞥間見她頸中繫着一條錦帕，素底緞子上繡着紅花綠葉，正是當年自己精心繡就、贈給意中人之物，不禁一呆，倏地收回掌力，往日的柔情密意瞬息間在心中滾了幾轉，心想：「他雖與那姓何的小賤人成親，這塊帕兒也一直好好放着。他求我饒他後人，卻饒是不饒？」一時心意難決，決定先斃了陸無雙再說。拂

塵抖處，銀絲擊向陸無雙後心，陽光耀眼之下，卻見她頸中也繫着一條錦帕，李莫愁「咦」了一聲，心道：「怎地有兩塊帕兒？定有一塊是假的。」拂塵改擊為捲，裹住陸無雙頭頸，將她倒拉轉來。

就在此時，破空之聲又至，一粒小石子向她後心直飛而至。李莫愁回過拂塵，鋼柄揮出，剛好打中石子，猛地虎口一痛，掌心發熱，全身不由自主的劇震。她再也不敢逗留，隨手提起陸無雙，展開輕功提縱術，猶如疾風掠地，轉瞬間奔了個無影無蹤。

程英見表妹被擒，大叫：「表妹，表妹！」隨後跟去。但李莫愁的腳力何等迅捷，程英怎追得上？江南水鄉之地到處河泊縱橫，程英奔了一陣，前面小河攔路，無法再行。她沿岸奔跑叫嚷，忽見左邊小橋上黃影幌動，一人從對岸過橋奔來。程英只一呆，已見李莫愁站在面前，腋下卻沒了陸無雙。

程英見她回轉，甚是害怕，大着膽子問道：「我表妹呢？」李莫愁見她膚色白嫩，容顏秀麗，冷冷的道：「你這等模樣，他日長大了，不是讓別人傷心，便是自己傷心，不如及早死了，世界上少了好些煩惱。」拂塵一起，摟頭拂將下來，眼見要將她連頭帶胸打得稀爛。

她拂塵揮到背後，正要向前擊出，突然手上一緊，塵尾被甚麼東西拉住了，竟然甩不出去。她大吃一驚，轉頭欲看，驀地裏身不由主的騰空而起，被一股大力拉扯之下，向後高躍丈許，這才落下。這一驚當眞非同小可，左掌護胸，拂塵上內勁貫注，直刺出去，豈知眼前空蕩蕩的竟是甚麼也沒有。她生平大小數百戰，從未遇到這般怪異情景，腦海中一個念頭電

閃而過：「妖精？鬼魅？」一招「混元式」，將拂塵舞成一個圓圈，護住身周五尺之內，這才再行轉身。

只見程英身旁站着一個身材高瘦的青袍怪人，臉上木無神色，似是活人，又似僵屍，一見之下，登時心頭說不出的煩惡，李莫愁不由自主的倒退兩步，一時之間，實想不到武林中有那一個厲害人物是這等模樣，待要出言相詢，只聽那人低頭向程英道：「娃兒，這女人好生兇惡，你去打她。」程英那敢動手，仰起頭道：「我不敢。」那人道：「怕甚麼？只管打。」

程英仍是不敢。那人一把抓住程英背心，往李莫愁投去。

李莫愁當非常之境，便不敢應以常法，料想用拂塵揮打必非善策，當即伸出左手相接，剛要碰到程英腰間，忽聽嗤的一聲，臂彎斗然酸軟，手臂竟然抬不起來。程英一頭撞在她胸口，順手揮出，清清脆脆的打了她一個巴掌。

李莫愁畢生從未受過如此大辱，狂怒之下，更無顧忌，拂塵倒轉，疾揮而下，猛覺虎口劇震，拂塵柄飛了起來，險些脫手，原來那人又彈出一塊小石，打在她拂塵柄上。程英卻已穩穩的站立在地。

李莫愁料知今日已討不了好去，若不儘快脫身，大有性命之憂，輕聲一笑，轉身便走，奔出數步，雙袖向後連揮，一陣銀光閃動，十餘枚冰魄銀針齊向青袍怪人射去。她發這暗器，不轉身，不回頭，可是針針指向那人要害。那人出其不意，沒料想她暗器功夫竟然如此陰狠厲害，當即飛身向後急躍。銀針來得雖快，他後躍之勢卻是更快，只聽得銀針打打錚錚一陣輕響，儘數落在身前。李莫愁明知射他不中，這十餘枚銀針只是要將他逼開，一聽到他後躍

風聲，袖子又揮，一枚銀針直射程英。她知道這一針非中不可，生怕那青袍人上前動手，竟不回頭察看，足底加勁，急奔過橋，穿入了桑林。

那青袍人叫了聲：「啊喲！」上前抱起程英，只見一枚長長的銀針插在她肩頭，不禁臉上變色，微一沉吟，抱起她快步向西。

柯鎮惡等見李莫愁終於攜了陸無雙而去，都是駭然。那衣衫襤褸的少年道：「我瞧瞧去。」說着發足便向李莫愁去路急追。郭芙道：「蠢才！又不是說我要踢你。」她可不知這少年繞着彎兒罵她是「惡女人」。

那少年奔了一陣，忽聽得遠處程英高聲叫道：「表妹，表妹！」當即循聲追去。奔出數十丈，聽聲辨向，該已到了程英呼叫之地，可是四下裏卻不見二女的影子。

一轉頭，只見地下明晃晃的撒着十幾枚銀針，針身鏤刻花紋，打造得極是精緻。他俯身細看，見地下螞蟻死了不少，數步外尚有許多螞蟻正在爬行。他拿一枚銀針去撥弄幾下，那幾隻螞蟻兜了幾個圈子，便即翻身僵斃，連試幾隻小蟲都是如此。

那少年大喜，心想用這些銀針去捉蚊蠅，真是再好不過，突然左手麻麻的似乎不大靈便，猛然驚覺：「針上有毒！拿在手中，豈不危險？」忙張開手掌拋下銀針，只見兩張手掌心已全成黑色，左掌尤其深黑如墨。他心裏害怕，伸手在大腿旁用力摩擦，但覺左臂麻木漸漸上

郭芙道：「有甚麼好瞧的？這惡女人一腳踢死了你。」那少年笑道：「你踢死我？不見得罷。」

一枚枚的拾起，握在左掌，忽見銀針旁一條大蜈蚣肚腹翻轉，死在地下。他覺得有趣，低頭

· 52 ·

升，片刻間便麻到臂彎。他幼時曾給毒蛇咬過，險些送命，當時被咬處附近就是這般麻木不仁，知道凶險，忍不住哇的一聲哭了出來。

忽聽背後一人說道：「小娃娃，知道厲害了罷？」這聲音鏗鏘刺耳，似從地底下鑽出來一般。那少年急忙轉身，不覺吃了一驚，只見一人用頭支在地上，雙腳併攏，撐向天空。他退開幾步，叫道：「你……你是誰？」

那人雙手在地下一撐，身子忽地拔起，一躍三尺，落在少年的面前，說道：「我……我是誰？我知道我是誰就好啦。」那少年更是驚駭，發足狂奔。只聽得身後篤、篤、篤的一聲聲響亮，回頭一望，不禁嚇得魂不附體，原來那人以手爲足，雙手各持一塊石頭，倒轉身子而行，竟是快速無比，離自己背後已不過數尺。

他加快腳步，拚命急奔，忽聽呼的一聲響，那人從他頭頂躍過，落在他身前。那少年叫道：「媽啊！」轉身便逃，可是不論他奔向何處，那怪人總是呼的一聲躍起，落在他身前。他枉有雙腳，卻賽不過一個以手行走之人。他轉了幾個方向，那怪人越逼越近，當下伸手發掌，想去推他，那知手臂麻木，早已不聽使喚，只急得他大汗淋漓，不知如何是好，雙腿一軟，坐倒在地。

那怪人道：「你越是東奔西跑，身上的毒越是發作得快。」那少年福至心靈，雙膝跪倒，叫道：「求老公公救我性命。」那怪人搖頭道：「難救，難救！」那少年道：「你本事這麼大，定能救我。」這一句奉承之言，登敎那怪人聽得甚是高興，微微一笑，道：「你怎知我本事大？」那少年聽他語氣溫和，似有轉機，忙道：「你倒轉了身子還跑得這麼快，天下再

沒第二個及得上你。」他隨口捧上一句，豈知「天下再沒第二個及得上你」這話，正好打中了那怪人的心窩。他哈哈大笑，聲震林梢，叫道：「倒過身來，讓我瞧瞧。」

那少年心想不錯，自己直立而他倒豎，確是瞧不清楚，他既不願順立，只有自己倒豎了，當下倒轉身子，將頭頂在地下，右手尚有知覺，牢牢的在旁撐住。那怪人向他細看了幾眼，皺眉沉吟。

那少年此時身子倒轉，也看清楚了怪人的面貌，但見他高鼻深目，滿臉雪白短鬚，根根似鐵，又聽他喃喃自語，說着嘰哩咕嚕的怪話，極是難聽。少年怕他不肯相救，求道：「好公公，你救救我。」那怪人見他眉目清秀，看來倒也歡喜，道：「好，救你不難，但你須得答應我一件事。」少年道：「你說甚麼，我都聽你的。公公，你要我答應甚麼事？」怪人裂嘴一笑，道：「我正要你答應這件事。我說甚麼，你都得聽我的。」少年心下遲疑：「甚麼話都聽？難道叫我扮狗吃屎也得聽？」

怪人見他猶豫，怒道：「好，你死你的罷！」說着雙手一縮一挺，身子飛起，向旁躍開數尺。那少年怕他遠去，忙要追去求懇，可是不能學他這般用手走路，當下翻身站起，追上幾步，叫道：「公公，我答應啦，你不論說甚麼，我都聽你的。」怪人轉過身來，說道：「好，你罰個重誓來。」少年此時左臂麻木已延至肩頭，心中越來越是害怕，只得罰誓道：「公公，若是救了我性命，去了我身上惡毒，我一定聽你的話。要是不聽，讓惡毒重行回到我身上。」心想：「以後我永遠不再碰到銀針，惡毒如何回到身上？但不知我罰這樣一個誓，這怪人肯不肯算數？」

斜眼瞧他時，卻見他臉有喜色，顯得極是滿意，那少年暗喜：「老傢伙信了我啦。」怪人點點頭，忽地翻過身子，捏住少年手臂推拿幾下，說道：「好，好，你是個好娃娃。」少年只覺經他一捏，手臂上麻木之感立時減輕，叫道：「公公，你再給我捏啊！」怪人喝道：「我第一句話你就不聽，要你這兒子何用？」

那少年心想：「原來他要收我為兒。」他一生從未見過父親之面，聽母親說，他父親在他出世之前就已死了，自幼見到別的孩子有父親疼愛，心下常自羨慕，只是見這怪人舉止怪異，瘋瘋癲癲，卻老大不願意認他為義父。那怪人喝道：「你不肯叫我爸爸，好罷，別人叫我爸爸，我還不肯答應呢。」那少年尋思怎生想個法兒騙得他醫好自己。那怪人口中忽然發出一連串古怪聲音，似是念咒，發足便行。那少年急叫：「爸爸，爸爸，你到那裏去？」

怪人哈哈大笑，說道：「乖兒子，來，我教你除去身上毒氣的法兒。」少年走近身去。怪人道：「你中的是李莫愁那女娃娃的冰魄銀針之毒，治起來可着實不容易。」當下傳了口訣和行功之法，說道此法是倒運氣息，須得頭下腳上，氣血逆行，毒氣就會從進入身子之處回出。只是他新學乍練，每日只能逼出少許，須得一月以上，方能驅盡毒氣。他過了一陣氣，那少年極是聰明，一點便透，入耳即記，當下依法施為，果然麻木客滅。他過了一陣氣，雙手手指尖流出幾滴黑汁。怪人喜道：「好啦！今天不用再練，明日我再教你新的法兒。咱們走罷。」少年一愕，道：「那裏去？」怪人道：「你是我兒，爸爸去那裏，兒子自然跟着去那裏。」

• 55 •

正說到此處，空中忽然幾聲鵰唳，兩頭大鵰在半空飛掠而過。那怪人向雙鵰呆望，以手擊額，皺眉苦苦思索，突然間似乎想起了甚麼，登時臉色大變，叫道：「我不要見他們，不要見他們。」說着一步跨了出去。這一步邁得好大，待得第二步跨出，人已在丈許之外，連跨得十來步，身子早在桑樹林後沒了。

那少年叫道：「爸爸，爸爸！」隨後趕去。繞過一株大柳樹，驀覺腦後一陣疾風掠過，卻是那對大鵰從身後撲過，向前飛落。柳樹林後轉出一男一女，雙鵰分別停在二人肩頭。那男的濃眉大眼，胸寬腰挺，三十來歲年紀，上唇微留髭鬚。那女的約莫二十六七歲，容貌秀麗，一雙眼睛靈活之極，在少年身上轉了幾眼，向那男子道：「你說這人像誰？」那男子向少年凝視半晌，道：「你說是像……」只說了四個字，卻不接下去了。

這二人正是郭靖、黃蓉夫婦。這日兩人正在一家茶館中打聽黃藥師的消息，忽見遠處烈燄沖天而起，過了一會，街上有人奔走相告：「陸家莊失火！」黃蓉心中一凜，想起嘉興陸家莊的主人陸展元是武林中一號人物，雖然向未謀面，卻也久慕其名，江湖上多說「江南兩個陸家莊」。江南陸家莊何止千百，武學之士說兩個陸家莊而言。陸展元能與陸乘風相提並論，自非泛泛之士。一問之下，失火的竟然就是陸展元之家。兩人當即趕去，待得到達，見火勢漸小，莊子卻已燒成一個火窟，火場中幾具焦屍燒得全身似炭，面目已不可辨。

黃蓉道：「這中間可有古怪。」郭靖道：「怎麼？」黃蓉道：「那陸展元在武林中名頭

不小，他夫人何沅君也是當代女俠。若是尋常火燭，他家中怎能有人逃不出來？定是仇家來放的火。」郭靖一想不錯，說道：「對，咱們搜搜，瞧是誰放下這等毒手？」

二人繞着莊子走了一遍，不見有何痕迹。黃蓉忽然指着半壁殘牆，叫道：「你瞧，那是甚麼？」郭靖一抬頭，只見牆上印着幾個血手印，給烟一薰，更加顯得可怖。牆壁倒塌，有兩個血手印只賸下半截。郭靖心中一驚，脫口而出：「赤練仙子！」黃蓉道：「一定是她。早就聽說赤練仙子李莫愁武功高強，陰毒無比，不亞於當年的西毒。她駕臨江南，咱們正好跟她鬥鬥。」郭靖點點頭，道：「武林朋友都說這女魔頭難纏得緊，咱們若是找到岳父，那就好了。」黃蓉笑道：「年紀越大，越是膽小。」郭靖道：「這話一點不錯。越是練武，越是知道自己不行。」黃蓉笑道：「郭大爺好謙！我卻覺得自己愈練愈了不起呢。」

二人嘴裏說笑，心中卻暗自提防，四下裏巡視，在一個池塘旁見到兩枚冰魄銀針。一枚銀針半截浸在水中，塘裏幾十條金魚盡皆肚皮翻白，此針之毒，實是可怖可畏。黃蓉伸手伸舌頭，拾兩段斷截樹枝挾起銀針，取出手帕重重包裹了，放入衣囊。二人又到遠處搜尋，卻見到了雙鵰。

郭靖眼見那少年有些面善，一時卻想不起像誰，鼻中忽然聞到一陣怪臭，嗅了幾下，只覺頭腦中微微發悶。黃蓉也早聞到了，臭味似乎出自近處，轉頭尋找，見雄鵰左足上有破損傷口，湊近一聞，臭味果然就從傷口發出。二人吃了一驚，細看傷口，雖只擦破一層油皮，但傷足腫得不止一倍，皮肉已在腐爛。郭靖尋思：「甚麼傷，這等屬害？」忽見那少年左手全成黑色，驚道：「你也中了這毒？」

黃蓉搶過去拿起他手掌一看，忙拊高他衣袖，取出小刀割破他手腕，推擠毒血。只見少年手上流出來的血卻是鮮紅之色，微感奇怪：他手掌明明全成黑色，怎麼血中卻又無毒？她不知那少年經怪人傳授，已將毒血逼向指尖，一時不再上升。她從囊中取出一顆九花玉露丸，道：「嚼碎吞下。」少年接在手裏，先自聞到一陣清香，放入口中嚼碎，但覺滿嘴馨芳，甘美無比，一股清涼之氣直透丹田。黃蓉又取兩粒藥丸，餵雙鵰各服一丸。

郭靖沉思半晌，忽然張口長嘯。那少年耳畔異聲陡發，出其不意，嚇了一跳，但聽嘯聲遠遠傳盪重疊，猶如千軍萬馬，奔騰遠去。他一嘯未已，第二嘯跟着送出，嘯上加嘯，聲音振盪重疊，只驚得雀鳥四下裏亂飛，身旁柳枝垂條震動不已。

黃蓉知道丈夫發聲向李莫愁挑戰，聽他第三下嘯聲又出，當下氣湧丹田，跟着發聲長嘯。郭靖的嘯聲雄壯宏大，黃蓉的卻是清亮高昂。兩人的嘯聲交織在一起，有如一隻大鵬一隻小鳥並肩齊飛，越飛越高，那小鳥竟然始終不落於大鵬之後。兩人在桃花島潛心苦修，內力已臻化境，雙嘯齊作，當真是迴翔九天，聲聞數里。

那倒行的怪人聽到嘯聲，足步加快，疾行而避。

抱着程英的靑袍客聽到嘯聲，哈哈一笑，說道：「他們也來啦，老子走遠些，免得囉唆。」忽聽得一陣清亮的嘯聲跟着響起，兩股嘯聲呼應相和，剛柔相濟，更增威勢。李莫愁心中一凜，自知難敵，又想他夫婦同闖江湖，互相扶持，自己卻是孤零零的一人，登覺萬念俱灰，嘆了一口長氣，抓着陸無

冷笑道：「郭大俠名震武林，倒要瞧瞧他是不是果有眞才實學。」忽聽得一陣清亮的嘯聲跟着響起，兩股嘯聲呼應相和，剛柔相濟，更增威勢。李莫愁心中一凜，自知難敵，又想他夫婦同闖江湖，互相扶持，自己卻是孤零零的一人，登覺萬念俱灰，嘆了一口長氣，抓着陸無

雙的背心去了。

此時武三娘已扶着丈夫，帶同兩個兒子與柯鎮惡作別離去。柯鎮惡適才一番劇戰，生怕李莫愁去而復返傷害郭芙，帶着她正想找個隱蔽所在躲了起來，忽然聽到郭黃二人嘯聲，心中大喜。郭芙叫道：「爹爹，媽媽！」發足便跑。

一老一小循着嘯聲奔到郭靖夫婦跟前。郭芙投入黃蓉懷裏，笑道：「媽，大公公本事不大嗎？他怎麼跑了一個惡女人，他老人家本事可大得很哩。」黃蓉自然知她撒謊，卻只笑了笑。郭靖斥道：「小孩子家，說話可要老老實實。」郭芙伸了伸舌頭，笑道：「大公公本事不大嗎？他怎麼能做你師父？」生怕父親又再責罵，當即遠遠走開，向那少年招手，說道：「你去摘些花兒，編了花冠給我戴！」

那少年跟了她過去。郭芙瞥見他手掌漆黑，便道：「你手這麼髒，我不跟你玩。你摘的花兒也給你弄臭啦。」那少年冷然道：「誰愛跟你玩了？」大踏步便走。

郭靖叫道：「小兄弟，別忙走。你身上餘毒未去，發作出來厲害得緊。」那少年最惱別人小看了他，給郭芙這兩句話刺痛了心，當下昂首直行，對郭靖的叫喊只如不聞。郭靖搶步上前，說道：「你怎麼中了毒？我們給你治了，再走不遲。」那少年道：「我又不識得你，關你甚麼事？」足下加快，想從郭靖身旁穿過。郭靖見他臉上悻悻之色，眉目間甚似一個故人，心念一動，說道：「小兄弟，你姓甚麼？」那少年向他白了一眼，側過身子，意欲急衝而過。郭靖翻掌抓住了他手腕。那少年幾下掙不脫，左手一拳，重重打在郭靖腹上。

郭靖微微一笑，也不理會。那少年想縮回手臂再打，那知拳頭深陷在他小腹之中，竟然拔不出來。他小臉脹得通紅，用力後拔，只拔得手臂發疼，卻始終掙不脫他小腹的吸力。郭靖笑道：「你跟我說你姓甚麼，我就放你。」那少年道：「我姓倪，名字叫作牢子，你快放我。」郭靖聽了好生失望，腹肌鬆開，他可不知那少年其實說自己名叫「你老子」，在討他的便宜。

那少年拳頭脫縛，望着郭靖，心道：「你本事好大，你老子不及乖兒子。」

黃蓉見了他臉上的狡獪懶神情，總覺他跟那人甚為相似，忍不住要再試一試，笑道：「小兄弟，你想做我丈夫的老子，可不成了我的公公嗎？」左手揮出，已按住他後頸。那少年覺得按來的力道極是強勁，急忙運力相抗。黃蓉手上勁力忽鬆，那少年不由自主的仰天一交，結結實實的摔倒。郭芙拍手大笑。那少年大怒，跳起身來，退後幾步，正要污言穢語的罵人，黃蓉已搶上前去，雙手按住他肩頭，凝視着他雙眼，緩緩的道：「你姓楊名過，你媽媽姓穆，是不是？」

那少年正是姓楊名過，突然被黃蓉說了出來，不由得驚駭無比，胸間氣血上湧，手上毒氣突然回沖，腦中一陣胡塗，登時暈了過去。

黃蓉一驚，扶住他身子。郭靖給他推拿了幾下，但見他雙目緊閉，牙齒咬破了舌頭，滿嘴鮮血，始終不醒。郭靖又驚又喜，道：「他⋯⋯他原來是楊康兄弟的孩子。」黃蓉見楊過中毒極深，低聲道：「咱們先投客店，到城裏配幾味藥。」

原來黃蓉見這少年容貌與楊康實在相像，想起當年王處一在中都客店中相試穆念慈的武功師承，伸手按她後頸，穆念慈不向前跌，反而後仰，這正是洪七公獨門的運氣練功法門。

•

這少年若是穆念慈的兒子，所練武功也必是一路。黃蓉是洪七公的弟子，自是深知本門練功的訣竅，一試之下，果然便揭穿了他的真相。

當下郭靖抱了楊過，與柯鎮惡、黃蓉、郭芙三人携同雙鵰，回到客店。黃蓉寫下藥方，店小二去藥店配藥，只是她用的藥都是偏門，嘉興雖是通都大邑，一時卻也配不齊全。郭靖見楊過始終昏迷不醒，甚是憂慮。黃蓉知道丈夫自楊康死後，常自耿耿於懷，今日斗然遇上他的子嗣，自是歡喜無限，偏是他又中了劇毒，不知生死，說道：「咱們自己出去探藥。」郭靖心知只要稍有治愈之望，她必出言安慰自己，卻見她神色之間亦甚鄭重，心下更是惴惴不安，於是囑咐郭芙不得隨便亂走，夫妻倆出去找尋藥草。

楊過昏昏沉沉的睡着，直到天黑，仍是不醒。柯鎮惡進來看了他幾次，自是束手無策，又怕郭芙溜出，不住哄着她睡覺。

他毒蒺藜的毒性與冰魄銀針全然不同，兩者的解藥自不能混用，又怕郭芙溜出，不住哄着她睡覺。

楊過昏迷中也不知過了多少時候，忽覺有人在他胸口推拿，慢慢醒轉，睜開眼來，但見黑影閃動，甚麼東西從窗中竄了出去。他勉力站起，扶着桌子走到窗口張望，只見屋簷上倒立着一人，頭下腳上，正是日間要他叫爸爸的那個怪人，身子搖搖擺擺，似乎隨時都能摔下屋頂。

楊過驚喜交集，叫道：「是你。」那怪人道：「怎麼不叫爸爸？」楊過叫了聲：「爸爸！」心中卻道：「你是我兒子，老子變大為小，叫你爸爸便了。」那怪人很是喜歡，道：「你上

來。」楊過爬上窗檻，躍上屋頂。可是他中毒後身子虛弱，力道不夠，手指沒攀到屋簷，竟

掉了下去，不由得失聲驚呼：「啊喲！」

那怪人伸手抓住他背心，將他輕輕放在屋頂，倒轉來站直了身子，正要說話，聽得西邊

房裏有人呼的一聲吹滅燭火，知道已有人發見自己蹤跡，當下抱着楊過疾奔而去。待得柯鎮

惡躍上屋時，四下裏早已無聲無息。

那怪人抱着楊過奔到鎮外的荒地，將他放下，說道：「你用我教你的法兒，再把毒氣逼

些兒出來。」楊過依言而行，約莫一盞茶時分，手指上滴出幾點黑血，胸臆間登覺大為舒暢。

那怪人道：「你這孩兒甚是聰明，一教便會，比我當年親生的兒子還要伶俐。唉！孩兒啊！」

想到亡故了的兒子，眼中不禁濕潤，撫摸楊過的頭，微微嘆息。

楊過自幼沒有父親，母親也在他十一歲那年染病身亡。穆念慈臨死之時，說他父親死在

嘉興鐵槍廟裏，要他將她遺體火化了，去葬在嘉興鐵槍廟外。楊過遵奉母親遺命辦理，從此

流落嘉興，住在這破窰之中，偷雞摸狗的混日子。穆念慈雖曾傳過他一些武功的入門功夫，

但她自己本就苦不甚高，去世時楊過又尚幼小，實是沒能教得了多少。這幾年來，楊過到處

遭人白眼，受人欺辱，那怪人與他素不相識，居然對他這等好法，眼見他對自己真情流露，

心中極是感動，縱身一躍，抱住了他脖子，叫道：「爸爸，爸爸！」他從兩三歲起就盼望有

個愛憐他、保護他的父親。有時睡夢之中，突然有了個慈愛的英雄父親，但一覺醒來，這父

親卻又不知去向，常常因此而大哭一場。此刻多年心願忽而得償，於這兩聲「爸爸」之中，

滿腔孺慕之意盡情發洩了出來，再也不想在心中討還便宜了。

楊過固然大爲激動，那怪人心中卻只有比他更是歡喜。兩人初遇之時，楊過被逼認他爲父，心中實是一百個不願意，此時兩人心靈交通，當眞是親若父子，但覺對方若有危難，自己就是爲他死了也所甘願。那怪人大叫大笑，說道：「好孩子，好孩子，乖兒子，再叫一聲爸爸。」楊過依言叫了兩聲，靠在他的身上。

那怪人笑道：「乖兒子，來，我把生平最得意的武功傳給你。」說着蹲低身子，口中咕咕的叫了三聲，雙手推出，但聽轟的一聲巨響，面前半堵土牆應手而倒，只激得灰泥瀰漫，塵土飛揚。楊過只瞧得目瞪口呆，伸出了舌頭，驚喜交集，問道：「那是甚麼功夫，我學得會嗎？」怪人道：「這叫做蛤蟆功，只要你肯下苦功，自然學得會。」楊過道：「我學會之後，再沒人欺侮我了麼？」那怪人雙眉上揚，叫道：「誰敢欺侮我兒子，我抽他的筋，剝他的皮。」

這個怪人，自然便是西毒歐陽鋒了。

他自於華山論劍之役被黃蓉用計逼瘋，十餘年來走遍了天涯海角，不住思索：「我到底是誰？」凡是景物依稀熟稔之地，他必多所逗留，只盼能找到自己，這幾個月來他一直就在嘉興，便是由此。近年來他逆練九陰眞經，內力大有進境，腦子也已清醒得多，雖然仍是瘋瘋癲癲，許多舊事卻已逐步一一記起，只是自己到底是誰，卻始終想不起來。

當下歐陽鋒將修習蛤蟆功的入門心法傳授了楊過，他這蛤蟆功是天下武學中的絕頂功夫，變化精微，奧妙無窮，內功的修習更是艱難無比，練得稍有不對，不免身受重傷，甚或吐血身亡，以致當年連親生兒子歐陽克亦未傳授。此時他心情激動，加之神智迷糊，不分輕

重，竟毫不顧忌的教了這新收的義子。

楊過武功沒有根柢，雖將入門口訣牢牢記住了，卻又怎能領會得其中意思？偏生他聰明伶俐，於不明白處自出心裁的強作解人。歐陽鋒教了半天，聽他瞎纏歪扯，說得牛頭不對馬嘴，惱將起來，伸手要打他耳光，月光下見他面貌俊美，甚是可愛，尤勝當年歐陽克少年之時，這一掌便打不下去了，嘆道：「你累啦，回去歇歇，明兒我再教你。」

楊過自被郭芙說他手髒，對她一家都生了厭憎之心，說道：「我跟着你，不回去啦。」歐陽鋒只是對自己的事才想不明白，於其餘世事卻並不胡塗，說道：「我的腦子有些不大對頭，只怕帶累了你。你先回去，待我把一件事想通了，好不好？」楊過自喪母之後，一生從未有人跟他說過這等親切言語，上前拉住了他手，哽咽道：「那你早些來接我。」歐陽鋒點頭道：「我暗中跟着你，不論你到那裏，我都知道。要是有人欺侮你，我打得他肋骨斷成七八十截。」當下抱起楊過，將他送回客店。

柯鎮惡曾來找過楊過，在床上摸不到他身子，到客店四周尋了一遍，也是不見，甚是焦急；二次來尋時，楊過已經回來，正要問他剛才到了那裏，忽聽屋頂上風聲颯然，有人縱越而過。他知是有兩個武功極強之人在屋面經過，忙將郭芙抱來，放在床上楊過的身邊，持鐵杖守在窗口，只怕二人是敵，去而復回，果然風聲自遠而近，倏忽間到了屋頂。一人道：「你瞧那是誰？」另一人道：「奇怪，奇怪，當真是他？」原來是郭靖、黃蓉夫婦。

柯鎮惡這才放心，開門讓二人進來。黃蓉道：「大師父，這裏沒事麼？」柯鎮惡道：「沒事。」黃蓉向郭靖道：「難道咱們竟看錯了人？」郭靖搖頭道：「不會，九成是他。」柯鎮

惡道：「誰啊？」黃蓉一扯郭靖衣襟，要他莫說。但郭靖對恩師不敢相瞞，便道：「歐陽鋒。」

柯鎮惡生平恨極此人，一聽到他名字便不禁臉上變色，低聲道：「歐陽鋒？他還沒死？」郭靖道：「適才我們採藥回來，見到屋邊人影一幌，身法又快又怪，當即追去，卻已不見了蹤影。瞧來很像歐陽鋒。」柯鎮惡知他向來穩重篤實，言不輕發，他說是歐陽鋒，就決不能是旁人。

郭靖掛念楊過，拿了燭台，走到床邊察看，但見他臉色紅潤，呼吸調勻，睡得正沉，不禁大喜，叫道：「蓉兒，他好啦！」楊過其實是假睡，閉了眼偷聽三人說話。他隱約聽到義父名叫「歐陽鋒」，而這三人顯然對他極是忌憚，不由得暗暗歡喜。

黃蓉過來一看，大感奇怪，先前明明見他手臂上毒氣上延，過了這幾個時辰，只有更加瘀黑腫脹，那知毒氣反而消退，實是奇怪之極。她與郭靖出去找了半天，草藥始終沒能採齊，當下將採到的幾味藥搗爛了，擠汁給他服下。

次日郭靖夫婦與柯鎮惡携了兩小離嘉興向東南行，決定先回桃花島，治好楊過的傷再說。

這晚投了客店，柯鎮惡與楊過住一房，郭靖夫婦與女兒住一房。

郭靖與黃蓉急忙躍起，縱到窗邊，只見屋頂上咯的一聲響，接着隔壁房中柯鎮惡正空手和人惡鬥，對手身高手長，赫然便是歐陽鋒。郭靖大驚，只怕歐陽鋒一招之間便傷了大師父性命，正欲躍上相助，卻見柯鎮惡縱聲大叫，從屋頂摔了下來。郭靖飛身搶上，就在柯鎮惡的腦袋將要碰到地面之時，輕輕拉住他後領向上提起，然後再輕輕放下，問道：「大師父，沒受傷嗎？」柯鎮惡道：「死不

• 65 •

了。快去截下歐陽鋒。」郭靖道：「是。」躍上屋頂。

這時屋頂上黃蓉雙掌飛舞，已與這十餘年不見的老對頭鬥得甚是激烈。她這些年來武功大進，內力強勁，出掌更是變化奧妙，十餘招中，歐陽鋒竟絲毫佔不到便宜。

郭靖叫道：「歐陽先生，別來無恙啊。」歐陽鋒道：「你說甚麼？你叫我甚麼？」臉上一片茫然，當下對黃蓉來招只守不攻，心中隱約覺得「歐陽」二字似與自己有極密切關係。

郭靖待要再說，黃蓉已看出歐陽鋒瘋病未愈，忙叫道：「你叫做趙錢孫李、周吳陳王！」歐陽鋒一怔，道：「我叫做趙錢孫李、周吳陳王？」黃蓉道：「不錯，你的名字叫作馮鄭褚衞、蔣沈韓楊。」她說的是「百家姓」上的姓氏。歐陽鋒心中本來胡塗，給她一口氣背了幾十個姓氏，更是是摸不着頭腦，問道：「你是誰？我是誰？」

忽聽身後一人大喝：「你是殺害我五個好兄弟的老毒物。」呼聲未畢，鐵杖已至，正是柯鎮惡。他適才被歐陽鋒掌力逼下，未曾受傷，到房中取了鐵杖上來再鬥。郭靖大叫：「師父小心！」柯鎮惡鐵杖砸出，和歐陽鋒背心相距已不到一尺，卻聽呼的一聲響，鐵杖反激出去，柯鎮惡把持不住，鐵杖撒手，跟着身子也摔入了天井。

郭靖知道師父雖然摔得不住，並不碍事，但歐陽鋒若乘勢追擊，後着可凌厲之極，當下叫道：「看招！」左腿微屈，右掌劃了個圓圈，平推出去，正是降龍十八掌中的「亢龍有悔」。這一招他日夕勤練不輟，初學時便已非同小可，加上這十餘年苦功，實已到爐火純青之境，初推出去時看似輕描淡寫，但一遇阻力，能在剎時之間連加十三道後勁，一道強似一道，重重疊疊，直是無堅不摧、無強不破。這是他從九陰真經中悟出來的妙境，縱是洪七公當年，單

· 66 ·

以這一招而論，也無如此精奧的造詣。

歐陽鋒剛將柯鎮惡震下屋頂，但覺一股微風撲面而來，風勢雖然不勁，然已逼得自己呼吸不暢，知道不妙，急忙身子蹲下，雙掌平推而出，使的正是他生平最得意的「蛤蟆功」。三掌相交，兩人身子都是一震。郭靖掌力急加，一道又是一道，如波濤洶湧般的向前猛撲。歐陽鋒口中咯咯大叫，身子一幌一幌，似乎隨時都能摔倒，但郭靖掌力愈是加強，他反擊之力也相應而增。

二人不交手已十餘年，這次江南重逢，都要試一試對方進境如何。昔日華山論劍，郭靖殊非歐陽鋒敵手，但別來勇猛精進，武功大臻圓熟，歐陽鋒雖逆練真經，也自有心得，但一正一反，終究是正勝於反，到此次交手，郭靖已能與他並駕齊驅，難分上下。黃蓉要丈夫獨力取勝，只在旁掠陣，並不上前夾擊。

南方的屋頂與北方大不相同。北方居室因須抵擋冬日冰雪積壓，屋頂堅實異常，但自淮水而南，屋頂瓦片疊蓋，便以輕巧靈便為主。郭靖與歐陽鋒各以掌力相抵，過了一盞茶時分，只聽腳下格格作響，突然咯喇喇一聲巨響，幾條椽子同時斷折，屋頂穿了個大孔，兩人一齊落下。

黃蓉大驚，忙從洞中躍落，只見二人仍是雙掌相抵，腳下踏着幾條椽子，這些椽子卻壓在一個住店的客人身上。那人睡夢方酣，豈知禍從天降，登時雙腿骨折，痛極大號。郭靖不忍傷害無辜，不敢足上用力，歐陽鋒卻不理旁人死活。二人本來勢均力敵，但因郭靖足底勢虛，掌上無所借力，漸趨下風。他以單掌抵敵人雙掌，然全身之力已集於右掌，左掌雖然空

着，可也已無力可使。黃蓉見丈夫身子微向後仰，雖只半寸幾分的退卻，卻顯然已落敗勢，當下叫道：「喂，張三李四，胡塗王八，看招。」輕飄飄的一掌往歐陽鋒肩頭拍去。

這一掌出招雖輕，然而是落英神劍掌法的上乘功夫，落在敵人身上，勁力直透內臟，縱是歐陽鋒這等一流名家，也須受傷不可。歐陽鋒聽她又以古怪姓名稱呼自己，一怔之下，斗然見她招到，雙掌力推，將郭靖的掌力逼開半尺，就在這電光石火的一瞬之間，一把抓住了黃蓉肩頭，五指如鈎，要硬生生扯她一塊肉下來。

這一抓發出，三人同時大吃一驚。歐陽鋒但覺指尖劇痛，原來已抓中了她身上軟蝟甲的尖刺，忙不迭的鬆手。就在此時，郭靖掌力又到，歐陽鋒回掌相抵，危急中各出全力，砰的一聲，兩人同時急退，但見塵沙飛揚，牆倒屋傾。原來二人這一下全使上了剛掌，黑暗中瞧不清對方身形，降龍十八掌的巨力竟都打在對方肩頭。兩人破牆而出，半邊屋頂塌了下來。黃蓉肩頭受了這一抓，雖未受傷，卻也已嚇得花容失色，百忙中在屋頂將塌未塌之際斜身飛出。只見歐陽鋒與郭靖相距半丈，呆立不動，顯然都已受了內傷。

黃蓉不及攻敵，當即站在丈夫身旁守護。但見二人閉目運氣，哇哇兩聲，不約而同的都噴出一口鮮血。歐陽鋒叫道：「降龍十八掌，嘿，好傢伙，好傢伙！」一陣狂笑，揚長便走，瞬息間去得無影無蹤。

此時客店中早已呼爺喊娘，亂成一團。黃蓉知道此處不可再居，從柯鎮惡手裏抱過女兒，道：「師父，你抱着靖哥哥，咱們走罷！」柯鎮惡將郭靖抗在肩上，一蹺一拐的向北行去。走了一陣，黃蓉忽然想起楊過，不知這孩子逃到了那裏，但掛念丈夫身受重傷，心想旁的事

　　　　　　　　　　　　　　　　・68・

只好慢慢再說。

郭靖心中明白，只是被歐陽鋒的掌力逼住了氣，說不出話來。他在柯鎮惡肩頭調勻呼吸，運氣通脈，約莫走出七八里地，各脈俱通，說道：「大師父，不礙事了。」柯鎮惡將他放下，問道：「還好麼？」郭靖搖搖頭道：「蛤蟆功當真了得！」只見女兒伏在母親肩頭沉沉熟睡，心中一怔，問道：「過兒呢？」柯鎮惡一時想不起過兒是誰，愕然難答。黃蓉道：「你放心，先找個地方休息，我回頭去找他。」

此時天色將明，道旁樹木房屋已朦朧可辨。郭靖道：「我的傷不礙事，咱們一起去找。」黃蓉皺眉道：「這孩子機伶得很，不用為他掛懷。」正說到此處，忽見道旁白牆後伸出個小小腦袋一探，隨即縮了回去。黃蓉搶過去一把抓住，正是楊過。他笑嘻嘻的叫了聲「阿姨」，說道：「你們才來麼？我在這兒等了好久啦。」黃蓉心中好些疑團難解，隨口答應一聲，道：「好，跟我們走罷！」

楊過笑了笑，跟隨在後。郭芙睜開眼來，問道：「你到那裏去啦？」楊過道：「我去捉蟋蟀兒，那才好玩。」郭芙道：「有甚麼好玩？」楊過道：「哼，誰說不好玩？一個大蟋蟀跟一隻老蟋蟀對打，老蟋蟀輸了，又來了兩隻小蟋蟀幫着，三隻打一個。大蟋蟀跳來跳去，這邊彈一腳，那邊咬一口，嘿嘿，那可厲害了⋯⋯」說到這裏，卻住口不說了。郭芙怔怔的聽着，問道：「後來怎樣？」楊過道：「你說不好玩，問我幹麼？」郭芙碰了個釘子，很是生氣，轉過了頭不睬他。

黃蓉聽他言語中明明是幫着歐陽鋒，在譏刺自己夫婦與柯鎮惡，便道：「你跟阿姨說，

· 69 ·

到底是誰打贏了？」楊過笑笑，輕描淡寫的道：「我正瞧得有趣，你們都來了，蟋蟀兒全逃走啦。」黃蓉心想：「當真是有其父必有其子。」不禁微覺有氣。

說話之間，眾人來到一個村子。黃蓉向一所大宅院求見主人。那主人甚是好客，聽說有人受傷生病，忙命莊丁打掃廂房接待。郭靖吃了三大碗飯，坐在榻上閉目養神。黃蓉見丈夫氣定神閒，心知已無危險，坐在他身旁守護，想起見到楊過以來的種種情況，覺得此人年紀雖小，卻有許多怪異難解之處，但若詳加查問，他多半不會實說，心想只小心留意他行動便是。當日無語，用過晚膳後各自安寢。

楊過與柯鎮惡同睡一房，到得中夜，他悄悄起身，聽得柯鎮惡鼻鼾呼呼，睡得正沉，便打開房門，溜了出去，走到牆邊，爬上一株桂花樹，縱身躍起，攀上牆頭，輕輕溜下。牆外兩隻狗聞到人氣，吠了起來。楊過早有預備，從懷裏摸出兩根日間藏着的肉骨頭，丟了過去。兩隻狗咬住骨頭大嚼，當即止吠。

楊過辨明方向，向西南而行，約莫走了七八里地，來到鐵槍廟前。他推開廟門，叫道：「爸爸，我來啦！」只聽裏面哼了一聲，正是歐陽鋒的聲音，楊過大喜，摸到供桌前，找到燭台，點燃了殘燭，見歐陽鋒躺在神像前的幾個蒲團之上，神情委頓，呼吸微弱。他與郭靖所受之傷情形相若，只是郭靖方當年富力強，復元甚速，他卻年紀老邁，精力已遠爲不如。

原來昨晚楊過與柯鎮惡同室宿店，半夜裏歐陽鋒又來瞧他。柯鎮惡當即醒覺，與歐陽鋒動起手來。其後黃蓉、郭靖二人先後參戰，楊過一直在旁觀看。終於歐陽鋒與郭靖同時受傷，

．70．

歐陽鋒遠引。楊過見混亂中無人留心自己，悄悄向歐陽鋒追去。初時歐陽鋒行得極快，楊過自是追趕不上，但後來他傷勢發作，舉步維艱，楊過趕了上來，扶他在道旁休息。楊過知道自己若不回去，黃蓉、柯鎮惡等必來找尋，只恐累了義父的性命，是以與歐陽鋒約定了在鐵槍廟中相會。這鐵槍廟與他二人都大有干係，一說均知。楊過獨自守在大路之旁相候，與郭靖等會面後，直到半夜方來探視。

楊過從懷裏取出七八個饅頭，遞在他手裏，道：「爸爸，你吃罷。」歐陽鋒餓了一天，生怕出去遇上敵人，整日躲在廟中苦挨，吃了幾個饅頭後精神為之一振，問道：「他們在那兒？」楊過一一說了。

歐陽鋒道：「那姓郭的吃了我這一掌，七日之內難以復原。他媳婦兒要照料丈夫，不敢輕離，眼下咱們只擔心柯瞎子一人。他今晚不來，明日必至。只可惜我沒半點力氣。唉，我好像殺過他的兄弟，也不知是四個還是五個……」說到這裏，不禁劇烈咳嗽。

楊過坐在地下，手托腮幫，小腦袋中剎時間轉了許多念頭，忽然心想：「有了，待我在地下布些利器，老瞎子若是進來，可要叫他先受點兒傷。」於是在供桌上取過四隻燭台，拔去灰塵堆積的陳年殘燭，將燭台放在門口，再虛掩廟門，搬了一隻鐵香爐，爬上去放在廟門頂上。

他四下察看，想再布置些害人的陷阱，見東西兩邊偏殿中各吊着一口大鐵鐘。每一口鐘都是三人合抱也抱不起來，料必重逾千斤。鐘頂上有一隻極粗的鐵鈎，與巨木製成的木架相連。這鐵槍廟年久失修，破敗不堪，但巨鐘和木架兩皆堅牢，仍是完好無損。楊過心想：「老

• 71 •

瞎子要是到來，我就爬到鐘架上面，管教他找我不着。」

他手持燭台，正想到後殿去找件防身利器，忽聽大路上篤、篤、篤的一聲聲鐵杖擊地，

知道柯鎮惡到了，忙吹滅燭火，隨即想起：「這瞎子目不見物，我倒不必熄燭。」但聽篤篤篤

篤之聲越來越近，歐陽鋒忽地坐起，要把全身僅餘的勁力運到右掌之上，先發制人，一掌將

他斃了。楊過將手中燭台的鐵籤朝外，守在歐陽鋒身旁，心想我雖武藝低微，好歹也要相助

義父，跟老瞎子拚上一拚。

柯鎮惡料定歐陽鋒身受重傷，難以遠走，那鐵槍廟便在附近，正是歐陽鋒舊遊之地，料

想他不敢寄居民家，多半會躲在廟中，想起五個兄弟慘遭此人毒手，今日有此報仇良機，那

肯放過？睡到半夜，輕輕叫了兩聲：「過兒，過兒！」不聽答應，只道他睡得正熟，竟沒走

近查察，當下越牆而出。那兩條狗子正在大嚼楊過給的骨頭，見他出來，只嗚嗚幾聲，卻沒

吠叫。

他緩緩來到鐵槍廟前，側耳聽去，果然廟裏有呼吸之聲。他大聲叫道：「老毒物，柯瞎

子找你來啦，有種的快出來。」說着鐵杖在地下一頓。歐陽鋒只怕洩了丹田之氣，不敢言語。

柯鎮惡叫了幾聲，未聞應聲，舉鐵杖撞開廟門，踏步進內，只聽呼的一響，頭頂一件重

物砸將下來，同時左腳已踏中燭台上的鐵籤，刺破靴底，腳掌心上一陣劇痛。他一時之間不

明所以，鐵杖揮起，噹的一聲巨響，震耳欲聾，將頭頂的鐵香爐打了開去，隨即在地下一滾，

好教鐵籤不致刺入足底。那知身旁尚有幾隻燭台，只覺肩頭一痛，又有一隻燭台的鐵籤刺入

了肉裏。他左手抓住燭台拔出，鮮血立湧。此時不敢再有大意，聽着歐陽鋒呼吸之聲，腳掌

擦地而前，一步一步走近，走到離他三尺之處，鐵杖高舉，叫道：「老毒物，今日你還有何話說？」

歐陽鋒已將全身所剩有限力氣運上右臂，只待對方鐵杖擊下，手掌同時拍出，跟他拚個同歸於盡。柯鎮惡雖知仇人身受重傷，但不知他到底傷勢如何，這一杖遲遲不落，要等他先行發招，就可知他還剩下多少力氣。兩人相對僵持，均各不動。

柯鎮惡耳聽得他呼吸沉重，腦中斗然間出現了朱聰、韓寶駒、南希仁等結義兄弟的聲音，似乎在齊聲催他趕快下手，當下再也忍耐不住，大吼一聲，一招「秦王鞭石」，揮鐵杖摟頭蓋將下去。歐陽鋒身子畧閃，待要發掌，手臂只伸出半尺，一口氣卻接不上來，登時軟垂下去。

但聽砰的一聲猛響，火光四濺，鐵杖杖頭將地下幾塊方磚擊得粉碎。

柯鎮惡一擊不中，次招隨上，鐵杖橫掃，向他中路打去。若在平日，歐陽鋒輕輕一帶，就要叫他鐵杖脫手，至不濟也能縱身躍過，但此刻全身酸軟，使不出半點勁道，只得着地打滾，避了開去。柯鎮惡使開降魔杖法，一招快似一招。歐陽鋒卻越避越是遲鈍，終於給他一招「杵伏藥叉」擊中左肩。

楊過在一旁聽着，不由得心驚肉跳，有心要上前相助義父，卻自知武藝低微，只有送死的份兒。

柯鎮惡接連三杖，都擊在歐陽鋒身上。歐陽鋒今日也是該遭此厄，總算他內力深湛，雖無還手之力，卻能退避化解，將他每一擊的勁道都卸在一旁，身上已被打得皮開肉綻，筋骨內臟卻不受損。柯鎮惡暗暗稱奇，心想這老毒物的本事果然非同小可，每一杖下去，明明已

· 73 ·

經擊中，但總是在他身上滑溜而過，十成勁力倒給化解了九成，心想他的頭蓋總不能以柔功滑開我的杖力，當下運杖成風，着着向他頭頂進攻。

歐陽鋒閃頭避了幾次，霎時間身子已被籠罩在他杖風之下，不由得暗暗叫苦，若是被他一杖擊在頭上，那裏還保得住性命，無可奈何中行險僥倖，突然撲入他的懷裏，抓住了他胸口。柯鎮惡吃了一驚，鐵杖已在外門，難以擊敵，只得伸手反揪。兩人一齊滾倒。

歐陽鋒不敢鬆手，牢牢抓住對方胸口，忽然觸手堅硬，急忙抓起，竟是一柄尖刀。這是張阿生常用的兵刃屠牛刀，名雖如此，其實並非用以屠牛。這刀砍金斷玉，鋒利無比。張阿生在蒙古大漠死於陳玄風之手，柯鎮惡心念義弟，這柄刀帶在身畔，片刻不離。歐陽鋒近身肉搏，拔了出來，左手彎過，舉刀便往敵人腰脅刺落。恰在此時，柯鎮惡正放脫鐵杖，右拳揮出，砰的一聲，將歐陽鋒打了個觔斗。歐陽鋒眼前金星直冒，迷迷糊糊中揮手將尖刀往敵人擲去。柯鎮惡聽得風聲，閃身避過，只聽鐺的一聲，鐘聲嗡嗡不絕，原來這把刀正擲中殿上的鐵鐘。歐陽鋒這一擲雖然無甚手勁，但因刀刃十分鋒利，竟然刺入鐵鐘，刀身不住顫動。

楊過站在鐘旁，尖刀貼面飛過，險些給刺中臉頰，只嚇得心中怦怦而跳，急忙快手快腳的爬上鐘架。

歐陽鋒靈機一動，繞到了鐘後。此時鐘聲未絕，柯鎮惡一時聽不出他呼吸所在，側頭細辨聲息。大殿中月光斜照，但見他滿頭亂髮，住杖傾聽，神態極是可怕。楊過瞧出了其中關鍵，當即拔出屠牛刀，將刀柄往鐘上重重撞去，鐺的一聲，將兩人呼吸聲盡皆蓋過。

柯鎮惡聽到鐘聲，向前疾撲，歐陽鋒已繞到了鐘後。柯鎮惡橫杖擊出，歐陽鋒向旁閃避，

這一杖便擊中了鐵鐘，只聽得鏜的一聲巨響，當真是震耳欲聾。楊過只覺耳鼓隱隱作痛。柯

鎮惡性起，揮鐵杖不住擊鐘，前聲未絕，後聲又起，越來越響。歐陽鋒心想不妙，他這般敲

擊下去，雖然郭靖受傷，黃蓉卻只怕要來應援。乘着鐘聲震耳，放輕腳步，想從後殿溜出。

那知柯鎮惡耳音靈敏之極，雖在鐘聲鏜鏜巨響之中，仍分辨得出別的細微聲息，聽得歐陽鋒

腳步移動，當下只作不知，仍是舞杖狂敲，待他走出數步，離鐘已遠，突然縱躍而前，揮杖

往他頭頂擊落。

歐陽鋒勁力雖失，但他一生不知經過多少大風大浪，這些接戰時的虛虛實實，豈有不知？

眼見柯鎮惡右肩微抬，早知他的心意，不待他鐵杖揮出，又已逃回鐘後。他重傷後本已步履

艱難，但此刻生死繫於一髮，竟然從數十年的深厚內力之中，激發了連自己也不知從何而來

的力道。

柯鎮惡大怒，叫道：「就算打你不死，累也累死了你。」繞鐘來追。

楊過見二人繞着鐵鐘兜圈子，時候一長，義父必定氣力不加，眼見情勢危急，忽然心生

一計，爬在鐘架上雙手亂舞，大做手勢。歐陽鋒全神躲閃敵人追擊，並未瞧見，再兜兩個圈

子，才見楊過的影子映在地下，正做手勢叫他離開，一時未明其意，但想他既叫我離開，必

有用意，當下冒險向外奔去。

柯鎮惡停步不動，要分辨敵人的去向。楊過除下腳上兩隻鞋子，向後殿擲去，拍拍兩聲，

落在地下。柯鎮惡大奇，明明聽得歐陽鋒走向大門，怎麼後殿又有聲響？就在他微一遲疑之

際，楊過執起屠牛尖刀，發力向吊着鐵鐘的木架橫樑上斬去。這橫樑極粗，楊過力氣又小，寶刀雖利，數刀急砍又怎斬它得斷？但鐵鐘沉重之極，橫樑給接連斬出了幾個缺口，已吃不住巨鐘的重量。喀喇喇幾聲響，橫樑折斷，那口大鐵鐘夾着一股疾風，對準柯鎮惡的頂門直砸下來。

柯鎮惡早聽得頭頂忽發異聲，正自奇怪，巨鐘已落將下來，這當兒已不及逃竄，百忙中鐵杖直豎，噹的一聲猛響，巨鐘邊緣正壓在杖上，就這麼一擋，他已乘隙從鐘底滾出。但聽喀、砰、嗙、轟，接連幾響，鐵杖斷爲兩截，鐵鐘翻滾過去，在柯鎮惡肩頭猛力一撞，將他拋出山門，連翻了幾個觔斗，只跌得鼻子流血，額角上也破了一大塊。柯鎮惡目不見物，不知變故因何而起，只怕殿中躲着甚麼怪物作祟，爬起身來，一蹺一拐的走了。

歐陽鋒在旁瞧着，也不由得微微心驚，不住口叫道：「可惜，可惜！」又道：「乖孩兒，好聰明！」楊過從鐘架上爬下，喜道：「這瞎子不敢再來啦。」歐陽鋒道：「此人與我仇深似海，只要他一息尚存，必定再來。」楊過道：「那麼咱們快走。」歐陽鋒搖頭道：「我在鐘下用功七日，元功一復，自己就能掀鐘出來。這七日之中，那柯瞎子縱然再來尋仇，諒他這點點微末道行，也揭不開這口大鐘。只要黃蓉這女娃娃不來，未必有人能識破機關。黃蓉一來，那道：「我受傷甚重，逃不遠。」他這時危難暫過，只覺四肢百骸都如要散開來一般，實是一步也不能動了。楊過急道：「那怎麼辦？」歐陽鋒沉吟半晌，道：「有個法子，你再斬斷另一口鐘的橫樑，將我罩在鐘下。」楊過道：「那你怎麼出來？」歐陽鋒道：「我在鐘下用可大事去矣。」

楊過心想除此之外，確也沒有旁的法子，問清楚他確能自行開鐘，不須別人相助，又問：

「你七天沒東西吃，行嗎？」歐陽鋒道：「你去找隻盆鉢，裝滿了清水，放在我身旁。這裏還有好幾個饅頭，慢慢吃着，盡可支持得七日。」

楊過去廚房中找到一隻瓦鉢，裝了清水，放在另一口仍然高懸的大鐘之下，然後扶了歐陽鋒端端正正的坐在鐘下。歐陽鋒道：「孩兒，你儘管隨那姓郭的前去，日後我必來尋你。」

楊過答應了，爬上鐘架，斬斷橫樑，大鐵鐘落下，將歐陽鋒罩住了。

楊過叫了幾聲「爸爸」，不聽歐陽鋒答應，知他在鐘內聽不見外邊聲息，正要離去，心念忽動，又到後殿拿一隻瓦鉢，盛滿了清水。將瓦鉢放在地下，然後倒轉身子，左手伸在鉢中，依照歐陽鋒所授逆行經脈之法，將手上毒血逼了一些出來。只是使這功夫極是累人，他又只學得個皮毛，雖只擠得十幾滴黑血，卻已鬧得滿頭大汗。歇了一陣，扯下神像前的幾條布幡，纏在一隻籤筒之上，然後醮了碗中血水，在那口鐘上到處都遍塗了，心想若是柯瞎子再至，想撬開鐵鐘，手掌碰到鐘身，叫他非中毒不可。

忽又想到，義父罩在鐘內，七天之中可別給悶死了，於是用尖刀挖掘鐘邊之下的青磚，在地下挖了個拳頭大的洞孔，以便通風透氣。挖掘之間，那尖刀碰到青磚底下的一塊硬石，竟爾拍的一聲折斷了。這屠牛刀鋒銳之極，刀鋒卻是甚薄，給楊過當作鐵鑿般亂挖亂掘，一柄寶刀竟爾斷送。他不知此刀珍貴，反正不是自己之物，也不可惜，隨手拋在一旁，伏在地下，對準鐘底洞孔叫道：「爸爸，我去了，你快來接我。那口鐘外面有毒，你出來時小心些。」

隨即側頭，俯耳洞孔，只聽歐陽鋒微弱的聲音道：「好孩子，我不怕毒，毒才怕我。你自己

小心，我定來來接你。」

楊過悄悄立半晌，頗有戀戀不捨之意，這才快步奔回客店，越牆時提心吊膽，只怕柯鎮惡驚覺，那知進房後見柯鎮惡尚未回來，倒也大出意料之外。

次日一早，忽聽得有人用棍棒嘭嘭嘭的敲打房門。楊過躍下床來，打開房門，只見柯鎮惡持着一根木棍，臉色灰白，剛踏進門便向前撲出，摔在地下。楊過見他雙手烏黑，果然又去尋過歐陽鋒，終究不免中了自己布下之毒，暗暗心喜，當下假裝吃驚，大叫：「柯公公，你怎麼了？」

郭靖、黃蓉聽得叫聲，奔過來查看，見柯鎮惡倒在地下，吃了一驚。此時郭靖雖能行走，卻無力氣，當下黃蓉將柯鎮惡扶在床上，問道：「大師父，你怎麼啦？」柯鎮惡搖了搖頭，並不答話。黃蓉見到他掌心黑氣，恨恨的道：「又是那姓李的賤人，靖哥哥，待我去會她。」說着一束腰帶，跨步出去。

柯鎮惡低聲道：「不是那女子。」黃蓉止步回頭，奇道：「咦，那是誰？」柯鎮惡自覺連一個手無縛雞之力的人也對付不了，反弄到自己受傷回來，也可算無能之極。他性子剛硬，真所謂辛薑老而彌辣，對受傷的原由竟一句不提。靖蓉二人知他脾氣，若他願說，自會吐露，否則愈問愈惹他生氣。好在他只皮膚中毒，毒性也不厲害，只是一時昏暈，服了一顆九花玉露丸後便無大碍。

黃蓉心下計議，眼前郭靖與柯鎮惡受傷，那李莫愁險毒難測，須得先將兩個傷者、兩個孩子送到桃花島，日後再來找她算帳，方策萬全。這日上午在客店中休息半天，下午僱船東

• 78 •

行。

楊過見黃蓉不去找歐陽鋒，心下暗喜，又想：「爸爸很怕郭伯伯母去找他，難道郭伯伯母這樣嬌滴滴的一個大美人兒，比柯瞎子還厲害得多嗎？」

舟行半日，天色向晚，船隻靠岸停泊，船家淘米做飯。忽見柳蔭下兩個小孩子在哀哀痛哭。郭芙見楊過不理自己，又是生氣又是無聊，倚在船窗向外張望，忽見柳蔭下兩個小孩子在哀哀痛哭，瞧模樣正是武敦儒、武修文兄弟。郭芙大聲叫道：「喂，你們在幹甚麼？」武修文回頭見是郭芙，哭道：「我們在哭，你不見麼？」郭芙道：「幹甚麼呀，你媽打你們麼？」武修文哭道：「我媽死啦！」

黃蓉聽到他說話，吃了一驚，躍上岸去。只見兩個孩子撫着母親的屍身哀哀痛哭。武三娘滿臉漆黑，早已死去多時。黃蓉再問武三通的下落，武敦儒哭道：「爸爸不知到那裏去啦。」武三娘死了，心裏忽然又胡塗啦。我們叫他，他理也不理就走了。」說着又哭了起來。黃蓉心想：媽媽給爸爸的傷口吸毒，吸了好多黑血出來。爸爸好了，媽媽卻死了。爸爸見媽死了，實是個義烈女子。

「武三娘子捨生救夫，」問道：「你們餓了罷？」兩兄弟不住點頭。黃蓉嘆了口氣，命船夫帶他們上船吃飯，到鎮上買了一具棺木，將武三娘收殮了。當晚不及安葬，次晨才買了一塊地皮，將棺木葬了。武氏兄弟在墳前伏地大哭。

郭靖道：「蓉兒，這兩個孩子沒了爹娘，咱們便帶到桃花島上，以後要多費你心照顧啦。」黃蓉點頭答應，當下勸住了武氏兄弟，上船駛到海邊，另僱大船，東行往桃花島進發。

武修文騎在楊過身上，兄弟倆牢牢按住，四個拳頭不住往他身上擊去。楊過咬住牙關苦挨，一聲不哼。郭芙在旁見武氏兄弟為她出氣，心下甚喜，叫道：「用力打，打他！」

第三回　求師終南

郭靖在舟中潛運神功，數日間傷勢便已痊愈了大半。夫婦倆說起歐陽鋒十餘年不見，不但未見衰邁，武功猶勝往昔，這一掌若是打中了郭靖胸口要害，那便非十天半月之內所能痊可了。兩人談到洪七公，不知他身在何處，甚是記掛。黃蓉雖在桃花島隱居，仍是遙領丐幫幫主之位，幫中事務由魯有腳奉黃蓉之名處分勾當。她此番來到江南，原擬乘便會見幫中諸長老會商幫務，並打聽洪七公近況，但郭靖受傷，只有先行歸島。其後說到楊過，黃蓉便將他叫進內艙，詢問前事。楊過說了母親因病逝世、自己流落嘉興的經過，郭靖夫婦想起和穆念慈的交情，均是不勝傷感。

待楊過回出外艙，郭靖說道：「我向來有個心願，你自然知道。今日天幸遇到過兒，我的心願就可得償了。」當年郭靖之父郭嘯天與楊過的祖父楊鐵心義結兄弟，兩家妻室同時懷孕。二人相約，日後生下的若均是男兒，就結為兄弟，若均是女兒則結為金蘭姊妹，如是一男一女，則為夫婦。後來兩家生下的各為男兒，郭靖與楊過之父楊康如約結為兄弟。但楊康

認賊作父，多行不義，終於慘死於嘉興王鐵槍廟中。郭靖念及此事，常耿耿於懷。此時這麼

一說，黃蓉早知他的心意，搖頭道：「我不答應。」

郭靖愕然道：「怎麼？」黃蓉道：「芙兒怎能許配給這小子。」郭靖道：「他父雖然行

止不端，但郭楊兩家世代交好，我瞧他相貌清秀，聰明伶俐，今後跟着咱倆，將來不能不能

出人頭地。」黃蓉道：「我就怕他聰明過份了。」郭靖道：「你不是聰明得緊麼？那有甚麼

不好？」黃蓉笑道：「我卻偏喜歡你這傻哥哥呢。」郭靖一笑，道：「芙兒將來長大，未必

與你一般也喜歡傻小子。再說，如我這般傻瓜，天下只怕再也難找第二個。」黃蓉刮臉羞他

道：「好希罕麼？不害臊。」

兩人說笑幾句，郭靖重提話頭，說道：「我爹爹就只這麼一個遺命，楊鐵心叔父臨死之

際也曾重託於我。可是於楊兄弟與穆世姊份上，我實沒盡了甚麼心。若我再不將過兒當作

親人一般看待，怎對得起爹爹與楊叔父？」言下長嘆一聲，甚有憮然之意。黃蓉柔聲道：「好

在兩個孩子都還小，此事也不必急。將來若是過兒當員沒甚壞處，你愛怎麼就怎麼便了。」

郭靖站起身來，深深一揖，正色道：「多謝相允，我實是感激不盡。」黃蓉也正色道：

「我可沒應允。我是說，要瞧那孩子將來有沒有出息。」郭靖一揖到地，剛伸腰直立，聽她

此言，不禁楞住，隨即道：「楊康兄弟自幼在金國王府之中，這才學壞。過兒在我們島上，

卻決計壞不了，何況他這名字當年就是我給取的。他名楊過，字改之，就算有了過失，也能

改正，你放心好啦。」黃蓉笑道：「名字怎能作數？你叫郭靖，好安靜嗎？從小就跳來跳去

的像隻大猴子。」郭靖瞠目結舌，說不出話來。黃蓉一笑，轉過話頭，不再談論此事。

舟行無話，到了桃花島上。

楊過服了黃蓉的解藥後，身上餘毒便即去淨。他和郭芙初見面時客有嫌隙，但小孩性兒，過了幾日，大家自也忘了。

這一日楊過從屋裏跑出來，又要去捉蟋蟀，越彈指閣，經兩忘峯，剛繞過清嘯亭，忽聽得山後笑語聲喧，忙奔將過去，只見郭芙和武氏兄弟翻石撥草，也正在捕捉蟋蟀。武敦儒拿着個小竹筒，郭芙捧着一隻瓦盆。

武修文翻開一塊石頭，嗤的一響，一隻大蟋蟀跳了出來。武修文縱身撲上，雙手按住，歡聲大叫。郭芙叫道：「給我，給我。」武修文拿起蟋蟀，道：「好罷，給你。」揭開瓦盆蓋，放在盆裏，只見這蟋蟀方頭健腿、巨顎粗腰，甚是雄駿。武修文道：「這隻蟋蟀定是無敵大將軍，楊哥哥，你那許多蟋蟀兒都打牠不過。」

楊過不服，從懷中取出幾個竹筒蟋蟀，挑出最兇猛的一隻來與之相鬥。鬥得幾個回合，那大蟋蟀張開巨口咬去，將楊過的那隻攔腰咬住，摔出盆外，隨即振翅而鳴，洋洋得意。郭芙拍手歡叫：「我的打贏啦！」楊過道：「別忙，還有呢。」可是他連出三蟀，盡數敗下陣來，第三隻甚至被巨蟀一口咬成兩截。

楊過臉上無光，道：「不玩啦！」轉身便走。忽聽得後面草叢中嘰嘰嘰的叫了三聲，正是蟋蟀鳴叫，聲音卻頗有些古怪。武敦儒道：「又是一隻。」撥開草叢，突然向後急躍，驚道：「蛇，蛇！」楊過轉過身來，果見一條花紋斑爛的毒蛇，昂首吐舌的盤在草中。楊過拾

起一塊黝黝黑的小子，對準了摔去，正中蛇頭，那毒蛇扭曲了幾下，便即死了。只見毒蛇所盤之旁有一隻黑黝黝的小蟋蟀，相貌奇醜，卻展翅發出嘰嘰之聲。

郭芙笑道：「楊哥哥，你捉這小黑鬼啊。」楊過聽出她話中有嘰嘲之意，激發了胸中傲氣，說道：「好，捉就捉。」當下將黑蟋蟀捉了過來。郭芙笑道：「你這隻小黑鬼，要來幹甚麼？想跟我的無敵大將軍鬥鬥嗎？」楊過怒道：「鬥就鬥，小黑鬼也不是給人欺負的。」將黑蟋蟀放在郭芙的瓦盆之中。

說也奇怪，那大蟋蟀見到小黑蟋蟀竟有畏懼之意，不住退縮。郭芙與武氏兄弟大聲吆喝，為大蟋蟀加勁助威。小黑蟋蟀昂頭縱躍而前，那大蟀不敢接戰，想躍出盆去。小黑蟀也卽躍高，在半空咬住大蟀的尾巴，雙蟀齊落，那大蟋蟀抖了幾抖，翻轉肚腹而死。原來蟋蟀之中有一種喜與毒蟲共居，與蜈蚣共居的稱為「蜈蚣蟀」，與毒蛇共居的稱為「蛇蟀」，因身上染有毒蟲氣息，非常蟀之所能敵。楊過所捉到的小黑蟀正是一隻蛇蟀。

郭芙見自己的無敵大將軍一戰卽死，很不高興，轉念一想，道：「楊哥哥，你這頭小黑鬼給了我罷。」楊過道：「給你麼，本來沒甚麼大不了，但你為甚麼罵牠小黑鬼？」郭芙小嘴一撇，悻悻的道：「不給就不給，希罕嗎？」拿起瓦盆一抖，將小黑蟀倒在地上，右腳踹落，登時踏死。楊過又驚又怒，氣血上湧，滿臉脹得通紅，登時按捺不住，反手一掌，重重打了她個耳光。

郭芙一楞，還沒決定哭是不哭。武修文罵道：「你這小子打人！」向楊過胸口就是一拳，力道着實不輕。楊他家學淵源，自小得父母親傳，武功已有相當根基，這拳正中楊過前胸，

過大怒，回手也是一拳，武修文閃身避過。楊過追上撲擊，武敦儒伸腳在他腿上一鈎，楊過撲地倒了。武修文轉身躍起，騎在他身上。兄弟倆牢牢按住，四個拳頭猛往他身上擊去。

楊過雖比二人大了一兩歲，但雙拳難敵四手，當下咬住牙關挨打，哼也不哼。武敦儒道：「你討饒就放你。」楊過罵道：「放屁！」武修文砰砰兩下，又打了他兩拳。郭芙在旁見武氏兄弟為她出氣，心下甚喜。

武氏兄弟知道若是打他頭臉，有了傷痕，待會被郭靖、黃蓉看到，必受斥責，是以拳打足踢，都招呼在他身上。郭芙見打得厲害，有些害怕，但摸到自己臉上熱辣辣的疼痛，又覺打得痛快，不禁叫道：「用力打，打他！」武氏兄弟聽她這般呼叫，打得更加狠了。

楊過伏在地下，耳聽郭芙如此叫喚，心道：「你這丫頭如此狠惡，我日後必報此仇。」但覺腰間、背上、臀部劇痛無比，漸漸抵受不住，武氏兄弟自幼練功，拳腳有力，尋常大人也經受不起，若非楊過也練過一些內功，早已昏暈。他咬牙強忍，雙手在地下亂抓亂爬，突然間左手抓到一件冰涼滑膩之物，正是適才砸死的毒蛇，當即抓起，回手揮舞。

武氏兄弟見到這條花紋斑爛的死蛇，齊聲驚呼。楊過乘機翻身，回手狠狠一拳，只打得武敦儒鼻流鮮血，當即爬起身來，發足便逃。武氏兄弟大怒，隨後追去。郭芙要看熱鬧，連聲叫喚：「捉住他，捉住他！」在後追趕。楊過奔了一陣，一回頭，只見武敦儒滿臉鮮血，模樣甚是狠惡，心知若是給兩兄弟捉住了，那一頓飽打必比適才更是厲害，當下不住足的奔向試劍峯山腳，直向峯上爬去。

• 87 •

武敦儒鼻上雖吃了一拳，其實並不如何疼痛，但見到了鮮血，又是害怕，又是憤怒，提氣急追。楊過越爬越高，武氏兄弟絲毫不肯放鬆。郭芙卻在半山腰裏停住腳步，仰頭觀看。

楊過奔了一陣，眼見前面是個斷崖，已無路可走。他心道：「當年黃藥師每創新招，要躍過斷崖，再到峯頂絕險之處試招，楊過卻如何躍得過？他心道：「我縱然跳崖而死，也不能讓這兩個臭小子捉了住再打。」轉過身來，喝道：「你們再上來一步，我就跳下去啦！」武敦儒一呆，武修文叫道：「跳就跳，誰還怕了你不成？料你也沒膽子！」說着又爬上幾步。

楊過氣血上衝，正要湧身下躍，驀眼忽見身旁有塊大石，半截擱在幾塊石頭之上，似乎安置得並不牢穩。他狂怒之下，那裏還想到甚麼後果，伸手將大石下面的幾塊石頭搬開，那大石果然微微搖動。他躍到大石後面，用力推去，大石幌了兩下，空隆一響，向山腰裏滾將下來。

武氏兄弟見他推石，心知不妙，嚇得臉上變色，急忙縮身閃避。那大石帶着無數泥沙，一路上壓倒許多花木，滾入大海。武敦儒心下慌亂，一腳踏空，溜了下來，武修文急忙抱住。兩人在山坡上站立不住，摟作一團的滾將下來，翻滾了六七丈，幸好給下面一株大樹擋住了。

黃蓉在屋中遠遠聽得響聲大作，忙循聲奔出，來到試劍峯下，但見泥沙飛揚，女兒藏在山邊草裏，嚇得哭也哭不出來，武氏兄弟滿頭滿臉都是瘀損鮮血。黃蓉上前抱起女兒，問道：「甚麼事？」郭芙伏在母親懷裏，哇的一聲哭了出來，哭了一會，才抽抽噎噎的訴說楊過怎樣無理打她、武氏兄弟怎樣相幫、楊過又怎樣推大石要壓死二人。她將過錯盡數推在楊過身

· 88 ·

上，自己踏死蟋蟀、武氏兄弟打人之事，卻全瞞過了不說。黃蓉聽罷，呆了半晌，見到女兒半邊臉頰紅腫，那一掌打得確是不輕，心下甚是憐惜，不住口的安慰。

這時郭靖也奔了出來，見到武氏兄弟的狼狽情狀，問起情由，好生着惱，越加擔心，下得峯來，划了小艇環島巡繞尋找，直到天黑，楊過竟是不知去向。

原來楊過推下大石，見武氏兄弟滾下山坡，遙遙望見黃蓉出來，心知這番必受重責，當下縮身在岩石的一個縫隙之中，聽得郭靖叫喚，卻不敢答應。他挨着飢餓，躲在石縫中動也不動，眼見暮色蒼茫，大海上漸漸昏黑，四下裏更無人聲。又過一陣，天空星星閃爍，涼風吹來，身上大有寒意，他走出石縫，向山下張望，但見精舍的窗子中透出燈光，想像郭靖夫婦、柯鎮惡、郭芙、武氏兄弟六人正在圍坐吃飯，雞鴨魚肉擺了滿桌，不由嚥了幾口唾沫。黑夜中站在山崖上的海風之中，思潮起伏，滿胸孤苦怨憤，難以自已。

只想着一生如何受人欺辱，但覺塵世間個個對他冷眼相待，但隨即想到，他們必在背後數說責罵自己，不禁氣憤難當。

其實郭靖尋他不着，那有心情吃飯？黃蓉見丈夫煩惱，知道勸他不聽，也不吃飯，陪他默默而坐。次日天沒亮，兩人又出外找尋。

楊過餓了半日一晚，第二天一早，再也忍耐不住，悄悄溜下山峯，在溪邊捉了幾隻青蛙，剝了皮，找些枯葉，要燒烤來吃。他在外流浪，常以此法充飢渡日，此時他怕被郭靖、黃蓉

見到烟火，當下藏在山洞中燒柴，一將蛙腿烤黃，立即踏滅柴火，張口大嚼。耳聽得郭靖叫喚「過兒，過兒。」

當晚他就在山洞中睡了，迷迷糊糊的躺了一陣，忽見歐陽鋒走進洞來，說道：「孩兒，我來教你練武功，免得你打不過武家那兩個小鬼。」楊過大喜，跟他出洞，只見他蹲在地下，咕咕咕的叫了幾聲，雙掌推出。楊過跟着他便練了起來，只覺發掌踢腿，無不恰到好處。忽然歐陽鋒揮拳打來，他閃避不及，砰的一下，正中頂門，頭上劇痛無比，大叫一聲，跳起身來。

頭上又是砰的一下，他一驚而醒，原來適才是做了一夢。他摸摸頭頂，撞起了一個疙瘩，甚是疼痛，不禁嘆了口氣，尋思：「料來爸爸此刻已經傷勢痊愈，從大鐘底下出來了。不知他甚麼時候接我去，真的教我武功，也免得我在這裏受人白眼，給人欺辱。」走出洞來，望着天邊，但見稀星數點掛在樹梢，回思適才歐陽鋒教導自己的武功，卻一點也想不起來，他蹲下身來，口中咕咕咕的叫了幾聲，要將歐陽鋒當日在嘉興所傳的蛤蟆功口訣用在拳腳之上，但無論如何使用不上。他苦苦思索，雙掌推出，夢中隨心所欲的發掌出足，這時竟已全然不是這麼一回事了。

他獨立山崖，望着茫茫大海，孤寂之心更甚，忽聽海上一聲長嘯隱隱傳來，叫着：「過兒，過兒。」他不由自主的奔下峯去，叫道：「我在這兒，我在這兒。」他奔上沙灘，郭靖遠遠望見，大喜之下，急忙划艇近岸，躍上灘來。星光下兩人互相奔近。郭靖一把將楊過摟在懷裏，只道：「快回去吃飯。」他心情激動，語音竟有些哽咽。回到屋中，黃蓉預備飯菜

給郭靖和楊過吃了，大家對過去之事絕口不提。

次日清晨，郭靖將楊過、武氏兄弟、郭芙叫到大廳，又將柯鎮惡請來，隨即向四個孩子向江南六怪的靈位磕過了頭，向柯鎮惡道：「大師父，弟子要請師父恩准，跟你收四個徒孫。」柯鎮惡喜道：「那再好不過，我恭喜你啦。」郭靖命楊過與武氏兄弟先向柯鎮惡磕頭，再對他夫婦行拜師之禮。郭芙笑問：「媽，我也得拜麼？」黃蓉道：「自然要拜。」郭芙笑嘻嘻的也向三人磕了頭。

郭靖正色道：「從今天起，你們四人是師兄弟……」郭芙接口道：「不，還是師妹。」郭靖橫了女兒一眼，道：「爹沒說完，不許多口。」他頓了一頓，說道：「自今而後，你們四人須得相親相愛，有福共享，有難同當。如再爭鬧打架，我可不能輕饒。」說着向楊過看了一眼。楊過心想：「你自然偏袒女兒，以後我不去惹她就是。」

柯鎮惡接着將他們門中諸般門規說了一些，都是一些不得特強欺人、不得濫傷無辜之類，江南七怪門派各自不同，柯鎮惡也記不得那許多，反正也是大同小異。

郭靖說道：「我所學的武功很雜，除了江南七俠所授的根基之外，全真派的內功、桃花島和丐幫東南兩大宗的武功，都曾練過一些。爲人不可忘本，今日我先授你們柯大師祖的獨門功夫。」

他正要親授口訣，黃蓉見楊過低頭出神，臉上有一股說不出的怪異之色，依稀是楊康當年的模樣，不禁心中生憎，尋思：「他父親雖非我親手所殺，但也可說死在我的手裏，莫養

虎為患，將來成為一個大大的禍胎。」心念微動，已有計較，說道：「你一個人教四個孩子，未免太也辛苦，過兒讓我來教。」郭鎮惡已拍手笑道：「那妙極啦！你兩口子可以比比，瞧誰的徒兒教得好。」郭靖心中也喜，知道妻子比己聰明百倍，教導之法一定遠勝於己，當下沒口子稱善。

郭芙怕父親嚴峻，道：「媽，我也要你教。」黃蓉笑道：「你老是纏着我胡鬧，功夫一定學不成，還是讓爹教你的好。」郭芙向父親偷看一眼，見他雙目也正瞪着自己，急忙轉頭，不敢再說。

黃蓉對丈夫道：「咱們定個規矩，你不能教過兒，我也不能教他們三人。這四個孩子之間，更加不得互相傳授，否則錯亂了功夫，有損無益。」郭靖道：「這個自然。」黃蓉道：「過兒，你跟我來。」楊過厭憎郭芙與武氏兄弟，聽黃蓉這麼說，得以不與他們同場學藝，正合心意，當下跟着她走向內堂。

黃蓉領着他進了書房，從書架上拿下一本書來，道：「你師父有七位師父，人稱江南七怪，大師父就是柯公公，二師父叫作妙手書生朱聰，現下我先教你朱二師祖的功夫。」說着攤開書本，朗聲讀道：「子曰：學而時習之，不亦說乎？有朋自遠方來，不亦樂乎？」原來那是一部「論語」。楊過心中奇怪，不敢多問，只得跟着她誦讀識字。

一連數日，黃蓉只是教他讀書，始終絕口不提武功。這一日讀罷了書，楊過獨自到山上閒走，想起歐陽鋒現下不知身在何處，思念甚殷，不禁倒轉身子，學着他的樣子旋轉起來。轉了一陣，依照歐陽鋒所授口訣逆行經脈，只覺愈轉愈是順遂，一個翻身躍起，咕的一聲叫

喊，雙掌拍出，登覺遍體舒泰，快美無比，立時出了一身大汗。他可不知只這一番練功，內力已有進展。歐陽鋒的武功別創一格，實是厲害之極的上乘功夫，楊過悟性奇高，雖然那日於匆匆之際所學甚少，但如此練去，內力也有進益。

自此之後，他每日跟黃蓉誦讀經書，早晨晚間有空，自行到僻靜山邊練功。他倒不是想從此練成一身驚人武藝，只是每練一次，全身總是說不出的舒適，到後來已是不練不快。

他暗自修練，郭靖與黃蓉毫不知曉。黃蓉教他讀書，不到三個月，已將一部「論語」教完。楊過記誦極速，對書中經義卻往往不以為然，不住提出疑難。其實黃蓉教他讀書，也已早感煩厭，只是常自想到：「此人聰明才智似不在我下，如果他為人和他爹爹一般，再學了武功，將來為禍不小，不如讓他學文，習了聖賢之說，於己於人都有好處。」當下耐着性子教讀，「論語」教完，跟着再教「孟子」。

幾個月過去，黃蓉始終不提武功，楊過也就不問。自那日與郭芙、武氏兄弟打架之後，再不跟他們三人在一起玩耍，獨個兒越來越感孤寂，心知郭靖雖收他為徒，武功是決計不肯傳授的了。自己本就不是武氏兄弟的對手，待郭靖教得他們一年半載，再有爭鬥，非死在他們手裏不可，心中打定了主意，一有機會，立即設法離島。

這日下午，楊過跟黃蓉讀了幾段「孟子」，辭出書房，在海邊閒步，望着大海中白浪滔滔，心想不知何日方能脫此困境，眼見海面上白鷗來去，好生欣羨牠們的來去自在。正自神往，忽聽桃樹林外傳來呼呼風響。他好奇心起，悄悄繞到樹後張望，原來郭靖正在林中空地上教武氏兄弟拳腳，教的是一招擒拿手「托樑換柱」。郭靖口中指點，手腳比劃，命武氏兄弟跟着

・93・

照學。楊過只看了一遍，早就領會到這一招的精義所在，但武氏兄弟學來學去始終不得要領。

郭靖本性魯鈍，深知其中甘苦，毫不厭煩，只是反覆教導。

楊過暗暗嘆氣，心道：「郭伯伯若肯教我，我豈能如他們這般蠢笨。」悶悶不樂，自回房中睡了。晚飯後讀了幾遍書，但感百無聊賴，又到海灘旁邊，學着郭靖所授的拳腳，使將開來，只是將一招反覆使得幾遍，便感膩煩，心念一動：「我若去偷學武功，保管比武氏兄弟強得多，那也不用怕他們來害我了。」

一喜之後，跟着又想：「郭伯伯既不肯教，我又何必偷學他的？哼，這時他就是來求我去學，我也不學的了。最多給人打死了，好希罕麼？」想到此處，又是驕傲，又感淒苦，倚岩靜坐，竟在浪濤聲中迷迷糊糊的睡着了。

次日清晨，楊過不去吃早飯，也不去書房讀書，在海中撈了幾隻大蠔，生火燒烤來吃，心想：「不吃你郭家的飯，也餓不死我。」瞧着岸邊的大船和小艇，尋思：「那大船我開不動，小艇卻又划不遠，怎生逃走才好？」煩惱了半日，無計可施，便在一塊巨岩之後倒轉了身子，練起了歐陽鋒所授的內功來。

正練到血行加速、全身舒暢之際，突然間身後有人大聲呼喝，楊過一驚之下，登時摔倒，手足麻痺，再也爬不起來，原來是郭芙與武氏兄弟三人適於此時到來。這巨岩之後本來十分僻靜，向無人至，但桃花島上道路樹木的布置皆按五行生剋之變，郭芙與武氏兄弟不敢到處亂走，來來去去只在島上道路熟識處玩耍，以致見到了他練功的情狀。幸好楊過此時功力甚淺，否則給他們三人這麼齊聲吆喝，經脈錯亂，非當場癱瘓不可。

郭芙拍手笑道：「你在這裏搗甚麼鬼？」楊過扶着岩石，慢慢支撐着站起，向她白了一眼，轉身走開。武修文叫道：「喂，郭師妹問你哪，怎得你這般無禮，也不理睬？」楊過冷冷的道：「你管得着麼？」武敦儒大怒，說道：「咱們自管玩去，別去招惹瘋狗。」楊過道：「是啊，瘋狗見人就咬，人家好端端的在這裏，三條瘋狗卻過來亂吠亂叫。」武敦儒怒道：「你說三條瘋狗？你罵人？」楊過笑道：「我只罵狗，沒罵人。」

武敦儒怒不可遏，撲上去拔拳便打，楊過一閃避開。武修文想起師父曾有告誡，師兄弟不可打架，這事鬧了起來，只怕被師父責備，忙拉住兄長手臂，笑吟吟的對楊過道：「楊大哥，你跟師娘學武藝，我們三個跟師父學。這幾個月下來，也不知是誰長進得快了。咱們來過過招，比劃比劃，你敢不敢？」

楊過心下氣苦，本想說：「我沒你們的運氣，師娘可沒教過我武功。」但一聽到他說「你敢不敢」四字，語氣中充滿了輕蔑之意，那句洩氣的話登時忍住了不說，只哼了一聲，冷冷的斜睨着他。武修文道：「咱們師兄弟比試武功，不論誰輸誰贏，都不可去跟師父、師娘說，就是打破了頭，也說是自己摔的。誰打輸了向大人投訴，誰就是狗雜種、王八蛋。楊大哥，你敢不敢？」

他這「你敢不敢」四字第二次剛出口，眼前一黑，左眼上已重重着了楊過一拳，武修文一個跟蹌，險些摔倒。武敦儒怒道：「你這般打冷拳，好不要臉。」施展郭靖所教的拳法，向楊過腰間打去。楊過不識閃避，登時中拳，眼見武敦儒又是飛腳踢來，腦海中靈光一閃，想起昨天郭靖傳授武氏兄弟的招數，當即右腿微蹲，左手在武敦儒踢來的右腳小腿上一托。

這正是「鬧市俠隱」全金發所擅擒拿手法中的一招「托樑換柱」，雖非極精深的武功，臨敵之時卻也頗切實用。昨日郭靖反覆叫兩兄弟試習，武氏兄弟本已學會，但當真使將出來，卻遠不及楊過偷看片刻的靈活機巧。武修文被他這麼一托，登時遠遠摔了出去。

武修文眼上中拳，本已大怒，但見長又遭摔跌，當即撲將上來，左拳虛幌，楊過向左避讓，卻不知這是拳術中甚是淺近的招數，先虛後實，武修文跟着右拳實擊，砰的一聲，楊過右邊顴骨上重重中了一拳。武敦儒爬起身來，上前夾擊，他兩兄弟武功本有根柢，楊過先前就已抵敵不過，再加上郭靖這幾個月來的教導，他如何再是敵手？廝打片刻，頭臉腰背已連中七八下拳腳。楊過心下發了狠：「就是給你們打死了，我也不逃。」發拳直上直下的亂舞亂打，全然不成章法。

武修文見他咬牙切齒的拚命，心下倒是怯了，反正已大佔上風，不願再鬥，叫道：「你已經輸啦，我們饒了你，不用再打了。」楊過叫道：「誰要你饒？」衝上去劈面猛擊。武修文伸左臂格開，右手抓住他胸口衣襟向前急拉，便在此時，武敦儒雙拳同時向楊過後腰直擊下去。楊過站立不穩，向前摔倒。武敦儒雙手按住他頭，問道：「你服了沒有？」楊過怒道：「誰服你這瘋狗？」武敦儒大怒，將他臉孔向沙地上直按下去，叫道：「你不服，就悶死了你。」

楊過眼睛口鼻中全是沙粒，登時無法呼吸，又過片刻，全身如欲爆裂。武敦儒雙手用力按住他頭，武修文騎在他頭頸之中，楊過始終掙扎不脫，窒悶難當之際，這些日子來所練歐陽鋒傳授的內力突然崩湧，只覺丹田中一股熱氣激升而上，不知如何，全身驀然間精力充沛，

他猛躍而起，眼睛也不及睜開，雙掌便推了出去。

這一下正中武修文的小腹，武修文「啊」的一聲大叫，仰跌在地，登時暈了過去。這掌力乃是歐陽鋒的絕技「蛤蟆功」，威力固不及歐陽鋒神功半成，楊過又不會運用，但他於危急之間自發而生的使將出來，武修文卻也已抵受不起。

武敦儒搶將過去，只見兄弟一動也不動的躺着，雙眼翻白，只道已給楊過打死，大駭之下，大叫：「師父，師父，我弟弟死了，我弟弟死了！」連叫帶哭，奔回去稟報郭靖。郭芙心中害怕，也急步跟去。

楊過吐出嘴裏沙土，抹去眼中沙子，只覺全身半點氣力也無，便欲移動一步也是艱難無比，眼見武修文躺着不動，又聽得武敦儒大叫：「我弟弟死了！」心下一片茫然，不知到底出了甚麼事，明知事情大大不妙，卻是無力逃走。

也不知過了多少時候，只見郭靖、黃蓉飛步奔來。郭靖抱起武修文，在他胸腹之間推拿。黃蓉走到楊過身邊，問道：「歐陽鋒呢？他在那裏？」楊過茫然不答。黃蓉又問：「這蛤蟆功他甚麼時候教你的？」楊過似乎聽見了，又似乎沒有聽見，雙眼失神落魄的望着前面，嘴巴緊緊閉住，生怕說了一個字出來。黃蓉見他不理，抓住他雙臂，連聲道：「快說！歐陽鋒在那裏？」楊過始終一動不動。

過不多時，武修文在郭靖內力推拿下醒了轉來，接着柯鎮惡也隨着郭芙趕到。柯鎮惡聽郭芙說了楊過倒轉身子的情狀，又聽得他如何「打死」武修文，想到這小子原來是歐陽鋒的傳人，滿腔仇怨登時都轉到了他身上，聽得黃蓉連問：「歐陽鋒在那裏？」而楊過全不理睬，

當卽走上前去，高舉鐵杖，厲聲喝道：「歐陽鋒這奸賊在那裏？你不說，一杖就打死了你！」

楊過此時已豁出了性命不要，大聲道：「他不是奸賊！他是好人。你打死我好了，我一句話也不說。」柯鎮惡大怒，揮杖怒劈。郭靖大叫：「大師父，別……」只聽拍的一聲，鐵杖從楊過身側擦過，擊入沙灘。原來柯鎮惡心想打死這小小孩童畢竟不妥，鐵杖擊出時準頭畧偏。

柯鎮惡厲聲道：「你一定不說？」楊過大聲道：「你有種就打死我，我怕你這老瞎子嗎？」郭靖縱身上前，重重打了他個耳光，喝道：「你膽敢對師祖爺爺無禮！」楊過也不哭泣，只冷冷的道：「你們也不用動手，要我性命，我自己死好了！」反身便向大海奔去。

郭靖喝道：「過兒回來！」楊過奔得更加急了。郭靖正欲上前拉他，黃蓉低聲道：「且慢！」郭靖當卽停步，只見楊過直奔入海，衝進浪濤之中。郭靖驚道：「他不識水性，蓉兒，咱們快救他。」又要入海去救。黃蓉道：「死不了，不用着急。」過了一會，見楊過竟不回來，心下也不禁佩服他的傲氣，當卽縱身入海，游了出去。她精熟水性，在近岸海中救一個人自是視若等閒，潛入水底，將楊過拖了回來，將他擱在岩石之上，任由他吐出腸中海水，自行慢慢醒轉。

郭靖瞧瞧師父，又瞧瞧妻子，問道：「怎麼辦？」黃蓉道：「他這功夫是來桃花島之前學的，歐陽鋒若是來到島上，咱們決不能不知。」郭靖點了點頭。黃蓉問道：「小武的傷怎麼樣？」郭靖道：「只怕要將養一兩個月。」

柯鎮惡道：「明兒我回嘉興去。」郭靖與黃蓉對望了一眼，自都明白他的意思，他決不

願和歐陽鋒的傳人同處一地。黃蓉道：「大師父，這兒是你的家，你何必讓這小子？」

當天晚上，郭靖把楊過叫進房來，說道：「過兒，過去的事，大家也不提了。你對師祖爺爺無禮，不能再在我的門下，以後你只叫我郭伯伯便是。你郭伯伯不善教誨，只怕反耽誤了你。過幾天我送你去終南山重陽宮，求全真教長春子丘真人收你入門。全真派武功是武學正宗，你好好在重陽宮中用功，修心養性，盼你日後做個正人君子。」

楊過應了一聲：「是，郭伯伯。」當卽改了稱呼，不再認郭靖作師父了。

郭靖這日一清早起來，帶備銀兩行李，與大師父、妻子、女兒、武氏兄弟別過，帶着楊過，乘船到浙江海邊上岸。郭靖買了兩匹馬，與楊過曉行夜宿，一路向北。楊過從未騎過馬，但他內功畧有根柢，習練數日，已控轡自如。他少年好事，常常馳在郭靖之前。

不一日，兩人渡過黃河，來到陝西。此時大金國已為蒙古所滅，黃河以北，盡為蒙古人天下。郭靖少年時曾在蒙古軍中做過大將，只怕遇到蒙古舊部，招惹麻煩，將良馬換了兩匹極瘦極醜的驢子，身上穿了破舊衣衫，打扮得就和鄉下莊漢相似。楊過也穿上粗布大褂，頭上纏了一塊青布包頭，跨在瘦驢之上。這驢子脾氣旣壞，走得又慢，楊過在道上整日就是與牠拗氣。

這一天到了樊川，已是終南山的所在，漢初開國大將樊噲曾食邑於此，因而得名。沿途岡巒迴繞，松柏森映，水田蔬圃連綿其間，宛然有江南景色。

楊過自離桃花島後，心中氣惱，絕口不提島上之事，這時忍不住道：「郭伯伯，這地方

倒有點像咱們桃花島。」郭靖聽他說「咱們桃花島」五字，不禁憮然有感，道：「過兒，此去終南山不遠，你在全真教下好好學藝。數年之後，我再來接你回桃花島啦。」楊過頭一撇，道：「我這一輩子永遠不回桃花島啦。」郭靖不意他小小年紀，竟說出這等決絕的話來，心中一怔，一時無言可對，隔了半晌才道：「你生郭伯母的氣麼？」楊過道：「姪兒那裏敢？只是姪兒惹郭伯母生氣罷啦。」郭靖拙於言辭，不再接口。

兩人一路上岡，中午時分到了岡頂的一座廟宇。郭靖見廟門橫額寫着「普光寺」三個大字，當下將驢子拴在廟外松樹上，進廟討齋飯吃。廟中有七八名僧人，見郭靖打扮鄙樸，神色間極是冷淡，拿兩份素麵、七八個饅頭給二人吃。

郭靖與楊過坐在松下石橙上吃麵，一轉頭，忽見松後有一塊石碑，長春子丘處機的一首詩，詩云：「春」二字。郭靖心中一動，走過去拂草看時，碑上刻的卻是長草遮掩，露出「長

「天蒼蒼兮臨下土，胡為不救萬靈苦？萬靈日夜相凌遲，飲氣吞聲死無語。仰天大叫天不應，一物細瑣枉勞形。安得大千復混沌，免教造物生精靈。」

郭靖見了此詩，想起十餘年前蒙古大漠中種種情事，撫着石碑呆呆不語，待想起與丘處機相見在即，心中又自欣喜。

楊過道：「郭伯伯，這碑上寫着些甚麼？」郭靖道：「那是你丘祖師做的詩。他老人家見世人多災多難，感到十分難過。」當下將詩中含義解釋了一遍，道：「丘真人武功固然卓絕，這一番愛護萬民的心腸更是教人欽佩。你父親是丘祖師當年得意的弟子。丘祖師瞧在你父面上，定會好好待你。你用心學藝，將來必有大成。」

楊過道：「郭伯伯，我想請問你一件事。」郭靖道：「甚麼事？」楊過說道：「我爹爹是怎麼死的？」郭靖臉上變色，想起嘉興鐵槍廟中之事，身子微顫，黯然不語。楊過道：「是誰害死他的？」郭靖仍是不答。

楊過想起母親每當自己問起父親的死因，總是神色特異，避不作答，又覺得郭靖雖然待己甚是親厚，黃蓉卻頗有疏忌之意，他年紀雖小，卻也覺得其中必有隱情，這時忍不住大聲道：「我爹爹是你跟郭伯母害死的，是不是？」

郭靖大怒，順手在石碑上重重拍落，厲聲道：「誰教你這般胡說？」他此時功勁何等厲害，盛怒之下這麼一擊，只拍得石碑不住搖幌。楊過見他動怒，忙低頭道：「姪兒知錯啦，以後不敢胡說，郭伯伯別生氣。」

郭靖對他本甚愛憐，聽他認錯，氣就消了，正要安慰他幾句，忽聽身後有人「咦」的一聲，語氣似乎甚是驚詫。回過頭來，只見兩個中年道士站在山門口，凝目注視，臉上大有憤色，自己適才在碑上這一擊，定是教他二人瞧在眼裏了。

兩個道士對望了一眼，正要安慰他幾句，便即出寺。郭靖見二人步履輕捷，顯然身有武功，心想此去離終南山不遠，這二道多半是重陽宮中人物。兩人都是四十上下年紀，或是全真七子的弟子。他自在桃花島隱居後，不與馬鈺等互通消息，是以全真門下弟子都不相識，只知全真教近來好生興旺，馬鈺、丘處機、王處一等均收了不少佳弟子，在武林中名氣越來越響，平素行俠仗義，扶危解困，做下了無數好事，江湖上不論是否武學之士，凡是聽到全真教的名頭，都是十分尊重。他想自己要上山拜見丘真人，正好與那二道同行。

當下足底加勁，搶出山門，只見那兩個道士已快步奔在十餘丈外，卻不住回頭觀看。郭靖叫道：「二位道兄且住，在下有話請問。」他嗓門洪亮，一聲呼出，遠近皆聞，那二道卻不停步，反而走得更加快了。郭靖心想：「難道這二人是聾子？」足下微使勁力，幾個起落，已繞過二人身旁，搶在前頭，轉身說道：「二位道兄請了。」說着唱喏行禮。

兩個道人見他身法如此迅捷，臉現驚惶之色，見他躬身行禮，只道他要運內勁暗算，急忙分向左右閃避，齊聲問道：「你幹甚麼？」郭靖道：「二位可是終南山重陽宮的道兄麼？」那身材瘦削道人沉着臉道：「是便怎地？」郭靖道：「在下是長春真人丘道長故人，意欲上山拜見，相煩指引。」另一個五短身材的道人冷笑道：「你有種自己上去，讓路罷！」說着突然橫掌揮出，出掌竟然甚是快捷。郭靖只得向右讓過。不料另一個瘦道人與那矮道人武術原是全真派武功的高明招數，跟着一掌自右向左，將郭靖攔在中間。這兩招叫做「大關門式」，上練得絲絲入扣，分進合擊，郭靖如何不識？他見二道不問情由，一上來就使傷人重手，不禁愕然，不知他們有何誤會，當下既不化解，亦不閃避，只聽波波兩聲，二道雙掌都擊在他的脅下。

郭靖中了這兩掌，已知對方武功深淺，心想以二人功力而論，確是全真七子的弟子，與自己算是同輩。他在二道手掌擊到之時，早已鼓勁抵禦，只是內力運得恰到好處，自己既不下齊聲呼嘯，同時躍起，四足齊飛，猛向郭靖胸口踢到。郭靖暗暗奇怪：「全真弟子都是有絲毫受損，卻也不將掌力反擊出去令二人手掌疼痛腫脹，只是平平常常受了，恍若無事。

二道苦練了十餘年的絕招打在對方身上，竟然如中敗絮，全不受力，心中驚駭無比，當

道之士，待人親切，怎地門下弟子卻這般毫沒來由的便對人拳足交加？」眼見二人使出「鴛鴦連環腿」的腳法，仍是不動聲色，未加理會。但聽得拍拍拍拍，波波波，數聲響過，他胸口多了幾個灰撲撲的腳印。

二道每人均是連踢六腳，足尖猶如踢在沙包之上，軟軟的極是舒服，但見對方神定氣閒，渾若無事，這一下驚詫更比適才厲害了幾倍，心想：「這賊子如此了得？就是我們師父師伯，卻也沒這等功夫。」斜眼細看郭靖時，見他濃眉大眼，神情樸實，一身粗布衣服，就如尋常的莊稼漢子一般，實無半點異樣之處，不禁呆在當地，做聲不得。

楊過見二道對郭靖又打又踢，郭靖卻不還手，不禁生氣，走上喝道：「你這兩個臭道士，幹麼打我伯伯？」郭靖連忙喝止，道：「過兒，快住口，過來拜見兩位道長。」楊過一怔，心想：「郭伯伯好沒來由，何必畏懼他們？」

兩個道士對望一眼，刷刷兩聲，從腰間抽出長劍。矮道士一招「探海屠龍」，刺向郭靖下盤，另一個使招「罡風掃葉」，卻向楊過右腿疾削。

郭靖對刺向自己這劍全沒在意，但見瘦道人那招出手狠辣，不由得着惱：「這孩子跟你們無怨無仇，何以下此毒手？這一劍豈非要將他右腿削斷？」當下身子微側，左手掌緣擱上矮人劍柄，「順手推舟」，輕輕向左推開。矮道人不由自主的劍刃倒轉，嗆的一聲，與瘦道人長劍相交，架開了他那一招。郭靖這一手以敵攻敵之技，原自空手入白刃功夫中變化出來，莫說敵手只有兩人，縱有十人八人同時攻上，他也能以敵人之刀攻敵人之劍，以敵人之槍挑敵人之鞭，借敵打敵，以寡勝眾。

兩道均感手腕酸麻，虎口隱隱生痛，立即斜躍轉身，向郭靖怒目而視，心下又是驚駭，又是佩服，當下齊聲低嘯，雙劍又上。

郭靖心想：「你們這是初練天罡北斗陣的根基功夫，雖是上乘劍法，但你們只有二人，劍術又沒練得到家，有何用處？」生恐楊過被二人劍鋒掃到，側身避開雙劍，伸右手抱起楊過，叫道：「在下是丘真人故人，兩位不必相戲。」那瘦道人道：「你冒充馬真人的故人也沒用。」郭靖道：「馬真人確也曾傳授過在下功夫。」矮道人怒道：「賊子胡說八道，卻來消遣人，只怕我們重陽祖師也曾傳授過你武功。」挺劍向他當胸刺來。

郭靖眼見二道明明是全真門下，何以把自己當敵人看待，實是猜想不透。他和全真七子情誼非比尋常，又想楊過要去重陽宮學藝，不能得罪了宮中道士，是以一味閃避，並不還手。

二道又驚又怕，早知對方武功遠在己上，難以刺中，兩人打個手勢，忽然劍法變幻，刷刷刷刷數劍，都往楊過前胸後背刺去，每一劍都是致人死命的狠辣招數。郭靖見這些不留絲毫餘地的劍法都是向一個小孩兒身上招呼，此時也不由得不怒，但見矮道人一劍來得猛惡，右手倏地穿出，食中二指張開，平挾劍刃，手腕向內畧轉，右肘撞向對方鼻樑。矮道士用力回抽，沒抽動長劍，卻見他手肘已然撞到，知道只要給撞中了面門，非死也受重傷，只得撒劍後躍。

此時郭靖的武功真所謂隨心所欲，不論舉手抬足無不恰到好處，他右手雙指微微一沉，那瘦道人正挺劍刺向楊過頭頸，劍鋒被那劍柄一撞，錚的一聲，右臂發熱，全身劇震，也只得鬆手放劍，向旁跳開。兩人齊聲說道：「淫賊厲害，走罷！」

說着轉身急奔。

郭靖一生被人罵過不少，但不是「傻小子」，便是「笨蛋」，也有人罵他「臭賊」「賊廝鳥」的，「淫賊」二字的惡名，卻是破天荒第一次給人加在頭上，當下也不放下楊過，抱着他急步追趕，奔到二道身後，右足一點，身子已從二道頭頂飛過，足一落地，立刻轉身喝道：「你們罵我甚麼？」

矮道人心下吃驚，嘴頭仍硬，說道：「你若不是妄想娶那姓龍的女子，到終南山來幹甚麼？」他此言出口，生怕郭靖上前動手，不自禁的倒退了三步。

郭靖一呆，心想：「我妄想娶那姓龍的女子，那姓龍的女子是誰？我為甚麼要娶她？我早有了蓉兒，怎麼還會娶旁人？」一時摸不着半點頭腦，怔在當地。二道見他發呆，心想良機莫失，互相使個眼色，急步搶過他身邊，上山奔去。

楊過見郭靖出神，輕輕掙下地來，說道：「郭伯伯，兩個臭道士走啦。」郭靖如夢初醒，「嗯」了一聲，道：「他們說我要娶那姓龍的女子，她是誰啊？」楊過道：「姪兒也不知道，這兩人不分青紅皂白，一上來就動手，定是認錯了人。」郭靖啞然失笑，道：「必是如此，怎麼我會想不到？咱們上山罷！」

楊過將二道遺下的兩柄長劍提在手中。二人一路上山，行了一個多時辰，已至金蓮閣，再上去道路險峻，躡亂石，冒懸崖，屈曲而上，過日月巖時天漸昏暗，到得抱子巖時新月已從天邊出現。那抱子巖生得甚是奇怪，就如一個婦人抱着個孩子一般。兩人歇了片刻，郭靖道：「過兒，你累了？」楊過搖頭道：

・105・

「不累。」郭靖道：「好，咱們再上。」

又走了一陣，只見迎面一塊大巖石當道，形狀陰森可怖，宛似一個老嫗彎腰俯視。楊過心中正有些害怕，忽聽巖後數聲唿哨，躍出四個道士，各執長劍，攔在當路，默不作聲。

郭靖上前唱喏行禮，說道：「在下桃花島郭靖，上山拜見丘眞人。」一個長身道士踏上一步，冷笑道：「郭大俠名聞天下，是桃花島黃老前輩令壻，豈能如你這般無恥？快快下山去罷！」郭靖心道：「我甚麼事無恥了？」當下沉住氣道：「在下確是郭靖，請各位引見丘眞人便見分曉。」

那長身道士喝道：「你到終南山來恃強逞能，當眞是活得不耐煩了。不給你些厲害，你還道重陽宮盡是無能之輩。」說話中竟是將適才矮、瘦二道也刺了一下，語聲甫畢，長劍幌動，踏奇門，走偏鋒，一招「分花拂柳」刺向郭靖腰脅。郭靖暗暗奇怪：「怎地我十餘年不闖江湖，世上的規矩全都變了？」當下側身讓開，待要說話，另外三名道士各挺長劍，將他與楊過二人圍在垓心。郭靖道：「四位要待怎地，才信在下確是郭靖？」

那長身道士喝道：「除非你將我手中之劍奪了下來。」說着又是一劍，這一劍竟是當胸直刺。自來劍走輕靈，講究偏鋒側進，不能如使單刀那般硬砍猛劈，他這一劍卻是全沒將郭靖放在眼裏，招數中顯得極是輕佻。

郭靖微微有氣，心道：「奪你之劍，又有何難？」眼見劍尖刺到，伸食指扣在拇指之下，對準劍尖彈出，嗡的一聲，那道士把捏不定，長劍直飛上半空。郭靖不等那劍落下，錚錚錚

連彈三下，嗡嗡嗡連響三聲，三柄長劍跟着飛起，劍刃在月光映照下閃閃生輝。楊過大聲喝采，叫道：「你們信不信了？」郭靖平時出手總為對方留下餘地，這時氣惱這長身道人劍招無禮，才使出了彈指神通的妙技。這門功夫是黃藥師的絕學，郭靖在島上住了幾年，已盡得其傳，他內力深厚，使將出來自是非同小可。

四名道士長劍脫手，卻還不明白對方使的是何手段。那長身道士叫道：「這淫賊會邪法，走罷。」說着躍向老嫗巖後，在亂石中急奔而去。其餘三道跟隨在後，片刻間均已隱沒在黑暗之中。

郭靖第一次給人罵「淫賊」，這一次又被罵「使妖法」，不禁又是好氣，又是好笑，說道：「過兒，將幾柄劍好好放在路邊石上。」

楊過道：「是。」依言拾起四劍，與手中原來二劍並列在一塊青石之上，心中對郭靖的武功佩服得五體投地，口邊滾來滾去的只想說一句話：「郭伯伯，我不跟臭道士學武藝，我要跟你學。」但想起桃花島上諸般情事，終於將那句話嚥在肚裏。

二人轉了兩個彎，前面地勢微見開曠，但聽得兵刃錚錚相擊為號，松林中躍出七名道士，也是各持長劍。

郭靖見七人撲出來的陣勢，左邊四人，右邊三人，正是擺的「天罡北斗陣」陣法，心中一凜：「與此陣相鬥，倒有些難纏。」當下不敢托大，低聲囑咐楊過：「你到後面大石旁邊等我，走得遠些，以免我照顧你分心。」楊過點點頭，不願在眾道士之前示弱，解開褲子，大聲道：「郭伯伯，我去拉尿。」說着轉身而奔，到後面大石旁撒尿。郭靖暗喜：「這孩子

聰明伶俐，直追蓉兒，但願他走上正路，一生學好。」

回頭瞧七個道人時，那七人背向月光，面目不甚看得清楚，但見前面六人頦下都有一叢長鬚，年紀均已不輕，第七人身材細小，似乎年歲較輕，心念一動：「及早上山拜見丘眞人說明誤會要緊，何必跟這些人瞎纏？」身形一幌，已搶到左側「北極星位」。

那七個道人見他一語不發，突然遠遠奔向左側，還未明白他的用意，那位當「天權」的道人低嘯一聲，帶動六道向左轉將上來，要將郭靖圈在中間。那知七人剛一移動，郭靖制敵機先，向右踏了兩步，仍是站穩「北極星位」。天權道人本擬由斗柄三人發動側攻，但見郭靖所處方位古怪，三人長劍都攻他不到，反而七人都是門戶洞開，互相不能聯防，每人都暴於他攻勢之下，當下左手一揮，帶動陣勢後轉。豈知搖光道剛移動腳步，郭靖走前兩步，又已站穩北極星位，待得北斗陣法布妥，七人仍是處於難攻難守的尷尬形勢。

那天罡北斗陣是全眞教中的極上乘功夫，練到爐火純青之時，七名高手合使，實可說無敵於天下。只是郭靖深知這陣法的秘奧，只消佔到了北極星位，便能以主驅奴，制得北斗陣縛手縛腳，施展不得自由。也因那七道練這陣法未臻精熟，若是由馬鈺、丘處機等主持陣法，決不容敵人輕輕易易的就佔了北極星位。此時八人連變幾次方位，郭靖穩持先手，可是始終不動聲色，只是氣定神閒的佔住了樞紐要位。

位當天樞的道人年長多智，已瞧出不安，叫道：「變陣！」七道倏地散開，左衝右突，東西狂奔，料想這番倒亂陣法，必能迷惑敵人目光。突然之間，七道又已組成陣勢。只是斗柄斗魁互易其位，陣勢也已從正西轉到了東南。陣勢一成，天璇、玉衡二道挺劍上衝，猛見

·108·

敵人站在斗柄正北，兩足不丁不八，雙掌相錯，臉上微露笑容。二道猛地驚覺：「我二人若是衝上，開陽、天璇二位非受重傷不可？」只一呆間，天樞道已大聲叫道：「攻不得，快退下！」天權道又驚又怒，大聲唿哨，帶動六道連連變陣。

楊過不明其理，但見七個道人如發瘋般環繞狂奔，郭靖卻只是或東或西、或南或北的移動幾步，七道始終不敢向郭靖發出一招半式。他愈看愈覺有趣，忽見郭靖雙掌一拍，叫道：「得罪！」突然向左疾衝兩步。

此時北斗陣已全在他控制之下，他向左疾衝，七道若是不跟着向左，人人後心暴露，無可防禦，那是武學中凶險萬分之事，當下只得跟着向左。這麼一來，七道已陷於不能自拔之境。郭靖快跑則七道跟着快跑，他緩步則七道跟着緩步。那年輕道士內力最淺，被郭靖帶着急轉十多個圈子，已感頭腦發暈，呼吸不暢，轉眼就要摔倒，只是心知北斗陣倘若少了一人，全陣立時潰滅，只得咬緊牙關，勉力撐持。

郭靖年紀已然不輕，但自偕黃蓉歸隱桃花島之後，甚少與外界交往，不脫往日少年人性子，見七道奔得有趣，不由得童心大起，心想：「今日無緣無故的受你們一頓臭罵，不是叫我淫賊，便是咒我會使妖法，若不眞的顯些妖法給你們瞧瞧，豈非枉自受辱？」當下高聲叫道：「過兒，瞧我使妖法啦。」忽然縱身躍上了高岩。那七個道士此時全在他控制之下，他既躍上高岩，若不跟着躍上，北斗陣弱點全然顯露，有數人尚自遲疑，那天權道氣急敗壞的大聲發令，搶着將全陣帶上高岩。

七道立足未定，郭靖又是縱身竄上一株松樹。他雖與衆道相離，但不遠不近，仍是佔定

109

了北極星位，只是居高臨下，攻瑕抵隙更是方便。七道暗暗叫苦，都想：「不知從何處鑽出這個大魔頭來，我全真教今日當真是顏面掃地了。」心中這般尋思，腳下卻半點停留不得，各找樹幹上立足之處，躍了上去。郭靖笑道：「下來罷！」縱身下樹，伸手向位佔開陽的道士足上抓去。

那北斗陣法最厲害之處，乃是左右呼應，互為奧援，郭靖既攻開陽，搖光與玉衡就不得不躍落樹下相助，而這二道一下來，天樞、天權二道又須跟下，頃刻之間，全陣盡皆牽動。

楊過在一旁瞧得心搖神馳，驚喜不已，心道：「將來若有一日我能學得郭伯伯的本事，縱然一世受苦，也是心甘。」但轉念想到：「我這世那裏還能學到他的本事？只郭伯伯那丫頭，與武氏兄弟才有這等福氣。郭伯伯明知全真派武功遠不及他，卻送我來跟這些臭道士學藝。」越想越是煩惱，幾乎要哭將出來，當即轉過了頭不去瞧他逗七道為戲，只是他小孩心性，如何忍耐得了，只轉頭片刻，禁不住回頭觀戰。

郭靖心想：「到了此刻，你們總該相信我是郭靖了。做事不可太過，須防丘真人臉上不好看。」見七道轉得正急，突然站定，拱手說道：「七位道兄，在下多有得罪，請引路罷。」

那天權道性子暴躁，見對方武功高強，精通北斗陣法，用心當真陰毒。你們要在終南山幹這等無恥勾當，我全真教嫉惡如仇，決不能坐視不理。」郭靖愕然問道：「甚麼無恥勾當？」

天樞道說道：「瞧你這身武功，該非自甘下流之輩，貧道好意相勸，你快快下山去罷。」郭靖道：「在下自南方千里北來，有事拜見丘真人，

喝道：「淫賊，你處心積慮的鑽研本教陣法，更認定他對本教不懷好意，朗聲

語氣之中，顯得對郭靖的武功甚是欽佩。郭靖道：

怎能不見他老人家一面，就此下山？」天樞道問道：「你定要求見丘真人，到底是何用意？」

郭靖道：「在下自幼受馬真人、丘真人大恩，十餘年不見，心中好生記掛。此番前來，另行有事相求。」

天樞道一聽之下，敵意更增，臉上便似罩上一陣烏雲。原來江湖上於「恩仇」二字，看得最重，有時結下深仇，說道前來報恩，其實乃是報仇，比如說道：「在下二十年前承閣下砍下了一條臂膀，此恩此德，豈敢一日或忘？今日特來酬答大恩。」而所謂有事相求，往往也不懷好意，比如強人刦鏢，通常便說：「兄弟們短了衣食，相求老兄幫忙，借幾萬兩銀子使使。」此時全真教大敵當前，那天樞道有了成見，郭靖好好的一番言語，他都當作反語，冷冷的道：「只怕敝師玉陽真人，也於閣下有恩。」

郭靖聽了此言，登時想起少年時在趙王府之事，玉陽子王處一不顧危險，力敵羣邪，捨命相救，實是恩德非淺，說道：「原來道兄是玉陽真人門下。王真人確於在下有莫大恩惠，若是也在山上，當真再好不過。」

這七名道人都是王處一的弟子，忽爾齊聲怒喝，各挺長劍，七枝劍青光閃動，疾向郭靖身上七處刺來。郭靖皺起眉頭，心想自己越是謙恭，對方越是兇狠，真不知是何來由，可惜黃蓉沒有同來，否則她一眼之間便可明白其中原因，當下斜身側進，佔住北極星位，朗聲說道：「在下江南郭靖，來到寶山實無歹意，各位須得如何，方能見信？」

那天璇道一直默不作聲，突然拉開破鑼般的嗓子說道：「狗淫賊，你要在那龍家女子跟前賣好逞能，難道我全真

天權道說道：「你已連奪全真教弟子六劍，何不再奪我們七劍？」

教真是好惹的麼？」郭靖怒道：「甚麼姓龍的姑娘，我郭靖素不相識。」天璇道哈哈一笑，道：「你自然跟她素不相識。天下又有那一個男子跟她相識了？你若有種，就高聲罵她一句小賤人。」

郭靖一怔，心想那姓龍的女子不知是何等樣子，自己怎能無緣無故的出口傷人，便道：「我罵她作甚？」三四個道人齊聲說道：「你這可不是不打自招麼？」

郭靖平白無辜的給他們硬安上一個罪名，越聽越是胡塗，心想只有硬闖重陽宮，見了馬鈺、丘處機、王處一他們，一切自有分曉，當下冷然道：「在下要上山了，各位若是阻攔，莫怪無禮。」

七道各挺長劍，同時踏上兩步。天璇道大聲道：「你莫使妖法，咱們只憑武功上見高低。」

郭靖一笑，心中已有主意，說道：「我偏要使點妖法。你們瞧着，我雙手不碰你們兵刃，卻能將你們七柄長劍盡數奪下了。」七道相互望了一眼，臉上均有不信之色，心中都道：「你武功雖強，難道不用雙手，當真能奪下我們兵刃？你空手入白刃功夫就算練到了頂兒尖兒，也得有一雙手呀。」天樞道忽道：「好啊，我們領教閣下的踢腿神功。」郭靖道：「我也不須用腳，總而言之，你們的兵刃手腳，我不碰到半點，若是碰着了，就算我輸，在下立時拍手回頭，再也不上寶山囉唆。」

七道聽他口出大言，人人着惱。那天權道長劍一揮，立時帶動陣法圍了上去。郭靖斜身疾衝，佔了北極星位，隨即快步轉向北斗陣左側。天權道識得厲害，急忙帶陣轉至右方。凡兩人相鬥，必是面向敵人，倘若敵人繞到背後，自非立即轉身迎敵不可。此時

郭靖所趨之處，正是北斗陣的背心要害，不須出手攻擊，七名道人已不得不帶動陣法，以便正面和他相對。但郭靖一路向左，竟不迴身，只是或快或慢，或正或斜，始終向左奔跑。他既穩穩佔住北極星位，七道不得不跟着向左。

郭靖越奔越快，到後來直是勢逾奔馬，身形一幌，便已奔出數丈。七道的功夫倒也大非尋常，雖處逆境，陣法竟是絲毫不亂，天樞、天璇、天璣、天權、玉衡、開陽、搖光七個部位都是守得既穩且準，只是身不由主的跟着他疾奔。郭靖也不由得暗暗喝采：「全真門下之士果然不凡。」當下提一口氣，奔得猶似足不點地一般。

七道初時尚可勉力跟隨，但時候一長，各人輕身功夫分出了高下，位當天權、天樞、玉衡的三道功夫較高，奔得較快，餘人漸漸落後，北斗陣中漸現空隙。各人不禁暗驚，心想：「敵人如在此時出手攻陣，只怕我們已防禦不了。」但事到臨頭，也已顧不到旁的，只有各拚平生內力，繞着郭靖打轉。

世上孩童玩耍，以繩子縛石，繞圈揮舞，揮得急時突然鬆手，石子便帶繩遠遠飛出。此時天罡北斗陣繞圈急轉，情形亦復相似，七道繞着郭靖狂奔，手中長劍舉在頭頂，各人奔得越快，長劍越是把捏不定，就似有一股大力向外拉扯，要將手上長劍奪出一般。突然之間，郭靖大喝一聲：「撒手！」向左飛身疾竄。七道出其不意，只得跟着急躍，也不知怎的，七柄長劍一齊脫手飛出，有如七條銀蛇，直射入十餘丈外的松林之中。郭靖猛地停步，笑吟吟的回過頭來。

七個道人面如死灰，呆立不動，但每人仍是各守方位，陣勢嚴整。郭靖見他們經此一番

狂奔亂跑，居然陣法不亂，足見平時習練的功夫實不在小。那天權道有氣沒力的低聲�啞哨，

七人退入山岩之後。

郭靖道：「過兒，咱們上山。」那知他連叫兩聲，楊過並不答應。他四下裏一找，楊過已影蹤不見，但見樹叢後遺着他一隻小鞋。郭靖吃了一驚：「原來除了這七道之外，另有道人窺視在旁，將他攜了去。」但想羣道只是認錯了人，對己有所誤會，全真教行俠仗義，決不致難爲一個孩子，是以倒也並不着慌。當下一提氣，向山上疾奔。他在桃花島隱居十餘年，雖然每日練功，但長久未與人對敵過招，有時也不免有寂寞之感，今日與衆道人激鬥一場，每一招都是得心應手，不由得暗覺滿意。

此時山道更爲崎嶇，有時峭壁之間必須側身而過，行不到半個時辰，烏雲掩月，山間忽然昏暗。郭靖心道：「此處我地勢不熟，那些道兄們莫要使甚詭計，倒不可不防。」於是放慢脚步，緩緩而行。

又走一陣，雲開月現，滿山皆明，心中正自一暢，忽聽得山後隱隱傳出大羣人衆的呼吸。氣息之聲雖微，但人數多了，郭靖已自覺得。他緊一緊腰帶，轉過山道。

眼前是個極大的圓坪，四周羣山環抱，山脚下有座大池，水波映月，銀光閃閃。池前疏疏落落的站着百來個道人，都是黃冠灰袍，手執長劍，劍光閃爍耀眼。

郭靖定睛細看，原來羣道每七人一組，布成了十四個天罡北斗陣。每七個北斗陣又布成一個大北斗陣。自天樞以至搖光，聲勢實是非同小可。兩個大北斗陣一正一奇，相生相尅，互爲犄角。郭靖暗暗心驚：「這北斗陣法從未聽丘真人說起過，想必是這幾年中新鑽研出來

· 114 ·

的，比之重陽祖師所傳，可又深了一層了。」當下緩步上前。

只聽得陣中一人撮唇唿哨，九十八名道士倏地散開，或前或後，陣法變幻，已將郭靖圍在中間。各人長劍指地，凝目瞧着郭靖，默不作聲。

郭靖拱着手團團一轉，說道：「在下誠心上寶山來拜見馬眞人、丘眞人、王眞人各位道長，請衆位道兄勿予攔阻。」

陣中一個長鬚道人說道：「閣下武功了得，何苦不自愛如此，竟與妖人爲伍？貧道良言奉勸，自來女色誤人，閣下數十年寒暑之功，莫教廢於一旦。我全眞教跟閣下素不相識，並無過節，閣下何苦助紂爲虐，隨同衆妖人上山搗亂？便請立時下山，日後尚有相見地步。」

他說話聲音低沉，但一字一句，清清楚楚，顯見內力深厚，語意懇切，倒是誠意勸告。

郭靖又好氣，又是好笑，心想：「這些道人不知將我當作何人，若是蓉兒在我身畔，就不致有此誤會了。」當下說道：「甚麼妖人女色，在下一概不知，容在下與馬眞人、丘眞人等相見，一切便見分曉。」

長鬚道人凜然道：「你執迷不悟，定要向馬眞人、丘眞人領教，須得先破了我們的北斗大陣。」郭靖道：「在下區區一人，武功低微，豈敢與貴教的絕藝相敵？請各位放還在下攜來的孩兒，引見貴教掌教眞人和丘眞人。」

長鬚道人高聲喝道：「你裝腔作勢，出言相戲，終南山上重陽宮前，豈容你這淫賊撒野？」說着長劍在空中一揮，劍刃劈風，聲音嗡嗡然長久不絕。衆道士各揮長劍，九十八柄劍刃披

�往來，登時激起一陣疾風，劍光組成了一片光網。

郭靖暗暗發愁：「他兩個大陣奇正相反，我一個人如何佔他的北極星位？今日之事，當真棘手之極了。」

他心下計議未定，兩個北斗大陣的九十八名道人已左右合圍，劍光交織，真是一隻蒼蠅也難鑽過。長鬚道人叫道：「快亮兵刃罷！全真教不傷赤手空拳之人。」

郭靖心想：「這北斗大陣自然難破，但說要能傷我，卻也未必。此陣人數衆多，威力雖大，但各人功力高低參差，必有破綻，且瞧一瞧他們的陣法再說。」突然間滴溜溜一個轉身，奔向西北方位，使出降龍十八掌中一招「潛龍勿用」手掌一伸一縮，猛地斜推出去。七名年輕道人劍交左手，各自相聯，齊出右掌，以七人之力擋了他這一招。郭靖這路掌法已練到了出神入化之境，前推之力固然極強，更厲害的還在後着的那一縮。七人立足不定，身不由主的一齊俯地摔倒，雖猛力一推，不料立時便有一股大力向前牽引，然立時躍起，但個個塵土滿臉，無不大是羞愧。

長鬚道人見他出手屬害，一招之間就將七名師姪摔倒，不由得心驚無已，長嘯一聲，帶動十四個北斗陣，重重叠叠的聯在一起，料想敵人縱然掌力再強十倍，也決難雙手推動九十八人。

郭靖想起當日君山大戰，與黃蓉力戰丐幫，對手武功雖均不強，但一經聯手，卻是難以抵敵，當下不敢與衆道強攻硬戰，只展開輕身功夫，在陣中鑽來竄去，找尋空隙。

他東奔西躍，引動陣法生變，只一盞茶時分，已知單憑一己之力，要破此陣實是難上加難。一來他不願下重手傷人，二來陣法嚴謹無比，竟似沒半點破綻：三來他心思遲鈍，陣法

變幻卻快，縱有破綻，一時之間也看不出來。溶溶月色之下，但見劍光似水，人影如潮，此來彼去，更無已時。

再鬥片刻，眼見陣勢漸漸收緊，從空隙之間奔行閃避越來越是不易，尋思：「我不如闖出陣去，逕入重陽宮去拜見馬道長、丘道長？」抬頭四望，只見西邊山側有二三十幢房舍，有幾座構築宏偉，料想重陽宮必在其間，當下向東疾趨，幾下縱躍，已折向西行。

眾道見他身法突然加快，一條灰影在陣中有如星馳電閃，幾乎看不清他的所在，不禁頭暈目眩，攻勢登時呆滯。長鬚道人叫道：「大家小心了，莫要中了淫賊的詭計。」

郭靖大怒，心想：「說來說去，總是叫我淫賊。這名聲傳到江湖之上，我今後如何做人？」又想：「這陣法由他主持，只要打倒此人，就可設法破陣。」雙掌一分，直向那長鬚道人奔去。那知這陣法的奧妙之一，就是引敵攻擊主師，各小陣乘機東包西抄、南圍北擊，敵人便是落入了陷阱。郭靖只奔出七八步，立感情勢不妙，身後壓力驟增，兩側也是翻翻滾滾的攻了上來。他待要轉向右側，正面兩個小陣十四柄長劍同時刺到。這十四劍方位時刻拿捏得無不恰到好處，竟教他閃無可閃，避無可避。

郭靖身後險境，心下並不畏懼，卻是怒氣漸盛，心想：「你們縱然誤認我是甚麼妖人淫賊，出家人慈悲為懷，怎麼招招下的都是殺手？難到非要了我的性命不可？又說甚麼『全真教不傷赤手空拳之人』？」倏地斜身竄躍，右脚飛出，左手前探，將一名小道人踢了個觔斗，同時將他長劍奪了過來，眼見右腰七劍齊到，他左手揮了出去，八劍相交，喀喇一響，七柄劍每一劍都是從中斷為兩截，他手中長劍卻是完好無恙。他所奪長劍本也與別劍無異，並非

· 117 ·

特別銳利的寶劍，只是他內勁運上了劍鋒，幾對手七劍一齊震斷。

那七個道人驚得臉如土色，只一呆間，旁邊兩個北斗陣立時轉上，挺劍相護。郭靖見這十四人各以左手扶住身旁道侶右肩，十四人的力氣已聯而為一，心想：「且試一試我的功力到底如何？」長劍揮出，黏上了第十四名道人手中之劍。

那道人急向裏奪，那知手中長劍就似鑲釘在銅鼎鐵砧之中，竟是紋絲不動。其餘十三人各運功勁，要合十四人之力將敵人的黏力化開。郭靖正要引各人合力，一覺手上奪力驟增，郭靖暗嘆：「畢竟我功力尚未精純，卻有兩柄劍沒能震斷。」

喝一聲：「小心了！」右臂振處，喀喇喇一陣響嘯，猶如推倒了甚麼巨物，十二柄長劍盡皆斷折。最後兩柄卻飛向半空。十四名道人驚駭無已，急忙躍開。郭靖

這麼一來，眾道人心中更多了一層戒懼，出手愈穩，廿一名道士手中雖然失了兵刃，但運掌成風，威力並未減弱。郭靖適才震劍，未能盡如己意，又感敵陣守得越加堅穩，心想不知馬道長、丘道長他們這些年中在北斗陣上另有甚麼新創，若是對方忽出高明變化，自己難以拆解，只怕不免為羣道所擒，事不宜遲，須得先下手為強，當下高聲叫道：「各位道兄，

那長鬚道人見己方漸佔上風，只道郭靖技止於此，心想你縱然將我們九十八柄長劍盡數震斷，也不能脫出全真教的北斗大陣，聽他叫喊，只是微微冷笑，並不答話，卻將陣法催得更加緊了。

郭靖倏地矮身，竄到東北角上，但見西南方兩個小陣如影隨形的轉上，當即指尖抖動，

長劍於瞬息之間連刺了十四下，十四點寒星似乎同時撲出，每一劍都刺中一名道人右腕外側「陽谷穴」。這是劍法中最上乘功夫，運劍如風似電，落點卻不失釐毫，就和同時射出十四件暗器一般無異。

他出手甚輕，每個道人只是腕上一麻，手指無力，十四柄長劍一齊拋在地下。各人驚駭之下，急忙後躍，察看手腕傷勢，但見陽谷穴上微現紅痕，一點鮮血也沒滲出，才知對方竟以劍尖使打穴功夫，勁透穴道，卻沒損傷外皮。眾道暗暗吃驚，均想這淫賊雖然無恥，倒還不算狠毒，若非手下容情，要割下我們手掌真是不費吹灰之力。

這一來，已有五七三十五柄長劍脫手。長鬚道人大是惹怒，明知郭靖未下絕手，只是全真教實在顏面無光，何況若讓如此強手闖進本宮，後患大是不小，當下連連發令，收緊陣勢，心想九十八名道人四下合圍，將你擠也擠死了。

郭靖心道：「這些道兄實在不識好歹，說不得，只好狠狠挫折他們一下。」左掌斜引，右掌向左推出。一個北斗陣的七名道人轉上接住。郭靖急奔北極星位，第二個北斗陣跟着攻了過來。此時共有一十四個北斗陣，也即有一十四個北極星座，郭靖無分身之術，自是沒法同時佔住一十四個要位。他展開輕身功夫，剛佔第一陣的北極星位，立即又轉到第二陣的北極星位，如此轉得幾轉，陣法已現紛亂之象。

長鬚道人見情勢不妙，急傳號令，命眾道遠遠散開，站穩陣腳，以靜制動，知道各人若是隨着郭靖亂轉，他奔跑迅速，必能乘隙搗亂陣勢，但若固守不動，一十四個北極星位相互遠離，郭靖身法再快，也難同時搶佔。

郭靖暗暗喝采，心想：「這位道兄精通陣法要訣，果然見機得快。他們既站立不動，我便乘機往重陽宮去罷。」轉念忽想：「啊喲，不好，多半馬道長、丘道長他們都不在宮中，否則我跟這些道兄們鬥了這麼久，丘道長他們豈有不知之理。」抬頭向重陽宮望去，忽見道觀屋角邊白光連閃，似是有人正使兵刃相鬥，只是相距遠了，身形難以瞧見，刀劍撞擊之聲更無法聽聞。

郭靖心中一動：「有誰這麼大膽，竟敢到重陽宮去動手？今晚之事，實是大有蹊蹺，要待趕去瞧個明白，十四座北斗陣卻又逼近，越纏越緊。他心中焦急，左掌一招「見龍在田」，右手一招「亢龍有悔」，使出左右互搏之術，同時分攻左右。但見左邊北斗大陣的四十九人擋他左招，右邊四十九人擋他右招。他招數未曾使足，「見龍在田」變成了「亢龍有悔」，而「亢龍有悔」卻變成了「見龍在田」。

他以左右互搏之術，雙手使不同招數互易，而中途招數互易，眾道更是見所未見、聞所未聞。左邊的北斗大陣原是抵擋他的「見龍在田」，右邊的擋他的「亢龍有悔」，這兩招去勢相反，兩邊道人奮力相抗，那料得到條忽之間他竟招數互易。只見郭靖人影一閃，已從兩陣的夾縫中竄出，左邊的四十九名道人與右邊四十九名道人正自發力向前衝擊，這時那裏還收得住脚？只聽砰的一聲巨響，兩陣相撞，或劍折臂傷，或鼻腫目青，更有三十餘人自相衝撞摔倒。

主持陣法的長鬚道人雖然閃避得快，未為道侶所傷，可是也已狼狽不堪，盛怒之下，連聲呼喝，急急整頓陣勢，見郭靖向山脚下的大池玉清池奔去，當即帶着十四個小陣直追。全

真派的武功本來講究清靜無為、以柔克剛，主帥動怒，正是犯了全真派武功的大忌，他心浮氣粗之下，已說不上甚麼審察敵情、隨機應變。

郭靖堪堪奔到玉清池邊，但見眼前一片水光，右手長劍揮出，斬下池邊一棵楊柳的粗枝，隨即拋下長劍，雙手抓起樹枝，遠遠拋入池中。他足下用勁，身子騰空，右足尖在樹枝上一點，樹枝直沉下去，他卻已借力縱到了對岸。

眾道人奔得正急，收足不住，但聽撲通、撲通數十聲連響，倒有四五十人摔入了水中。

最後數十人已踏在別人背上，這才在岸邊停住腳步。有些道人不識水性，在池中載沉載浮，會水的道人急忙施救。玉清池邊蓋道拖泥帶水，大呼小叫，亂成了一團。

那羣玉蜂有如一股濃煙，向郭靖與丘處機面前撲來。丘處機氣湧丹田，張口向蜂羣一口噴出。郭靖學到訣竅，當即跟著鼓氣力送。當先的數百隻蜂子抵擋不住，飛勢立偏。

第四回　全真門下

郭靖擺脫眾道糾纏，提氣向重陽宮奔去，忽聽得鐘聲鏜鏜響起，正從重陽宮中傳出。鐘聲甚急，似是傳警之聲。郭靖抬頭看時，見道觀後院火光沖天而起，不禁一驚：「原來全真教今日果然有敵大舉來襲，須得趕快去救。」但聽身後眾道齊聲吶喊，蜂湧趕來，他這時方才明白：「這些道人定是將我當作和敵人是一路，現下主觀危急，他們便要和我拚命了。」

當下也不理會，逕自向山上疾奔。

他展開身法，片刻間已縱出數十丈外，不到一盞茶工夫，奔到重陽宮前，但見烈燄騰吐，濃煙瀰漫，火勢甚是熾烈，但說也奇怪，重陽宮中道士無數，竟無一個出來救火。

郭靖暗暗心驚，見十餘幢道觀屋宇疏疏落落的散處山間，後院火勢雖大，主院尚未波及，主院中卻是吆喝斥罵，兵刃相交之聲大作。他雙足一蹬，躍上高牆，便見一片大廣場上黑壓壓的擠滿了人，正自激鬥。定神看時，見四十九名黃袍道人結成了七個北斗陣，與百餘名敵人相抗。敵人高高矮矮，或肥或瘦，一瞥之間，但見這些人武功派別、衣着打扮各自不同，

· 125 ·

或使兵刃，或用肉掌，正自四面八方的向七個北斗陣狠撲。看來這二人武功不弱，人數又衆，全眞群道已落下風。只是敵方各自爲戰，七個北斗陣卻相互呼應，守禦嚴密，敵人雖強，卻也儘能抵擋得住。

郭靖待要喝問，卻聽得殿中呼呼風響，尙有人在裏相鬥。從拳風聽來，殿中相鬥之人的武功又比外邊的高得多。他從牆頭躍落，斜身側進，東一幌、西一竄，已從三座北斗陣的空隙間穿了過去。驀道大駭，紛紛擊劍示警，只是敵人攻勢猛惡，無法分身追趕。

大殿上本來明晃晃的點着十餘枝巨燭，此時後院火光逼射進來，已把燭火壓得黯然無光，只見殿上排列着七個蒲團，七個道人盤膝而坐，左掌相聯，各出右掌，抵擋身周十餘人的圍攻。

郭靖不看敵人，先瞧那七道，見七人中三人年老，四人年輕，年老的正是馬鈺、丘處機和王處一，年輕的四人中只識得一個尹志平。七人依天樞以至搖光列成北斗陣，端坐不動。七人之前正有一個道士俯伏在地，不見生死，但見他白髮蒼然，卻看不到面目。郭靖見馬鈺等處境危急，胸口熱血湧將上來，也不管敵人是誰，舌綻春雷，張口喝道：「大膽賊子，竟敢到重陽宮來撒野？」雙手伸處，已抓住兩名敵人背心，待要摔將出去，那知兩人均是好手，雙足牢牢釘在地上，竟然摔之不動。郭靖心想：「那裏來的這許多硬手？難怪全眞教今日要吃大虧。」突然鬆手，橫脚掃去。那二人正使千斤墜功夫與他手力相抗，不意他驀地變招，在這一掃之下登時身子騰空，破門而出。

敵人見對方驟來高手，都是一驚，但自恃勝算在握，也不以爲意，早有兩人撲過來喝問：

「是誰？」郭靖毫不理會，呼呼兩聲，雙掌拍出。那兩人尚未近身，已被他掌力震得立足不住，騰騰兩下，背心撞上牆壁，口噴鮮血。其餘敵人見他一上手連傷四人，不由得大為震駭，一時無人再敢上前邀鬥。馬鈺、丘處機、王處一認出是他，心喜無已，暗道：「此人一到，我教無憂矣！」

郭靖竟不把敵人放在眼裏，跪下向馬鈺等磕頭，說道：「弟子郭靖拜見。」馬鈺、丘處機、王處一微笑點頭，舉手還禮。尹志平忽然叫道：「郭兄留神！」郭靖聽得腦後風響，知道有人突施暗算，竟不站起，手肘在地微撐，身子騰空，墮下時雙膝順勢撞出，正中偷襲的兩人背心「魂門穴」，那二人登即軟癱在地。郭靖仍是跪着，膝下卻已多墊了兩個肉蒲團。

馬鈺微微一笑，說道：「靖兒請起，十餘年不見，你功夫大進了啊！」郭靖站起身來，道：「這些人怎麼打發，但憑道長吩咐。」馬鈺尚未回答，郭靖只聽背後有二人同時打了一聲哈哈，笑聲甚是怪異。

他當即轉過身來，只見身後站着二人。一個身披紅袍，頭戴金冠，是個中年藏僧。另一個身穿淺黃色錦袍，手拿摺扇，作貴公子打扮，約莫三十來歲，臉上一股傲狠之色。郭靖見兩人氣度沉穩，與其餘敵人大不相同，當下不敢輕慢，抱拳說道：「兩位是誰？到此有何貴幹？」那貴公子道：「你又是誰？到這裏幹甚麼來着？」口音不純，顯非中土人氏。

郭靖道：「在下是這幾位師長的弟子。」那貴公子冷笑道：「瞧不出全真派中居然還有這等人物。」他年紀比郭靖還小了幾歲，但說話老氣橫秋，甚是傲慢。郭靖本欲分辯自己並

127

非全真派弟子，但聽他言語輕佻，心中微微有氣，他本來不善說話，也就不再多言，只道：「兩位與全真教有何仇怨？這般興師動衆，放火燒觀？」那貴公子冷笑道：「你是全真派後輩，此間容不到你來說話。」郭靖道：「你們如此胡來，未免也太橫蠻。」此時火燄逼得更加近了，眼見不久便要燒到重陽宮主院。

那貴公子摺扇一開一合，踏上一步，笑道：「這些朋友都是我帶來的，你只要接得了我三十招，我就饒了這羣牛鼻子老道如何？」

郭靖眼見情勢危急，不願多言，右手探出，已抓住他摺扇，猛往懷裏一帶，他若不撤放扇，就要將他身子拉將過來。

這一拉之下，那貴公子的身子幌了幾幌，摺扇居然並未脫手。郭靖微感驚訝：「此人年紀不大，居然抵得住我這一拉，他內力的運法似和那藏僧靈智上人門戶相近，可比靈智上人遠爲機巧靈活，想來是西藏一派。他這扇子的扇骨是鋼鑄的，原來是件兵刃。」當即手上加勁，喝道：「撒手！」那貴公子臉上斗然間現出一層紫氣，但霎息間又即消退，郭靖知他急運內功相抗，自己若在此時加勁，只要他臉上現得三次紫氣，內臟非受重傷不可，心想此人練到這等功夫實非易事，不願使重手傷他，微微一笑，突然張開手掌。

摺扇平放掌心，那貴公子奪勁未消，但郭靖的掌力從摺扇傳到對方手上，將他的奪勁盡數化解了，貴公子使盡平生之力，始終未能有絲毫勁力傳上扇柄，也就拿不動扇子半寸。貴公子心下明白，對方武功遠勝於己，只是保全自己顏面，未曾硬奪摺扇，當下撒手躍開，滿臉通紅，說道：「請教閣下尊姓大名。」語氣中已大爲有禮了。郭靖道：「在下賤名不足掛

齒，這裏馬真人、丘真人、王真人，都是在下的恩師。」

那貴公子將信將疑，心想適才和全真眾老道鬥了半日，他們也只一個天罡北斗陣厲害，若是單打獨鬥，個個不是自己對手，怎地他們的弟子卻這等厲害，再向郭靖上下打量，但見他容貌樸實，甚是平庸，一身粗布衣服，實和尋常莊稼漢子一般無異，但手底下功夫卻當真深不可測，便道：「閣下武功驚人，小可極是拜服，十年之後，再來領教。小可於此處尚有俗務未了，今日就此告辭。」說着拱了拱手。郭靖抱拳還禮，說道：「十年之後，我在此相候便了。」

那貴公子轉身出殿，走到門口，說道：「小可與全真派的過節，今日自認是栽了。但盼全真教各人自掃門前雪，別來橫加阻撓小可的私事。」依照江湖規矩，一人若是自認栽了勸鬥，並約定日子再行決鬥，那麼日子未至之時，縱是狹路相逢也不能動手。郭靖聽他這般說，當即答允，說道：「這個自然。」

那貴公子微微一笑，以藏語向那藏僧說了幾句，正要走出，丘處機忽然提氣喝道：「不用等到十年，我丘處機就來尋你。」他這一聲呼喝聲震屋瓦，顯得內力甚是深厚。那貴公子耳中鳴響，心頭一凜，暗道：「這老道內力大是不弱，敢情他們適才未出全力。」不敢再行逗留，逕向殿門疾趨。那紅袍藏僧向郭靖狠狠望了一眼，與其餘各人紛紛走出。

郭靖見這羣人之中形貌特異者頗爲不少，或高鼻虬髯，或曲髮深目，並非中土人物，心中存了老大疑竇，只聽得殿外廣場上兵刃相交與吆喝酣鬥之聲漸止，知道敵人正在退去。

馬鈺等七人站起身來，那橫臥在地的老道卻始終不動。郭靖搶上一看，原來是廣寧子郝

• 129 •

大通，才知道馬鈺等雖然身受火厄，始終端坐不動，是為了保護同門師弟。只見他臉如金紙，呼吸細微，雙目緊閉，顯是身受重傷。郭靖解開他的道袍，不禁一驚，但見他胸口印着一個手印，五指箕張，顏色深紫，陷入肉裏，心想：「敵人武功果是西藏一派，這是大手印功夫。」掌上雖然無毒，功力卻比當年的靈智上人為深。」再搭郝大通的脈搏，幸喜仍是洪勁有力，知他玄門正宗，多年修為，內力不淺，性命當可無礙。

此時後院的火勢逼得更加近了。丘處機將郝大通抱起，道：「出去罷！」郭靖道：「我帶來的孩子呢？是誰收留着？莫要被火傷了。」丘處機等全心抗禦強敵，未知此事，聽他問起，都問：「是誰的孩子？在那裏？」

郭靖還未回答，忽然火光中黑影一幌，一個小小的身子從樑上跳了下來，笑道：「我在這裏。」正是楊過。郭靖大喜，忙問：「你怎麼躲在樑上？」楊過笑道：「你跟那七個臭道士……」郭靖喝道：「胡說！快來拜見祖師爺。」

楊過伸了伸舌頭，當下向馬鈺、丘處機、王處一三人磕頭，待磕到尹志平面前時，見他年輕，轉頭問郭靖道：「這位不是祖師爺了罷？我瞧不用磕頭啦。」郭靖道：「這位是尹師伯，快磕頭。」楊過心中老大不願意，只得也磕了。郭靖見他站起身來，不再向另外三個年道人磕頭見禮，喝道：「過兒，怎麼這般無禮？」楊過笑道：「等我磕完了頭，那就來不及啦，你莫怪我。」

郭靖問道：「甚麼事來不及了？」楊過道：「有一個道士給人綁在那邊屋裏，若不去救，

• 130 •

只怕要燒死了。」郭靖急問：「那一間？快說！」楊過伸手向東一指，說道：「好像是在那邊，也不知道是誰綁了他的。」說着嘻嘻而笑。

尹志平橫了他一眼，急步搶到東廂房，踢開房門不見有人，又奔到東邊第三代弟子修習內功的靜室，一推開門，但見滿室濃烟，一個道人被縛在床柱之上，口中嗚嗚而呼，情勢已甚危殆。尹志平當即拔劍割斷繩索，救了他出來。

此時馬鈺、丘處機、王處一、郭靖、楊過等人均已出了大殿，站在山坡上觀看火勢。眼見後院到處火舌亂吐，火光照紅了半邊天空，山上水源又小，只有一道泉水，僅敷平時飲用，用以救火實是無濟於事，只得眼睜睜望着一座崇偉宏大的後院漸漸樑折瓦崩，化爲灰燼。全真教衆弟子合力阻斷火路，其餘殿堂房舍才不受蔓延。馬鈺本甚達觀，心無掛礙。丘處機卻是性急暴躁，老而彌甚，望着熊熊大火，咬牙切齒的咒罵。

郭靖正要詢問敵人是誰，爲何下這等毒手，只見尹志平右手托在一個胖大道人腋下，從濃烟中鑽將出來。那道人被烟薰得不住咳嗽，雙目流淚，一見楊過，登時大怒，縱身向他撲去。楊過嘻嘻一笑，躲在郭靖背後。那道人也不知郭靖是誰，伸手便在他胸口一推，要將他推開，去抓楊過。那知這一下猶如推在一堵牆上，竟是紋絲不動。那道人一呆，指着楊過破口大罵：「小雜種，你要害死道爺！」王處一喝道：「淨光，你說甚麼？」

那道人鹿清篤是王處一的徒孫，適才死裏逃生，心中急了，見到楊過就要撲上廁拌，全沒理會掌教員人、師祖爺和丘祖師都在身旁，聽得王處一這麼一喝，才想到自己無禮，登時驚出一身冷汗，低頭垂手，說道：「弟子該死。」王處一道：「到底是甚麼事？」鹿清篤道：

「都是弟子無用，請師祖爺責罰。」王處一眉頭微皺，慍道：「誰說你有用了？我問你是甚麼事？」

鹿清篤道：「是，是。弟子奉趙志敬趙師叔之命，在後院把守，後來趙師叔帶了這小……小……」他滿心想說「小雜種」，終於想到不能在師祖爺面前無禮，改口道：「……小孩子來交給弟子，說他是我教一個大對頭帶上山來的，為趙師叔所擒，叫我好好看守，不能讓他逃了。於是弟子帶他到東邊靜室裏去，坐下不久，這小……小孩兒就使詭計，說要拉屎，要我放開縛在他手上的繩索。弟子心想他小小一個孩童，也不怕他走了，於是給他解了繩索。那知這小孩坐在淨桶上假裝拉屎，突然間跳起身來，捧起淨桶，將桶中臭屎臭尿向我身上倒來。」

鹿清篤說到此處，楊過嗤的一笑。鹿清篤怒道：「小……小……你笑甚麼？」楊過抬起了頭，雙眼向天，笑道：「我自己笑，你管得着麼？」鹿清篤道：「是，是。師祖爺你不知道，這小孩子狡猾得緊。我跟小孩子胡扯，說下去。」鹿清篤道：「是，是。師祖爺你不知道，這小孩子狡猾得緊。我跟小孩子胡扯，匆忙閃避，他卻笑着說道：『啊喲，道爺，弄髒了你衣服啦！……』」眾人聽他見尿屎倒來，匆忙閃避，他卻笑着說道：『啊喲，道爺，弄髒了你衣服啦！……』」眾人聽他細着嗓門學楊過說話，語音不倫不類，都是暗暗好笑。王處一皺起了眉頭，暗罵這徒孫在外人面前丟人現眼。

鹿清篤續道：「弟子自然很是着惱，衝過去要打，那知這小孩舉起淨桶，又向我身上拋來。我大叫：『小雜種，你幹甚麼？』忙使一招『急流勇退』，立時避開，一腳卻踩在屎尿之中，不由得滑了兩下，總算沒有摔倒，不料這小……小孩兒乘我慌亂之中，拔了我腰間佩劍，

・132・

用劍頂在我心頭，說我若是動一動，就一劍刺了下來。我想君子不吃眼前虧，只好不動。這小孩兒左手拿劍，右手用繩索將我反綁在柱子上，又割了我一塊衣襟，塞在我嘴裏，後來宮裏起火，我走又走不得，叫又叫不出，若非尹師叔相救，豈不是活生生教這小孩兒燒死了麼？」說着瞪眼怒視楊過，恨恨不已。

眾人聽他說畢，瞧瞧楊過，又轉頭瞧瞧他，但見一個身材瘦小，另一個胖大魁梧，不自禁都縱聲大笑起來。鹿清篤給眾人笑得莫名其妙，抓耳摸頸，手足無措。

馬鈺笑道：「不，這是我義弟楊康的遺腹子。」

郭靖道：「靖兒，這是你的兒子罷？想是他學全了母親的本領，是以這般刁鑽機靈。」

丘處機聽到楊康的名字，心頭一凜，細細瞧了楊過兩眼，果然見他眉目間依稀有幾分楊康的模樣。楊康是他惟一的俗家弟子，雖然這徒兒不肖，貪圖富貴，認賊作父，但丘處機每當念及，總是自覺教誨不善，以致讓他誤入歧途，常感內疚，現下聽得楊康有後，又是傷感，又是歡喜，忙問端詳。

郭靖簡畧說了楊過的身世，又說是帶他來拜入全真派門下。丘處機道：「靖兒，你武功早已遠勝我輩，何以不自己傳他武藝？」郭靖道：「此事容當慢慢稟告。只是弟子今日上山，得罪了許多道兄，極是不安，謹向各位道長謝過，還望恕罪莫怪。」當將眾道誤己為敵、接連動手等情說了。馬鈺道：「若不是你及時來援，全真教不免一敗塗地。大家是自己人，甚麼賠罪、感謝的話，誰也不必提了。」

丘處機劍眉早已豎起，待掌教師兄一住口，立即說道：「志敬主持外陣，敵友不分，當

真無用。我正自奇怪，怎地外邊安下了這麼強的陣勢，竟然轉眼間就讓敵人衝了進來，攻了我們一個措手不及。哼，原來他調動北斗大陣去阻攔你來着。」說着鬚眉戟張，極是惱怒，當即呼叫兩名弟子上來，詢問何以誤認郭靖為敵。

兩名弟子神色惶恐，那年紀較大的弟子說道：「守在山下的馮師弟、衞師弟傳上訊來，說這……這位郭大俠在普光寺中拍擊石碑，只道他定……定是敵人一路。」

郭靖這才恍然，想不到一切衆位道兄、今日來攻重陽宮的邪魔外道就下普光寺中，無意間在道長題詩的碑上重重拍了一掌，說道：「那可怪不得衆位道兄。弟子在處機道：「原來如此，事情可也眞湊巧。我們事先早已得知，想是因此惹起衆道友的誤會。」丘是以拍擊石碑為號。」郭靖道：「這些人到底是誰？竟敢這麼大膽？」說着向馬鈺與

丘處機嘆了口氣，道：「此事說來話長，靖兒，我帶你去看一件物事。」說着向馬鈺與王處一點點頭，轉身向山後走去。郭靖向楊過道：「過兒，你在這兒別走開。」當下跟在丘處機後面。只見他一路走向觀後山上，腳步矯捷，精神不減少年。

二人來到山峯絕頂。丘處機走到一塊大石之後，說道：「這裏刻得有字。」此時天色昏暗，大石背後更是漆黑一團。郭靖伸手石後，果覺石上有字，逐字摸去，原來是一首詩，詩云：

「子房志亡秦，曾進橋下履。佐漢開鴻擧，屹然天一柱，要伴赤松遊，功成拂衣去。異人與異書，造物不輕付。重陽起全眞，高視仍闊步，矯矯英雄姿，乘時或割據。妄迹復知非，

• 134 •

收心活死墓。人傳入道道初，二仙此相遇。於今終南下，殿閣凌烟霧。」

他一面摸，一面用手指在刻石中順着筆劃書寫，忽然驚覺，那些筆劃與手指全然吻合，就似是用手指在石上寫出來一般，不禁脫口而出：「用手指寫的？」

丘處機道：「此事說來駭人聽聞，但確是用手指寫的！」郭靖奇道：「難道世間當真是有神仙？」丘處機道：「這首詩是兩個人寫的，兩個都是武林中了不起的人物。書寫前面那八句之人，身世更是奇特，文武全才，超逸絕倫，雖非神仙，卻也是百年難得一見的人傑。」郭靖大是仰慕，忙道：「這位前輩是誰？道長可否引見，得讓弟子拜會。」丘處機道：「我也從來沒見過此人。你坐下罷，我跟你說一說今日之事的因緣。」郭靖依言在石上坐下，望着山腰裏的火光漸漸減弱，忽道：「只可惜此番蓉兒沒跟我同來，否則一起坐在這裏聽丘道長講述奇事，豈不是好？」

丘處機道：「這詩的意思你懂麼？」郭靖此時已是中年，但丘處機對他說話的口氣，仍是與十多年前他少年時一般無異，郭靖也覺原該如此，道：「前面八句說的是張良，這故事弟子曾聽蓉兒講過，倒也懂得，說他在橋下替一位老者拾鞋，那人許他孺子可教，傳他一部異書。後來張良輔佐漢高祖開國，稱爲漢興三傑之一，終於功成身退，隱居而從赤松子遊。後面幾句說到重陽祖師的事蹟，弟子就不大懂了。」丘處機問道：「你知重陽祖師是甚麼人？」

郭靖一怔，答道：「重陽祖師是你師父，是全眞教的開山祖師，當年華山論劍，功夫天下第一。」丘處機道：「那不錯，他少年時呢？」郭靖搖頭道：「我不知道。」丘處機道：「『矯矯英雄姿，乘時或割據』。我恩師不是生來就做道士的。他少年時先學文，再練武，是

135

一位縱橫江湖的英雄好漢，只因憤恨金兵入侵，毀我田廬，殺我百姓，曾大舉義旗，與金兵對敵，佔城奪地，在中原建下了轟轟烈烈的一番事業，後來終以金兵勢盛，先師連戰連敗，將士傷亡殆盡，這才憤而出家。那時他自稱『活死人』，接連幾年，住在本山的一個古墓之中，不肯出墓門一步，意思是雖生猶死，不願與金賊共居於青天之下，所謂不共戴天，就是這個意思了。」郭靖道：「原來如此。」

丘處機道：「事隔多年，先師的故人好友、同袍舊部接連來訪，勸他出墓再幹一番事業。先師心灰意懶，又覺無面目以對江湖舊侶，始終不肯出墓。直到八年之後，先師一個生平勁敵在墓門外百般辱罵，連激他七日七夜，先師實在忍耐不住，出洞與之相鬥。豈知那人哈哈一笑，說道：『你既出來了，就不用回去啦！』先師恍然而悟，才知敵人倒是出於好心，乃是可惜他一副大好身手埋沒在墳墓之中，是以用計激他出墓。二人經此一場變故，化敵為友，攜手同闖江湖。」

郭靖想到前輩的俠骨風範，不禁悠然神往，問道：「那一位前輩是誰？不是東邪、西毒、南帝、北丐四大宗師之一罷？」

丘處機道：「不是。論到武功，此人只有在四大宗師之上，只因她是女流，素不在外拋頭露面，是以外人知道的不多，聲名也是默默無聞。」郭靖道：「啊，原來是女的。」丘處機嘆道：「這位前輩其實對先師甚有情意，欲待委身相事，與先師結為夫婦。當年二人不斷的爭鬧相鬥，也是那人故意要和先師親近，只不過她心高氣傲，始終不願先行吐露情意。後來先師自然也明白了，但他於邦國之仇總是難以忘懷，常說：匈奴未滅，何以為家？對那位

前輩的深情厚意，裝痴喬獸，只作不知。那前輩只道先師瞧她不起，怨憤無已。兩人本已化

敵為友，後來卻又因愛成仇，約好在這終南山上比武決勝。」

郭靖道：「那又不必了。」丘處機道：「是啊！先師知她原是一番美意，自是一路忍讓。

豈知那前輩性情乖僻，說道：『你越是讓我，那就越是瞧我不起。』先師逼於無奈，只得跟

她動手。當時他二位前輩便是在這裏比武，鬥了幾千招，先師不出重手，始終難分勝敗。那

人怒道：『你並非存心和我相鬥，當我是甚麼人？』先師道：『武比難分勝負，不如文比。』那

那人道：『這也好。若是我輸了，我終生不見你面，好讓你耳目清淨。』先師道：『若是你

勝了，你要怎樣？』那人臉上一紅，無言可答，終於一咬牙，說道：『你那活死人墓就讓給

我住。』

「那人這句話其實大有文章，意思說若是勝了，要和先師在這墓中同居廝守。先師好生

為難，自料武功稍高她一籌，實逼處此，只好勝了她，以免日後糾纏不清，於是問她怎生比

法。她道：『今日大家都累了，明晚再決勝負。』

「次日黃昏，二人又在此處相會。那人道：『咱們比武之前，先得立下個規矩。』先師

道：『又定甚麼規矩了？』那人道：『你若得勝，我當場自刎，以後自然不見你面。我若勝

了，你要就是把這活死人墓讓給我住，任何事不得相違；否則的話，就須得

出家，任你做和尚也好，做道士也好。不論做和尚還是道士，須在這山上建立寺觀，陪我十

年。』先師心中明白：『終生聽你吩咐，自是要我娶你為妻。否則便須做和尚道士，那是不

得另行他娶。我又怎能忍心勝你，逼你自殺？只是在山上陪你十年，卻又難了。』當下好生

躊躇。其實這位女流前輩才貌武功都是上上之選，她一片情深，先師也不是不動心，但不知如何，說到要結爲夫婦，卻總是沒這個緣份。先師沉吟良久，打定了主意，知道此人說得出做得到，一輪之後必定自刎，於是決意捨己從人，不論比甚麼都輸給她便是，說道：『好，就是這樣。』

「那人道：『咱們文比的法子極是容易。大家用手指在這塊石頭上刻幾個字，誰寫得好，那就勝了。』先師道：『用手指怎麼能刻？』那人道：『這就是比一比指上功夫，瞧誰刻得更深。』先師搖頭道：『我又不是神仙，怎能用手指在石上刻字？』那人道：『若是我能，你就認輸？』先師本處進退兩難之境，心想世上決無此事，正好乘此下台，成個不勝不敗之局，這場比武就不了了之，當卽說道：『你若有此能耐，我自然認輸。要是你也不能，咱倆不分高下，也不用再比了。』

「那人淒然一笑，道：『好啊，你做定道士啦。』說着左手在石上撫摸了一陣，沉吟良久，道：『我刻些甚麼字好？嗯，自來出家之人，第一位英雄豪傑是張子房。他反抗暴秦，不圖名利，是你的先輩。』於是伸出右手食指，在石上書寫起來。先師見她手指到處，石屑竟然紛紛跌落，當眞是刻出一個個字來。她在石上所寫的字，就是這一首詩的前半截八句。

「先師心下欽服，無話可說，當晚搬出活死人墓，讓她居住，第二日出家做了道士，在那活死人墓附近，蓋了一座小小道觀，那就是重陽宮的前身了。」

郭靖驚訝不已，伸手指再去仔細撫摸，果然非鑿非刻，當眞是用手指所劃，說道：「這

位前輩的指上功夫，也確是駭人聽聞。」丘處機仰天打個哈哈，道：「靖兒，此事騙得先師，騙得我，更騙得你。但若你妻子當時在旁，決計瞞不過她的眼去。」郭靖睜大雙眼，道：「難道道這中間有詐？」

丘處機道：「這何消說得？你想當世之間，論指力是誰第一？」郭靖道：「那自然是一燈大師的一陽指。」丘處機道：「是啊！憑一燈大師這般出神入化的指上功夫，就算是在木材之上，也未必能刻出字來，何況是在石上？更何況是旁人？先師出家做了黃冠，對此事苦思不解。後來令岳黃藥師前輩上終南來訪，先師知他極富智計，隱約說起此事，向他請教。黃島主想了良久，哈哈笑道：『這個我也會。只是這功夫目下我還未練成，一月之後再來奉訪。』說着大笑下山。過了一個月，黃島主又上山來，與先師同來觀看此石。上次那位前輩的詩句，題到『異人與異書，造物不輕付』為止，意思是要先師學張良一般，遁世出家。黃島主左手在石上撫摸良久，右手突然伸出，在石上寫起字來，他是從『重陽起全真』起，寫到『殿閣凌烟霧』止，那都是恭維先師的話。

「先師見那岩石觸手深陷，就與上次一般無異，更是驚奇，心想：『黃藥師的功夫明明遜我一籌，怎地也有這等厲害的指力？』一時滿腹疑團，突然伸手指在岩上一刺，說也奇怪，那岩石竟被他刺了一個孔。就在這裏。」說着將郭靖的手牽到岩旁一處。

郭靖摸到一個小孔，用食指探入，果然與印模一般，全然吻合，心想：「難道這岩石特別鬆軟，與眾不同。」指上運勁，用力揑去，只揑得指尖隱隱生疼，岩石自是紋絲不動。

丘處機哈哈笑道：「諒你這傻孩子也想不通這中間的機關。那位女前輩右手手指書寫之

前，左手先在石面撫摸良久，原來她左手掌心中藏着一大塊化石丹，將石面化得軟了，在一柱香的時刻之內，石面不致變硬。黃島主識破了其中巧妙，下山去採藥配製化石丹，這才回來依樣葫蘆。」

郭靖半晌不語，心想：「我岳父的才智，實不在那位女前輩之下，但不知他老人家到了何處。」心下好生掛念。

丘處機不知他的心事，接着道：「先師初為道士，心中甚是不忿，但道書讀得多了，終於大徹大悟，知道一切全是緣法，又參透了清淨虛無的妙諦，乃苦心潛修，光大我教。推本思源，若非那位女前輩那麼一激，世間固無全真教，我丘某亦無今日，你郭靖更不知是在何處了。」

郭靖點頭稱是，問道：「但不知這位女前輩名諱怎生稱呼，她可還在世上麼？」丘處機嘆道：「這位女前輩當年行俠江湖，行迹隱秘異常，極少有人見過她的真面目。除了先師之外，只怕世上無人知道她的真實姓名，先師也從來不跟人說。這位前輩早在首次華山論劍之前就已去世，否則以她這般武功與性子，豈有不去參與之理？」

郭靖點頭道：「正是。不知她可有後人留下？」丘處機嘆了口氣道：「亂子就出在這裏。那位前輩生平不收弟子，就只一個隨身丫鬟相侍，兩人苦守在那墓中，竟然也是十餘年不出，那前輩的一身驚人武功都傳給了丫鬟。這丫鬟素不涉足江湖，武林中自然無人知聞，她卻收了兩個弟子。大弟子姓李，你想必知道，江湖上叫她甚麼赤練仙子李莫愁。」

郭靖「啊」了一聲，道：「這李莫愁好生歹毒，原來淵源於此。」丘處機道：「你見過

她？」郭靖道：「數月之前，在江南曾碰上過。此人武功果然了得。」丘處機道：「你傷了她？」郭靖搖頭道：「沒有。其實也沒當真會面，只見到她下手連殺數人，狠辣無比，較之當年的銅屍梅超風尤有過之。」

丘處機道：「你沒傷她也好，否則麻煩多得緊。她的師妹姓龍……」郭靖一凜，道：「是那姓龍的女子？」丘處機臉色微變，道：「怎麼？你也見過她了？可出了甚麼事？」郭靖道：「弟子不曾見過她。只是此次上山，眾位師兄屢次罵我是妖人淫賊，又說我為姓龍的女子而來，教我好生摸不着頭腦。」

丘處機哈哈大笑，隨即嘆了口氣，說道：「那也是重陽宮該遭此刼。若非陰錯陽差，生了這個誤會，不但北斗大陣必能擋住那批邪魔，而你早得一時三刻上山，郝師弟也不致身受重傷。」他見郭靖滿面迷惘之色，說道：「今日是那姓龍的女子十八歲生辰。」郭靖順口接了一句：「嗯，是她十八歲生辰！」可是一個女子的十八歲生辰，為甚麼能釀成這等大禍，仍是半點也不明白。

丘處機道：「這姓龍的女子名字叫作甚麼，外人自然無從得知，那些邪魔外道都叫她小龍女，咱們也就這般稱呼她罷。十八年前的一天夜裏，重陽宮外突然有嬰兒啼哭之聲，宮中弟子出去察看，見包袱中裹着一個嬰兒，放在地下。重陽宮要收養這嬰兒自是極不方便，可是出家人慈悲為本，卻也不能置之不理，那時掌教師兄和我都不在山上，眾弟子正沒做理會處，一個中年婦人突然從山後過來，說道：『這孩子可憐，待我收留了她罷！』眾弟子正是求之不得，當下將嬰兒交給了她。後來馬師兄與我回宮，他們說起此事，講到那中年婦人的

形貌打扮，我們才知是居於活死人墓中的那個丫鬟。她與我們全真七子曾見過幾面，但從未說過話。兩家雖然相隔極近，只因上輩的這些糾葛，當真是雞犬相聞，卻老死不相往來。我們聽過算了，也就沒放在心上。

「後來她弟子赤練仙子李莫愁出山，此人心狠手辣，武藝極高，在江湖上鬧了個天翻地覆。全真教數次商議，要治她一治，終於碍着這位墓中道友的面子，不便出手。我們寫了一封信送到墓中，信中措辭十分客氣。可是那信送入之後，宛似石沉大海，始終不見答覆，而她對李莫愁仍是縱容如故，全然不加管束。

「過得幾年，有一日墓外荊棘叢上挑出一條白布靈幡，我們知道是那位道友去世了，於是師兄弟六人到墓外致祭。剛行禮畢，荊棘叢中出來一個十三四歲的小女孩，向我們答謝弔祭，說道：『師父去世之時，命弟子告知各位道長，那人作惡橫行，師兄自有制她之法，請各位不必操心。』說畢轉身回入。我們待欲詳詢，她已進了墓門。先師曾有遺訓，全真派門下任何人不得踏進墓門一步。她既進去，只索罷了，只是大家心中奇怪，那位道友既死，還能有甚麼制治弟子之法？只是見那小女孩孤苦可憐，便送些糧食用品過去，但每次她總是原封不動，命一個僕婦退了回來。看來此人性子乖僻，與她祖師、師父一模一樣。但她既有僕婦照料，那也不需旁人代為操心了。後來我們四方有事，少在宮中，於這位姑娘的訊息也就極少聽見。不知怎的，李莫愁忽然在江湖上銷聲匿迹，不再生事。我們只道那位道友當真遺有妙策，都感欽佩。

「去年春天，我與王師弟西赴西北有事，在甘州一位大俠家中盤桓，竟聽到了一件驚人的

· 142 ·

消息。說道一年之後，四方各處的邪魔外道要薈集終南山，有所作為。終南山是全真教的根本之地，他們上山來自是對付我教，那豈可不防？我和王師弟還怕這訊息不確，派人四出打聽，果然並非虛假。只是他們上終南山來卻不是衝着我教，而是對那活死人墓中的小龍女有所圖謀。」郭靖奇道：「她小小一個女孩子，又從不出外，怎能跟這些邪魔外道結仇生怨？」

丘處機道：「到底內情如何，既跟我們不相干，本來也就不必理會。但一旦這羣邪徒來到終南山上，我們終究無法置身事外，於是輾轉設法探聽，才知這件事是小龍女的師姊挑撥起來的。」郭靖道：「李莫愁？」

丘處機道：「是啊。原來她們師父教了李莫愁幾年功夫，瞧出她本性不善，就說她學藝已成，令她下山。李莫愁當師父在世之日，雖然作惡，總還有幾分顧忌，待師父一死，就借弔祭為名，闖入活死人墓中，想將師妹逐出。她自知所學未曾盡得師祖、師父的絕藝，要到墓中查察有無武功秘笈之類遺物。那知墓中布置下許多巧妙機關，才進了兩道墓門，在第三道門邊卻看到師父的一封遺書。她師父早料到她必定會來，這通遺書放在那裏等她已久，其中又囑她痛改前非，否則難獲善終。那便是向她點明，倘若她怙惡不悛，她師妹便當以掌門人身分清理門戶。

「李莫愁很是生氣，再闖第三道門，卻中了她師父事先伏下的毒計，若非小龍女給她治傷療毒，當場就得送命。她知道厲害，只得退出，但如此縮手，那肯甘心？後來又闖了幾次，每次都吃了大虧。最後一次竟與師妹動手過招。那時小龍女不過十五六歲年紀，武功卻已遠

· 143 ·

勝師姊，如不是手下容讓，取她性命也非難事……」

郭靖插口道：「此事只怕江湖上傳聞失實。」丘處機道：「怎麼？」郭靖道：「我恩師柯大俠曾和李莫愁鬥過兩場，說起她的武功，實有獨到之處。連一燈大師的及門高弟武三通武大哥也敗在她手下。那小龍女若是未滿二十歲，功夫再好，終難勝她。」

丘處機道：「那是王師弟聽丐幫中一位朋友說的，到底小龍女是不是當真勝過了師姊李莫愁，其時並無第三人在場，誰也不知，只是江湖上有人這麼說罷了。這一來，李莫愁更是心懷不忿，知道師父偏心，將最上乘的功夫留着給師妹。於是她傳言出來，說道某年某月某日，活死人墓中的小龍女要比武招親……」郭靖聽到「比武招親」四字，立即想到楊康、穆念慈當年在北京之事，不禁輕輕「啊」了一聲。

丘處機知他心意，也嘆了口氣，道：「她揚言道：若是有誰勝得小龍女，不但小龍女委身相嫁，而墓中的奇珍異寶、武功秘笈，也盡數相贈。那些邪魔外道本來不知小龍女是何等樣人，但李莫愁四下宣揚，說她師妹的容貌遠勝於她。這赤練仙子據說甚是美貌，姿色莫說武林中少見，就是大家閨秀，只怕也是少有人及。」

郭靖心中卻道：「那又何足為奇？我那蓉兒自然勝她百倍。」

丘處機續道：「江湖上妖邪人物之中，對李莫愁着迷的人着實不少。只是她對誰都不加青眼，有誰稍為無禮，立施毒手，現下聽說她另有個師妹，相貌更美，而且公然比武招親，誰不想來一試身手？」郭靖恍然大悟，道：「原來這些人都是來求親的。怪不得宮中道兄們罵我是淫賊妖人。」

丘處機哈哈大笑，又道：「我們又探聽到，這些妖邪對全真教也不是全無顧忌。他們大舉集人齊上終南山來，我們倘若干預此事，索性乘機便將全真教挑了，除了這眼中之釘。我和王師弟得到訊息，決意跟衆妖邪周旋一番，當即傳出法帖，召集本教各代道侶，早十天都聚在重陽宮中。只劉師哥和孫師妹在山西，不及趕回。我們一面操演北斗陣法，一面送信到墓中，請小龍女提防。那知此信送入，仍是沒有回音，小龍女竟然全不理睬。」

郭靖道：「或許她已不在墓中了。」丘處機道：「不，在山頂遙望，每日都可見到炊烟在墓中昇起。你瞧，就在那邊。」說着伸手西指。郭靖順着他手指瞧去，但見山西鬱鬱蒼蒼，十餘里地盡是樹林，亦不知那活死人墓是在何處。想像一個十八歲的少女，整年住在墓室之中，若是換作了蓉兒，眞要悶死她了。

丘處機又道：「我們師兄弟連日布置禦敵。五日之前，各路哨探陸續趕回，查出衆妖邪之中最厲害的是兩個大魔頭。他們約定先在山下普光寺中聚會，以手擊碑石爲號。你無意之中在碑上拍了一下，又顯出功力驚人，無怪我那些沒用的徒孫要大驚小怪。

「那兩個大魔頭說起來名聲着實不小，只是他們今年方到中原，這才震動武林。你在桃花島隱居，與世隔絕，因而不知。那貴公子是蒙古的王子，據說還是大汗成吉思汗的近系子孫。旁人都叫他作霍都王子。你在大漠甚久，熟識蒙古王族，可想得到此人來歷麼？」

郭靖喃喃說了幾遍「霍都王子」，回思他的容貌舉止，卻想不起會是誰的子嗣，但覺此人容貌俊雅，傲狠之中又帶了不少狡詐之氣。成吉思汗共生四子，長子朮赤剽悍英武，次子察合台性子暴躁而實精明，三子窩闊台卽當今蒙古皇帝，性格寬和，四子拖雷血性過人，相貌

均與這霍都大不相同。

丘處機道：「只怕是他自高身價，胡亂吹噓，那也是有的。此人武功是西藏一派，今年年初來到中原，出手就傷了河南三雄，後來又在甘涼道上獨力殺死蘭州七霸，名頭登時響遍了半邊天，我們可料不到他竟會攬上這門子事。另一個藏僧名叫達爾巴，天生神力，和霍都的武功全然一路，看來是霍都的師兄還是師叔。他是和尚，自然不是要來娶那女子，多半是來幫霍都的。」

「其餘的淫賊奸人見這兩人出頭，都絕了求親之念，然而當年李莫愁曾大肆宣揚，說古墓中珍寶多如山積，又有不少武功秘本，甚麼降龍十八掌的掌譜、一陽指的指法等等無不齊備。羣奸雖然將信將疑，但想只要跟上山來，打開古墓，多少能分潤一些好處，是以上終南山來的竟有百餘人之眾。本來我們的北斗陣定能將這些三流腳色盡數擋在山下，縱然不能生擒，也教他們不得走近重陽宮一步。也是我教合當遭刦，這中間的誤會，那也不必說了。」

郭靖甚感歉仄，吶吶的要說幾句謝罪之言。丘處機將手一揮，笑道：「出門一笑無拘礙，雲在西湖月在天。宮殿館閣，盡是身外之物，身子軀殼尚不足惜，又理這些身外物作甚？你十餘年來勤修內功，難道這一點還勘不破麼？」郭靖也是一笑，應了一聲：「是！」丘處機笑道：「其實我眼見重陽宮後院爲烈火焚燒之時，也是暴跳如雷，此刻才寧靜了下來，比之馬師哥當時便心無掛礙，我的修爲實是萬萬不及。」郭靖道：「這些奸人如此毫沒來由的欺上門來，也難怪道長生氣。」

丘處機道：「北斗大陣全力與你周旋，兩個魔頭領着一批奸人，乘隙攻到重陽宮前。他

們一上來就放火燒觀，郝師弟與那霍都王子動手。也是他過於輕敵，而霍都的武功又別具一格，怪異特甚。郝師弟出手時畧現急躁，胸口中了他一掌。我們忙結陣相護，只是少了郝師弟一人，補上來的弟子功力相差太遠，陣法威力便屬有限。你若不及時趕到，全真教今日當真是一敗塗地了。現下想來，就算守在山下的衆弟子不認錯了敵人，那些三流妖人固然無法上山，達爾巴與霍都二人卻終究阻擋不住。此二人聯手與北斗陣相鬥，我們輸是不會輸的，但決不能如你這般贏得乾淨爽快……」正說到這裏，忽聽西邊嗚嗚嗚一陣響亮，有人吹動號角。角聲蒼涼激越，郭靖聽在耳中，不由得心邁陰山，神馳大漠，想起了蒙古黃沙莽莽、平野無際的風光。

再聽一會，忽覺號角中隱隱有蕭殺之意，似是向人挑戰，說道：「靖兒，那奸人與你訂了十年之約，妄想這十年中肆意橫行，好敎你不便干預。天下那有這等稱心如意之事？咱們過去！」郭靖道：「是那霍都王子？」丘處機道：「自然是他。他是在向小龍女挑戰。」一邊說，一邊飛步下山。郭靖跟隨在後。

二人行出里許，但聽那號角吹得更加緊了，角聲嗚嗚之中，還夾着一聲聲兵刃的錚錚撞擊，顯是那達爾巴也出手了。丘處機怒道：「兩個武學名家，卻來合力欺侮一個少女，當真好不要臉。」說着足下加快。兩人片刻間已奔到山腰，轉過一排石壁。郭靖只見眼前是黑壓壓的一座大樹林。林外高高矮矮的站着百餘人，正是適才圍攻重陽宮那些妖邪。兩人隱身石

147

壁之後，察看動靜。

只見霍都王子與達爾巴並肩而立。霍都舉角吹奏。那達爾巴左手高舉一根金色巨杵，將戴在右手手腕上的一隻金鐲不住往杵上撞去，錚錚聲響，與號角聲相互應和，要引那小龍女出來。兩人鬧了一陣，樹林中靜悄悄的始終沒半點聲響。

霍都放下號角，朗聲說道：「小王蒙古霍都，敬向小龍女恭賀芳辰。」一語甫畢，樹林中錚錚錚響了三下琴聲，似是小龍女鼓琴回答。霍都大喜，又道：「聞道龍姑娘揚言天下，今日比武招親，小王不才，特來求教，請龍姑娘不吝賜招。」猛聽得琴聲激亢，大有怒意。

眾妖邪縱然不懂音律，卻也知鼓琴者心意難平，出聲逐客。

霍都笑道：「小王家世清貴，姿貌非陋，願得良配，諒也不致辱沒。姑娘乃當世俠女，不須覷覰。」此言甫畢，但聽琴韻更轉高昂，隱隱有斥責之意。

霍都向達爾巴望了一眼，右手一揮，那藏僧點了點頭。大踏步向林中走去。霍都道：「姑娘既不肯就此現身，小王只好強請了。」說着收起號角，右手一揮，鼎鼎的全真教也阻擋不了我們，諒那小龍女孤身一個小小女子，濟得甚事？」但怕別人搶在頭裏，將墓中寶物先得了去，各人爭先恐後，湧入樹林。

丘處機高聲叫道：「這是全真教祖師重陽真人舊居之地，快快退出來。」眾人聽得他叫聲，微微一怔，但腳下毫不停步。丘處機怒道：「靖兒，動手罷！」二人轉出石壁，正要搶入樹林，忽聽羣豪高聲叫嚷，飛奔出林。

丘郭二人一呆，但見數十人沒命價飛跑，接着霍都與達爾巴也急步奔出，狼狽之狀，比

之適才退出重陽宮時不知過了幾倍。丘郭均感詫異：「那小龍女不知用何妙法驅退羣邪？」

這念頭只在心中一閃間，便聽得嗡嗡響聲自遠而近，月光下但見白茫茫、灰濛濛一團物事從林中疾飛出來，撲向羣邪頭頂。郭靖奇道：「那是甚麼？」丘處機搖頭不答，凝目而視，只見江湖豪客中有幾個跑得稍慢，被那羣東西在頭頂一撲，登時倒地，抱頭狂呼。郭靖驚道：

「是一羣蜂子，怎麼白色的？」說話之間，那羣玉色蜂子又已螫倒了五六人。樹林前十餘人滾來滾去，呼聲慘厲，聽來驚心動魄。郭靖心想：「給蜂子刺了，就算疼痛，也不須這般殺豬般的號叫，難道這玉蜂毒性異常麼？」只見灰影幌動，那羣玉蜂有如一股濃烟，向他與丘處機面前撲來。

眼見羣蜂來勢兇猛，難以抵擋，郭靖要待轉身逃走，丘處機氣湧丹田，張口向羣蜂一口噴出。蜂羣飛得正急，突覺一股強風颼到，勢道頓挫。丘處機一口氣噴完，第二口又卽噴出。郭靖學到訣竅，當卽跟着鼓氣力送，與丘處機所吹的一股風連成一起。二人使的都是玄門正宗的上乘功夫，蜂羣抵擋不住，當先的數百隻蜂子飛勢立偏，從二人身旁掠過，卻又追趕霍都、達爾巴等人去了。

這時在地下打滾的十餘人叫聲更是淒厲，呼爹喊娘，大聲叫苦。更有人叫道：「小人知錯啦，求小龍女仙姑救命！」郭靖暗暗駭異：「這些人都是江湖上的亡命之徒，縱然砍下他們一臂一腿，也未必會討饒叫痛。怎地小小蜂子的一螫，竟然這般厲害？」

但聽得林中傳出錚錚琴聲，接着樹梢頭冒出一股淡淡白烟。丘郭二人只聞到一陣極甜的花香。過不多時，嗡嗡之聲自遠而近，那羣玉蜂聞到花香，飛回林中，原來是小龍女燒香召

丘處機與小龍女做了十八年鄰居，從不知她竟然有此本事，又是佩服，又覺有趣，說道：「早知我們這位芳鄰如此神通廣大，全真教大可不必多事。」他這兩句話雖是對郭靖說的，但提氣送出，有意也要小龍女聽到。果然林中琴聲變緩，輕柔平和，顯是酬謝高義之意。丘處機哈哈大笑，朗聲叫道：「姑娘不必多禮。貧道丘處機率弟子郭靖，敬祝姑娘芳辰。」琴聲錚錚兩響，從此寂然。

郭靖聽那些人叫得可憐，道：「道長，這些人怎生救他們一救？」丘處機道：「龍姑娘自有處置，咱們走罷。」

當下二人轉身東回，路上郭靖又求丘處機收楊過入門。丘處機嘆道：「你楊鐵心叔父是豪傑之士，豈能無後？楊康落得如此下場，我也頗有不是之處。你放心好了，我必盡心竭力，教養這小孩兒成人。」郭靖大喜，就在山路上跪下拜謝。

二人談談說說，回到重陽宮前，天色已明。眾道士正在收拾後院燼餘，清理瓦石。

丘處機召集眾道士，替郭靖引見，指着那主持北斗大陣的長鬚道人，說道：「他是王師弟的大弟子，名叫趙志敬。第三代弟子之中，武功以他練得最純，就由他點撥過兒的功夫罷。」

郭靖與此人交過手，知他武功確是了得，心中甚喜，當下命楊過向趙志敬行了拜師之禮，自己又向趙志敬鄭重道謝。他在終南山盤桓數日，對楊過諄諄告誡叮囑，這才與眾人別過，回桃花島而去。

回。

丘處機回想當年傳授楊康武功，卻任由他在王府中養尊處優，終於鑄成大錯，心想：「自來嚴師出高弟，棒頭出孝子。這次對過兒須得嚴加管教，方不致重蹈他父覆轍，不可有絲毫怠忽。」當下將楊過叫來，疾言厲色的訓誨一頓，囑他刻苦耐勞，事事聽師父教訓，不可有絲毫怠忽。

楊過留在終南山上，本已老大不願，此時沒來由的受了一場責罵，心中恚憤難言，當時忍着眼淚答應了，待得丘處機走開，不禁放聲大哭。忽然背後一人冷冷的道：「怎麼？祖師爺爺說錯了你麼？」

楊過一驚，止哭回頭，只見背後站着的正是師父趙志敬，忙垂手道：「不是。」趙志敬道：「那你為甚麼哭泣？」楊過道：「弟子想起郭伯伯，心中難過。」趙志敬明明聽得丘師伯厲聲教訓，他卻推說為了思念郭靖，甚是不悅，心想：「這孩子小小年紀就已如此狡猾，若不重重責打，大了如何能改？」沉着臉喝道：「你膽敢對師父說謊？」

楊過眼見全真教羣道給郭靖打得落花流水，又見丘處機等被霍都一班妖邪逼得手忙腳亂，全賴郭靖救援，心中認定這些道士武功全都不平常。他對丘處機尚且毫不佩服，更何況對趙志敬？也是郭靖一時疏忽，未跟他詳細說明全真派武功乃武學正宗，當年王重陽武功天下第一，各家各派的高手一時無一能敵。他自己所以能勝諸道，實因眾道士未練到絕頂，卻非全真派武功不濟。可是楊過認定郭靖夫婦不願收他為徒，便胡亂交給旁人傳藝，兼之親眼見到羣道折劍倒地的種種狼狽情狀，就算郭靖解釋再三，他也是決不肯信的。這時他見師父臉色難看，心道：「我拜你為師，實是迫不得已，就算我武功練得跟你一模一樣，又有屁用？還不是大膽包一個？你兇霸霸的幹麼？」當下轉過了頭不答。

中央 · 151 ·

趙志敬大怒，嗓門提得更加高了：「我問你話，你膽敢不答？」楊過道：「師父要我答甚麼，我就答甚麼。」趙志敬聽他出言挺撞，怒氣再也按捺不住，反手揮去，拍的一聲，登時將他打得臉頰紅腫。楊過哇的一聲，哭了出來，發足便奔。趙志敬追上去一把抓住，問道：

「你到那裏去？」楊過道：「快放手，我不跟你學武功啦。」

趙志敬更怒，喝道：「小雜種，你說甚麼？」楊過此時橫了心，罵道：「臭道士，你打死我罷！」其時於師徒之份看得最重，武林之中，師徒就如父子一般，師父就要處死弟子，為徒的往往也不敢反抗。楊過居然膽敢辱罵師尊，實是罕見罕聞的大逆不道之事。楊過突然間縱身躍起，抱住他手臂，張口牢牢咬住他的右手食指。

趙志敬氣得臉色焦黃，舉掌又劈臉打了下去。楊過自得歐陽鋒授以內功秘訣，間中修息，已有了一些根柢。趙志敬盛怒之下，又道他是小小孩童，絲毫未加提防，給他緊抱狠咬，竟然掙之不脫，常言道十指連心，手指受痛，最是難忍。趙志敬左手在他肩頭重重一拳，喝道：「你作死麼？快放開！」楊過此時心中狂怒，縱然刀槍齊施，他也決意不放，但覺肩頭劇痛，牙齒更加用勁了，喀的一響，直咬抵骨。

趙志敬大叫：「哎唷！」左拳狠狠在他天靈蓋上一鎚，將他打得昏了過去，這才捏住他下顎，但見滿手鮮血淋漓，指骨已斷，雖能續骨接指，但此後這根手指的力道必較往日為遜，武功不免受損，氣惱之餘，在楊過身上又踢了幾腳。

他撕下楊過的衣袖，包了手指創口，四下一瞧，幸好無人在旁，心想此事若被旁人知曉，江湖上傳揚出去，說全真教趙志敬給小徒兒咬斷了指骨，實是顏面無存，當下取過一盆冷水，

將楊過潑醒。

楊過一醒轉，發瘋般縱上又打。趙志敬一把扭住他胸口，喝道：「畜生，你當真不想活了？」楊過罵道：「狗賊，臭道士，長鬍子山羊，給我郭伯伯打得爬在地下吃屎討饒的沒用傢伙，你才是畜生！」

趙志敬右手出掌，又打了他一記。此時他有了提防，楊過要待還手，那裏還能近身？瞬息之間，被他連踢了幾個觔斗。趙志敬若要傷他，原是輕而易舉，但想他究是自己徒弟，如下手重了，師父師伯問起來如何對答？可是楊過睏纏猛打，倒似與他有不共戴天之仇一般，雖然身上連中拳腳，疼痛不堪，竟絲毫沒退縮之意。

趙志敬對楊過拳打足踢，心中卻是好生後悔，眼見他雖然全身受傷，卻是越戰越勇，最後迫於無奈，左手指在他脅下一點，封閉了他的穴道。楊過躺在地上動彈不得，眼中滿含怒色。趙志敬道：「你這逆徒，服不服了？」楊過雙眼瞪着他，毫無屈服之意。趙志敬坐在一塊大石上，呼呼喘氣。他若與高手比武過招，打這一時三刻絕不致呼吸急喘，現下手腳自然不累，只是心中惱得厲害，難以寧定。

一師一徒怒目相對，趙志敬竟想不出善策來處置這頑劣的孩兒，正煩惱間，忽聽鐘聲鏗鏗響起，卻是掌教召集全教弟子。趙志敬吃了一驚，對楊過道：「你若不再忤逆，我就放了你。」伸手解開了他穴道。

那知楊過猛地躍起，縱身撲上。趙志敬退開兩步，怒道：「我不打你，你還要怎地？」楊過道：「你以後還打我不打？」趙志敬聽得鐘聲甚急，不敢躭誤，只得道：「你若是乖乖

153

地，我打你作甚？」楊過道：「那也好。師父，你不打我，我就叫你師父。你再打我一記，我永不認你。」趙志敬氣得只有苦笑，點了點頭，道：「掌教召集門人，快跟我去罷。」他見楊過衣衫扯爛，面目青腫，只怕旁人查問，給他客客整理一下，拉了他手，奔到宮前聚集。

趙志敬與楊過到達時，眾道已分班站立。馬鈺、丘處機、王處一三人向外而坐。馬鈺雙手擊了三下，朗聲說道：「長生真人與清淨散人從山西傳來訊息，說道該處之事極為棘手。本座和兩位師弟會商決定，長春真人和玉陽真人帶同十名弟子，即日前去應援。」眾道人面面相覷，有的駭異，有的憤激。丘處機當下叫出十名弟子的姓名，說道：「各人即行收拾，明天一早隨玉陽真人和我前去山西。餘人都散了。」

眾道散班，這才悄悄議論，說道：「那李莫愁不過是個女子，怎地這生了得。連長生子劉師叔也制她不住？」有的道：「清淨散人劉師叔難道不是女子？可見女子之中也儘有能人，卻小覷不得。」有的道：「丘師伯與王師叔一去，那李莫愁自當束手就縛。」

丘處機走到趙志敬身邊，向他道：「我本要帶你同去，但怕就誤了過兒功夫，這一趟你就不用去了。」一眼瞥見楊過滿臉傷痕，不覺一怔，道：「怎麼？跟誰打架了？」趙志敬大急，心想丘師伯得知實情，必然嚴責，忙向楊過連使眼色。楊過心中早有主意，見到趙志敬惶急之情，只作不知，支支吾吾的卻不回答。丘處機怒道：「是誰將你打得這個樣子？到底是誰不好？快說。」趙志敬聽丘師伯語氣嚴厲，心中更是害怕。

楊過說：「不是打架，是弟子摔了一交，掉下了山坑。」丘處機不信，怒道：「你說謊，好好的怎會摔一交？你臉上這些傷也不是摔的。」楊過道：「適才師祖爺教訓弟子要乖乖的

學藝……」丘處機道：「是啊，那怎麼了？」楊過道：「師祖爺爺走開之後，弟子想師祖爺爺教訓得是，弟子今後要力求上進，才不負了師祖爺的期望。」他這幾句花言巧語，丘處機聽得臉色漸和，嗯了一聲。楊過接着道：「那知突然之間來了一條瘋狗，不問情由的撲上來便咬，弟子踢牠趕牠，那瘋狗卻越來越兇。弟子只得轉身逃走，一不小心，摔入了山坑。幸好我師父趕來，救了我起來。」

丘處機將信將疑，眼望趙志敬，意思詢問這番話是真是假。趙志敬大怒，心道：「好哇，你這臭小子膽敢罵我瘋狗？」但形格勢禁，不得不為他圓謊，只得點頭道：「是弟子救他起來的。」

丘處機這才信了，道：「我去之後，你好好傳他本門玄功，每隔十天，由掌教師伯師叔查問一次，指點竅要。」趙志敬心中老大不願，但師伯之言那敢違抗，只得躬身答應。楊過此時只想着逼得師父自認瘋狗的樂趣，丘師祖之言全未聽在耳裏。待丘處機走開了十幾步，趙志敬怒火上衝，忍不住伸手又要往楊過頭頂擊去。楊過大叫：「丘師祖！」丘處機愕然回頭，趙志敬的手伸在半空，不敢落下，情勢甚是尷尬，勉強回臂用手指去搔鬢邊頭髮。楊過奔向丘處機，叫道：「師祖爺，你去之後，沒人看顧我，這裏好多師伯師叔都要打我。」丘處機臉一板，喝道：「胡說！那有這等事？」他外表嚴厲，內心卻甚慈祥，想起孤兒可憐，朗聲道：「志敬，你好好照料這個孩兒，若有差失，我回來唯你是問。」趙志敬只得又答應了。

當日晚飯過後，楊過慢吞吞的走到師父所住的靜室之中，垂手叫了聲：「師父！」此刻

是傳授武功之時，趙志敬盤膝坐在榻上早已盤算了半日，心想：「這孩子這等頑劣，此時已是桀驁不馴，日後武功高了，還有誰更能制得住他？但丘師伯與師父命我傳他功夫，不傳可又不成。」左思右想，好生委決不下，見他慢慢進來，眼光閃動，一副似笑非笑的模樣，更可是老大生氣，忽然靈機一動：「有了，他於本門功夫一竅不通，我只傳他玄功口訣，修練之法卻半點不教。他記誦得幾百句歌訣又有何用？師父與師伯們問起，我儘可推諉，說他自己不肯用功。」琢磨已定，和顏悅色的道：「過兒，你過來。」楊過道：「你打不打我？」

趙志敬道：「我傳你功夫，打你作甚？」楊過見他如此神情，倒是大出意料之外，當下慢慢走近，心中嚴加戒備，生怕他有甚詭計。趙志敬瞧在眼裏，只作不知，說道：「我全真派功夫，乃是從內練出外，與外家功夫自外向內者不同。現下我傳你本門心法，你要牢牢記住了。」

當下將全真派的入門內功口訣，說了一遍。

楊過只聽了一遍，就已記在心裏，尋思：「這長鬍子老山羊惱我恨我，豈肯當真傳授功夫？他多半教我些沒用的假口訣作弄人。」過了一會，假裝忘卻，又向趙志敬請教。趙志敬照舊說了。次日，楊過再問師父，聽他說的與昨日一般無異，這才相信非假，料得他若是胡亂捏造，連說三次，不能字字相同。

如此過了十日，趙志敬只是授他口訣，如何修練的實在法門卻一字不說。到第十天上，趙志敬帶他去見馬鈺，說已授了本門心法，命楊過背給掌教師祖聽。楊過頭至尾背了一遍，一字不錯。馬鈺甚喜，連讚孩子聰明。他是敦厚謙沖的有道之士，君子可欺以方，那想得到趙志敬另有詭計。

夏盡秋至，秋去冬來，轉瞬過了數月，楊過記了一肚皮的口訣，可是實在功夫卻絲毫沒有學到，若論武藝內功，與他上山之時實無半點差別。楊過於記誦口訣之初，過不了幾天，即知師父是在作弄自己，但他既不肯相授，卻也無法可想，眼見掌教師祖慈和，若是向他訴說，他也不過責備趙志敬幾句，只怕這長鬍子山羊會另使毒計來折磨自己，只有待丘師祖回來再說。但數月之間丘師祖始終不歸。好在楊過對全真派武功本來瞧不起，學不學也不在乎，但趙志敬如此相欺，心中懷恨愈來愈烈，只是不肯吃眼前虧，臉上可越加恭順。趙志敬暗自得意，心道：「你忤逆師父，到頭來瞧是誰吃虧？」

轉眼到了臘月，全真派中自王重陽傳下來的門規，每年除夕前三日，門下弟子大較武功，考查這一年來各人的進境。眾弟子見較武之期漸近，日夜勤練不息。

這一天臘月望日，全真七子的門人分頭較藝，稱為小較。各弟子分成七處，馬鈺的徒子徒孫成一處，丘處機、王處等一的徒子徒孫又各成一處。譚處端雖然已死，他的徒子徒孫仍是極盛。馬鈺、丘處機等憐念他早死，對他的門人加意指點，是以每年大較，譚氏門人倒也不輸於其餘六子的弟子。這一年重陽宮遇災，全真派險遭顛覆之禍，全派上下都想到全真教雖然號稱天下武學正宗，實則武林中各門各派好手輩出，這名號岌岌可危，因此人人勤練苦修，比往日更著意了幾分。

全真教由王重陽首創，乃創教祖師。馬鈺等七子是他親傳弟子，為第二代。趙志敬、尹志平、程瑤迦等為七子門徒，屬第三代。楊過等一輩則是第四代了。這日午後，玉陽子門下

趙志敬、崔志方等人齊集東南角曠地之上，較武論藝。王處一不在山上，由大弟子趙志敬主持小較。第四代弟子或演拳腳，或使刀槍，或發暗器，或顯內功，由趙志敬等講評一番，以定甲乙。

楊過入門最遲，位居末座，眼見不少年紀與自己相若的小道士或俗家少年武藝精熟，各有專長，並無羨慕之心，卻生懷恨之意。趙志敬見他神色間忿忿不平，有意要使他出醜，待兩名小道士比過器械，大聲叫道：「楊過出來！」

楊過一呆，心道：「你又沒傳我半點武藝，叫我出來幹麼？」趙志敬又叫道：「楊過，你聽見沒有？快出來！」楊過只得走到座前，打了一躬，道：「弟子楊過，參見師父。」全真門人大都是道人，但也有少數如楊過這般俗家子弟，行的是俗家之禮。

趙志敬指着場中適才比武得勝的小道士，說道：「他也大不了你幾歲，你去和他比試罷。」楊過道：「弟子又不會絲毫武藝，怎能和師兄比試？」趙志敬怒道：「我傳了你大半年功夫，怎說不會絲毫武藝？這大半年中你幹甚麼來着？」楊過無話可答，低頭不語。趙志敬道：「你懶惰貪玩，不肯用功，拳腳自然生疏。我問你：『修真活計有何憑？心死羣情念不生。』下兩句是甚麼？」楊過道：「精氣充盈功行具，靈光照耀滿神京。」趙志敬道：「不錯，我再問你：『秘語師傳悟本初，來時無欠去無餘。』下兩句是甚麼？」楊過答道：「歷年塵垢揩磨盡，偏體靈明耀太虛。」趙志敬微笑道：「很好，一點兒也不錯。你就用這幾句法門，下場和師兄過招罷。」楊過又是一怔道：「弟子不會。」趙志敬心中得意，臉上卻現大怒之色，喝道：「你學了功訣，卻不練功，只是推三阻四，快快下場去罷。」

這幾句歌訣雖是修習內功的要旨，教人收心息念，練精養氣，但每一句均有幾招拳腳與之相配，合起來便是一套簡明的全真派入門拳法。眾道士親耳聽到楊過背誦口訣，絲毫無誤，只道他臨試怯場，好心的出言鼓勵，幸災樂禍的便嘲諷訕笑。全真弟子大都是良善之士，只因郭靖上終南山時一場大戰，把羣道打得一敗塗地，得罪的人多了，是以頗有不少人遷怒於楊過，盼他多受挫折，雖然未必就是惡意，可是求出一口胸中骯髒之氣，卻也是人之常情。

楊過見眾人催促，有些二人更冷言冷語的連聲譏刺，不由得怒氣轉盛，把心一橫，暗道：

「今日把命拚了就是。」當下縱躍入場，雙臂舞動，直上直下的往那小道士猛擊過去。那小道士見他一下場既不行禮，亦不按門規謙遜求教，已自詫異，待見他發瘋般亂打，更是吃驚，那小道士退了幾步，見他下盤虛浮，斜身出足，一招「風掃落葉」，往他腿上掃去。楊過不知閃避之法，立足不住，撲地倒了，跌得鼻血長流。

羣道見他跌得狼狽，有的笑了起來。楊過翻身爬起，也不抹拭鼻血，低頭向小道士猛撲。

小道士見他來得猛惡，側身讓過。楊過出招全然不依法度，雙手一摟，已抱住對方左腿。小道士右掌斜飛，擊他肩頭，這招「揩磨塵垢」原是拆解自己下盤被襲的正法，但楊過在在桃花島既未學到武藝，在重陽宮又未得傳授實用功夫，於對方甚麼來招全不知曉，只聽蓬的一聲，肩頭熱辣辣的一陣疼痛，已被重重的擊中了一拳。他愈敗愈狠，一頭撞正對方右腿，小道士立足不定，已被他壓倒在地。楊過掄起拳頭，狠命往他頭上打去。

小道士敗中求勝，手肘猛地往他胸口撞去，乘他疼痛，已借勢躍起，反手一推一甩，重

重將楊過摔了一交，使的正是一招「無欠無餘」。他打個稽首道：「楊師弟承讓！」同門較藝，本來一分勝敗就須住手，那知楊過勢若瘋虎，又是疾衝過來。兩三招之間，又被摔倒，但他越戰越勇，拳腳也越出越快。

趙志敬叫道：「楊過，你早已輸了，還比甚麼？」楊過那裏理會，橫踢豎打，竟無半分退縮。羣道初時都覺好笑，均想：「我全真門中那有這般蠻打的笨功夫？」但後來見他情急拚命，只怕闖出禍來，紛紛叫道：「算啦，算啦。師兄弟切磋武藝，不必認真。」

再鬥一陣，那小道士已大有怯意，只是閃避擋躲，不敢再容他近身。常言道：一人拚命，萬夫莫當。楊過在終南山上受了大半年怨氣，此時禁不住盡情發洩出來。小道士的武功雖遠勝於他，卻那有這等旺盛的鬥志？眼見抵敵不住，只得在場中繞圈奔逃。楊過在後疾追，罵道：「臭道士，你打得我好，打過了想逃麼？」

此時旁觀的十人中倒有八九個是道士，聽他這麼臭道士，賊道士的亂罵，不由得又是好氣，又是好笑，人人都道：「這小子非好好管教不可。」那小道士給趕得急了，驚叫：「師父，師父！」盼趙志敬出言喝止。趙志敬連聲怒喝，楊過卻毫不理睬。

正沒做理會處，人羣中一聲怒吼，竄出一名胖大道人，縱上前去，一把抓住楊過的後領，提將起來，拍拍拍三記耳光，下的竟是重手，打得他半邊面頰登時腫了起來。楊過險些給這三下打暈了，一看之下，原來是與自己有仇的鹿清篤。楊過首日上山，鹿清篤被他使詐險些燒死，此後受盡師兄弟的訕笑，說他本事還不及一個小小孩兒。他一直懷恨在心，此時見楊過又在胡鬧，忍不住便出來動手。

楊過本就打豁了心，眼見是他，更知無倖，只是後心被他抓住了，動彈不得。鹿清篤一陣獰笑，又是拍拍拍三記耳光，叫道：「你不聽師父的言語，就是本門叛徒，誰都打得。」

說着舉手又要打落。

趙志敬的師弟崔志方見楊過出手之際竟似不會半點本門功夫，又知趙志敬心地狹隘，只怕其中另有別情，眼見鹿清篤落手兇狠，恐防打傷了人，當即喝道：「清篤，住手！」

鹿清篤聽師叔叫喝，雖然不願，只得將楊過放下，道：「師叔你有所不知，這小子狡猾無賴之極，不重重教訓，我教中還有甚麼規矩？」

崔志方不去理他，走到楊過面前，只見他兩邊面頰腫得高高的，又青又紫，鼻底口邊都是鮮血，神情甚是可憐，當下柔聲道：「楊過，你師父教了你武藝，你怎不好好用功修習，卻與師兄們撒潑亂打？」楊過恨恨的道：「甚麼師父？他沒教我半點武功。」崔志方道：「我明明聽到你背誦口訣，一點也沒背錯。」

楊過想起黃蓉在桃花島上教他背誦四書五經，只道趙志敬所教的也是與武功絕無關連的經書，道：「我又不想考試中狀元，背這些勞什子何用？」崔志方假意發怒，要試一試他是否當真不會半點本門功夫，當下板起臉道：「對尊長說話，怎麼這等無禮？」倏地伸出手去，在他肩頭一推。

崔志方是全真門下第三代的高手之一，武功雖不及趙志敬、尹志平等人，卻也是內外兼修，功力頗深。這一推輕重疾徐恰到好處，觸手之下，但覺楊過肩頭微側，內力自生，竟把他的推力卸開了一小半，雖然跟跟蹌蹌的退後幾步，竟不跌倒。崔志方一驚，心頭疑雲大起，

· 161 ·

尋思：「他小小年紀，入我門不過半年，怎能有此功力？他既具此內力，適才比武就絕不該如此亂打，難道當真有詐麼？」他那知楊過修息歐陽鋒所傳內功，不知不覺間已頗有進境。在初練的十年之中，白駝山一派內功上手甚易，進展極速，不比全真派內功在求根基紮實。兩派內功本來大不相同，但崔志方怎能與小孩兒一般見識，微微一笑，閃身讓開，一心要瞧瞧他的真實功夫，說道：「清篤，你與楊師弟過過招，下手有分寸些，別太重了！」

楊過被他一推，胸口氣都喘不過來，只道他也出手毆打自己。他此時天不怕，地不怕，縱然丘處機親來，也要上前動手，那裏會忌憚甚麼崔志方、崔志圓？當下低頭直衝，向他小腹撞去。崔志方隨手那麼一推，自難分辨其間的差別。

鹿清篤不得有這句話，立時幌身擋在楊過前面，左掌虛拍，楊過向右一躲，鹿清篤右掌打出，這一掌「虎門手」勁力不小，砰的一響，正中楊過胸口。若非楊過已習得白駝山內功，非當場口噴鮮血不可，饒是如此，也是胸前疼痛不堪，臉如白紙。鹿清篤見一掌打他不倒，也是暗自詫異，右拳又擊他面門。楊過伸臂招架，苦在他不明拳理，竟不會最尋常的拆解之法。鹿清篤右拳斜引，左拳疾出，又是砰的一響，打中他小腹。楊過痛得彎下了腰。鹿清篤竟然下手不容情，右掌掌緣猛斬而下，正中項頸。他滿擬這一斬對準要害，要他立時暈倒，以報昔日之仇，那知楊過身子幌了幾下，死命挺住，仍不跌倒，只是頭腦昏眩，已全無還手之力。

崔志方此時已知他確是不會武功，叫道：「清篤，住手！」鹿清篤向楊過道：「臭小子，

162

你服了我麼？」楊過罵道：「賊道士，終有一日要殺了你！」鹿清篤大怒，兩拳連擊，都打在他的鼻樑之上。

楊過被毆得昏天黑地，搖搖幌幌的就要跌倒，不知怎地，忽然間一股熱氣從丹田中直衝上來，眼見鹿清篤第三拳又向面門擊至，閃無可閃，避無可避，自然而然的雙腿一彎，口中閣的一聲叫喝，手掌推出，正中鹿清篤小腹。但見他一個胖大身軀突然平平飛出，騰的一響，塵土飛揚，跌在丈許之外，直挺挺的躺在地下，再也不動。

旁觀眾道見鹿清篤以大欺小，毒打楊過，均有不平之意，長一輩的除趙志敬外都在出聲阻攔，那知奇變陡生，鹿清篤竟被楊過掌力摔出，就此僵臥不動，人人都大為訝異，一起擁過去察看。

楊過於這蛤蟆功的內功原本不會使用，只是在危急拚命之際，自然而然的迸發，第一次對武氏兄弟之可比，勁由心生，竟將他打得直飛出去。只聽得眾道士亂叫：「啊喲，不好，昏亂在桃花島上擊暈了武修文，相隔數月，內力又已大了不少，而他心中對鹿清篤的憎恨，更非死了！」「沒氣啦，準是震碎了內臟！」「快稟報掌教祖師。」楊過心知已闖下了大禍，中不及細想，當下撒腿便奔。

羣道都在查探鹿清篤死活，楊過悄悄溜走，竟無人留心。趙志敬見鹿清篤雙眼上翻，不明生死，又駭又怒，大叫：「楊過，楊過，你學的是甚麼妖法？」他武功雖強，但平日長在重陽宮留守，見聞不廣，竟不識得蛤蟆功的手法。他叫了幾聲，不聞楊過答應。眾道士回過身來，已不見他的蹤影。趙志敬立傳號令，命眾人分頭追拿，料想這小小孩童在這片刻之間

163

又能逃到何處？

楊過慌不擇路，發足亂闖，只揀樹多林密處鑽去，奔了一陣，只聽得背後喊聲大振，四下裏都有人在大叫：「楊過，楊過，快出來。」他心中更慌，七高八低的亂走，忽覺前面人影一幌，一名道士已見到了他，搶着過來。楊過急忙轉身，西邊又有一名道士，大叫：「在這裏啦，在這裏啦。」楊過一矮身，從一叢灌木下鑽了過去。那道士身軀高大，鑽不過去，待得繞過樹叢來尋，楊過已逃得不知去向。

楊過鑽過灌木叢，向前疾衝，奔了一陣，耳聽得臺道呼聲漸遠，但始終不敢停步，避開道路，在草叢亂石中狂跑，到後來全身酸軟，實在再也奔不動了，只得坐在石上喘氣。坐了一會，心中只道：「快逃，快逃。」可是雙腿如千斤之重，說甚麼也站不起來。忽聽身後有人嘿嘿冷笑，楊過大吃一驚，回過頭來，嚇得一顆心幾乎要從口腔中跳將出來，只見身後一個道人橫眉怒目，長鬚垂胸，正是趙志敬。

二人相對怒視半晌，片刻之間，都是一動也不動。楊過突然大叫一聲，轉身便逃。趙志敬搶上前去，伸手抓他後心。楊過向前急撲，幸好差了數寸，沒給抓住，當即拾起一塊石子，用力向後擲出。趙志敬側身避過，足下加快，二人相距更加近了。楊過狂奔十幾步，突見前面似是一道深溝，已無去路，也不知下面是深谷還是山溪，更不思索，便即湧身躍下。

趙志敬走到峭壁邊緣向下張望，眼見楊過沿着青草斜坡，快步繞道來到青草坡上，順着楊過在草地上壓平的一條路綫，尋進樹叢，卻不見楊過的蹤迹，越行樹林越密，到後來竟已遮得不見日光。

下面斜坡少說也有六七丈，他可不敢就此躍下，快步繞道來到青草坡上，順着楊過在草地上壓平的一條路綫，尋進樹叢，卻不見楊過的蹤迹，越行樹林越密，到後來竟已遮得不見日光。

他走出十數丈，猛地省起，這是重陽祖師昔年所居活死人墓的所在，本派向有嚴規，任誰不得入內一步，可是若容楊過就此躲過，卻是心有不甘，當下高聲叫道：「楊過，楊過，快出來。」

叫了幾聲，林中一片寂靜，更無半點聲息，他大着膽子，又向前走了幾步，朦朧中見地下立着一塊石碑，低頭一看，見碑上刻着四個字道：「外人止步。」趙志敬躊躇半晌，提高嗓子又叫：「楊過你這小賊，再不出來，抓住你活活打死。」叫聲甫畢，忽聞林中起了一陣嗡嗡異聲，接着灰影幌動，一羣白色蜂子從樹葉間飛出，撲了過來。

趙志敬大驚，揮動袍袖要將蜂子驅開，他內力深厚，袖上的勁道原自不小，但揮了數揮，蜂羣突分為二，一羣正面撲來，另一羣卻從後攻至。趙志敬更是心驚，不敢怠慢，雙袖飛舞，護住全身。羣蜂散了開來，上下左右、四面八方的撲擊。趙志敬不敢再行抵禦，揮袖掩住頭臉，轉身急奔出林。

那羣玉蜂嗡嗡追來，飛得雖不甚速，卻是死纏不退。趙志敬逃向東，玉蜂追向東，他逃向西，玉蜂追向西。他衣袖舞得微一緩慢，兩隻蜂子猛地從空隙中飛了進去，在他右頰上各螫了一針。片刻之間，趙志敬只感麻癢難當，似乎五臟六腑也在發癢，心想：「今日我命休矣！」到後來已然立足不定，倒在林邊草坡上滾來滾去，大聲呼叫。蜂羣在他身畔盤旋飛舞了一陣，便回入林中。

楊過睡在石床上寒冷難當，全身發抖。只見小龍女取出一根繩索，在室東的一根鐵釘上繫住，拉繩橫過室中，將繩子的另一端繫在西壁的一口釘上。她輕輕縱起，橫臥繩上。

第五回　活死人墓

楊過摔在山坡，滾入樹林長草叢中，便即昏暈，也不知過了多少時候，忽覺身上刺痛，睜開眼來，只見無數白色蜂子在身週飛舞來去，耳中聽到的盡是嗡嗡之聲，跟着全身奇癢入骨，眼前白茫茫的一片，不知是眞是幻，又暈了過去。

又過良久，忽覺口中有一股冰涼清香的甜漿，緩緩灌入咽喉，他昏昏沉沉的呑入肚內，微微睜眼，猛見到面前兩尺外是一張生滿雞皮疙瘩的醜臉，正瞪眼瞧着自己。楊過一驚之下，險些又要暈去。那醜臉人伸出左手捏住他下頦，右手拿着一隻杯子，正將甜漿灌在他口裏。

楊過覺得身上奇癢劇痛已減，又發覺自己睡在一張床上，知那醜人救治了自己，微微一笑，意示相謝。那醜臉人也是一笑，餵罷甜漿，將杯子放在桌上。楊過見她的笑容更是十分醜陋，但奇醜之中卻含有仁慈溫柔之意，登時心中感到一陣溫暖，求道：「婆婆，別讓師父來捉我去。」

169

那醜臉老婦柔聲問道：「好孩子，你師父是誰？」楊過已好久沒聽到這般溫和關切的聲音，胸間一熱，不禁放聲大哭起來。那老婦左手握住他手，也不出言勸慰，只是臉含微笑，側頭望着他，目光中充滿愛憐之色，右手輕拍他背心……待他哭了一陣，才道：「你好些了嗎？」

楊過聽那老婦語音慈和，忍不住又哭了起來。那老婦拿手帕給他拭淚，安慰道：「乖孩子，別哭，別哭，過一會身上就不痛啦。」她越是勸慰，楊過越是哭得傷心。

忽聽帷幕外一個嬌柔的聲音說道：「孫婆婆，這孩子哭個不停，幹甚麼啊？」楊道抬起頭來，只見一隻白玉般的纖手掀開帷幕，走進一個少女來。那少女披着一襲輕紗般的白衣，猶似身在烟中霧裏，看來約莫十六七歲年紀，除了一頭黑髮之外，全身雪白，面容秀美絕俗，只是肌膚間少了一層血色，顯得蒼白異常。楊過臉上一紅，立時收聲止哭，低垂了頭甚感羞愧，但隨即用眼角偷看那少女，見她也正望着自己，忙又低下頭來。

孫婆婆笑道：「我沒法子啦，還是你來勸勸他罷。」那少女走近床邊，看他頭上被玉蜂螫刺的傷勢，伸手摸了摸他額角，瞧他是否發燒。楊道的額頭與她掌心一碰到，但覺她手掌寒冷異常，不由得機伶伶打個冷戰。那少女道：「沒甚麼。你已喝了玉蜂漿，半天就好。你闖進林子來幹甚麼？」

楊過抬起頭來，與她目光相對，只覺這少女清麗秀雅，莫可逼視，神色間卻是冰冷淡漠，當真是潔若冰雪，也是冷若冰雪，實不知她是喜是怒，是愁是樂，竟不自禁的感到恐怖：「這姑娘是水晶做的，還是個雪人兒？到底是人是鬼，還是神道仙女？」雖聽她語音嬌柔婉轉，但語氣之中似乎也沒絲毫暖意，一時呆住了竟不敢回答。

・170・

孫婆婆笑道：「這位龍姊姊是此間主人，她問你甚麼，你都回答好啦！」

這個秀美的白衣少女便是活死人墓的主人小龍女。其時她已過十八歲生辰，只是長居墓中，不見日光，所修習內功又是克制心意的一路，是以比之尋常同年少女似是小了幾歲。孫婆婆是服侍她師父的女僕，自她師父逝世，兩人在墓中相依為命。這日聽到玉蜂的聲音，知道有人闖進墓地外林，孫婆婆出去查察，見楊過已中毒暈倒，當下將他救了回來。本來依照她們門中規矩，任何外人都不能入墓半步，男子進來更是犯了大忌。只是楊過年幼，又見他遍體傷痕，孫婆婆心下不忍，是以破例相救。

楊過從石榻上翻身坐起，躍下地來，向孫婆婆和小龍女都磕了一個頭，說道：「弟子楊過，拜見婆婆，拜見龍姑姑。」

孫婆婆眉花眼笑，連忙扶起，說道：「啊，你叫楊過，不用多禮。」她在墓中住了幾十年，從不與外人來往，此時見楊過人品俊秀，舉止有禮，心中說不出的喜愛。小龍女卻只點了點頭，在床邊一張石椅上坐了。孫婆婆道：「你怎麼會到這裏來？怎生受了傷？那一個夕人將你打成這個樣子的啊？」她口中問着，卻不等他答覆，出去拿了好些點心糕餅，不斷勸他吃。

楊過吃了幾口糕點，於是把自己的身世遭遇從頭至尾的說了。他口齒伶俐，說來本已娓娓動聽，加之新遭折辱，言語之中更是心情激動。孫婆婆不住嘆息，時時插入一句二句評語，竟是語語護着楊過，一會兒說黃蓉偏祖女兒，行事不公，一會兒斥責趙志敬心胸狹隘、欺侮孩子。小龍女卻不動聲色，悠悠閒閒的坐着，只在聽楊過說到李莫愁之時，與孫婆婆對望了

· 171 ·

數眼。孫婆婆聽楊過說罷，伸臂將他摟在懷裏，連說：「我這苦命的孩子。」小龍女緩緩站

起身來，道：「他的傷不碍事，婆婆，你送他出去罷！」

孫婆婆和楊過都是一怔。楊過大聲嚷道：「我不回去，我死也不回去。」孫婆婆道：「姑

娘，這孩子若是回到重陽宮中，他師父定要難爲他。」小龍女道：「你送他回去，跟他師父

說說，教他別難爲孩子。」孫婆婆道：「唉，旁人教門中的事，咱們也管不着。」小龍女道：

「你送一瓶玉蜂蜜漿去，再跟他說，那老道不能不依。」她說話斯文，但語氣中自有一股威

嚴，教人難以違抗。孫婆婆嘆了口氣，知她自來執拗，多說也是無用，只是望着楊過，目光

中甚有憐惜之意。

楊過霍地站起，向二人作了一揖，道：「多謝婆婆和姑姑醫傷，我走啦！」孫婆婆道：

「你到那裏去？」楊過呆了片刻，道：「天下這麼大，那裏都好去。」但他心中實不知該到

何處才是，臉上不自禁的露出淒然之色。孫婆婆道：「孩子，非是我們姑娘不肯留你過宿，

實是此處向有嚴規，不容旁人入來，你別難過。」楊過昂然道：「婆婆說那裏話來？咱們後

會有期了。」他滿口學的是大人口吻，但聲音稚嫩，孫婆婆聽來又是可笑又是可憐，見他眼

中淚珠瑩然，卻強忍着不讓淚水掉將下來，對小龍女道：「姑娘，這深更半夜的，就讓他明

兒一早再去罷。」小龍女微微搖頭，道：「婆婆，你難道忘了師父所說的規矩？」孫婆婆嘆

了口氣，站起身來，低聲向楊過道：「來，孩子，我給你一件物事玩兒。」楊過伸手背在眼

上一抹，低頭向門外奔了出去，叫道：「我不要。我死也不回到臭道士那裏去。」

孫婆婆搖了搖頭，道：「你不認得路，我帶你出去。」上前携了他手。一出室門，楊過

・172・

眼前便是漆黑一團，由孫婆婆拉着手行走，只覺轉了一個彎又是一個彎，不知孫婆婆在黑暗之中如何認得這曲曲折折的路徑。

原來這活死人墓雖然號稱墳墓，其實是一座極爲寬敞宏大的地下倉庫。當年王重陽起事抗金之前，動用數千人力，歷時數年方始建成，在其中暗藏器甲糧草，作爲山陝一帶的根本，外形築成墳墓之狀，以瞞過金人的耳目；又恐金兵終於來攻，墓中更布下無數巧妙機關，以抗外敵。義兵失敗後，他便在此隱居。是以墓內房舍衆多，通道繁複，外人入內，即是四處燈燭輝煌，亦易迷路，更不用說全無絲毫星火之光了。

兩人出了墓門，走到林中，忽聽得外面有人朗聲叫道：「全眞門下弟子尹志平，奉師命拜見龍姑娘。」聲音遠隔，顯是從禁地之外傳來。孫婆婆道：「外面有人找你來啦，且別出去。」楊過又驚又怒，身子劇顫，說道：「婆婆，你不用管我。一身作事一身當，我旣失手打死了人，讓他們殺我抵命便了。」說着大踏步走出。孫婆婆道：「我陪你去。」

孫婆婆牽着楊過之手，穿過叢林，來到林前空地。月光下只見六七名道人一排站着，另有四名火工道人，抬着身受重傷的趙志敬與鹿淸篤。羣道見到楊過，輕聲低語，不約而同的走上了幾步。

楊過掙脫孫婆婆的手，走上前去，大聲道：「我在這裏，要殺要剮，全憑你們就是。」羣道人料不到他小小一個孩兒居然這般剛硬，都是出乎意料之外。一個道人搶將上來，伸手抓住楊過後領拖了過去。楊過冷笑道：「我又不逃，你急甚麼？」那道人是趙志敬的大弟子，眼見師父爲了楊過而身受玉蜂之螫，痛得死去活來，也不知性命是否能保。他向來對

師父十分恭敬，心想做徒弟的居然會對師父如此忤逆，實是無法無天之至，聽楊過出言衝撞，順手在他頭上就是一拳。

孫婆婆本欲與墓道好言相說，眼見楊過被人強行拖去，已是大為不忍，突然見他被毆，心頭怒火那裏還按捺得下？立時大踏步上前，衣袖一抖，拂在那道人手上。那人只覺手腕上熱辣辣的一陣劇痛，不由得鬆手，待要喝問，孫婆婆已將楊過抱起，轉身而行。

莫看她似乎只是個龍鍾衰弱的老婦，但這下出手奪人卻是迅捷已極，墓道只一呆間，她已帶了楊過走出丈許之外。三名道人怒喝：「放下人來！」同時搶上。孫婆婆停步回頭，冷笑道：「你們要怎地？」

尹志平知道活死人墓中人物與師門淵源極深，不敢輕易得罪，先行喝止各人：「大家散開，不得在前輩面前無禮。」這才上前稽首行禮，道：「弟子尹志平拜見前輩。」孫婆婆道：「幹甚麼？」尹志平道：「這孩子是我全真教的弟子，請前輩賜還。」孫婆婆雙眉一豎，厲聲道：「你們當我之面，已將他這般毒打，待得拉回道觀之中，更不知要如何折磨他。要我放回，萬萬不能！」尹志平忍氣道：「這孩子頑劣無比，欺師滅祖，大壞門規。武林中人講究的是敬重師長，敝教責罰於他，想來也是應該的。」孫婆婆怒道：「甚麼欺師滅祖，全是一面之詞。」指着躺在擔架中的鹿清篤道：「孩子跟這胖道士比武，是你們全真教自己定下的規矩。他本來不肯比，給你們硬逼着下場。既然動手，自然有輸有贏，這胖道人自己不中用，又怪得誰了？」她相貌本來醜陋，這時心中動怒，紫脹了臉皮，更是怕人。

說話之間，陸陸續續又來了十多名道士，都站在尹志平身後，竊竊私議，不知這個大聲

· 174 ·

呼喝的醜老婆子是誰。

尹志常心想，打傷鹿清篤之事原也怪不得楊過，但在外人面前可不能自墮威風，說道：

「此事是非曲直，我們自當稟明掌教師祖，由他老人家秉公發落。請前輩將孩子交下罷。」

孫婆婆冷笑道：「你們的掌教又能秉甚麼公了？全真教自王重陽以下，從來就沒一個好人。若非如此，咱們住得這般近，幹麼始終不相往來？」尹志平心想：「這是你們不跟我們往來，又怎怪得了全真教？你話中連我們創教真人也罵了，未免太也無禮。」但不願由此而啓口舌之爭，致傷兩家和氣，只說：「請前輩成全，敝教若有得罪之處，當奉掌教吩咐，再行登門謝罪。」

楊過攬着孫婆婆的頭頸，在她耳邊低聲道：「這道人鬼計很多，婆婆你別上他當。」

孫婆婆十八年來將小龍女撫養長大，內心深處常盼再能撫養一個男孩，這時見楊過跟自己親熱，極是高興，當下心意已決：「說甚麼也不能讓他們將孩子搶去。」於是高聲叫道：「你定要帶孩子去，到底想怎生折磨他？」尹志平一怔，道：「弟子與這孩子亡父有同門之誼，決不能難為亡友的孤兒，老前輩大可放心。」孫婆婆搖了搖頭，說道：「老婆子素來不聽外人囉唆，少陪啦。」說着拔步走向樹林。

趙志敬躺在擔架，玉蜂螫傷處麻癢難當，心中卻極明白，聽尹志平與孫婆婆鬥口良久不決，愈聽愈怒，突然間挺身從擔架中躍出，縱到孫婆婆跟前，喝道：「這是我的弟子，愛打愛罵，全憑於我。不許師父管弟子，武林中可有這等規矩？」

孫婆婆見他面頰腫得猶似豬頭一般。聽了他的說話，知道就是楊過的師父，一時之間倒

無言語相答，只得強詞奪理：「我偏不許你管教，那便怎麼？」趙志敬喝道：「這孩子是你甚麼人？你憑甚麼來橫加插手？」孫婆婆一怔，大聲道：「他早不是你全真教的門人啦。這孩子已改拜我家小龍女姑娘為師，他好與不好，天下只小龍女姑娘一人管得。你們乘早別來多管閒事。」

此言出口，羣道登時大譁。要知武林中的規矩，若是未得本師允可，決不能另拜別人為師，縱然另遇之明師本領較本師高出十倍，亦不能見異思遷，任意飛往高枝，否則即屬重大叛逆，為武林同道所不齒。昔年郭靖拜江南七怪為師後，再跟洪七公學藝，始終不稱「師父」，直至後來柯鎮惡等正式允可，那知這些規矩，當下信口開河，卻不知犯了大忌。全真諸道本來多數憐惜楊過，頗覺趙志敬處事不合，但聽楊過膽敢公然反出師門，那是全真教創教以來從所未有之事，無不大為惱怒。

趙志敬傷處忽爾劇痛，忽爾奇癢，本已難以忍耐，只覺拚了一死，反而爽快，咬牙問楊過道：「楊過，此事當真？」

楊過原本不知天高地厚，眼見孫婆婆為了護着自己與趙志敬爭吵，她就算說自己做下了千件萬件十惡不赦之事，也都一口應承，何況只不過是改投師門，那正是他心中的意願，又別說是拜小龍女為師，便是說他拜一隻豬、一隻狗為師，他也毫不遲疑的認了，當即大聲叫道：「臭道士，賊頭狗腦的山羊鬍子牛鼻子，你這般打我，我為甚麼還認你為師？不錯，我已拜了孫婆婆為師，又拜了龍姑姑為師啦。」

趙志敬氣得胸口幾欲炸裂，飛身而起，雙手往他肩頭抓去，作死麼？」右臂格出，碰向趙志敬手腕。趙志敬是全真教第三代弟子中的第一高手，若論武功造詣，猶在尹志平之上，雖然身受重傷，出勢仍是極為猛烈。二人手臂一交，各自倒退了兩步。孫婆婆呸了一聲，道：「好雜毛，倒非無能之輩。」趙志敬一抓不中，二抓又出。這次孫婆婆已不敢小覷於他，側身避過，裙裏腿無影無蹤的忽地飛出。趙志敬聽到風聲，待要躲避，玉蜂所螯之處突然奇癢難當，不禁「嗳喲」一聲大叫，抱頭蹲低，就在他蹲中，孫婆婆已一腳踢在他脅下。趙志敬身子飛起，在半空中還是癢得「嗳喲、嗳喲」的大叫。

尹志平搶上兩步，伸臂接住趙志敬，交給身後的弟子。他見這醜婆子武功招數奇異之極，眼見難敵，一聲唿哨，六名道人從兩側圍上，布成天罡北斗之陣，將孫婆婆與楊過包在中間。

尹志平叫聲：「得罪！」左右位當天樞、搖光的兩名道人攻了上來。孫婆婆不識陣法，只還了幾招，立知厲害，她又只能一手應敵，拆到十二三招時已是凶險百出，每一下攻着都被尹志平推動陣法化解開去，而北斗陣的攻勢卻是連綿不斷。再拆十餘招，孫婆婆右掌被兩名道士纏住了，左側又有兩名道士攻上，只得放下楊過，出左手相迎，只聽得北斗陣中一聲唿哨，兩名道士搶上來擒拿楊過。

孫婆婆暗暗心驚：「這批臭道士可真的有點本事，老婆子對付不了了。」一面出裙裏腿逐開兩人，口中嗡嗡嗡嗡的低吟起來。這吟聲初時極為輕微，眾道並不在意，但她的吟聲後一聲與前一聲相疊，重重疊疊，竟然越來越響。

尹志平與孫婆婆一起手相鬥，即是全神戒備。他知當年住在這墓中的前輩武功可與本教

創教祖師並駕爭先，她的後人自然也非等閒之輩，是以聽到嗡嗡之聲，料想是一門傳音攝心之術，急忙屏息寧神，以防為敵所制；可是聽了一陣，她吟聲不斷加響，自己心旌卻毫無動搖之象，正自奇怪，驀地裏想起一事，不由得大驚失色。正欲傳令墓道人退開，但聽得遠處的嗡嗡之聲，已與孫婆婆口中的吟聲混成一片，尹志平大叫：「大夥兒快退！」墓道人一呆，心想：「我們已佔上風，不久便可生擒這一老一小，老婆子亂叫亂嚷又怕她如何來？」突然樹林中灰影閃動，飛出一羣玉蜂，往衆人頭頂撲來。墓道人見過趙志敬所吃的苦頭，登時個個嚇得魂不附體，掉頭就逃。蜂羣急飛追趕。

眼見墓道人人難逃蜂螫之厄，孫婆婆哈哈大笑。忽見林中搶出一個老道，手中高舉兩個火把，火頭中有濃烟昇起，揮向蜂羣。墓蜂被黑烟一薰，陣勢大亂，慌不迭地飛走了。孫婆婆吃了一驚，看那老道時，只見他白髮白眉，臉孔極長，看模樣是全真教中的高手，喝問：「喂，你這老道是誰？幹麼驅趕我的蜂兒。」那老道笑道：「貧道郝大通，拜見婆婆。」

孫婆婆雖然向不與武林中人交往，但與重陽宮近在咫尺，也知廣寧子郝大通是王重陽座下的七大弟子之一，心想趙志敬、尹志平這樣的小道士能為已自不低，這個老道自然更加難纏，鼻中聞到火把上的濃烟，臭得想嘔吐，眼下既無玉蜂可恃，只得乘早收篷，厲聲喝道：「你薰壞了我家姑娘的蜂子，怎生賠法，回頭跟你算帳。」抱起楊過，縱身入林。

尹志平道：「郝師叔，追是不追？」郝大通搖頭道：「創教真人定下嚴規，不得入林，且回觀從長計議，再作道理。」

孫婆婆携着楊過的手又回墓中。二人共經這番患難，更是親密了一層。楊過擔心小龍女仍是不肯收留自己，孫婆婆道：「你放心，我定要說得她收你為止。」當下命他在一間石室中休息，自行去向小龍女關說。

楊過等了良久，始終不見她回來，越來越是焦慮，尋思：「龍姑姑多半不肯收留，就算孫婆婆強了她答應，我在此處也是無味。」想了片刻，心念已決，悄悄向外走去。

剛走出室門，孫婆婆匆匆走來，問道：「你到那裏去？」楊過道：「婆婆，我去啦，等我年紀大些」再來望你。」孫婆婆道：「不，我送你到一處地方，教別人不能欺你。」楊過聽了這話，知道小龍女果然不肯收留，不禁心中一酸，低頭道：「那也不用了。我是個頑皮孩子，不論到那裏，人家都不要我。」孫婆婆與小龍女爭了半天，見她執意不肯，心中也自惱了，又見楊過可憐，胸口熱血上湧，叫道：「孩子，別人不要你，婆婆偏喜歡你。你跟我走，不管去那裏，婆婆總是跟你在一起。」

楊過大喜，伸手拉着她手，二人一齊走出墓門。孫婆婆氣憤之下，也不轉頭去取衣物，伸手在懷中一摸，碰到一個瓶子，記起是要給趙志敬療毒的蜂漿，心想這臭道士固然可惡，卻是罪不至死，他不服這蜂漿，不免後患無窮，當下帶着楊過，往重陽宮而去。

楊過見她奔近重陽宮，嚇了一跳，低聲道：「婆婆，你又去幹甚麼？」孫婆婆道：「給你的臭師父送藥。」幾個起落，已奔近道觀之前。她躍上牆頭，正要往院子中縱落，忽然黑暗中鐘聲鏗鏗急響，遠遠近近都是口哨之聲。在一片寂靜中猛地衆聲齊作，孫婆婆知已陷入

重圍，不由得暗暗心驚。

全真教是武林中一等一的大宗派，平時防範布置已異常嚴密，這日接連出事，更是四面八方都有守護，眼見有人闖入宮來，立時示警傳訊，宮中眾弟子當即分批迎敵。更有一羣羣道人遠遠散了出去，一來包圍已入腹地之敵，二來阻擋敵人後援。

孫婆婆暗罵：「老婆子又不是來打架，擺這些臭架子嚇誰了？」高聲叫道：「趙志敬，快出來，我有話跟你說。」大殿上一名中年道人應聲而出，說道：「貧道閣入敝觀，有何見教？」孫婆婆道：「這是治他蜂毒的藥，拿了去罷！」說着將一瓶玉蜂漿拋了過去。那道人伸手接住，將信將疑，尋思：「她幹麼這等好心，反來送藥。」朗聲道：「那是甚麼藥？」孫婆婆道：「不必多問，你給他盡數喝將下去，自見功效。」那道士道：「我怎知你是好心還是歹意，又怎知是解藥還是毒藥。趙師兄已給你害得這麼慘，怎麼忽然又生出菩薩心腸來啦？」

孫婆婆聽他出言不遜，竟把自己的一番好意說成是下毒害人，怒氣再也不可抑制，將楊過往地下一放，急躍而前，夾手將玉蜂漿搶過，拔去瓶塞，對楊過道：「張開嘴來！」楊過不明她用意，但依言張大了口。孫婆婆側過瓷瓶，將一瓶玉蜂漿都倒在他嘴裏，說道：「好，免得讓他們疑心是毒藥。過兒，咱們走罷！」說着攜了楊過之手，走向牆邊。

那道士名叫張志光，是郝大通的第二弟子，這時不由得暗暗自後悔不該無端相疑，看來她送來的倒真是解藥，趙志敬若是無藥救治，只怕難以挨過，當下急步搶上，雙手攔開，笑道：

「老前輩，你何必這麼大的火性？我隨口說句笑話，你又當眞了。大家多年隣居，總該有點

· 180 ·

兒見面之情，哈哈，既是解藥，就請見賜。」

孫婆婆恨他油嘴滑舌，舉止輕佻，冷笑道：「解藥就只一瓶，要多是沒有的了。趙志敬的傷，你自己想法兒給他治罷！」說着反手一個耳括子，喝道：「你不敬前輩，這就教訓教訓你。」這一掌出手奇快，張志光不及閃避，拍的一聲，正中臉頰，甚是清脆爽辣。

門邊兩名道士臉上變色，齊聲說道：「就算你是前輩，也豈能容你在重陽宮撒野？」一出左掌，一出右掌，從兩側分進合擊。孫婆婆領畧過全真教北斗陣的功夫，知道極不好惹，此時身入重地，那能跟他們戀戰？幌身從雙掌夾縫中竄過，抱起楊過就往牆頭躍去。

眼見牆頭無人，她剛要在牆上落足，突然牆外一人縱身躍起，喝道：「下去罷！」雙掌迎面推來。孫婆婆人在半空，無法借勁，只得右手還了一招，單掌與雙掌相交，各自退後，分別落在牆壁兩邊。六七名道士連聲呼嘯，將她擠在牆角。

這六七人都是全真教第三代弟子中的好手，特地挑將出來防守道宮大殿。剎時之間，此七名與孫婆婆對掌的道人同時向後躍開，雙掌當胸，各守方位。孫婆婆喘了口氣，冷笑道：「守陣止招。」

上彼退，此退彼上，六七人已波浪般攻了數次。孫婆婆被逼在牆角之中，欲待携着楊過衝出，那幾名道人所組成的人牆卻硬生生的將她擋住了，數次衝擊，都給逼了回來。

又拆十餘招，主守大殿的張志光知道敵人已無能為力，當即傳令點亮蠟燭。十餘根巨燭在大殿四周燃起，照得孫婆婆面容慘淡，一張醜臉陰森怕人。張志光叫道：「守陣止招。」

七名與孫婆婆對掌的道人同時向後躍開，雙掌當胸，各守方位。孫婆婆喘了口氣，冷笑道：「全真教威震天下，果然名不虛傳。幾十個年輕力壯的雜毛合力欺侮一個老太婆、一個小孩子。嘿嘿，厲害啊厲害！」

・181・

張志光臉上一紅，說道：「我們只是捉拿闖進重陽宮來的刺客。管你是老太婆也好，男子漢也好，長着身子進來，便得矮着身子出去。」孫婆婆冷笑道：「甚麼叫做矮着身子出去？叫老太婆爬出山門，是也不是！」張志光適才臉上被她一掌打得疼痛異常，那肯輕易罷休，須得留下了。第二，這孩子是全眞教的弟子，不得掌教眞人允可，怎能任意反出師門？你將他留下了。第三，你擅自闖進重陽宮，須得在重陽祖師之前磕頭謝罪。」

孫婆婆哈哈大笑，道：「我早跟咱家姑娘說，全眞教的道士們全沒出息，老太婆的話幾時說錯了？來來來，我跟你磕頭陪罪。」說着福將下去，就要跪倒。

這一着倒是大出張志光意料之外，一怔之間，只見孫婆婆已然彎身低頭，忽地寒光一閃，一枚暗器直飛過來。張志光叫聲「啊唷」，急忙側身避開，但那暗器來得好快，拍的一下，已打中了他左眼角，暗器粉碎，張志光額上全是鮮血。原來孫婆婆順手從懷中摸出那裝過玉蜂漿的空瓷瓶，冷不防的以獨門暗器手法擲出。她這一派武功係女流所創，招數手法處處出以陰柔，變幻多端，這一招「前踞後恭」更是人所莫測，雖是一個空瓷瓶，但在近處驀地擲出，張志光出其不意，卻也沒能躲開。

羣道見張志光滿臉是血，齊聲驚怒呼喝，紛紛拔出兵刃。全眞道人都使長劍，一時之間庭院中劍光耀眼。孫婆婆負隅而立，微微冷笑，心知今日難有了局，但她性情剛硬，老而彌辣，那肯屈服，轉頭問楊過道：「孩子，你怕麼？」楊過見到這些長劍，心中早在暗想：「若是郭伯伯在此，臭道士再多我也不怕。若憑孫婆婆的本事，我們卻闖不出去。」聽孫婆婆相

問，朗聲答道：「婆婆，讓他們殺了我便是。此事跟你無關，你快出去罷。」

孫婆婆聽這孩子如此硬氣，又為自己着想，更是愛憐，高聲道：「婆婆跟你一起死在這裏，好讓臭道士們遂了心意。」突然之間大喝一聲：「着！」急撲而前，雙臂伸出，抓住了兩名道士的手腕，一拗一奪，已將兩柄長劍搶了過來。這空手入白刃的功夫怪異之極，似是蠻搶，卻又巧妙非凡。兩道全沒防備，眼睛一霎，手中已失了兵器。

孫婆婆將一柄長劍交給楊過，道：「孩子，你敢不敢跟臭道士們動手？」楊過道：「我自然不怕。就可惜沒旁人在此。」孫婆婆道：「甚麼旁人？」楊過大聲道：「全真教威名蓋世，這等欺侮孤兒老婦的英雄之事，若無旁人宣揚出去，豈不可惜？」他聽了孫婆婆適才與張志光鬥口，已會意到其中關鍵。他說得清脆響亮，卻帶着明顯的童音。

羣道聽了這幾句話，倒有一大半自覺羞愧，心想合衆人之力而與一個老婦一個幼童相鬥，確是勝之不武。有人低聲道：「我去稟告掌教師伯，聽他示下。」此時馬鈺獨自在山後十餘里的一所小舍中清修，教中諸務都已交付於郝大通處理。說這話的是譚處端的弟子，覺得事情鬧大了，涉及全真教的清譽，非由掌教親自主持不可。

張志光臉上被碎瓷片割傷了十多處，鮮血蒙住了左眼，驚怒之中不及細辨，還道左眼已被暗器擊瞎，心想掌教師伯性子慈和，必定吩咐放人，自己這隻眼睛算是白瞎了，當即大聲叫道：「先拿下這惡婆娘，再去請掌教師伯發落。各位師弟齊上，把人拿下了。」

天罡北斗陣漸縮漸小，眼見孫婆婆只有束手被縛的份兒，那知待七道攻到距她三步之處，她長劍揮舞，竟是守得緊密異常，再也進不了一步。這陣法若由張志光主持，原可改變進攻，

之法，但他害怕對方暗器中有毒，若是出手相鬥，血行加劇，毒性發作得更快，是以眯着左眼只在一旁喝令指揮。他既不下場，陣法威力就大為減弱。

羣道久鬥不下，漸感焦躁，孫婆婆突然一聲呼喝，拋下手中長劍，搶上三步，從羣道劍光中鑽身出去，抓住一名少年道人的胸口，將他提了起來，叫道：「臭雜毛，你們到底讓不讓路？」羣道一怔之間，忽地身後一人鑽出，伸手在孫婆婆腕上一搭。孫婆婆尙未看清此人面容，只覺腕上酸麻，抓着的少年道人已被他夾手搶了過去，緊接着勁風撲面，那人一掌當面擊來。孫婆婆暗想：「此人出掌好快。」急忙回掌擋格。雙掌相交，拍的一響，孫婆婆退後一步。

此人也是微微一退，但只退了尺許，跟着第二掌毫不停留的拍出。孫婆婆還了一招，雙掌撞擊，她又退後一步。那人踏上半步，第三掌跟着擊出。這三掌一掌快似一掌，逼得孫婆婆連退三步，竟無餘暇去看敵人面目，到第四掌上，孫婆婆背靠牆壁，已是退無可退。那人右掌擊出，與孫婆婆手心相抵，朗聲說道：「婆婆，你把解藥和孩子留下罷！」

孫婆婆抬起頭來，但見那人白鬚白眉，滿臉紫氣，正是日間以毒烟驅趕玉蜂的郝大通，適才交了三掌，已知他內力深厚，遠在自己之上，若是他掌力發足，定然抵擋不住，但她性子剛硬，寧死不屈，喝道：「要留孩子，須得先殺了老太婆。」郝大通知她與先師淵源極深，不願相傷，掌上留勁不發，說道：「你我數十年隣居，何必為一個小孩兒傷了和氣？」孫婆婆冷笑道：「我原是好意前來送藥，你問問自己弟子，此言可假？」郝大通轉頭欲待詢問，孫婆婆忽地飛出一腿，往他下盤踢去。

這一腿來得無影無蹤，身不動，裙不揚，郝大通待得發覺，對方足尖已踢到小腹，縱然退後，也已不及，危急之下的不及多想，掌上使足了勁力，「嘿」的一聲，將孫婆婆推了出去。

這一推中含着他修爲數十年的全真派上乘玄功內力，但聽喀喇一響，牆上一大片灰泥帶着磚瓦落了下來。孫婆婆噴出一大口鮮血，緩緩坐倒，委頓在地。

楊過大驚，伏在她的身上，叫道：「你們要殺人，殺我便是。誰也不許傷了婆婆。」孫婆婆睜開眼來，微微一笑，說道：「孩子，咱倆死在一塊罷。」楊過張開雙手，護住了她，背脊向着孫婆婆等人，竟將自己安危全然置之度外。

郝大通這一掌下了重手，眼見打傷了對方，心下也是好生後悔，那裏還會跟着進擊，當下要察看她服藥治傷，想給她服藥治傷，只是給楊過遮住了，無法瞧見，溫言道：「楊過，你讓開，待我瞧瞧婆婆。」楊過那肯信他，雙手緊緊抱住了孫婆婆。郝大通說了幾遍，見楊過不理，焦躁起來，伸手去拉他手臂。楊過高聲大嚷：「臭道士，賊道士，你們殺死我好了，我不讓你害我婆婆。」

正鬧得不可開交，忽聽身後冷冷的一個聲音說道：「欺侮幼兒老婦，算得甚麼英雄？」郝大通聽那聲音清冷寒峻，心頭一震，回過頭來，只見一個極美的少女站在大殿門口，白衣如雪，目光中寒意逼人。重陽宮鐘聲一起，十餘里內外羣道密布，重重疊疊的守得嚴密異常，然而這少女斗然進來，事先竟無一人示警，不知她如何竟能悄沒聲的闖進道院。郝大通問道：

「姑娘是誰？有何見教？」

那少女瞪了他一眼，並不答話，走到孫婆婆身邊。楊過抬起頭來，淒然道：「龍姑姑，這惡道士……把……把婆婆打死啦！」這白衣少女正是小龍女。孫婆婆帶着楊過離墓、進觀、出手，她都跟在後面看得清清楚楚，料想郝大通不致狠下殺手，是以始終沒有露面，那知形格勢禁，她都跟在後面看得清清楚楚，料想郝大通不致狠下殺手，是以始終沒有露面，那知形格勢禁，她要待相救，已自不及。楊過捨命維護孫婆婆的情形，她都瞧在眼裏，孫婆婆終於受了重傷，她要待相救，已自不及。楊過捨命維護孫婆婆的情形，她都瞧在眼裏，孫婆婆終於受了重傷，她要待相救，已自不及。

孫婆婆自小將她撫養長大，直與母女無異，但小龍女十八年來過的都是止水不波的日子，兼之自幼修習內功，竟修得胸中沒了半點喜怒哀樂之情，見孫婆婆傷重難愈，自不免難過，但哀戚之感在心頭一閃即過，臉上竟是不動聲色。

郝大通聽得楊過叫她「龍姑姑」，知道眼前這美貌少女就是逐走霍都王子的小龍女，更是詫異不已。須知霍都王子鎩羽敗逃之事數月來傳遍江湖，小龍女雖未下終南山一步，名頭在武林中卻已頗為響亮。

小龍女緩緩轉過頭來，向墓道臉上逐一望去。除了郝大通內功深湛、心神寧定之外，其餘眾道見到她澄如秋水、寒似玄冰的眼光，都不禁心中打了個突。

小龍女俯身察看孫婆婆，問道：「婆婆，你怎麼啦？」孫婆婆嘆了口氣，道：「姑娘，我一生從來沒求過你甚麼事，就是求你，你不答允也終是不答允。」小龍女道：「姑娘，你要我照料他？」孫婆婆點了點頭，指着楊過，一時卻說不出話來。小龍女道：「你要我照料他？」孫婆婆點了點頭，指着楊過，一時卻說不出話來。小龍女道：「你要我照料他？」孫婆婆強運一口氣，道：「我求你照料他一生一世，別讓他吃旁人半點虧，你答不答允他？」小龍女躊躇道：「照料他一生一世？」孫婆婆厲聲道：「姑娘，若是老婆子

不死，也會照料你一生一世。你小時候吃飯洗澡、睡覺拉尿，難道……難道不是老婆子一手幹的麼？你……你……你報答過我甚麼？」小龍女上齒咬着下唇，說道：「好，我答允你你就是。」孫婆婆的醜臉上現出一絲微笑，眼睛望着楊過，似有話說，一口氣卻接不上來。

楊過知她心意，俯耳到她口邊，低聲道：「婆婆，你有話跟我說？」孫婆婆低聲道：「你……你再低下頭來。」楊過將腰彎得更低，把耳朵與她口唇碰在一起。孫婆婆道：「你龍姑姑無依無靠，你……你……你……也……」說到這裏，一口氣再也提不上來，突然滿口鮮血噴出，只濺得楊過半邊臉上與胸口衣襟都是斑斑血點，就此閉目而死。楊過大叫：「婆婆，婆婆！」傷心難忍，伏在她身上號啕大哭。

羣道在旁聽着，無不惻然，郝大通更是大悔，走上前去向孫婆婆的屍首行禮，說道：「婆婆，我失手傷你，實非本意。這番罪業既落在我的身上，也是你命中該當有此一剎。你好好去罷！」小龍女站在旁邊，一語不發，待他說完，兩人相對而視。

過了半晌，小龍女才皺眉說道：「怎麼？你不自刎相謝，竟要我動手麼？」

道：「怎麼？」小龍女道：「殺人抵命，你自刎了結，我就饒了你滿觀道士的性命。」郝大通尚未答話，旁邊羣道已嘩然叫了起來。此時大殿上已聚了三四十名道人，紛紛斥責：「小姑娘，快走罷，我們不來難為你。」「瞎說八道！甚麼自刎了結，饒了我們滿觀道士的性命？」

「小小女子，不知天高地厚。」小龍女對羣道之言恍若不聞，緩緩從懷中取出一團冰綃般的物事，雙手一分，右手將一塊白綃戴在左手之上，原來是一隻手套，隨即右手也戴上手套，輕聲道：「老道士，你既貪

生怕死，不肯自刎，取出兵刃動手罷！」

郝大通慘然一笑，說道：「貧道誤傷了孫婆婆，不願再跟你一般見識，你帶了楊過出觀去罷。」他想小龍女雖因逐走霍都王子而名滿天下，終究不過憑藉一簍玉蜂之力。她小小年紀，就算武功有獨得之秘，總不能強過孫婆婆去，讓她帶楊過而去，一來念着雙方師門上代情誼，息事寧人，二來誤殺孫婆婆後心下實感不安，只得盡量容讓。

不料小龍女對他說話仍是恍如沒有聽見，左手輕揚，一條白色綢帶忽地甩了出來，直撲郝大通的門面。這一下來得無聲無息，事先竟沒半點朕兆，燭光照映之下，只見綢帶末端繫着一個金色的圓球。郝大通見她出招迅捷，兵器又是極為怪異，一時不知如何招架，他年紀已大，行事穩重，雖然自恃武功高出對方甚多，卻也不肯貿然接招，當下閃身往左避開。

那知小龍女這綢帶兵刃竟能在空中轉彎，郝大通躍向左邊，這綢帶跟着向左，只聽得打打打三聲連響，金球疾顫三下，分點他臉上「迎香」、「承泣」、「人中」三個穴道。這三下點打打三聲連響，金球中發出打打打聲響，聲雖不大，卻是十分怪異，入耳蕩心搖魄。郝大通大驚之下，急忙使個「鐵板橋」身子後仰，綢帶離臉數寸急掠而過。他怕綢帶上金球跟着下擊，也是他武功精純，揮灑自如，便在身子後仰之時，全身忽地向旁搬移三尺。這一着也是出乎小龍女意料之外，錚的一響，金球擊在地下。她這穴出手之快、認位之準，實是武林中的第一流功夫，又聽得金球中發出打打打聲響，聲雖不大，金球擊穴，着着連綿，郝大通竟在極危急之中以巧招避過。

郝大通伸直身子，臉上已然變色。曇道不是他的弟子，就是師姪，向來對他的武功欽服之極，見他雖然未曾受傷，這一招卻避得極是狼狽，無不駭異。四名道人各挺長劍向小龍女

刺去。小龍女道：「是啦，早該用兵刃！」雙手齊揮，兩條白綢帶猶如水蛇般蜿蜒而出，玎玎兩響，接着又是玎玎兩響，四名道人手腕上的「靈道」穴都被金球點中，嗆啷、嗆啷兩聲，四柄長劍投在地下。這一下先聲奪人，羣道盡皆變色，無人再敢出手進擊。

郝大通初時只道小龍女武功多半平平，那知一動上手竟險些輸在她的手裏，不由得起了敵愾之心，從一名弟子手中接過長劍，說道：「龍姑娘功夫了得，貧道倒失敬了，來來來，讓貧道領教高招。」小龍女點了點頭，玎玎聲響，白綢帶自左而右的橫掃過去。

按照輩份，郝大通高着一輩，小龍女動手之際本該敬長輩，先讓三招，但她一上來就下殺手，於甚麼武林規矩全不理會。郝大通心想：「這女孩兒武功雖然不弱，但似乎甚麼也不懂，顯是絕少臨敵接戰的經歷，再強也強不到那裏。」當下左手掐着劍訣，右手擺動長劍，與她的一對白綢帶拆解起來。

羣道團團圍在周圍，凝神觀戰。燭光搖幌下，但見一個白衣少女，一個灰袍老道，帶飛如虹，劍動若電，紅顏華髮，漸鬥漸烈。

郝大通在這柄劍上花了數十載寒暑之功，單以劍法而論，在全真教中可以數得上第三四位，但與這小姑娘翻翻滾滾拆了數十招，竟自佔不到絲毫便宜。小龍女雙綢帶矯矢似靈蛇，圓轉如意，再加兩枚金球不斷發出玎玎之聲，更是擾人心魄。郝大通久戰不下，雖然未落絲毫下風，但想自己是武林中久享盛名的宗匠，若與這小女子戰到百招以上，縱然獲勝，也已臉上無光，不由得焦躁起來，劍法忽變，自快轉慢，招式雖然比前緩了數倍，劍上的勁力卻也大了數倍。初時劍鋒須得避開綢帶的捲引，此時威力既增，反而去削斬綢帶。

再拆數招，只聽錚的一響，金球與劍鋒相撞，郝大通內力深厚，將金球反激起來，彈向小龍女面門，當卽乘勢追擊，眾道歡呼聲中劍刃隨着綢帶遞進，指向小龍女手腕，滿擬她非撒手放下綢帶不可，否則手腕必致中劍。那知小龍女右手疾翻，已將劍刃抓住，喀的一響，長劍從中斷為兩截。

這一下鏊道齊聲驚叫，郝大通向後急躍，手中拿着半截斷劍，怔怔發呆。他怎想得到對方手套係以極細極韌的白金絲織成，是她師祖傳下的利器，雖然輕柔軟薄，卻是刀槍不入，任他寶刀利劍都難損傷，劍刃被她驀地抓住，隨即以巧勁折斷。

郝大通臉色蒼白，大敗之餘，一時竟想不到她手套上有此巧妙機關，只道她當真是練就了刀槍不入的上乘功夫，顫聲說道：「好好好，貧道認輸。龍姑娘，你把孩子帶走罷。」小龍女道：「你打死了孫婆婆，說一句認輸就算了？」郝大通仰天打個哈哈，慘然道：「我當眞老胡塗了！」提起半截斷劍就往頸中抹去。

忽聽錚的一響，手上劇震，卻是一枚銅錢從牆外飛入，將半截斷劍劍擊在地下。他內力深厚，要從他手中將劍擊落，眞是談何容易？郝大通一凜，從這錢鏢打劍的功夫，已知是師兄丘處機到了，抬起頭來，叫道：「丘師哥，小弟無能，辱及我教，你瞧着辦罷。」只聽牆外一人縱聲長笑，說道：「勝負乃是常事，若是打個敗仗就得抹脖子，你師哥再有十八顆腦袋也都割完啦。」人隨身至，丘處機手持長劍，從牆外躍了進來。

他生性最是豪爽不過，厭煩多鬧虛文，長劍挺出，刺向小龍女手臂，說道：「全眞門下丘處機向高隣討教。」小龍女道：「你這老道倒也爽快。」左掌伸出，又已抓住丘處機的長

劍。郝大通大急叫：「師哥，留神！」但為時已經不及，小龍女手上使勁，丘處機力透劍鋒，二人手勁對手勁，喀喇一響，長劍又斷。但小龍女也是震得手臂酸麻，胸口隱隱作痛。只這一招之間，她已知丘處機的武功遠在郝大通之上，自己的「玉女心經」未曾練成，實是勝他不得，當下將斷劍往地下一擲，左手夾着孫婆婆的屍身，右手抱起楊過，雙足一登，身子騰空而起，輕飄飄的從牆頭飛了出去。

丘處機、郝大通等人見她忽然露了這手輕身功夫，不由得相顧駭然。丘郝二人與她交手，已知她武功雖精，比之自己終究尚有不及，但如此了得的輕身功夫卻當真是見所未見。郝大通長嘆一聲，道：「罷了，罷了！」丘處機道：「郝餛弟，枉為你修習了這多年道法，連這一點點挫折也勘不破？咱們師兄弟幾個這次到山西，不也鬧了個灰頭土臉？」郝大通驚道：「怎麼？沒人損傷嗎？」丘處機道：「這事說來話長，咱們見馬師哥去。」

原來李莫愁在江南嘉興連傷陸立鼎等數人，隨即遠走山西，在晉北又傷了幾名豪傑。終於激動公憤，當地的武林首領大撒英雄帖，邀請同道蓋起而攻。全真教也接到了英雄帖。當時馬鈺與丘處機等商議，都說李莫愁雖然作惡多端，但她的師祖終究與重陽先師淵源極深，最好是從中調解，給她一條自新之路。當下劉處玄與孫不二兩人連袂北上。那知李莫愁行蹤詭秘，忽隱忽現，劉孫二人竟是奈何她不得，反給她又傷了幾名晉南晉北的好漢。

後來丘處機與王處一帶同十名弟子再去應援。李莫愁自知一人難與眾多好手為敵，便以言語相激，與丘王諸人訂約逐一比武。第一日比試的是孫不二。李莫愁暗下毒手，以冰魄銀針刺傷了她，隨即親上門去，餽贈解藥，叫丘處機等不得不受。這麼一來，全真諸道算是領

· 191 ·

了她的情，按規矩不能再跟她為敵。諸人相對苦笑，鎩羽而歸。幸好丘處機心急回山，先走一步，沒與王處一等同去太行山遊覽，這才及時救了郝大通的性命。

小龍女出了重陽宮後，放下楊過，抱了孫婆婆的屍身，帶同楊過回到活死人墓中。她將孫婆婆屍身放在她平時所睡的榻上，坐在榻前椅上，支頤於几，呆呆不語。楊過伏在孫婆婆身上，抽抽噎噎的哭個不停。過了良久，小龍女道：「人都死了，還哭甚麼？你這般哭她，她也不會知道了。」楊過一怔，覺得她這話甚是辛辣無情，但仔細想來，卻也當真如此，傷心益甚，不禁又放聲大哭。

小龍女冷冷的望着他，臉上絲毫不動聲色，又過良久，這才說道：「咱們去葬了她，跟我來。」抱起孫婆婆的屍身出了房門。楊過伸袖抹了眼淚，跟在她後面。墓道中沒半點光亮，他盡力睜大眼睛，也看不見小龍女的白衣背影，只得緊緊跟隨，不敢落後半步。她彎彎曲曲的東繞西迴，走了半晌，推開一道沉重的石門，從懷中取出火摺打着了火，點燃石桌上的兩盞油燈。楊過四下裏一看，不由得打個寒噤，只見空空曠曠的一座大廳上並列放着五具石棺。凝神細看，見兩具石棺棺蓋已密密蓋着，另外三具的棺蓋卻只推上一半，也不知其中有無屍體。

小龍女指着右邊第一具石棺道：「祖師婆婆睡在這裏。」指着第二具石棺道：「師父睡在這裏。」楊過見她伸手指向第三具石棺，心中怦怦而跳，不知她要說誰睡在這裏，眼見棺蓋沒有推上，若是有僵屍在內，豈不糟糕之極？只聽她道：「孫婆婆睡在這裏。」楊過才知

是具空棺，輕輕吐了一口氣。他望着旁邊兩具空棺，好奇心起，問道：「那兩口棺材呢？」

小龍女道：「我師姊李莫愁睡一口，我睡一口。」楊過一呆，道：「李莫愁……李姑娘會回來麼？」小龍女道：「我師父這麼安排了，她總是要回來的。這裏還少一口石棺，因為我師父料不到你會來。」楊過嚇了一跳，忙道：「我不，我不！」小龍女道：「我答允孫婆婆要照料你一生一世。我不離開這兒，你自然也在這兒。」

楊過聽她漠不在乎的談論生死大事，也就再無顧忌，道：「就算你不讓我出去，等你死了，我就出去了。」小龍女道：「我既說要照料你一生一世，就不會比你先死。」楊過道：「為甚麼？你年紀比我大啊！」小龍女冷冷的道：「我死之前，自然先殺了你。」楊過嚇了一跳，心想：「那也未必。」

小龍女走到第三具石棺前，推開棺蓋，抱起孫婆婆便要放入。楊過心中不捨，說道：「讓我再瞧婆婆一眼。」小龍女見他與孫婆婆相識不過一日，卻已如此重情，不由得好生厭煩，又想哭泣。

小龍女橫了他一眼，將孫婆婆的屍身放入石棺，伸手抓住棺蓋一拉，喀隆一聲響，棺蓋與石棺的筍頭相接，蓋得嚴絲合縫。

小龍女怕楊過再哭，對他一眼也不再瞧，說道：「走罷！」左袖揮處，室中兩盞油燈齊滅，登時黑成一團。楊過怕她將自己關在墓室之中，急忙跟出。二人鬧了這半天也都倦了。小龍女命楊過睡在孫婆婆房中。楊過自幼獨身浪迹江湖，常在荒郊古廟中過夜，本來膽子甚壯，但這時要他在墓中獨睡一室，想

起石棺中那些死人，卻是說不出的害怕。小龍女道：「你沒聽見麼？」楊過道：「我怕。」小龍女道：「怕甚麼？」楊過道：「我不知道。我不敢一人睡。」小龍女皺眉道：「那麼跟我一房睡罷。」當下帶他到自己的房中。

她在暗中慣了，素來不點燈燭，這時特地為楊過點了一枝蠟燭。楊過見她秀美絕倫，身上衣衫又是皓如白雪，一塵不染，心想她的閨房也必陳設得極為雅緻，那知一進房中，不由得大為失望，但見她房中空空洞洞，竟和放置石棺的墓室無異。一塊長條青石作床，床上鋪了張草席，一幅白布當作薄被，此外更無別物。

楊過心想：「不知我睡在那裏？只怕她要我睡在地下。」正想此事，小龍女道：「你睡我的床罷！」楊過道：「那不好，我睡地下好啦。」小龍女臉一板，道：「你要留在這兒，我說甚麼，你就得聽話。你跟全真教的道士打架，那由得你。哼哼，可是你若違抗我半點，立時取你性命。」楊過道：「你不用這麼兇，我聽你話就是。」小龍女道：「你還敢頂嘴？」

楊過見她年輕美麗，卻硬裝狠霸霸模樣，伸了伸舌頭，就不言語了。小龍女已瞧在眼裏，道：「你伸舌頭幹甚麼？不服我是不是？」楊過不答，赤腳跳下床來。小龍女見他嚇得狼狽，雖然矜持，卻也險些笑出聲來，道：「幹甚麼？」楊過見她眼角之間蘊有笑容，便笑道：「這床上有古怪，原來你故意作弄我。」小龍女正色道：「誰作弄你了。這床便是這樣的，快上去睡着。」說着從門角後取出一把掃帚，道：「你若是睡了一陣溜下來，須吃我打十帚。」

楊過見她當真，只得又上床睡倒，這次有了防備，不再驚嚇，只是草席之下似是放了一

· 194 ·

層層厚厚的寒冰，越睡越冷，禁不住全身發抖，上下兩排牙齒相擊，格格作響。再睡一陣，寒氣透骨，實在忍不下去了。

轉眼向小龍女望去，見她臉上似笑非笑，大有幸災樂禍之意，心中暗暗生氣，當下咬緊牙關，全力與身下的寒冷抗禦。只見小龍女取出一根繩索，在室東的一根鐵釘上繫住，拉繩橫過室中，將繩子的另一端繫在西壁的一口釘上，繩索離地約莫一人來高。她輕輕縱起，橫臥繩上，竟然以繩爲床，跟着左掌揮出，掌風到處，燭火登熄。

楊過大爲欽服，說道：「姑姑，明兒你把這本事教給我好不好？」小龍女道：「這本事算得甚麼？你好好的學，我有好多厲害本事教你呢。」楊過聽得小龍女肯眞心教他，登時將初時的怨氣盡數拋到了九霄雲外，感激之下，不禁流下淚來，哽咽道：「姑姑，你待我這麼好，我先前還恨你呢。」小龍女道：「我趕你出去，你自然恨我，那也沒甚麼希奇。」楊過道：「倒不爲這個，我只道你也跟我從前的師父一樣，儘教我些不管用的功夫。」

小龍女聽他話聲顫抖，問道：「你很冷麼？」楊過道：「是啊，這張床底下有甚麼古怪，怎地冷得這般厲害？」小龍女道：「你愛不愛睡？」楊過道：「我……我不愛。」小龍女冷笑道：「哼，你不愛睡，普天下武林中的高手，不知道有多少人想睡此床而不得呢。」小龍女道：「那不是活受罪麼？」楊過奇道：「哼，原來我寵你憐你，你還當是活受罪，當眞不知好歹。」

楊過聽她口氣，似乎她叫自己睡這冷床確也不是惡意，於是柔聲央求道：「好姑姑，這張冷床有甚麼好處，你跟我說好不好？」小龍女道：「你要在這床上睡一生一世，它的好處

將來自然知道。合上眼睛，不許再說。」黑暗中聽得她身上衣衫輕輕的響了幾下，似乎翻了個身，她凌空睡在一條繩索之上，居然還能隨便翻身，實是不可思議。

她最後兩句話聲音嚴峻，楊過不敢再問，於是合上雙眼想睡，但身下一陣陣寒氣透了上來，想着孫婆婆又心中難過，那能睡着？過了良久，輕聲叫道：「姑姑，我抵不住啦。」但聽小龍女呼吸徐緩，已然睡着，他又輕輕叫了兩聲，仍然不聞應聲，心想：「我下床來睡，她不會知道的。」當下悄悄溜下床來，站在當地，大氣也不敢喘一口。

那知剛站定腳步，瑟的一聲輕響，小龍女已從繩上躍了過來，抓住他左手扭在他背後，將他按在地下。楊過驚叫一聲。小龍女拿起掃帚，在他屁股上用力擊了下去。楊過知道求饒也是枉然，於是咬緊牙關強忍。起初五下甚是疼痛，但到第六下時小龍女落手已輕了些，到最後兩下時只怕他挨受不起，打得更輕。十下打過，提起他往床上一擲，喝道：「你再下來，我還要再打。」

楊過躺在床上，不作一聲，只聽她將掃帚放回門角落裏，又躍上繩索睡覺。小龍女只道他定要大哭大鬧一場，那知他竟然一聲不響，倒是大出意料之外，問道：「你幹麼不作聲？」小龍女道：「哼，你在心裏罵我。」楊過道：「我心裏沒罵你，你比我從前那些師父好得多。」小龍女奇道：「為甚麼？」楊過道：「你雖然打我，心裏卻憐惜我。越打越輕，生怕我疼了。」小龍女被他說中心事，臉上微微一紅，好在黑暗之中，也不致被他瞧見，罵道：「呸，誰憐惜你了，下次你不聽話，我下手就再重些。」

楊過聽得她的語氣溫和，嬉皮笑臉的道：「你打得再重，我也喜歡。」小龍女啐道：「賤骨頭，你一日不捱打，只怕睡不着覺。」楊過道：「那要瞧是誰打我。要是愛我的人打我，我一點也不惱，只怕還高興呢。她打我，是為我好。有的人心裏恨我，只要他罵我一句，瞪我一眼，待我長大了，要一個個去找他算帳。」小龍女道：「你倒說說看，那些人恨你，那些人愛你。」楊過道：「這個我心裏記得清清楚楚。恨我的人不必提啦，多得數不清。愛我的有我死了的媽媽，我的義父，郭靖伯伯，還有孫婆婆和你。」

小龍女冷笑道：「哼，我才不會愛你呢。孫婆婆叫我照料你，我就照料你，你這輩子可別盼望我有好心待你。」楊過本已冷得難熬，聽了此言，更如當頭潑下一盆冷水，忍着氣問道：「我有甚麼不好，為甚麼你這般恨我？」小龍女道：「你好不好關我甚麼事？我也沒恨你。我這一生就住在這墳墓之中，誰也不愛，誰也不恨。」楊過道：「那有甚麼好玩？姑姑，你到外面去過沒有？」小龍女道：「我沒下過終南山，外面也不過有山有樹，有太陽月亮，有甚麼好？」

楊過拍手道：「啊喲，那你可真是枉自活這一輩子啦。城裏形形色色的東西，那才教好看呢。」當下把自幼東奔西闖所見的諸般事物一一描述。他口才本好，這時加油添醬，更加說得希奇古怪，變幻百端。好在小龍女活了二十八歲從未下過終南山，不管他如何誇張形容，全都信以為真，聽到後來，不禁嘆了口氣。

楊過道：「姑姑，我帶你出去玩，好不好？」小龍女道：「你別胡說！祖師婆婆留下遺訓，在這活死人墓中住過的人，誰也不許下終南山一步。」楊過嚇了一跳，道：「難道我也

不能下山啦？」小龍女道：「自然不能。」楊過聽了倒也並不憂急，心道：「桃花島是海中孤零零的一個島，我去了也能離開，這座大墳又怎當真關得我住？」又問：「你說那個李莫愁李姑娘是你師姊，她自然也在這活死人墓中住過了，怎麼又下終南山去？」小龍女道：「她不聽我師父的話，是師父趕她出去的。」楊過大喜，心想：「有這麼個規矩就好辦，那一天我想出去了，只須不聽你話，讓你趕了出去便是。」但想這番打算可不能露了口風，否則就不靈了。

兩人談談說說，楊過一時之間倒忘了身上的寒冷，但只住口片刻，全身又冷得發抖，當下央求道：「姑姑，你饒了我罷。我不睡這床啦。」小龍女道：「你跟全真教的師父打架，不肯討一句饒，怎麼現下這般不長進？」楊過笑道：「誰待我不好，他就是打我，我也不肯輸一句口。誰待我好呢，我為他死了也是心甘情願，何況討一句饒？」小龍女呸了一聲，道：「不害臊，誰待你好了？」

小龍女自幼受師父及孫婆婆撫養長大，十八年來始終與兩個年老婆婆為伴。二人雖然對她甚好，只是她師父要她修習「玉女心經」，自幼便命她摒除喜怒哀樂之情，只要見她或哭或笑，必有重譴，孫婆婆雖是熱腸之人，卻也不敢碍了她的進修，是以養成了一副冷酷孤僻的脾氣。這時楊過一來，此人心熱如火，年又幼小，言談舉止自與兩位婆婆截然相反。小龍女聽他說話，明知不對，卻也與他談得娓娓忘倦。她初時收留楊過，全為了孫婆婆的一句請託，但後來聽楊過總說自己待他好，自然而然覺得自己確是待他不錯。

楊過聽她語音之中並無怒意，大聲叫道：「冷啊，冷啊，姑姑，我抵不住啦。」其實他

身上雖冷，卻也不須喊得如此驚天動地。小龍女道：「你別吵，我把這石床的來歷說給你知道。」楊過喜道：「好。我不叫啦，姑姑你說罷。」

小龍女道：「我說普天下英雄都想睡這張石床，並非騙你。這床是用上古寒玉製成，實是修習上乘內功的良助。」楊過奇道：「這不是石頭麼？」小龍女冷笑道：「你說見過不少古怪事物，可見過這般冰冷的石頭沒有？這是祖師婆婆花了七年心血，到極北苦寒之地，在數百丈堅冰之下挖出來的寒玉。睡在這玉床上練內功，一年抵得上平常修練的十年。」楊過喜道：「啊，原來有這等好處。」小龍女道：「初時你睡在上面，覺得奇寒難熬，只得運全身功力與之相抗，久而久之，習慣成自然，縱在睡夢之中也是練功不輟。常人練功，就算是最勤奮之人，每日總須有幾個時辰睡覺。要知道練功是逆天而行之事，氣血運轉，均與常時不同，但每晚睡將下來，氣血自不免如舊運轉，倒將白天所練成的功夫十成中耗去了九成。但若在這床上睡覺，睡夢中非但不耗白日之功，反而更增功力。」

楊過登時領悟，道：「那麼晚間在冰雪上睡覺，也有好處。」小龍女道：「那又不然。大凡修練內功，最忌的是走火入魔，是以平時練功，倒有一半的精神用來和心火相抗。這寒玉床另有一樁好處，這寒玉勝過冰雪之寒數倍。一來冰雪被身子慍熱，化而為水，二來這寒玉勝過冰雪之寒數倍。玉乃天下至陰至寒之物，修道人坐臥其上，心火自清，因此練功時盡可勇猛精進，這豈非比常人練功又快了一倍？」

楊過喜得心癢難搔，道：「姑姑，你待我真好，你借了這床給我睡，我就不怕武家兄弟與郭芙他們了。全眞教的趙志敬他們練功雖久，我也追得上。」小龍女冷冷的道：「祖師婆

婆傳下的遺訓，既在這墓中住，就得修心養性，絕了與旁人爭競之念。」楊過急道：「難道他們這般欺侮我，又害死了孫婆婆，咱們就此算了？」小龍女道：「一個人總是要死的，孫婆婆若是不死在郝大通手裏，再過幾年，她好端端的自己也會死。多活幾年，少活幾年，又有甚麼分別？報仇雪恨的話，以後不可再跟我提。」

楊過覺得這些話雖然言之成理，但總有甚麼地方不對，只是一時想不出話來反駁。就在此時，寒氣又是陣陣侵襲，不禁發起抖來。小龍女道：「我教你怎生抵擋這床上的寒冷。」於是傳了他幾句口訣與修習內功的法門，正是她那一派的入門根基功夫。楊過依法而練，只練得片刻，便覺寒氣大減，待得內息轉到第三轉，再也不嫌冰冷難耐，反覺睡在石床上甚是清涼舒服，雙眼一合，竟迷迷糊糊的睡去了。睡了小半個時辰，熱氣消失，被床上的寒意冷醒了過來，當下又依法用功。如此忽醒忽睡，鬧了一夜，次晨醒轉卻絲毫不覺困倦。原來只一夜之間，內力修為上便已有了好處。

兩人吃了早飯，楊過將碗筷拿到廚下，洗滌乾淨，回到大廳中來。小龍女道：「有一件事，你去想想明白。若是你當真拜我為師呢，一生一世就得聽我的話。若是不拜我為師，我仍然傳你功夫，你將來若是勝得過我，就憑武功打出這活死人墓去。」楊過毫不思索，道：「我自然拜你為師。就算你不傳我半點武藝，我也會聽你的話。」小龍女奇道：「為甚麼？」楊過道：「姑姑，您心裏待我好，難道我不知道麼？」小龍女板起臉道：「我待你好不好，不許你再掛在嘴上說。你既決意拜我為師，咱們到後堂行禮去。」

楊過跟着她走向後堂，只見堂上也是空蕩蕩的沒甚麼陳設，只東西兩壁都掛着一幅畫。西壁畫中是兩個姑娘。一個二十五六歲，正在對鏡梳裝，另一個是十四五歲的丫鬟，手捧面盆，在旁侍候。畫中鏡裏映出那年長女郎容貌極美，秀眉入鬢，眼角之間卻隱隱帶着一層殺氣。楊過望了幾眼，心下不自禁的大生敬畏之念。

小龍女指着那年長女郎道：「這位是祖師婆婆，你磕頭罷。」小龍女道：「她是祖師婆婆，怎麼這般年輕？」小龍女道：「畫像的時候年輕，後來就不年輕了」楊過奇道：「畫像的時候年輕，後來就不年輕了」這兩句話，大生淒涼之感，怔怔的望着那幅畫像，不禁要掉下淚來。

小龍女那知他的心意，又指着那丫鬟裝束的少女道：「這是我師父，你快磕頭罷。」楊過側頭看那畫像，見這少女憨態可掬，滿臉稚氣，那知後來竟成了小龍女的師父，當下不遑多想，跪下就向畫像磕頭。

小龍女待他站起身來，指着東壁上懸掛着的畫像道：「向那道人吐一口唾沫。」楊過一看，見像中道人身材甚高，腰懸長劍，右手食指指着東北角，只是背脊向外，面貌卻看不見。他甚感奇怪，問道：「那是誰？幹麼唾他？」小龍女道：「這是全真教的教主王重陽，我們門中有個規矩，拜了祖師婆婆之後，須得向他唾吐。」楊過大喜，他對全真教本來十分憎惡，覺得本門這個規矩妙之極矣，當下大大一口唾沫吐在王重陽畫像的背上，吐了一口頗覺不夠，又吐了兩口，還待再吐，小龍女道：「夠啦！」

楊過問道：「咱們祖師婆婆好恨王重陽麼？」小龍女道：「不錯。」楊過道：「我也恨

· 201 ·

他。幹麼不把他的畫像毀了，卻留在這裏？」小龍女道：「我也不知道，只聽師父與孫婆婆說，天下男子就沒一個好人。」她突然聲音嚴厲，喝道：「日後你年紀大了，做了壞事出來，瞧我饒不饒你？」楊過道：「你自然饒我。」小龍女本來威嚇示警，不意他竟立即答出這句話來，一怔之下，倒拿他無法可想，喝道：「快拜師父。」

楊過道：「聽孫婆婆說，師父自然是要拜的。不過你先須答允我一件事，否則我就不拜。」小龍女心想：「這孩子只是她生性沉靜，自來收徒之先，只有師父叫徒兒答允這樣那樣，豈有徒兒反向師父要脅之理？」只是她生性沉靜，倒也並不動怒，道：「甚麼事？你倒說來聽聽。」楊過道：「我心裏當你師父，敬你重你，你說甚麼我做甚麼，可是我口裏不叫你師父，只叫你姑姑。」小龍女又是一呆，問道：「那為甚麼？」楊過道：「我拜過全真教那個臭道士做師父，他待我不好，我在夢裏也咒罵師父。因此還是叫你姑姑的好，免得我罵師父時連累到你。」小龍女啞然失笑，覺得這孩子的想法倒也有趣，便道：「好罷，我答允你便是。」

楊過當下恭恭敬敬的跪下，向小龍女咚咚咚的叩了八個響頭，說道：「弟子楊過今日拜小龍女姑姑為師，自今而後，楊過永遠聽姑姑的話，若是姑姑有甚危難凶險，楊過要捨了自己性命保護姑姑，若是有壞人欺侮姑姑的話，楊過一定將他殺了。」其實此時小龍女的武功不知比他要高出多少，但楊過見她秀雅柔弱，胸中油然而生男子漢保護弱女子的氣概，到後來竟越說越是慷慨激烈。小龍女聽他語氣誠懇，雖然話中孩子氣甚重，卻也不禁感動。

楊過磕完了頭，爬起身來，滿臉都是喜悅之色。小龍女道：「你有甚麼好高興的？我本事勝不過那全真教的老道丘處機，更加比不上你的郭伯伯。」楊過道：「他們再好也不干我

事，但你肯真的教我功夫啊。」小龍女道：「其實學了武功也沒甚麼用。只是在這墓中左右無事，我就教你罷了。」

楊過道：「姑姑，咱們這一派叫作甚麼名字？」小龍女道：「自祖師婆婆入居這活死人墓以來，從來不跟武林人物打交道，咱們這一派也沒甚麼名字。後來李師姊出去行走江湖，旁人說她是『古墓派』弟子，咱們就叫『古墓派』罷！」楊過搖頭道：「古墓派，這名字不好！」他剛拜師入門，便指謫本門的名字，小龍女也不以為意，說道：「名字好不好有甚相干？你在這裏等着，我出去一會。」

楊過想起自己孤零零的留在這墓之中，大是害怕，忙道：「姑姑，我和你同去。」小龍女橫了他一眼，道：「你說永遠聽我話，我第一句話你就不聽。」楊過道：「我怕。」小龍女道：「男子漢大丈夫，怕甚麼？你還說要幫我打壞人呢。」楊過想了一想，道：「好，那你快些回來。」小龍女冷冷的道：「那也說不定，要是一時三刻捉不到呢？」楊過奇道：「捉甚麼？」小龍女不再答話，逕自去了。

她這一出去，墓中更無半點聲息。楊過心中猜想，不知她去捉甚麼人，但想她決不會下終南山，定是去捉全真教的道人了，只是不知捉誰，捉來自然要折磨他一番，倒是大大的妙事，但姑姑孤身一人，別吃虧才好。胡思亂想了一陣，出了大廳，沿着走廊向西走去，走不了十多步，眼前便是一片漆黑。他只怕迷路，摸着牆壁慢慢走回，不料走到二十步以上，仍是不見大廳中的燈光。他驚慌起來，加快腳步向前。本已走錯了路，這一慌亂，更是錯上加錯。

越走越快，東碰西撞，黑暗中但覺處處都是歧路岔道，永遠走不回大廳之中。他放聲大叫：

「姑姑，姑姑，快來救我。」回音在墓道之中傳來，隱隱發悶。

亂闖了一陣，只覺地下潮濕，拔腳時帶了泥濘上來，原來已非墓道相通的地底隧道。他更是害怕，心道：「我若在墓中迷路，姑姑總能找到我。現下我走到了這裏，她遍找不見，只道我逃了出去，她定會傷心得很。」當下不敢再走，摸到一塊石頭，雙手支頤，呆呆的坐着，只想放聲大哭，卻又哭不出聲。

這樣枯坐了一個多時辰，忽然隱隱聽到「過兒，過兒！」的叫聲。楊過大喜，急躍而起，嗓子狂喊：「我在這裏。」過了一陣子，仍聽不見甚麼聲息，突覺耳上一涼，耳朵被人提了起來。

叫道：「姑姑，我在這裏。」可是那「過兒，過兒」的叫聲卻越去越遠。楊過大急，放大了

他先是大吃一驚，隨即大喜，叫道：「姑姑，你來啦，怎麼我一點也不知道？」小龍女道：「你到這裏來幹甚麼？」楊過道：「我走錯了路。」小龍女嗯了一聲，拉住他手便走，雖在黑暗之中，然而她便如在太陽下一般，轉彎抹角，行走迅速異常。楊過道：「姑姑，你怎麼能瞧見？」小龍女道：「我一生在黑暗中長大，自然不用光亮。」楊過適才在這一個多時辰中驚悔交集，此時獲救，自是喜不自勝，只不知說些甚麼才好。

片刻之間，小龍女又帶他回到大廳。楊過嘆了一口長氣，道：「姑姑，剛才我真是擔心。」小龍女道：「擔心甚麼？我總會找到你的。」楊過道：「不是擔心這個，我怕你以為我自己逃走了，心裏難過。」小龍女道：「你若是逃走，我對孫婆婆的諾言就不用守了，又有甚麼

難過？」

楊過聽了，很覺無味，問道：「姑姑，你捉到了麼？」小龍女道：「捉到了。」楊過道：

「你為甚麼捉他？」小龍女道：「給你練習武功啊。跟我來！」楊過心想：原來她去捉個臭道人來給我過招，那倒有趣，最好捉的便是師父趙志敬，他給姑姑制服後，只有挨自己的拳打足踢，無法反抗，當真是大大的過癮，跟隨在後，越想越是開心。

小龍女轉了幾轉，推開一扇門，進了一間石室，室中點着燈火。石室奇小，兩人站着，轉身也不容易，室頂又矮，小龍女伸長手臂，幾可碰到。楊過不見道士，暗暗納罕，問道：「你捉來的道士呢？」小龍女道：「甚麼道士？」楊過道：「你不是說出去捉人來助我練功麼？」小龍女道：「誰說是人了？就在這兒。」俯身在石室角落裏提起一隻布袋，解開縛在袋口的繩索，倒轉袋子一抖，飛出來三隻麻雀。楊過大是奇怪，心道：「原來姑姑出去是捉麻雀。」

小龍女道：「你把三隻麻雀都捉來給我，可不許弄傷了羽毛腳爪。」楊過喜道：「好啊！」撲過去就抓。可是麻雀靈便異常，東飛西撲，楊過氣喘吁吁，累得滿頭大汗，別說捉到，連羽毛也碰不到一根。

小龍女道：「你這麼捉不成，我教你法子。」當下教：他一些竄高撲低、揮抓拿捏的法門。楊過才知她是經由捉麻雀而授他武功，當下牢牢記住。只是訣竅雖然領會了，一時之間卻不易用得上。小龍女任他在小室中自行琢磨練習，帶上了門出去。

這一日楊過並未捉到一隻，晚飯過後，就在寒玉床上練功。第二日再捉麻雀，躍起時高

了數寸，出手時也快捷了許多。到第五日上，終於抓到了一隻。楊過大喜不已，忙奔去告知小龍女。不料她殊無嘉許之意，冷冷的道：「一隻有甚麼用，要連捉三隻。」

楊過心想：「既能捉到一隻，再捉兩隻又有何難？」豈知大謬不然，接連兩日，又是一隻也捉不到了。小龍女見三隻麻雀已累得精疲力盡，用飯粒飽飽餵了一頓，放出墓去，另行捉了三隻來讓他練習。到了第八日上，楊過才一口氣將三隻麻雀抓住。

小龍女道：「今天該上重陽宮去啦。」楊過驚道：「幹甚麼？」小龍女不答，帶着他走出墓門。楊過已有七日不見日光，乍見之下，眼睛幾乎睜不開來。

兩人來到重陽宮前。楊過心下惴惴，不住斜眼瞧小龍女，卻見她神色漠然，於她心意猜不到半分，只聽她朗聲叫道：「趙志敬，快出來。」

兩人來到宮前，便有人報了進去，小龍女叫聲甫畢，宮中湧出數十名道士。兩名小道士左右扶着趙志敬，只見他形容憔悴，雙目深陷，已無法自行站立。眾道見到二人，都是手按劍柄，怒目而視。

小龍女雙掌這邊擋，那邊拍，八十一隻麻雀盡數聚在她胸前三尺之內。她雙臂飛舞，兩隻手掌宛似化成了千手千掌，任他羣雀如何飛滾翻撲，始終逃不出她雙掌所圍成的圈子。

第六回　玉女心經

小龍女從懷裏取出一個瓷瓶，交在楊過手裏，高聲道：「這是治療蜂毒的蜜漿，拿去給趙志敬罷。」楊過見到趙志敬，早就恨得牙癢癢地，只是不便拂逆小龍女之意，於是快步上前，將蜜漿在趙志敬面前地下重重一放。墓道聽說小龍女又到宮前，只道再次尋釁，來為孫婆婆報仇，一面嚴加戒備，一面飛報馬鈺、丘處機等師尊，那知她竟是來送解毒的蜜漿，愕然之下，都無言可對。楊過放下瓷瓶，向趙志敬望了一眼，滿臉鄙夷之色，轉頭便走。

鹿清篤一見到楊過，發時便怒火上沖，叫道：「好小子，叛出師門，就這麼走了麼？」那日他被楊過以蛤蟆功打暈，雖然一時閉氣，但楊過功力甚淺，畢竟受傷不重，丘處機給他推拿了幾次，將養數日，已然痊愈，此時飛步搶出，要報當日一推之仇。

小龍女道：「過兒，今日且別還手。」楊過聽得背後捉腳步聲響，接着掌風颯然，有人抓向自己後領。他在活死人墓中睡了八日寒玉床，練了八日捉麻雀，小龍女雖只授了他一些捉雀的法門，但那是古墓派輕功精萃之所在，此時身上功夫與當日小較比武時已頗有不同，當

下不先不後，直等鹿清篤手掌剛要抓到，這才矮身竄出，跟着乘勢伸手在他衣角上一帶。鹿清篤說甚麼也想不到短短數日內他輕功便已大有進境，大怒之下出手不免輕敵，急撲不中，身已前傾，再被他一帶，重重一交仆跌在地。鹿清篤大聲怒喝，要待衝過去再打，墓道中突然奔出一人，猶似足不點地般倏忽搶到，拉着他的手臂，回入人叢。鹿清篤被他抓住，登時半身麻木，抬頭看時，原來是師叔尹志平，已罵到口邊的一句話便即縮了回去。

尹志平朗聲叫道：「多謝龍姑娘賜藥。」說着躬身行禮。小龍女並不理睬，牽着楊過的手道：「回去罷。」尹志平道：「龍姑娘，這楊過是我全真教門下弟子，你強行收去，此事到底如何了斷？」小龍女一怔，道：「我不愛聽人囉唆。」挽着楊過手臂，快步入林。

尹志平、趙志敬等羣道呆在當地，相顧愕然。

兩人回入墓室。小龍女道：「過兒，你的功夫是有進益了，不過你打那胖道士，卻很是不對。」楊過道：「這胖道士打得我苦，可惜今日沒打夠他。姑姑，幹嗎我不該打他？」小龍女搖頭道：「不是不該打他，是打法不對。你不該帶他仆跌，應該不出手帶他，讓他自行朝天仰摔一交。」楊過大喜，道：「那可有趣得緊，姑姑，你教我。」小龍女道：「我是過兒，你就來捉我罷。」說着緩步前行。

楊過笑嘻嘻的伸手去捉她。小龍女背後似乎生了眼睛，楊過跑得快，她腳步也快，楊過走得慢了，她也就放慢腳步，總是與他不卽不離的相距約莫三尺。楊過道：「我捉你啦！」

縱身向前撲去，小龍女竟不閃避。楊過眼見雙手要抱住她的脖子，那知就在兩臂將合未合之際，小龍女斜刺裏向後一滑，脫出了他臂圈。楊過忙回臂去捉，這一下急衝疾縮，自己勢道用逆了，再也立足不穩，仰天一交，跌得背脊隱隱生痛。

小龍女伸手牽住他右手提起，助他站直。楊過喜道：「姑姑，這法兒真好，你身法怎麼能這般快？」小龍女道：「你再捉一年麻雀，那就成啦。」楊過奇道：「我已會捉啦。」小龍女冷笑道：「哼，那就算會捉？我古墓派的功夫這麼容易學會？你跟我來。」

當下帶他到另一間石室之中。這石室比之先前捉麻雀的石室長闊均約大了一倍，室中已有六隻麻雀在內。地方大了這麼多，捕捉麻雀自然遠爲艱難，但小龍女又授了他一些輕功提縱術與擒拿功夫，八九日後，楊過已能一口氣將六隻麻雀盡數捉住。

此後石室愈來愈大，麻雀隻數也是愈來愈多，最後是在大廳中捕捉九八十一隻麻雀。古墓派心法確然神妙，寒玉床對修習內功又輔助奇大，只三個月工夫，八十一隻麻雀楊過已能手到擒來。小龍女見他進步迅速，也覺喜歡，道：「現下咱們要到墓外去捉啦。」楊過在墓中住了三月，大是氣悶，聽說到墓外練功，不由得喜形於色。小龍女道：「有甚麼好喜歡的？」這功夫難練得緊。八十一隻麻雀，一隻也不能飛走了。」

兩人來到墓外，此時正當暮春三月，枝頭一片嫩綠，楊過深深吸了幾口氣，只覺一股花香草氣透入胸中，真是說不出的舒適受用。小龍女抖開布袋袋口，麻雀紛紛飛出，就在此時，她一雙纖纖素手揮出，東邊一收，西邊一拍，將幾隻振翅飛出的麻雀擋了回來。墓雀驟得自由，那能不四散亂飛？但說也奇怪，小龍女雙掌這邊擋，那邊拍，八十一隻麻雀盡數聚在她

211

胸前三尺之內。

但見她雙臂飛舞，兩隻手掌宛似化成了千手千掌，任他八十一隻麻雀如何飛滾翻撲，始終飛不出她雙掌所圍成的圈子。楊過只看得目瞪口呆，又驚又喜，一定神間，立時想到：「姑姑是在教我一套奇妙掌法。快用心記着。」當下凝神觀看她如何出手擋擊，如何迴臂反撲。

她發掌奇快，但一招一式，清清楚楚，自成段落。楊過看了半晌，雖然不明掌法中的精微之處，但已不似初見時那麼詫異萬分。

小龍女又打了一盞茶時分，雙掌分揚，反手背後，那些麻雀驟脫束縛，紛紛沖天飛去。

小龍女長袖揮處，兩股袖風撲出，羣雀盡數跌落，嘰嘰亂叫，才一隻隻的振翅飛去。

楊過大喜，牽着她衣袖，道：「姑姑，我猜郭伯伯也不會你這本事。」小龍女道：「我這套掌法叫作『天羅地網勢』，是古墓派武功的入門功夫。你好好學罷！」於是授了他十幾招掌法，楊過一一學了。十餘日內，楊過將八十一招「天羅地網勢」學全了，練習純熟。小龍女捉了一隻麻雀，命他用掌法攔擋。最初擋得兩三下，麻雀就從他手掌的空隙中竄了出去。小龍女候在一邊，素手一伸，將麻雀擋了回來。楊過繼續展開掌法，但不是出招未夠快捷，就是時刻拿捏不準，只兩三招，又給麻雀逃走。小龍女便用掌擋回讓他再練。

如此練習不輟，春盡夏來，日有進境。楊過天資穎悟，用功勤奮，所能擋住的麻雀不斷增加，到了中秋過後，這套「天羅地網勢」已然練成，掌法展了開來，已能將八十一隻麻雀全數擋住，偶爾有幾隻漏網，那是因功力未純之故，卻非一蹴可至了。

這日小龍女說道：「你已練成了這套掌法，再遇到那胖道士，便可毫不費力的摔他幾個觔斗了。」楊過道：「若和趙志敬動手呢？」小龍女不答，心想：「瞧那趙志敬和孫婆婆動手時的身手，他若不是中了蜂毒，孫婆婆也未必能贏。你目下的功夫可還遠不及他。」楊過明白她這不答之答的含意，說道：「現下我打不過他也不要緊，再過幾年，就能勝過他了。姑姑，咱們古墓派的武功確比全真教要厲害些，是不是？」

小龍女仰頭望着室頂石板，道：「這句話世上只有你我二人相信。上次我和全真教姓丘的老道動手，武功我不及他，然而這並非古墓派不及全真教，只是我還沒練成我派最精奧的功夫而已。」楊過一直以小龍女難勝丘處機爲憂，聽了此言，不由得喜上眉梢，道：「姑姑，那是甚麼功夫？很難練麼？你就起始練，好不好？」

小龍女道：「我跟你說個故事，你才知道我派的來歷。你拜我爲師之前，曾拜過祖師婆婆。她姓林，名字叫做朝英，數十年前，武林中以祖師婆婆與王重陽二人武功最高。本來兩人難分上下，後來王重陽因組義師反抗金兵，日夜忙碌，祖師婆婆卻潛心練武，終於高出他一籌，但祖師婆婆向來不問武林中的俗事，不喜炫耀，因此江湖上知道她名頭的人卻是絕少。最後來王重陽舉義失敗，憤而隱居在這活死人墓中，日夜無事，以鑽研武學自遣，祖師婆婆那時卻心情不佳，接連生了兩場大病，因此待得王重陽二次出山，祖師婆婆卻又不及他了。最後兩人不知如何比武打賭，王重陽竟輸給了祖師婆婆，這古墓就讓給她居住。來，我帶你去看看這兩位先輩留下來的遺迹。」

楊過拍手道：「原來這座石墓是祖師婆婆從王重陽手裏硬搶來的。早知如此，我住在這

裏可又加倍開心了。」小龍女微微一笑，領着他來到一間石室。楊過見這座石室形狀甚是奇特，前窄後寬，成爲梯形，東邊半圓，西邊卻作三角形狀，問道：「姑姑，這間屋子爲何建成這個怪模樣？」小龍女道：「這是王重陽鑽研武學的所在，前窄練掌，後寬使拳，東圓研劍，西角發鏢。」楊過在屋室中走來走去，只覺莫測高深。

小龍女伸手向上一指，說道：「王重陽武功的精奧，盡在於此。」楊過抬頭看時，但見室頂石板上刻滿了諸般花紋符號，均是以利器刻成，或深或淺，殊無規則，一時之間，那能領畧得出其中的奧妙？

小龍女走到東邊，伸手到半圓的弧底推了幾下，一塊大石緩緩移開，現出一扇洞門。她手持蠟燭，領楊過進去。裏面又是一室，卻和先一間處處對稱，而又處處相反，乃是後窄前寬，西圓東角。楊過抬頭仰望，見室頂也是刻滿了無數符號。

小龍女道：「這是祖師婆婆的武功之秘。她贏得古墓，乃是用智，若論眞實功夫，確是未及王重陽。她移居古墓之後，先參透了王重陽所遺下的這些武功，更潛心苦思，創出了尅制他諸般武功的法子。那就都刻在這裏了。」楊過喜道：「這可妙極了。丘處機、郝大通他們武功再高，總也強不過王重陽去，你只消將祖師婆婆的武功學會了，自然勝過了這些臭道士。」小龍女道：「話是不錯，只可惜沒人助我。」楊過昂然道：「我助你。」小龍女橫了他一眼，道：「只可惜你本事不夠。」楊過滿臉通紅，甚感羞愧。

小龍女道：「祖師婆婆這套功夫叫作『玉女心經』，須得二人同練，互爲臂助。祖師婆婆練成不久，便即去世，我師父卻還沒練成。」楊過轉愧

婆婆是和我師父一起練的。

為喜，道：「我是你徒兒，也能與你同練。」小龍女沉吟道：「好！咱們走着瞧罷。第一步，你先得練成本門各項武功。第二步是學全眞派武功。第三步再練尅制全眞派武功的玉女心經。我師父去世之時，我還只十四歲，本門功夫是學全了，全眞派武功卻只練了個開頭，更不用說玉女心經了。第一步我可教你，第二步、第三步咱倆須得一起琢磨着練。」

從那日起，小龍女將古墓派的內功所傳，拳法掌法，兵刃暗器，一項項的傳授。如此過得兩年，楊過已盡得所傳，藉着寒玉床之助，進境奇速，只功力尚淺而已。古墓派武功創自女子，師徒三代又都是女人，不免柔靈有餘，沉厚不足。但楊過生性浮躁輕動，這武功的路子倒也合於他的本性。

小龍女年紀漸長，越來越是出落得清麗無倫。這年楊過已十六歲了，身材漸高，喉音漸粗，已是個俊秀少年，非復初入古墓時的孩童模樣，但小龍女和他相處慣了，仍當他孩童看待。楊過對師父越來越是敬重，兩年之間，竟無一事違逆師意。小龍女剛想到要做甚麼，他不等師父開口，早就搶先辦好。但小龍女冷冰冰的性兒仍與往時無異，對他不苟言笑，神色冷漠，似沒半點親人情份。楊過卻也不以為意。小龍女有時撫琴一曲，琴韻也是平和冲淡。楊過便在一旁靜靜聆聽。

這一日小龍女說道：「我古墓派的武功，你已學全啦，明兒咱們就練全眞派的武功。這些全眞老道的功夫，練起來可着實不容易，當年師父也不十分明白，我更加沒能領會多少。我若是解得不對，你儘管說好了。」次日師徒倆到了第一間奇形石室之中，依着王重陽當年刻在室頂的文字符號修習。

楊過練了幾日，這時他武學的根柢已自不淺，許多處所一點即透，初時進展極快。但十餘日後，突然接連數日不進反退，愈練愈是別扭。

小龍女和他拆解研討，卻也感到疑難重重。楊過心下煩躁，大發自己脾氣。小龍女道：「我與師父學練全真武功，練不多久，其時祖師婆婆已不在世，無處可請教益。明知由於未得門徑口訣，卻也無法可想。我曾說要到全真教去偷學口訣，給師父重重訓斥了一頓。這門功夫就此擱下了，反正是全真派武功，不練也不打緊。你也不用生氣，此事不難，咱們只消去捉個全真道士來，逼他傳授入門口訣，那就行了。跟我走罷。」這一言提醒了楊過，忽然想起趙志敬傳過他的的「全真大道歌」中有云：「大道初修通九竅，九竅原在尾閭穴。先從湧泉腳底衝，湧泉衝起漸至膝。過膝徐徐至尾閭，泥丸頂上迴旋急。金鎖關穿下鵲橋，重樓十二降宮室。」於是將這幾句話背了出來。

小龍女細辨歌意，說道：「聽來這確是全真派武功的要訣。你既知道，那再好也沒有了。」

當下楊過將趙志敬所傳的口訣，逐一背誦出來。當日趙志敬所傳，確是全真派上乘內功的基本秘訣，只是未授其用法，至於甚麼「湧泉」、「十二重樓」、「泥丸」等等名稱更是毫不解說，楊過只是熟記在心，自是毫無用處。此時小龍女一加推究，指出其中關鍵，楊過立時便明白了。

數月之間，兩人已將王重陽在室頂所留的武功精要大致參究領悟。

這一日兩人在石室中對劍已畢，小龍女嘆道：「初時我小覷全真派的武功，只知它雖號稱天下武學正宗，其實也不過如此，但到今日，始知此道實是深不可測。咱們雖盡知其法門秘要，但要練到得心應手，勁力自然而至，卻不知何年何月方能成功。」楊過道：「全真派

武功雖精，但祖師婆婆既留下尅制之法，自然尚有勝於它的本事。這叫做一山還有一山高。」

小龍女道：「從明日起，咱們要練玉女心經了。」

次日兩人同到第二間石室，依照室頂的符號練功，還是源自她原來的武學。這番修習卻比學練全真派武功容易得多，林朝英所創破解王重陽武功的法門，過得數月，二人已將「玉女心經」的外功練成。有時楊過使全真劍法，小龍女就以玉女劍法破解，待得小龍女使全真劍法，楊過便以玉女劍法尅制。那玉女劍法果是全真劍法的尅星，一招一式，恰好把全真劍法的招式壓制得動彈不得，步步針鋒相對，招招制敵機先，全真劍法不論如何騰挪變化，總是脫不了玉女劍法的籠罩。

外功初成，轉而進練內功。全真內功博大精深，欲在內功上創制新法而勝過之，真是談何容易？那林朝英也真是聰明無比，居然別尋蹊徑，自旁門左道力搶上風。小龍女抬頭望着室頂的圖文，沉吟不語，一動不動的連看數日，始終皺眉不語。

楊過道：「姑姑，這功夫很難練麼？」小龍女道：「我從前聽師父說，這心經的內功須二人同練，只道能與你合修，那知卻不能夠。」楊過大急，忙問：「為甚麼？」小龍女道：

「若是女子，那就可以。」楊過急道：「那有甚麼分別？男女不是一樣麼？」小龍女搖頭道：

「不一樣，你瞧這頂上刻着的是甚麼圖形？」楊過向她所指處望去，見室頂角落處刻着無數人形，不下七八十個，瞧模樣似乎均是女相，姿式各不相同，全身有一絲絲細綫向外散射。

小龍女仍是不明原由，轉頭望着她。

小龍女道：「這經上說，練功時全身熱氣蒸騰，須揀空曠無人之處，全身衣服暢開而修

・217・

習，使得熱氣立時發散，無片刻阻滯，否則轉而鬱積體內，小則重病，大則喪身。」楊過道：

「那麼咱們解開衣服修習就是了。」小龍女道：「到後來二人以內力導引防護，你我男女有別，解開了衣服相對，成何體統？」

楊過這兩年來專心練功，並未想到與師父男女有別，這時覺得與師父解開全身衣衫而相對練功確然不妥，到底有何不妥，卻也說不上來。小龍女其時已年逾二十，可是自幼生長古墓，於世事可說一無所知，本門修練的要旨又端在克制七情六欲，是以師徒二人雖是少年男女，但朝夕相對，一個冷淡，一個恭誠，絕無半點越禮之處。此時談到解衣練功，只覺是個難題而已，亦無他念。楊過忽道：「有了！咱倆可以並排坐在寒玉床上練。」小龍女道：「萬萬不行。熱氣給寒玉床逼回，練不上幾天，你和我就都死啦。」

楊過沉吟半晌，問道：「為甚麼定須兩人在一起練？咱倆各練各的，我遇上不明白地方，慢慢再問你不成嗎？」小龍女搖頭道：「不成。這門內功步步艱難，時時刻刻會練入岔道，若無旁人相助，非走火入魔不可，只有你助我、我助你，合二人之力方能共渡險關。」

楊過道：「練這門內功，果然有些麻煩。」小龍女道：「咱們將外功再練得熟些，也足夠打敗全真老道了。何況又不是真的要去跟他們打架，就算勝他們不過，又有甚麼了？這內功不練也罷。」楊過聽得師父這般說，當下答應了，便也不將此事放在心上。

這日他練完功夫，出墓去打些獐兔之類以作食糧，打到一隻黃鶯後，又去追趕一頭灰兔，這灰兔東閃西躲，靈動異常，他此時輕身功夫已甚是了得，一時之間竟也追不上。他童心大起，不肯發暗器相傷，卻與牠比賽輕功，要累得兔兒無力奔跑為止。一人一兔越奔越遠，兔

兒轉過山坳，忽然在一大叢紅花底下鑽了過去。

這叢紅花排開來長達數丈，密密層層，奇香撲鼻，待他繞過花叢，兔兒已影蹤不見。楊過與牠追逐半天，已生愛惜之念，縱然追上，也會相饒，找不到也就罷了。但見花叢有如一座大屏風，紅瓣綠枝，煞是好看，四下裏樹蔭垂蓋，便似天然結成的一座花房樹屋。楊過心念一動，忙囘去拉了小龍女來看。

小龍女淡然道：「我不愛花兒，你既喜歡，就在這兒玩罷。」楊過道：「不，姑姑，這眞是咱們練功的好所在，你在這邊，我到花叢的那一邊去。咱倆都解開了衣衫，可是誰也瞧不見誰。豈不絕妙？」

小龍女聽了大覺有理。她躍上樹去，四下張望，見東南西北都是一片清幽，只聞泉聲鳥語，杳無人迹，確是個上好的練功所在，於是說道：「虧你想得出，咱們今晚就來練罷。」

當晚二更過後，師徒倆來到花蔭深處。靜夜之中，花香更是濃郁。小龍女將修習玉女心經的口訣法門說了一段，楊過問明白了其中疑難不解之處，二人各處花叢一邊，解開衣衫，修習起來。楊過左臂透過花叢，與小龍女右掌相抵，只要誰在練功時遇到難處，對方受到感應，立時能運功爲助。

兩人自此以夜作晝。晚上練功，白日在古墓中休息。時當盛暑，夜間用功更爲清涼，如此兩月有餘，相安無事。那玉女心經共分九段行功，這一晚小龍女已練到第七段，楊過也已練到第六段。當晚兩人隔着花叢各自用功，全身熱氣蒸騰，將那花香一薰，更是芬芳馥郁。

漸漸月到中天，再過半個時辰，兩人六段與七段的行功就分別練成了。突然間山後傳來脚步

· 219 ·

聲響，兩個人一面說話，一面走近。

這玉女心經單數行功是「陰進」，雙數為「陽退」。楊過練的是「陽退」功夫，隨時可以休止，小龍女練的「陰進」卻須一氣呵成，中途不能微有頓挫。此時她用功正到要緊關頭，對腳步聲和說話聲全然不聞。楊過卻聽得清清楚楚，心下驚異，忙將丹田之氣逼出體外，吐納三次，止了練功。只聽那二人漸行漸近，語音好生熟悉，原來一個是以前的師父趙志敬，一個卻是尹志平。兩人越說越大聲，竟是在互相爭辯。

只聽趙志敬道：「尹師弟，此事你再抵賴也是無用。我去稟告丘師伯，憑他查究罷。」

尹志平道：「你苦苦逼我，為了何來？難道我就不知？你不過想做第三代弟子的首座弟子，將來好做我教的掌門人。」趙志敬冷笑道：「你不守清規，犯了我教的大戒，怎能再做首座弟子？」尹志平道：「我犯了甚麼大戒？」趙志敬大聲喝道：「全真教第四條戒律，淫戒！」

楊過隱身花叢，偷眼外望，只見兩個道人相對而立。尹志平臉色鐵青，在月光映照下更是全無血色，沉着嗓子道：「甚麼淫戒？」說了這四字，伸手按住劍柄。趙志敬道：「你自從見了活死人墓中的那個小龍女，整日價神不守舍，胡思亂想，你心中不知幾千百遍的想過，要將小龍女摟在懷裏，溫存親熱，無所不為。我教講究的是修心養性。你心中這麼想，難道不是已犯了淫戒麼？」

楊過對師父尊敬無比，聽趙志敬這麼說，不由得怒發欲狂，對二道更是恨之切骨。但聽尹志平顫聲道：「胡說八道，連我心中想甚麼，你也知道了？」趙志敬冷笑道：「你心中所

·220·

思，我自然不知，但你晚上說夢話，卻不許旁人聽見麼？你在紙上一遍又一遍書寫小龍女的名字，不許旁人瞧見麼？」尹志平身子搖幌了兩下，默然不語。趙志敬得意洋洋，從懷中取出一張白紙，揚了幾揚，說道：「這是不是你的筆迹？咱們交給掌門馬師伯、你座師丘師伯認認去。」尹志平再也忍耐不住，刷的一聲，長劍出鞘，分心便刺。

趙志敬側身避開，將白紙塞入懷內，獰笑道：「你想殺我滅口麼？只怕沒這等容易。」

尹志平一言不發，疾刺三劍，但每一劍都被他避開了。到第四劍上，錚的一聲，趙志敬也是長劍出手，雙雙相交，當下便在花叢之旁劇鬥起來。這兩人都是全眞派第三代高弟，一個是丘處機的首徒，一個是王處一的首徒，武功原在伯仲之間。尹志平咬緊牙關狠命相撲，趙志敬卻在惡鬥之中不時夾着幾句譏嘲，意圖激怒對方，造成失誤。

此時楊過已將全眞派的劍法盡數學會，見二人酣鬥之際，進擊退守，招數雖然變化多端，但大致盡在意料之中，心想姑姑教的本事果然不錯。只見二人翻翻滾滾的拆了數十招，尹志平使的盡是進手招數，趙志敬不斷移動腳步，冷笑道：「我會的你全懂，你會的我也都練過。再鬥要想殺我，休想啊休想。」他守得穩凝無比，每一招卻都被他擋開。

一陣，眼見二人腳步不住移向小龍女身邊，楊過大驚，心想：「這兩名賊道若是打到我姑姑身畔，那可糟啦！」

驀地裏趙志敬突然反擊，將尹志平逼了回去。他急進三招，尹志平連退三步。楊過見二人離師父遠了，心中暗喜，那知尹志平忽然劍交左手，右臂倏出，呼的一掌，當胸拍去。趙志敬笑道：「你就是有三隻手，也只有妙手偷香的本事，終難殺我。」當下左掌相迎。兩人

劍刺掌擊，比適才鬥得更加兇了。

小龍女潛心內用，對外界一切始終不聞不見。楊過見二人走近幾步，心中就焦急萬分，移遠幾步，又畧畧放心。

鬥到酣處，尹志平大聲怒喝，連走險招，竟然不再擋架對方來劍，一味猛攻。趙志敬暗呼不妙，知他處境尷尬，寧可給自己刺死，也不能讓暗戀人家姑娘的事洩漏出去。他與尹志平雖然素來不睦，卻絕無害死他之意，這麼一來，登時落在下風。再拆數招，尹志平左劍平刺，右掌正擊，同時左腿橫掃而出，正是全眞派中的「三連環」絕招。趙志敬高縱丈餘，揮劍下削。尹志平長劍脫手，猛住對方擲去，跟着「嘿」的一聲，雙掌齊出。

楊過見這幾招凌厲變幻，已非己之所知，不禁手心中全是冷汗，眼見趙志敬身在半空，一個勢虛，一個勢實，看來這兩掌要打得他筋折骨斷。豈知趙志敬竟在這情勢危急異常之際忽然空中翻身，急退尋丈，輕輕巧巧的落了下來。

瞧他身形落下之勢，正對準了小龍女坐處花叢，楊過大驚之下再無細思餘暇，縱身而起，左掌從右掌下穿出，托在趙志敬背心，一招「綵樓拋球」，使勁揮出，將他龐大的身軀拋在兩丈以外。但他此時內力未足，這一下勁力使得猛了，勁集左臂，下盤便虛，登時站立不穩，身子一側，左足踏上了一根花枝。

只這麼輕輕一彈，小龍女已大吃一驚，全身大汗湧出，正在急速運轉的內息阻在丹田之中，再也回不上來，立卽昏暈。

那花枝迅卽彈回，碰在小龍女臉上。

尹志平斗然間見楊過出現，又斗然間見到自己晝思夜想的意中人竟隱身在花叢之中，登

時呆了，實不知是真是幻。此時趙志敬已站直身子，月光下已瞧清楚小龍女的面容，叫道：

「妙啊，原來她在這裏偷漢子。」

楊過大怒，厲聲喝道：「兩個臭道士都不許走，回頭找你們算帳。」見小龍女摔倒後便即不動，想起她曾一再叮囑，練功之際必須互相全力防護，縱然是獐兔之類無意奔到，也能闖出大禍，這時她大受驚嚇，定然為害非小，心下惶恐無比，伸手去摸她的額頭，只覺一片冰涼，忙將她衣襟拉過，遮好她身子，將她抱起，叫道：「姑姑，你沒事麼？」

小龍女「嗯」了一聲，卻不答話。楊過稍稍放心，道：「姑姑，咱們先回去，回頭再來殺這兩個賊道。」小龍女全身無力，偎倚在他懷裏。楊過邁開大步，走過二人身邊。尹志平痴痴呆呆的站在當地。趙志敬哈哈大笑，道：「尹師弟，你的意中人在這裏跟旁人幹那無恥的勾當，你與其殺我，還不如殺他！」尹志平聽而不聞，不作一聲。

楊過聽了「幹那無恥的勾當」七字，雖不明他意之所指，但知總是極惡毒的咒罵，盛怒之下，將小龍女輕輕放在地下，讓她背脊靠在一株樹上，折了一根樹枝拿在手中，向趙志敬戟指喝道：「你胡說些甚麼？」

事隔兩年，楊過已自孩童長成一個長身玉立的少年，趙志敬初時並不知道是他，待得聽他二次喝罵，臉龐又轉到月光之下，這才瞧清楚原來是自己的徒兒，自己忙亂中竟被他摔了一交，不由得慚怒交迸，見他上身赤裸，喝道：「楊過，原來是你這小畜生！」楊過道：「人言道古墓派是姑娘派，向來傳女不傳男，個個是冰清玉潔的處女，卻原來污穢不堪，暗中收藏男童，幕天席地的幹這調罵我也還罷了，你罵我姑姑甚麼？」趙志敬哈哈一笑，道：「你

調兒！」

小龍女適於此時醒來，聽了他這幾句話，驚怒交集，剛調順了的氣息又復逆轉，雙氣相激，胸口鬱悶無比，知道已受內傷，只罵得一聲：「你胡說，咱們沒有……」突然口中鮮血狂噴，如一根血柱般射了出來。

尹志平與楊過一齊大驚，雙雙搶近。尹志平道：「你怎麼啦？」俯身察看她的傷勢。楊過只道他意欲加害，左手推向他胸口。尹志平順手一格。楊過對全真派的武功招招熟習，手掌一翻，已抓住他手腕，先拉後送，將他摔了出去。

此時楊過的武功其實遠不及尹志平，如與別派武學之士相鬥，對手武功與尹志平相若，楊過非輸不可。但林朝英當年鑽研剋制全真武功之法，每一招每一式都是配合得絲絲入扣，而她創成之後從未用過，是以全真弟子始終不知世上竟有這一門本門剋星的武功。此時楊過突然使將出來，尹志平猝不及防，又當心神激盪之際，竟全無招架之功，這一交雖未跌倒，但身子已在兩丈之外，站在趙志敬身旁。

楊過道：「姑姑，你莫理他們，我先扶你回去。」小龍女氣喘吁吁的道：「不，你殺了他們，別……別讓他們在外邊說……說我……」楊過道：「好。」縱身而前，手中樹枝向趙志敬那將他放在眼裏，長劍微擺，削他樹枝。那知楊過所使劍招正是全真劍法的對頭，樹枝尖頭一顫，倏地彎過，已點中趙志敬手腕上穴道。趙志敬手腕一麻，暗叫不好。楊過左掌橫劈，直擊他左頰，這一劈來勢怪極，乃是從最不可能處出招。趙志敬要保住長劍，就得挺頭受了他這一劈，若要避招，長劍非撒手不可。

趙志敬武功了得，雖處劣勢，竟是絲毫不亂，放手撒劍，低頭避過，跟著左掌前探，就在這一瞬之間要奪回長劍。豈知林朝英在數十年前早已料敵機先，對全真高手或能使用的諸般巧妙厲害變著，盡數預擬了對付之策。趙志敬這一招自覺別出心裁，定能敗中求勝，那想到楊過與小龍女早就將此招拆解得爛熟於胸。楊過奪到敵劍，見他左掌一閃，已知他要用此著，長劍刺去，搶先削他手掌。趙志敬大驚，急忙縮手。楊過劍尖已指在他胸口，喝道：「躺下！」左腳勾出。趙志敬要害被刺，動彈不得，被他一勾，當即仰天摔倒。楊過提起長劍，疾往他小腹刺下。

忽然身後風聲颯然，一劍刺到，厲聲喝道：「你膽敢弒師麼？」這一劍攻敵之必救，楊過於大驚大怒交攻之際，仍能審察緩急，立時回劍擋格，嗆的一聲，雙劍相交。尹志平見他迴劍既快且準，不禁暗暗稱讚，突覺自己手中長劍不挺自伸，竟被對方黏了過去，一驚之下，急運內力回奪。他內力自是遠為深厚，雙力互奪，楊過長劍反被牽引過去。不料楊過正是要誘他使這一著，只微一凝持，突然放劍，猛擊他前胸，同時劍柄反彈上來，雙掌一劍，三路齊至，尹志平武功再高，也擋不住這怪異之極的奇襲。

當此之時，尹志平只得撒劍迴掌，並手橫胸，急擋一招，只是手臂彎得太內，已難以發勁，總算楊過功力不深，未能將他雙臂立時折斷，但也已震得他胸口劇痛，兩臂痠麻，急忙倒退三步，運氣護住胸前要穴。趙志敬已乘機跳起身來。楊過雙劍在手，向二人攻去。

趙尹二人數招之間，被一個初出茅廬的少年殺得手忙腳亂，都是既驚且怒，再也不敢大意。兩人並肩而立，使開掌法，只守不攻，要先摸清對方的武功路子再說。這麼一來，楊過

・225・

雖雙手皆有利器而對方赤手空拳，但二人守得嚴密異常，再也不能如初交手時那麼殺他們個措手不及。玉女心經劍術之中，並無尅制全真派拳腳的招數。要知林朝英旨在蓋過王重陽，加之趙如以利劍制敵肉掌，非但勝之不武，抑且自失身分，她於此自是不屑去費絲毫心思，趙志敬掌力沉厚，不斷催勁，壓向他劍上。

尹二人功力固然遠勝，又是聯防而求立於不敗之地，楊過雙劍閃爍，縱橫揮動，卻無可乘之機，到後來便漸落下風。

尹志平定了定神，喝道：「楊過，你快扶你姑姑回去，那成甚麼樣子？眼見勝算已然在握，又記掛小龍女的安危，暗想兩個長輩合鬥一個少年，跟我們瞎纏甚麼？」楊過道：「姑姑恨你們胡說八道，叫我非殺了你們不可。」尹志平呼的一掌，將他左手劍震歪了，向左躍開三步，叫道：「且住！」楊過道：「你想逃麼？」尹志平道：「楊過，你想殺我們兩個，這叫做千難萬難，不過好教你姑姑放心，今日之事，我姓尹的若是吐露了半句，立時自刎相謝。倘有食言……」說到此處，忽然身形一幌，夾手將楊過左手長劍搶過，說道：「有如此指！」左手豎掌，右手揮劍，將左手的小指指削了下來。

這幾下行動有似兔起鶻落，迅捷無比，楊過絲毫沒有提防。他一呆之下，已知尹志平之言確是出自真心，心想：「我同時鬥他們兩個，果然難勝，不如先殺了姓趙的，回頭再來殺他。」當即喝道：「姓尹的，你割手指有甚麼用？除非把腦袋割下來，我才信你的。」尹志平慘笑道：「要我性命，嘿嘿，只要你割下姑姑說一句話，有何不可？」楊過道：「行！」向前踏上兩步，驀地裏挺劍向背後刺出，直指趙志敬。

這一招「木蘭迴射」陰毒無比，趙志敬正自全神傾聽二人說話，那料到他忽施偷擊，待

• 226 •

得驚覺，劍尖已刺上了小腹。趙志敬只感微微一痛，立時氣運丹田，小腹斗然間向後縮了半尺，疾起右腿，竟將楊過手中長劍踢飛。楊過不等他右腿縮回，伸指向他膝彎裏點去，正中穴道。趙志敬雖然逃脫性命，卻再也站立不住，右腿跪倒在楊過面前。

楊過伸手接住從空中落下的長劍，指在趙志敬咽喉，道：「我曾拜你為師，磕過你八個頭，現下你已非我師，這八個頭快磕回來。」趙志敬氣得幾欲暈去，臉皮紫脹，幾成黑色。

楊過手上稍稍用力，劍尖陷入他喉頭肉裏。趙志敬罵道：「你要殺便殺，多說甚麼？」楊過挺劍正要刺去，忽聽小龍女在背後說道：「過兒，弒師不祥，你叫他立誓不說今日之事，就……就饒了他罷！」

楊過對小龍女之言奉若神明，聽她這般說，便道：「你發個誓來。」趙志敬雖然氣極，畢竟性命要緊，說道：「我不說就是，發甚麼誓？」楊過道：「不成，非發個毒誓不可。」

趙志敬：「好，今日之事，咱們這裏只有四人知道。若我對第五人提起，教我身敗名裂，逐出師門，為武林同道所不齒，終於不得好死！」

小龍女與楊過都不諳世事，只道他當真發了毒誓。尹志平卻聽出他誓言之中另藏別意，待要提醒楊過，又覺不便明助外人；只見楊過抱着小龍女，腳步迅捷，轉過山腰去了。他左手兩根手指上鮮血不住直流，痴痴的站着，竟自不知疼痛。

楊過抱着小龍女回到古墓，將她放在寒玉床上。小龍女嘆道：「我身受重傷，怎麼還能與寒氣相抗？」楊過「啊」了一聲，心中愈驚，暗想：「原來姑姑受傷如此之重。」當下抱

她到隔壁她自己臥房。她自將寒玉床讓給楊過後，初時仍與他同室而臥，過了年餘，才搬入隔壁石室。小龍女剛一臥倒，又是「哇」的一聲，噴出了大口鮮血，楊過赤裸的上身被噴得滿胸是血。她喘息幾下，便噴一口血。楊過嚇得手足無措，只是流淚。

小龍女淡淡一笑，說道：「我把血噴完了，就不噴了，又有甚麼好傷心的？」楊過道：「姑姑，你別死。」小龍女道：「你自己怕死，是不是？」楊過愕然道：「我？」小龍女道：「我死之前，自然先將你殺了。」這話她在兩年多前曾說過一次，楊過早就忘了，想不到此時重又提起。小龍女見他滿臉訝異之色，道：「我若不殺你，死了怎有臉去見孫婆婆？你獨個兒在這世上，又有誰來照料你？」楊過腦中一片惶亂，不知說甚麼好。

小龍女吐血不止，神情卻甚為鎮定，渾若無事，過不多時，她終於不再吐血，躺在床上沉沉睡去。楊過心中篤定，只是驚疲交集，再也支持不住，坐在地下，也倚牆睡着了。

不知過了多少時候，忽覺咽喉上一涼，當即驚醒。他在古墓中住了許多年，雖不能如小龍女般黑暗中視物有如白晝，但在墓中來來去去，也已不須秉燭點燈。睜開眼來，只見小龍女坐在床沿，手執長劍，劍尖指在他的喉頭，一驚之下，叫道：「姑姑！你……」

小龍女淡然道：「過兒，我這傷勢是好不了啦，現下殺了你，咱們一塊兒見孫婆婆去罷！」楊過只是急叫：「姑姑！」小龍女道：「你心裏害怕，是不是？挺快的，只一劍就完事。」

楊過見她眼中忽發異光，知她立時就要下殺手，胸中求生之念熱切無比，再也顧不得別的，一個打滾，飛腿去踢她手中長劍。

小龍女雖然內傷沉重，身手迅捷，竟是不減平時，側身避開了他這一腳，劍尖又點在他的喉頭。楊過連變幾下招術，但他每一招每一式全是小龍女所點撥，那能不在她意料之中？長劍如影隨形，始終不離他咽喉三寸之處。楊過嚇得全身都是汗，暗想：「今日逃不了性命，定要給姑姑殺了。」危急中雙掌一併，憑虛擊去，欺她傷後無力，招數雖精，該無勁力與自己對掌。

小龍女識得他的用意，仍是上身微側，讓他的掌力呼呼兩響在自己肩頭掠過，叫道：「過兒，不用鬥了！」長劍一挺，劍尖顫了幾顫，一招巧妙無比的「分花拂柳」，似左實右，已點在楊過喉頭。她運勁前送，正要在他喉頭刺落，見到他乞憐的眼色，突然心中傷痛難禁，登時眼前發黑，全身酸軟，噹的一聲，長劍落地，接着便暈了過去。

這一劍刺來，楊過只是待死，不料她竟會在這緊急關頭昏去。他一呆之下，當真是死裏逃生，急步奔出古墓。但見陽光耀目，微風拂衣，花香撲面，好鳥在樹，那裏還是墓中陰沉慘怛的光景？

他驚魂甫定，當即展開輕功，向山下急奔，下山的路子越跑越快，只中午時分，已到了山腳。他見小龍女不曾追來，稍稍放心，才放慢腳步而行。走了一陣，腹中餓得咕咕直響。他自幼闖蕩江湖，找東西吃的本事着實了得，四下張望，見西邊山坡上長着一大片玉米，於是過去摘了五根棒子。玉米尚未成熟，但已可食得。他拾了一些枯柴，正想設法生火燒烤來吃，忽聽樹後腳步聲細碎，有人走近。

他側身先擋住了玉米，以免給鄉農捉賊捉贓，再斜眼看時，卻見是個妙齡道姑，身穿杏黃道袍，腳步輕盈，緩緩走近。她背插雙劍，劍柄上血紅絲褲在風中獵獵作響，顯是會武。

楊過心想此人定是山上重陽宮裏的，多半是清淨散人孫不二的弟子。他心悸之餘，不敢多生事端，低了頭自管在地下掇拾枯枝。

那道姑走到他身前，問道：「喂，上山的路怎生走法？」楊過暗道：「這女子是全真教弟子，怎能不識上山路徑？定是不懷好意。」當下也不轉頭，隨手向山一指，道：「順大路上去便是。」那道姑見他上身赤裸，下身一條褲子甚是敝舊，蹲在道旁執拾柴草，料想是個尋常莊稼漢。她自負美貌，任何男子見了都要目不轉瞬的呆看半晌，這少年居然瞥了自己一眼便不再瞧第二眼，竟是瞎了眼一般，不禁有氣，但隨即轉念：「這些蠢牛笨馬一般的鄉下人又懂得甚麼？」說道：「你站起來，我有話問你。」

楊過對全真教上上下下早就盡數恨上了，當下裝聾作啞，只作沒聽見。那道姑聽他這麼說，不禁嗔的一笑，說道：「你瞧瞧我，是我叫你站起來啊！」這兩句話聲音嬌媚，又甜又膩。楊過心中一凜：「怎麼她說話這等怪法？」抬起頭來，只見她膚色白潤，雙頰暈紅，兩眼水汪汪的斜睨自己，似乎並無惡意，一眼看過之後，又低下頭來拾柴。

那道姑見他滿臉稚氣，雖然瞧了自己第二眼，仍是毫不動心，不怒反笑，心想：「原來是個不懂事的孩子。」從懷裏取出兩錠銀子，叮叮的相互撞了兩下，說道：「小兄弟，你聽我話，這兩錠銀子就給你。」

楊過原不想招惹她，但聽她說話奇怪，倒要試試她有何用意，於是索性裝痴喬獸，怔怔的望着銀子，道：「這亮晶晶的是甚麼啊？」那道姑一笑，說道：「這是銀子。你要新衣服啦、大母雞啦、白米飯啦，都能用銀子去買來。」那道姑笑道：「我幾時騙過你了？喂，小子，你叫甚麼名字？」楊過又騙我啦，我不信。」那道姑笑道：「傻蛋，你叫甚麼名字？」楊過道：「人人都叫我傻蛋，你不知道麼？」那道姑道：「你只叫我仙姑就得啦，你媽呢？」楊過道：「我媽剛才臭罵了我一頓，到山上砍柴去啦。」那道姑道：

「嗯，我要用一把斧頭，你去家裏拿來，借給我使使。」楊過心中大奇，雙眼發直，口角流涎，傻相卻裝得越加像了，不住搖頭，道：「那使不得，我家斧頭不能借人的。要是爹爹知道我借給你，定要用扁擔揍我。」那道姑笑道：「你爹媽見了銀子，歡喜還來不及啦，一定不會揍你。」說着揚手將一錠銀子向他擲去。

楊道伸手去接，假裝接得不準，讓那銀子撞在肩頭，落下來時，又碰上了右腳，他捧住右腳，左足單腳而跳，大叫：「嗳喲，嗳喲，你打我！我跟媽媽說去！」說着大叫大嚷，銀子也不要了，向前急奔。

那道姑見他傻得有趣，微微而笑，解下身上腰帶，向楊過的右足揮出。楊過聽到風聲，回頭一望，見到腰帶來勢，吃了一驚：「這是我古墓派的功夫！難道她不是全真派的道姑？」

當下也不閃避，讓她腰帶纏住右足，撲地摔倒，全身放鬆，任她橫拖倒曳的拉回來，只是心下戒懼：「她上山去，難道是衝着姑姑？」

他一想到小龍女，不知她此時生死如何，不由得憂急無比，心念已決，縱然死在她的手

裏，也要再去看看她。這念頭在他腦海中兜了幾轉，那道姑已將他拉到面前，見他雖然滿臉灰土，卻是眉清目秀，心道：「這鄉下小子生得倒俊，只可惜繡花枕頭，肚子裏卻是一包亂草。」聽他兀自大叫大嚷，胡言亂語，微微笑道：「傻蛋，你要死還是要活？」說着拔出長劍，抵在他胸口。

楊過見她出手這招「錦筆生花」正是古墓派嫡傳劍法，心下是無疑惑：「此人多半是師伯李莫愁的弟子，上山找我姑姑，定然不懷好意，從她揮腰帶、出長劍的手法看來，武功頗為了得，我便裝傻到底，好教她全不提防。」於是滿臉惶恐，求道：「仙姑，你……你別殺我，我聽你的話。」那道姑笑道：「好，你如不聽我吩咐，一劍就將你殺了。」楊過叫道：「我聽，我聽。」那道姑揮起腰帶，拍的一聲輕響，已纏回腰間，姿態飄逸，甚是灑脫。楊過暗讚一聲：「好！」臉上卻仍是一股茫然之色。道姑心道：「這傻子又怎懂得這一手功夫之難？我這可是俏媚眼做給瞎子看了。」說道：「你快回家去拿斧頭。」

楊道依言奔向前面的農舍，故意足步蹣跚，落腳極重，搖搖擺擺，顯得笨拙異常。那道姑瞧得極不順眼，叫道：「你可別跟人說起，快去快回。」楊道應道：「是啦！」悄悄在一所農舍的門邊一張，見屋內無人，想是都在田地裏耕作，當下在壁上取了一柄伐樹砍柴用的短斧，順手又在板橙上取過一件破衣披在身上，傻裏傻氣的回來。

他雖在作弄那道姑，心中總是掛念着小龍女的安危，臉上不禁深有憂色。那道姑秀眉微蹙，道：「跟我上山去。」楊過忙道：「不，不，我媽吩咐我不可亂走。」那道姑喝道：「你不聽話，我

立時殺了你。」說着伸左手扭住他耳朵，右手長劍高舉，作勢欲斬。楊過殺豬也似的大嚷起來：「我去啊，我去啊！」

那道姑心想：「這人蠢如豬羊，正合我用。」於是拉住他袖子，走上山去。她輕功不弱，行路自然極快。楊過卻跌跌撞撞，左腳高，右腳低，遠遠跟在後面，走了一陣，便坐在路邊石上不住拭汗，呼呼喘氣。那道姑連聲催促快走。楊過道：「你走起路來像兔子一般，我怎跟得上？」那道姑見日已偏西，心中老大不耐煩，回過來挽住他手臂，向山上急奔。楊過只是跟不上，雙腳亂跨，忽爾在她腳背上重重踹了一腳。

那道姑「嗳喲」一聲，怒道：「你作死麼？」但見他氣息粗重，實在累得厲害，當下伸出左臂托在他腰裏，喝一聲：「走罷！」攬着他身子向山上疾馳，輕功施展開來，片刻間就奔出數里。

楊過被她攬在臂彎，背心感到的是她身上溫軟，鼻中聞到的是她女兒香氣，索性不使半點力氣，任她帶着上山。那道姑奔了一陣，俯下頭來，只見他臉露微笑，顯得甚是舒服，不禁有氣，鬆開手臂，將他擲在地上，嗔道：「你好開心麼？」楊過摸着屁股大叫：「哎唷，哎唷，仙姑摔痛傻蛋屁股啦。」

那道姑又好氣又好笑，罵道：「你怎麼這生傻？」楊過道：「是啊，我本來就叫傻蛋嘛。仙姑，我媽說我不姓傻，姓張。你可是姓仙麼？」那道姑道：「你叫我仙姑就得啦，管我姓甚麼呢。」原來她正是赤練仙子李莫愁的大弟子洪凌波，便是當日去殺陸立鼎滿門而被武三娘逐走的小道姑。楊過想探聽她的姓名，那知她竟不吐露。

233

她在石上坐下，整理被風吹散了的秀髮。楊過側着頭看她，心道：「這道姑也算得美了，只是還不及桃花島郭伯母，更加不及我姑姑。」洪凌波向他橫了一眼，笑道：「傻蛋，你儘瞧着我幹甚？」楊過道：「我瞧着就是瞧着，又有甚麼幹不幹的？你不許我瞧，我不瞧就是了，有甚麼希罕？」洪凌波噗哧一笑，道：「你瞧罷！喂，你說我好不好看？」從懷裏摸出一隻象牙小梳，慢慢梳着頭髮。

楊過道：「好看啊，就是，就是……」洪凌波道：「就是甚麼？」楊過道：「就是不大白。」洪凌波向來自負膚色白膩，肌理晶瑩，聽他這麼說，不禁勃然而怒，站起身來喝道：「傻蛋，你要死了，說我不夠白？」楊過搖頭道：「不大白。」洪凌波怒道：「誰比我更白了？」楊過道：「昨晚跟我一起睡的，就比你白得多。」洪凌波道：「誰？是你媳婦兒，還是你娘？」心中轉過一個念頭，就想將這膚色比自己更白的女人殺了。楊過道：「都不是，是我家的白羊兒。」洪凌波轉怒爲笑，道：「眞是傻子，人怎能跟畜牲比？快去罷。」挽着他臂膀，快步上山。

將至直赴重陽宮的大路時，洪凌波折而向西，朝活死人墓的方向走去。楊過心想：「她果然去找我姑姑。」洪凌波走了一會，從懷中取出一張地圖，找尋路徑。楊過道：「仙姑，前面走不通啦，樹林子裏有鬼。」洪凌波大喜，心道：「你怎知道？」楊過道：「林子裏有個大墳，墳裏有惡鬼，誰也不敢走近。」

原來洪凌波近年得師父傳授，武功頗有進益，在山西助師父打敗武林羣豪，更得李莫愁的歡心。她聽師父談論與全眞諸子較量之事，說道若是練成了「玉女心經」，便不用畏懼全眞教的

234

這些牛鼻子老道，只可惜記載這門武學的書冊留在終南山古墓之中。洪凌波問她爲甚麼不到墓中研習這門功夫。李莫愁含糊而答，只說已把這地方讓給了小師妹，向來就沒來往。她極其好勝，自己曾數度闖入活死人墓、鎩羽被創、狼狽逃走之事，自不肯對徒兒說起，反說那小師妹年紀幼小，武功平平，做師姊可不便以大欺小。當下洪凌波極力慫恿師父去佔墓奪經。其實李莫愁此念無日或忘，但對墓中機關始終參詳不透，是以遲遲不敢動手，聽徒兒說得熱切，只是微笑不答。

洪凌波提了幾次，見師父始終無可無不可，當下暗自留了心，向師父詳問去終南山古墓的道路，私下繪了一圖，卻不知李莫愁其實並未盡舉所知以告。這次師父派她上長安殺一個仇家，事成之後，便逕自上終南山來，不意卻與楊過相遇；當下命楊過使短斧砍開阻路荊棘，覓路入墓。

楊過心想這般披荊斬棘而行，攬上一年半載也走不近古墓，當下痴痴呆呆的只是依命而行。鬧了大半時辰，天色全黑，還行不到半許路，離古墓仍極遙遠。他記掛小龍女之心越來越是熱切，暗想不如帶這道姑進去，瞧她能有甚麼古怪，當下舉斧亂劈幾下，對準一塊石頭砍了下去，火星四濺，斧口登時捲了。他大聲叫道：「噯喲，噯喲，這兒有一塊大石頭。斧頭壞啦，回頭爹爹要打我。仙姑，我……我要回家去啦。」

洪凌波早已十分焦急，瞧這等走法，今晚無論如何不能入墓，口中只罵：「傻蛋，不許回去！」楊過道：「仙姑，你怕不怕鬼？」洪凌波道：「鬼才怕我呢，我一劍就將惡鬼劈成兩半。」楊過喜道：「你不騙我麼？」洪凌波道：「我騙你幹麼？」楊過道：「惡鬼既然怕

你，我就帶你到大墳去。那惡鬼出來，你可要趕跑他啊！」洪凌波大喜道：「你識得到大墳去的路？快帶我去。」楊過怕她疑心，嘮嘮叨叨的再三要她答應，定要殺了惡鬼。洪凌波連聲安慰，叫他放心，說道便有十個惡鬼也都殺了。

楊過道：「早幾年，我到大墳邊放羊，睡了一覺，醒來時已半夜啦。我瞧見墳裏出來一個白衣女鬼，嚇得我沒命的逃走，路上摔了一交，頭也跌破了，你瞧，這兒還有一個疤兒。」說着湊近身去，要她來摸。他一路上給她攬着之時，但覺她吹氣如蘭，挨近她身子很是舒暢，這時乘機使詐，將腦袋湊近她臉邊。洪凌波笑着叫了一聲：「傻蛋！」隨手一摸，並不覺得有甚麼疤痕，也不以為意，只道：「快領我過去。」

楊過牽着她手，走出花木叢來，轉到通往古墓的秘道。此時已近中夜，星月無光。楊過拉着她手，只覺溫膩軟滑，心中暗暗奇怪：「姑姑與她都是女子，怎麼姑姑的手冰冰冷的，她卻這麼溫暖。」不自禁手上用勁，揑了幾揑。若是武林中有人對洪凌波這般無禮，她早已拔劍殺卻，但她只道楊過是個傻瓜，此時又有求於他，再者見他俊美，心中也有幾分喜歡，竟未動怒，暗道：「這傻蛋倒也不是傻得到底，卻也知道我生得好看。」

不到一頓飯功夫，楊過已將洪凌波領到墓前。他出來時心慌意亂，未將墓門關上，但見那塊作為墓門的大石碑仍是倒在一邊。他心中怦怦亂跳，暗暗禱告：「但願姑姑沒死，讓我得能再見她一面。」這時再也沒心緒和洪凌波搗鬼，只道：「仙姑，我帶你進去，可是惡鬼倘若吃了我，我變了鬼，那就永遠纏住你不放啦。」當即舉步入內。

洪凌波心想：「這傻蛋忽然大膽，倒也奇怪。」當下不暇多想，在黑暗中緊緊跟隨，她

· 236 ·

聽師父說活死人墓中道路迂迴曲折，只要走錯一步，立時迷路，卻見楊過毫不遲疑的快步而前，東一轉，西一繞，這邊推開一扇門，那邊拉開一塊大石，竟是熟悉異常。洪凌波暗暗生疑：「墓中道路有甚麼難走？難道師父騙我，她是怕我私自進入麼？」片刻之間，楊過已帶她走到古墓中心的小龍女臥室。

他輕輕推開了門，側耳傾聽，不聞半點聲響，待要叫喚：「姑姑！」想起洪凌波在側，急忙忍住，低聲道：「到啦！」

洪凌波此時深入古墓，雖然藝高人膽大，畢竟也是惴惴不安，聽了楊過之言，忙取出火摺，打火點燃了桌上的蠟燭，只見一個白衣女子躺在床上。她早料到會在墓中遇到師叔小龍女，卻想不到她竟是這般泰然高臥，不知是睡夢正酣，還是沒將自己放在眼裏，當下平劍當胸，說道：「弟子洪凌波，拜見師叔。」

楊過張大了口，一顆心幾乎從胸腔中跳了出來，全神注視小龍女的動靜，只見她一動不動，隔了良久，才輕輕「嗯」了一聲。從洪凌波說話到小龍女答應，楊過等得焦急異常，恨不得撲上前去，抱住師父放聲大哭，待聽她出聲，心頭有如一塊大石落地，喜悅之下，再也剋制不住，「哇」的一聲，哭了出來。洪凌波問道：「傻蛋，你幹甚麼？」楊過嗚咽道：「我……我好怕。」

小龍女緩緩轉過身來，低聲道：「你不用怕，剛才我死過一次，一點也不難受。」洪凌波斗然間見到她秀麗絕俗的容顏，大吃一驚：「世上居然有這等絕色美女！」不由得自慚形穢，又道：「弟子洪凌波，拜見師叔。」小龍女輕輕的道：「我師姊呢？她也來了麼？」洪

凌波道：「我師父命弟子先來，請問師叔安好。」小龍女道：「你出去罷，這個地方莫說是你，連你師父也是不許來的。」

洪凌波見她滿臉病容，胸前一灘灘的都是血漬，說話中氣短促，顯是身受重傷，當下將提防之心去了一半，問道：「孫婆婆呢？」小龍女道：「她早死啦，你快出去罷。」洪凌波更是放心，暗想：「當真是天緣巧合，不想我洪凌波竟成了這活死人墓的傳人。」眼見小龍女命在傾刻，只怕她忽然死去，無人能知收藏「玉女心經」的所在，忙道：「師叔，師父命弟子來取玉女心經。你交了給我，弟子立時給你治傷。」

小龍女長期修練，七情六欲本來皆已壓制得若有若無，可說萬事不縈於懷，但此時重傷之餘，失了自制，聽她這麼說，不由得又急又怒，量了過去。洪凌波搶上去在她人中上捏了幾下，小龍女悠悠醒來，說道：「師姊呢？你請她來，我有話⋯⋯有話跟她說。」洪凌波眼見本門的無上秘笈竟然唾手可得，實是迫不及待，一聲冷笑，從懷裏取出兩枚長長的銀針，厲聲道：「師叔，你認得這針兒，不快交出玉女心經，可莫怪弟子無禮。」

楊過曾吃過這冰魄銀針的大苦頭，只不過無意揑在手裏，便即染上劇毒，若是刺在身上，那還了得？眼見事勢危急，叫道：「仙姑，那邊有鬼，我怕！」說着撲將過去，抱住她背心，順手便在她「肩貞」「京門」兩穴上各點一指。洪凌波做夢也想不到這「傻蛋」竟有一身上乘武功，要待罵她胡說八道，已是全身酸麻，軟癱在地。楊過怕她有自通經脈之能，隨即在她「巨骨」穴上又再重重點上幾指，說道：「姑姑，這女人真壞，我用銀針來刺她幾下好不好？」說着用衣襟裹住手指，拾起銀針。

238

洪凌波身子不能動彈，這幾句話卻清清楚楚的聽在耳裏，見他拾起銀針，笑嘻嘻的望住自己，只嚇得魂飛魄散，要待出言求情，苦在張口不得，只是目光露出哀憐之色。小龍女道：「過兒，關上了門，防我師姊進來。」楊過應道：「是！」剛要轉身，忽聽身後一個嬌媚的女子聲音說道：「師妹，你好啊？我早來啦。」

楊過大驚轉身，燭光下只見得門口俏生生的站着一個美貌道姑，杏眼桃腮，嘴角邊似笑非笑，正是赤練仙子李莫愁。

當洪凌波打聽活死人墓中道路之時，李莫愁早料到她要自行來盜玉女心經，派她到長安殺人等等，其實都是有意安排。她一直悄悄跟隨其後，見到她如何與楊過相遇，如何入墓，如何逼小龍女獻身，又如何中計失手，只因她身法迅捷，腳步輕盈，洪凌波與楊過竟是絲毫沒有察覺，直至斯時，方始現身。

小龍女聳然而起，叫了聲：「師姊！」跟着便不住咳嗽。李莫愁冷冷的指着楊過道：「這人是誰？祖師婆婆遺訓，古墓中不准臭男子踏進一步，你幹麼容他在此？」小龍女猛烈咳嗽，無法答話。楊過擋在小龍女身前相護，朗聲道：「她是我姑姑，這裏的事，不用你多管！」李莫愁冷笑道：楊過擋在小龍女身前相護，朗聲道：「好傻蛋，真會裝蒜！」拂塵揮動，呼呼呼進了三招。這三招雖先後而發，卻似同時而到，正是古墓派武功的厲害招數，別派武學之士若不明此中奧妙，一上手就給她擊得筋斷骨折。楊過對這門功夫習練已熟，雖遠不及李莫愁功力深厚，仍是輕描淡寫的閃開了她三招混一的「三燕投林」。

李莫愁拂塵回收，暗暗吃驚，瞧他閃避的身法竟是本門武學，屬聲道：「師妹，這小賊是誰？」小龍女怕再嘔血，不敢高聲說話，低低的道：「過兒，拜見了大師伯。」楊過呆了一聲道：「這算甚麼師伯？」小龍女道：「你俯耳過來，我有話說。」

楊過只道她要勸自己向李莫愁磕頭，心下不願，但仍是俯耳過去。小龍女聲細若蚊，輕輕道：「脚邊床角落裏，有一塊突起的石板，你用力向左邊扳，然後立即跳上床來。」李莫愁也當她是在囑咐徒兒向自己低頭求情，眼前一個身受重傷，一個是後輩小子，那裏放在心上，自管琢磨怎生想個妙法，勒逼師妹獻出玉女心經。

楊過點點頭，朗聲道：「好，弟子拜見大師伯！」慢慢伸手到小龍女脚邊床裏一摸，觸手處果有一塊突起的石板，當下用力板動，跟着躍上床去。只聽得軋軋幾響，石床突然下沉。李莫愁一驚，知道古墓中到處都是機關，當年師父偏心，瞞過了自己，卻將運轉機關的法門盡數傳給師妹，立即搶上來向小龍女便抓。

此時小龍女全無抵禦之力，石床雖然下沉，但李莫愁見機奇快，出手迅捷之極，這一下竟要硬生生將她抓下床來。楊過大驚，奮力拍出一掌，將她手抓擊開，只覺眼前一黑，砰嘭兩響，石床已落入下層石室。室頂石塊自行推上，登時將小龍女師徒與李莫愁師徒四人一上一下的隔成兩截。

楊過聽到她「血行不足」四字，也不待她說完，提起左手，看準了腕上筋脈，狠命咬落，登女嘆道：「我血行不足，難以運功治傷。但縱然身未受傷，咱師徒倆也鬥不過我師姊……」

楊過朦朧中見室中似有桌椅之物，於是走向桌旁，取火摺點燃了桌上的半截殘燭。小龍

・240・

時鮮血迸出。他將傷口放在小龍女嘴邊，鮮血便汨汨從她口中流入。

小龍女本來全身冰冷，熱血入肚，身上便微有暖意，但知此舉不妥，待要掙扎，楊過早已料到，伸指點了她腰間穴道，教她動彈不得。過不多時，傷口血凝，楊過又再咬破，然後再咬右腕，灌了幾次鮮血之後，楊過只感頭暈眼花，全身無力，這才坐直身子，解開她的穴道。小龍女對他凝視良久，不再說話，幽幽嘆了口氣，自行練功。楊過見蠟燭行將燃盡，換上了一根新燭。

這一晚兩人各自用功。楊過是補養失血後的疲倦。小龍女服食楊過的鮮血後精神大振，兩個時辰後，自知性命算是保住了，睜開眼來，向他微微一笑。楊過見她雙頰本來慘白，此時忽然有兩片紅暈，有如白玉上抹了一層淡淡的胭脂，大喜道：「姑姑，你好啦。」小龍女點點頭。楊過欣喜異常，卻不知說甚麼好。

小龍女道：「咱們到孫婆婆的屋裏去，我有話跟你說。」楊過道：「你不累麼？」小龍女道：「不礙事。」伸手在石壁的機括上扳了幾下，石塊轉動，露出一道門來。此處的道路楊過亦已全不認得。小龍女領着他在黑暗中轉來轉去，到了孫婆婆屋中。

她點亮燭火，將楊過的衣服打成一個包裹，將自己的一對金絲手套也包在裏面。楊過呆呆的望着她，奇道：「姑姑，你幹甚麼？」小龍女不答，又將兩大瓶玉蜂漿放在包中。楊過喜道：「姑姑，咱們要出去了，是麼？那當真好得很。」

小龍女道：「你好好去罷，我知道你是好孩子，你待我很好。」楊過大驚，問道：「姑姑你呢？」小龍女道：「我向師父立過誓，是終身不出此墓的。除非……除非……嗯，我不

出去。」說着黯然搖頭。

楊過見她臉色嚴正，語氣堅定，顯是決計不容自己反駁，當下不敢再說，但此事實在重大，終於又鼓起勇氣道：「姑姑，你不去，我也不去。我陪着你。」小龍女道：「此時我師姊定是守住了出墓的要道，要逼我交出玉女心經。我功夫遠不如她，又受了傷，定然鬥她不過，是不是？」楊過道：「是。」小龍女道：「咱們留着的糧食，我看勉強也只吃得二十來天，再吃些蜂蜜甚麼，最多支持一個月。一個月之後，那怎麼辦？」楊過一呆，道：「咱們強衝出去，雖然打不過師伯，卻也未必不能逃命。」小龍女搖頭道：「你若知道你師伯的武功脾氣，就知咱們決不能逃命。那時不但要慘受折辱，而且死時苦不堪言。」楊過道：「若是如此，我一個人更是難以逃出。」

小龍女搖頭道：「不！我去邀她相鬥，一路引她走入古墓深處，你就可乘機逃出。你出去之後，搬開墓左的大石，拔出裏面的機括，就有兩塊萬斤巨石落下，永遠封住了墓門。」

楊過愈聽愈驚，道：「姑姑，你會開動機括出來，是不是？」小龍女搖頭道：「不是。當年王重陽起事抗金，圖謀大舉，這座石墓是他積貯錢糧兵器的大倉庫。是以機關重重，布置周密，又在墓門口安下這兩塊萬斤巨石，稱爲『斷龍石』。萬一義師未興，而金兵已得知風聲先行來攻，要是寡不敵衆，不能再啓。你知入墓甬道甚是狹窄，只容一人通行，就算進墓的敵人有千人之衆，卻也只能排成長長的一列，僅有當先的一人能摸到堵塞了墓門的巨石，一個人不論力氣多大，終究抬它不起。那老道如此安排，自是寧死不屈、

又與敵人同歸於盡的意思。他抗金失敗後，獨居石墓，金主偵知他的所在，曾前後派了數十名高手來殺他，都被他或擒或殺，竟無一人得能逃脫。後來金主暴斃，繼位的皇帝不知原委，便放過了他，因此這兩塊斷龍石始終不曾用過。王重陽讓出活死人墓時，將墓中一切機關盡數告知了祖師婆婆。」

楊過越聽越是心驚，垂淚道：「姑姑，我死活都要跟着你。」小龍女道：「你跟着我有甚麼好？你說外面的世界好玩得很，你就出去玩罷。以你現下的功夫，全眞教的臭道士們已不能跟你爲難。你騙過洪凌波，比我聰明得多，以後也不用我來照料你了。」楊過奔上去抱住她，哭道：「姑姑，我若不能跟你在一起，一生一世也不會快活。」

小龍女本來冷傲絕情，說話斬釘截鐵，再無轉圜餘地，但此時不知怎的，聽了楊過這幾句話不禁胸中熱血沸騰，眼中一酸，忍不住要流下淚來。她大吃一驚，想起師父臨終時對她千叮萬囑的言語：「你所練功夫，乃是斷七情、絕六欲的上乘功夫，日後你若是爲人流了眼淚，動了眞情，不但武功大損，且有性命之憂，切記切記。」當下用力將楊過推開，冷冷的道：「我說甚麼，你就得依我吩咐。」

楊過見她突然嚴峻，不敢再說。小龍女將包裹縛在他背上，從壁上摘下長劍，遞在他手中，厲聲道：「待會我叫你走，你立刻就走，一出墓門，立即放下巨石閉門。你師伯屬害無比，時機稍縱卽逝，你聽不聽我話？」楊過哽咽着聲音道：「我聽話。」小龍女道：「你若不依言而行，我死於陰間，也是永遠恨你。走罷！」說着拉了楊過的手，開門而出。

楊過從前碰到她手，總是其寒如冰，但此時被她握住，卻覺她手掌一陣熱一陣冷，與平

· 243 ·

昔大異，只是心煎如沸，無暇去想此種小事，當下跟隨着她一路走出。行了一陣，小龍女摸着一塊石壁，低聲道：「她們就在裏面，我一將師姊引開，你便從西北角傷門衝出。洪凌波若是追你，你就用玉蜂針傷她。」楊過心亂如麻，點頭答應。

玉蜂針是古墓派的獨門暗器，林朝英當年有兩件最厲害的暗器，一是冰魄銀針，另一就是玉蜂針。這玉蜂針乃是細如毛髮的金針，六成黃金、四成精鋼，以玉蜂尾刺上毒液鍊過，雖然細小，但因黃金沉重，擲出時仍可及遠。只是這暗器太過陰毒，林朝英自來極少使用，中年後武功出神入化，更加不須用此暗器。小龍女的師父因李莫愁不肯立誓永居古墓以承衣缽，傳了她冰魄銀針後，玉蜂針的功夫就沒傳授。

小龍女凝神片刻，按動石壁機括，軋軋聲響，石壁緩緩向左移開。她雙綢帶立即揮出，左攻李莫愁，右攻洪凌波，身隨帶進，去勢迅捷已極。這時李莫愁早已解開了洪凌波身上穴道，斥責了她幾句，正在推算墓中方位，想覓路出室，突見小龍女攻進，師徒倆都是一驚。李莫愁拂塵揮出，擋開了她綢帶。拂塵與綢帶都是至柔之物，以柔敵柔，但李莫愁功力遠勝，兩件兵器一交，小龍女的綢帶登時倒捲回來。

小龍女左帶迴轉，右帶繼出，剎時間連進數招，兩條綢帶夭矯靈動。李莫愁又驚又怒：「師父果然好生偏心，她幾時傳過我這門功夫？」但自忖盡可抵敵得住，也不必便下殺手，一來玉女心經未得，若是殺了她，在這偌大石墓中實難尋找，二來也要瞧瞧師父究竟傳了她甚麼厲害本事。

洪凌波向來自負精明強幹，不意今日折在一個少年手裏，給他裝傻喬獸的作弄了半天，

居然沒瞧出半點破綻，一直便在氣惱，眼見師父與師叔鬥得熱鬧，叱道：「傻蛋，你這臭小子心眼兒可壞得到了家。」雙手持劍，踏上半步，叫道：「瞧我削不削下你的鼻子來。」雙劍左刺右擊，嗤嗤嗤連進數招。楊過見她來勢凌厲，只得舉劍相擋。若在平時，他定要出言譏嘲，跟她再開開玩笑，但此時想起與小龍女分手在即，眼眶中滿蘊熱淚，望出來模糊一片，只是順手招架，殊無還擊之意。洪凌波遞了數劍，雖然傷他不得，但見他出手無力，只道他本領平常，更是自恨先前大意，竟不提防的給他點中了穴道。

李莫愁與師妹拆了十餘招，拂塵一翻，捲住了她左手綢帶，笑道：「師妹，瞧瞧你姊姊的本事。」手勁到處，綢帶登時斷為兩截。尋常使兵刃鬥毆，以刀劍震斷對方的刀劍已屬難能，拂塵和綢帶均是極柔軟之物，她居然能以剛勁震斷綢帶，比之震斷刀劍可就更難上十倍。

李莫愁顯了這一手，臉上大有得色。

小龍女不動聲色，道：「你本事好便怎樣？」半截斷帶揚出，已裹住了她拂塵的絲綫，右手綢帶倏地飛去，捲住了拂塵木柄，一力向左，一力向右，拍的一聲，拂塵斷為兩截。這一手論功力遠比李莫愁適才震斷綢帶為淺，但出手奇快，運勁巧妙，卻也使李莫愁措手不及。

她微微一驚，拋下拂塵柄，空手來奪綢帶，直逼得小龍女連連倒退。她微微一驚，拋下拂塵柄，空手來奪綢帶，又拆了十餘招，小龍女已退到了東邊石壁之前，眼見身後已無退路，忽地反手在石壁上一抹，叫道：「過兒，快走！」喀喇一響，西北角露出一個洞穴。李莫愁大吃一驚，急忙轉身，要攔住楊過。小龍女拋下綢帶，撲上去雙掌連下殺手。李莫愁只得迴身抵擋。小龍女喝道：「過兒，還不快走？」

楊過望着小龍女，知道此事已無可挽回，叫道：「姑姑，我去啦！」刷刷刷突進三劍，劍尖直指洪凌波面前。洪凌波一直見他劍招軟弱，那知驀地裏劍勢陡強，危急中只得向後躍開。

楊過彎腰衝出石門，回過頭來，要向小龍女再瞧最後一眼。

小龍女與師姊赤手對掌，雖在重傷之餘，但見楊過的背影在洞口一幌，想到此後與他永遠不能再見，今日卻兩番要哭，不禁大是驚懼。高手對掌，那容得有絲毫疏神？李莫愁見她一呆，立即乘隙而入，一把抓住她左手手腕的「會宗穴」，出腳勾去。小龍女站立不定，倒在地下。

楊過回頭過來，正見到小龍女被師姊勾倒，但見李莫愁撲上去要傷害師父，胸中熱血上湧，大叫：「別傷我姑姑！」又從石門中竄入，自後撲上，攔腰抱住了李莫愁。這一抱是各家招數之所無，卻是他情急之下胡打蠻來。李莫愁一心要拿師妹，竟未提防他去而復回，被他雙手牢牢抱住，一時竟掙扎不脫。

她雖出手殘暴，任性橫行，不為習俗所羈，但守身如玉，在江湖上闖蕩多年，仍是處女，斗然間被楊過牢牢抱住，但覺一般男子熱氣從背脊傳到心裏，蕩心動魄，不由得全身酸軟，滿臉通紅，手臂上登時沒了力氣。小龍女乘機出手反扣她手腕脈門，可是洪凌波的劍尖卻也指到了楊過背心。

小龍女仰臥在地，眼見劍到，當即向左滾動，將楊過與李莫愁同時帶在一旁，洪凌波這一劍便刺了個空。小龍女躍起身來，喝道：「過兒，快出去！」

楊過牢牢抱住李莫愁的腰，叫道：「姑姑，你快出去！我抱着她，她走不了。」這瞬息之間，李莫愁已連轉了十幾次念頭，知道事勢危急，生死只間一髮，然而被他抱在懷中，卻是心魂俱醉，快美難言，竟然不想掙扎。

小龍女好生奇怪：「師姊如此武功，怎麼竟會被過兒制得動彈不得？難道是穴道給扣住了？」見洪凌波左手劍又向楊過刺去，當即伸出雙指在她右手劍的平面劍刃上推去，那劍斗地跳起，碰向她左手長劍。噹的一聲，洪凌波雙手虎口發麻，兩柄長劍同時落地，嚇了一跳，向後躍開。

這雙劍相交，迸出幾星火花，就在這火花的一下閃爍之中，李莫愁覺到師妹瞧向自己的眼光中露出奇異之色，不禁大羞，罵道：「臭小子，你作死麼？」雙臂運勁掙卸，脫出了楊過的懷抱，跳起身來，隨即發掌向小龍女拍去。

小龍女正注視着楊過的動靜，突覺李莫愁掌到，不及以招數化解，只得還掌擋架，但覺師姊掌力沉厚，被她震得胸口隱隱作痛，見楊過爬起後仍來相助自己，喝道：「過兒，你當真不聽我的話，是不是？」楊過道：「你甚麼話都聽，就是這一句不聽。好姑姑，我跟你死活都在一起。」小龍女聽他說得誠摯，心中又動眞情，眼見李莫愁又是揮掌拍來，自知此刻功力大損，這一掌萬萬接她不得，當下低頭旁竄，抓起楊過，從石門中奔了出去。

李莫愁如影隨形，伸手向她背心抓去，叫道：「別走！」小龍女回手一揚，十餘枚玉蜂針擲了過去。李莫愁驀地聞到一股蜜糖的甜香，知道暗器厲害，大駭之下，急忙挺腰向後摔出，撞正洪凌波身上，兩人一齊跌倒。

但聽得叮叮叮叮極輕微的幾響，幾枚玉蜂針都打在石壁之上，接着又是軋軋兩聲，卻是小龍女帶着楊過逃出石室，開動機關，又將室門堵住了。

楊過依言推開棺蓋，抱起小龍女輕輕放入石棺，隨即躍入棺中，和她並頭臥倒。兩人擠在一起，已無轉側餘地。小龍女又是歡喜，又是奇怪。

第七回　重陽遺篇

楊過隨着小龍女穿越甬道，奔出古墓，大喜無已，在星光下吸了幾口氣，道：「姑姑，我去放下斷龍石，將兩個壞女子悶死在墓裏。」說着便要去找尋機關。小龍女搖搖頭，道：「且慢，等我先回進去。」楊過一驚，忙問：「爲甚麼？」小龍女道：「師父囑咐我好好看守此墓，決不能讓旁人佔了去。」

楊過道：「咱們封住墓門，她們就活不成。」小龍女道：「可是我也回不進去啦。師父的話我永遠不敢違抗。可不像你！」說着瞪了他一眼。楊過胸口熱血上湧，伸手挽住她手臂，道：「姑姑，我聽你的話就是。」小龍女克制心神，生怕激動，一句話也不敢多說，摔脫了他手，走進墓門，道：「你放石罷！」說着背脊向外，只怕自己終於變卦，更不回頭瞧他一眼。

楊過心意已決，深深吸了口氣，胸臆間盡是花香與草木的清新之氣，抬頭上望，但見滿天繁星，閃爍不已，暗道：「這是我最後一次瞧見天星了。」奔到墓碑左側，依着小龍女先

· 251 ·

前指點，運勁搬開巨石，果然下面有一塊圓圓的石子，當下抓住圓石，用力一拉。圓石離開原位後露出一孔，一股細沙迅速異常的從孔中向外流出，墓門上邊兩塊巨石便慢慢落下。這兩塊斷龍石重逾萬斤，當年王重陽構築此墓之時，合百餘人之力方始安裝完成，此時將墓門堵死，李莫愁、小龍女、洪凌波三人武功再高，也決不能生出此墓了。

小龍女聽到巨石下落之聲，忍不住淚流滿面，回過頭來。楊過待巨石落到離地約有二尺之時，突然一招「玉女投梭」，身子如箭一般從這二尺空隙中竄了進去。小龍女一聲驚叫，楊過已站直身子，笑道：「姑姑，你再也趕我不出去啦。」一言甫畢，騰騰兩聲猛響，兩塊巨石已然着地。

小龍女驚喜交集，激動過度，險些又要暈去，倚靠在石壁之上，只是喘氣，過了良久，才道：「好罷，咱兩個便死在一起。」牽着楊過的手，走向內室。

李莫愁師徒正在四周找尋機關，東敲西打，茫無頭緒，實是焦急萬狀，突見二人重又現身，不由得喜出望外。李莫愁身形一幌，搶到小龍女與楊過身後，先攔住了二人退路。小龍女冷冷的道：「師姊，我帶你去一個地方。」李莫愁遲疑不答，心道：「這墓中到處都是機關，莫要着了她的道兒。」小龍女道：「我帶你去拜見師父靈柩，你不願去也就罷了。」李莫愁見她言語舉止之中自有一股威儀，似乎令人違抗不得，當下師徒兩人跟隨在後，只是步步提防，不敢有絲毫怠忽。小龍女攜着楊過之手前行，微冷笑，也不答話，逕向門口走去。李莫愁「你可不能憑師父之名來騙我。」小龍女微見師父靈柩，你不願去也就罷了。」李莫愁道：「我若是要使什手腳，我可是防不勝防。」小龍女道：

也不怕師姊在後暗算，帶着她們進了放石棺的靈室。

李莫愁從未來過此處，念及先師教養之恩，心中微覺傷感，但隨即想起師父偏心，哀戚之念立時轉為憤怒，竟不向師父靈柩磕拜，怒道：「我們師徒之間早已情斷義絕，你帶我來作甚？」小龍女淡淡的道：「這裏還空着兩具石棺，一具是你用的，一具是我用的。我就這麼跟你說一聲，你愛那一具可以任揀。」說着伸手向兩具石棺一指。

李莫愁大怒，喝道：「你膽敢恁地消遣我？」語歇招出，發掌擊向小龍女胸前。那知小龍女眼見掌到，竟不還手。李莫愁一怔，心道：「這一掌可莫劈死了她。」掌緣離她胸口數寸，硬生生的收了轉來。小龍女心平氣和的道：「師姊，墓門的斷龍石已經放下啦！」

李莫愁臉色立時慘白，墓中諸般機關她雖不盡曉，卻知「斷龍石」是閉塞墓門的最厲害殺着，當年師父曾遇大敵，險些不能抵禦，幾乎要放「斷龍石」將敵人擋在外面，後來終於連使冰魄銀針和玉鋒針傷了強敵。不料師妹竟將自己閉在墓內，驚惶之下，顫聲道：「你另有出去的法子，是不是？」

小龍女淡然道：「你騙人！」小龍女仍是不動聲色，說道：「斷龍石一閉，墓門再不能開，你難道不知？」李莫愁伸臂揪住她胸口衣襟，厲聲道：「你騙人！」小龍女仍是不動聲色，說道：「師父留下的玉女心經就在那邊，你要看，只管去看好啦。我和過兒在這兒，你要殺，儘管下手。但你想生離古墓，我瞧是不成的啦！」

李莫愁抓住小龍女胸口的手慢慢鬆開，凝神瞪視，但見她一副漫不在乎的神氣，知她並非說謊，隨即念頭一轉，道：「也好，我先殺了你師徒倆！」揮掌擊向她面門。楊過閃身而

上，擋住小龍女身前，叫道：「你先殺我罷！」李莫愁手掌下沉，轉到了小龍女胸口，留勁不發，惡狠狠的瞧着楊過，說道：「你這般護着她，就是為她死了也是心甘，是不是？」楊過朗聲道：「正是！」李莫愁左手斜出，將楊過腰中長劍搶在手裏，指住他的咽喉，厲聲道：「我只要殺一個人。你再說一遍，你死還是她死？」楊過不答，只是朝着小龍女一笑。此時二人早已把生死置之度外，不論李莫愁施何殺手，也都不放在心上。

李莫愁長嘆一聲，說道：「師妹，你的誓言破了，你可下山去啦。」

古墓派祖師林朝英當年苦戀王重陽，終於好事難諧。她傷心之餘，立下門規，凡是得她衣缽真傳之人，必須發誓一世居於古墓，終身不下終南山，但若有一個男子心甘情願的為她而死，這誓言就算破了。不過此事決不能事先讓那男子得知。只因林朝英認定天下男子無不寡恩薄情，王重陽英雄俠義，尚自如此，何況旁人？決無一個能心甘情願為心愛的女子而死，若是真有此人，那麼她後代弟子跟他下山也自不枉了。李莫愁比小龍女早入師門，原該承受衣缽，但她不肯立那終身不下山之誓，是以後來反由小龍女得了真傳。

此時李莫愁見楊過這般誠心對待小龍女，不由得又是羨慕，又是惱恨，想起陸展元對自己的負心薄倖，雙眉揚起，叫道：「師妹，你當真有福氣。」長劍疾向楊過喉頭刺去。小龍女見她真下毒手，事到臨頭，卻也不由得不救，左手揮動，十餘枚玉鋒針擲了過去。小龍女已拉了楊過奔向門口，回頭說道：「師姊，我誓言破也好，不破也好，咱們四個命中是要在這墓中同歸於盡。我不願再見你面，咱們各死各的罷。」伸手在壁角一按，石門落下，又將四人隔開。

小龍女心情激動，一時難以舉步。楊過扶着她到孫婆婆房中休息，倒了兩杯玉蜂漿，服侍她喝了一杯，自己也喝了一杯。小龍女幽幽的嘆了口氣，道：「過兒，你爲甚麼甘願爲我死？」楊過道：「天下就只你待我好，我怎麼不肯爲你死？」小龍女不語，隔了半晌，才道：「早知這樣，咱們也不用回進墓來陪她們一起死啦。不過，若不回來，不知你甘願爲我，我這誓言也不能算破。」楊過道：「咱們想法子出去，好不好？」小龍女道：「你不知這古墓的構築多妙，咱們是不能再出去啦。」楊過嘆了口氣。

小龍女道：「你後悔了，是不是？」楊過道：「不，在這裏我是跟你在一起，外邊世上又沒疼我的人。」小龍女以前不許他說「你疼我甚麼」，楊過自後就一直不提，這時她心情已變，聽了不禁大有溫暖之感，問道：「那你幹麼又嘆氣了？」楊過道：「我想若是咱倆一塊兒下山，天下好玩的事眞多，有你和我在一起，當眞是快活不過。」

小龍女自嬰兒之時卽在古墓之中長大，向來心如止水，師父與孫婆婆從來不跟她說外界之事，她自然無從想像，此時給楊過一提，不由心事如潮，但覺胸口熱血一陣陣的上湧，待欲運氣克制，總是不能平靜，不禁暗暗驚異，自覺生平從未經歷此境，想必是重傷之後，功力難復。她卻不知以靜功壓抑七情六欲，原是逆天行事，只是嚴加克制，功欲就此消除，並非情欲就此消除，只是嚴加克制，功力難復。她此時已年過二十，突遭危難，卻有一個少年男子甘心爲她而死，自不免激動眞情，有如堤防潰決，諸般念頭紛至沓來。

她坐在床上運了一會功，但覺浮躁無已，當下在室中走來走去，卻越走越是鬱悶，當下

· 255 ·

脚步加快，奔跑起來。楊過見她雙頰潮紅，神情激動，自與她相識以來從未見她如此，不禁大是駭異。小龍女奔了一陣，重又坐到床上，向楊過望去，但見他臉上滿是關切之情，心中忽然一動：「反正我就要死了，他也要死了。咱們還分甚麼師徒姑姪？若是他來抱我，我決不會推開，便讓他緊緊的抱着我。」

楊過見她眼波流動，胸口不住起伏喘氣，只道她傷勢又發，急道：「姑姑，你怎麼啦？」

小龍女柔聲道：「過兒，你過來。」楊過依言走到床邊，小龍女握住他手，輕輕在自己臉上撫摸，低聲道：「過兒，你喜不喜歡我？」楊過只感她臉上燙熱如火，心中大急，顫聲道：「你胸口好痛麼？」小龍女微笑道：「不，我心裏舒服得很。過兒，我快死啦，你跟我說，你是不是真的很喜歡我？」楊過道：「當然啦，這世上就只你是我的親人。」小龍女道：「要是另外有個女子，也像我這樣待你，你會不會也待她好？」他此言一出，突覺小龍女握着他的手顫了幾顫，登時變得冰冷，抬起頭來，見她本來暈紅嬌艷的俏臉忽又回復了一向的蒼白。

楊過驚道：「我說錯了麼？」小龍女道：「你若要再去喜歡世上別的女子，那還是別喜歡我的好。」楊過笑道：「咱們沒幾天就要死啦，我還去喜歡甚麼別的女子？難道我會去待李莫愁和她那個徒兒很好嗎？」

小龍女嫣然一笑，道：「我當真胡塗啦。不過我還是愛聽你親口發一個誓。」楊過道：「發甚麼誓？」小龍女道：「我要你說，你今後心中就只有我一個兒，若是有了別個女子，就得給我殺死。」

楊過笑道：「莫說我永遠不會，要是我當真說不好，不聽你話，你殺我也是該的。」於是依言發誓道：「弟子楊過，這一生一世，心中就只有姑姑一個，倘若日後變了心，不用姑姑來殺，只要一見姑姑的臉，弟子就親手自殺。」小龍女很是開心，嘆道：「你說得很好，這麼我就放心啦。」緊緊握着他手不放。楊過但覺一陣陣溫熱從她手上傳來。

小龍女道：「過兒，我真是不好。」楊過忙道：「不，你一直都好。」小龍女搖頭道：「我以前對你很兇，起初要趕你出去，幸虧孫婆婆留住了你。要是我不趕走你，孫婆婆也不會死啊！」說到這裏，眼淚不禁奪眶而出。她自五歲開始練功，就不再流淚，這時重又哭泣，心神大震，全身骨節格格作響，似覺功勁內力正在離身而去。楊過大駭，只叫：「你……姑姑，你怎麼了？覺得怎樣？」

就在這當口，忽然軋軋聲響，石門推開，李莫愁與洪凌波走了進來。原來李莫愁心想斷龍石已下，左右是個死，也不再顧忌墓中到處伏有厲害機關，鼓勇前闖，竟被她連過幾間石室，到了孫婆婆房裏。她暗自慶幸，只道此番運氣奇佳，竟沒觸發機關受困，卻沒想到墓中機關原為抵擋大隊金兵而設，皆是巨石所構，粗大笨重，須有人操縱方能抗敵，小龍女既不施暗算，諸般機關自也全無動靜。

楊過立即搶過，擋在小龍女身前。李莫愁道：「你讓開，我有話跟師妹說。」楊過防她使詐傷害師父，不肯讓開，道：「你說便是。」李莫愁瞪眼向他望了一陣，嘆道：「似你這般男子，當真是天下少有。」小龍女忽地站起，問道：「師姊，你說他怎麼啦，好還是不好？」李莫愁道：「師妹，你從未下過山，不知世上人心險惡，似他這等情深義重之人，普天下再

難找出第二個來。」她在情場中傷透了心，悲憤之餘，不免過甚其辭，把普天下所有眞情的男子都抹殺了。

小龍女極是喜慰，低聲道：「那麼，有他陪着我一起死，也自不枉了這一生。」李莫愁道：「師妹，他到底是你甚麼人？你已嫁了他麼？」小龍女道：「不，他是我徒兒。他說我待他很好。但到底好不好，我也不知道。」

李莫愁大是奇怪，搖頭道：「師妹，我瞧瞧你的手臂。」伸出左手輕輕握住小龍女的手，右手捋起她衣袖，但見雪白的肌膚上殷紅一點，正是師父所點的守宮砂。李莫愁暗暗欽佩：「這二人在古墓中耳鬢廝磨，居然能守之以禮，她仍是個冰清玉潔的處女。」當下捲起自己衣袖，一點守宮砂也是嬌艷欲滴，兩條白臂傍在一起，然是動人，不過自己是無可奈何才守身完貞，師妹卻是有人心甘情願的爲她而死，幸與不幸，大相逕庭，想到此處，不禁長長嘆了口氣，放開了小龍女的手。

小龍女道：「你有甚麼話要跟我說？」李莫愁本意要羞辱她一番，說她勾引男子，敗壞師門，想激得她於慚怒交迸之際無意中透露出墓的機關，但此時已無言可說，沉吟片刻，又有了主意，說道：「師妹，我是來向你陪不是啦。」小龍女大出意外，她素知這位師姊心高氣傲，決不肯向人低頭，這句話不知是何用意，當下淡淡的道：「你做你的事，我做我的，各行其是，那也不用陪甚麼不是。」李莫愁道：「師妹，你聽我說，我們做女子的，一生最有福氣之事，乃是有一個眞心的郎君。古人有言道：易求無價寶，難得有情郎。做姊姊的命苦，那是不用說了。這少年待你這麼好，你實是甚麼都不欠缺的了。」小龍女微微一笑，道：

「我確是很開心啊。他永遠不會對我負心的，我知道。」

李莫愁心中一酸，接着道：「那你該當下山去好好快活一番才是啊。花花世界，你二人雙宿雙飛，賞心樂事，當真無窮無盡。」小龍女抬走頭來，出了一會神，輕輕道：「是啊，可惜現下已經遲了。」李莫愁道：「為甚麼？」小龍女道：「斷龍石已經放下，縱然師父復生，咱們也不能再出去了。」李莫愁低聲下氣，費了一番唇舌，原盼引起她求生之念，憑着她對古墓地形的熟習，找尋一條生路，那知到頭來仍然無望，急怒之下，不由得殺意驟生，手腕微翻，舉掌往她頭頂擊落。

楊過在旁怔怔的聽着她二人對答，驀見李莫愁忽施殺手，慌亂中自然而然的蹲下身子，閣的一聲大叫，雙掌推出，使出了歐陽鋒所授的蛤蟆功。這是他幼時所學功夫，自進古墓後從來沒有練過，但深印腦海之中，於最危急時不思自出。李莫愁這一掌將落未落，突覺一股凌厲之極的掌風從旁壓到，急忙迴掌向下擋架。楊過在古墓中修習兩年，內力已強，雖跟蛤蟆功全不相干，這一推之力卻也已大非昔比，抨的一聲，竟將李莫愁推得向後飛出，在石壁上重重一撞，只感背脊劇痛。

李莫愁大怒，雙掌互擦，斗室中登時腥臭瀰漫，中人欲嘔。小龍女知道楊過適才這一擊擋不住，當卽拉着楊過手臂，閃身穿出室門。只是僥倖得手，師姊真正厲害的「赤練神掌」功夫施展出來，合自己與楊過二人之力也是抵擋不住，當卽拉着楊過手臂，閃身穿出室門。

李莫愁揮掌拍出，那知手掌尚在半空，左頰上忽地吃了一記耳光，雖然不痛，聲音卻甚清脆，但聽小龍女叫道：「你想學玉女心經的功夫，這就是了！」李莫愁只一怔間，右頰上

又中了一掌。她素知師父「玉女心經」的武功屬害之極，此時但見小龍女出手快捷無比，而手掌之來又是變幻無方，明明是本門武功路子，偏生自己全然不解其中奧妙，自是玉女心經功夫無疑，心中立時怯了，眼睜睜望着師妹攜同楊過走入另室，關上了室門。她兀自撫着臉頰，暗道：「總算她手下留情，若是這兩掌中使了勁力，我這條命還在麼？」卻不知小龍女這門功夫尚未練成，掌法雖然精妙，掌力卻不能傷人。

楊過見師父乾淨利落的打了李莫愁兩下耳光，大是高興，道：「姑姑，這心經的功夫，李莫愁便敵不過……」一言未畢，忽見小龍女顫抖不止，似乎難以自制，驚叫：「姑姑，你怎麼……你……」小龍女顫聲道：「我……我好冷……」適才她擊出這兩掌，雖然發勁極輕，使的卻是內家真力，重傷後元功未復，這一牽動實是受損不小。她一生在寒玉床上練功，原是至寒的底子，此時制力一去，猶如身墮萬仞玄冰之中，奇冷徹骨，牙齒不住打戰。楊過急得只叫：「怎麼辦？」情急之下，將她緊緊摟在懷中，欲以自身的熱氣助她抗寒，只抱了一會，但覺小龍女身子越來越冷，漸漸自己也抵擋不住。

小龍女自覺內力在一點一滴的不斷消失，說道：「過兒，我是不成的啦，你……你抱我到……到那放石棺的地方去。」楊過一陣傷心欲絕，說不出話來，但隨即想起，反正大家已沒幾天好活，這時陪她一起死了也是一樣，於是快快活活的道：「好。」抱着她走到放石棺的室中，將她放在一具石棺的蓋上，點燃了蠟燭。燭光映照之下，石棺厚重，更顯得小龍女柔纖脆弱。

小龍女道：「你推開這……這具石棺的蓋兒，把我放進去。」楊過道：「好！」小龍女察覺他語音中並無傷感之意，微覺奇怪。楊過推開棺蓋，抱起她輕輕放入，隨即躍進棺中，和她並頭臥倒。兩人擠在一起，已無轉側餘地。

小龍女又是歡喜，又是奇怪，問道：「你幹甚麼？」楊過道：「我自然跟你在一起。讓那兩個壞女人睡那口石棺。」小龍女長長嘆了口氣，心中十分平安，身上寒意便已不如先前厲害，轉眼向楊過瞧去，只見他目光也正凝視着自己。她偎依在楊過身上，心頭一陣火熱，只盼他伸臂來摟抱自己，但楊過兩條手臂伸直了，規規矩矩的放在他自己大腿之上，似乎惟恐碰到了她身子。

小龍女微感害羞，臉上一紅，轉過了頭不敢再去瞧他，心頭迷亂了半晌，忽然見到棺蓋內側似乎寫得有字，凝目瞧去，果見是十六個大字：

「玉女心經，技壓全眞。重陽一生，不弱於人。」

這十六個字以濃墨所書，筆力蒼勁，字體甚大。其時棺蓋只推開了一半，但斜眼看去，仍是清清楚楚。小龍女「咦」的一聲，道：「那是甚麼意思？」楊過順着她目光瞧去，見到那十六個大字，微一沉吟，說道：「是王重陽寫的？」小龍女道：「好像是他寫的。他似說咱們的玉女心經雖然勝得過全眞派武功，然而他自己卻並不弱於咱們祖師婆婆，是不是？」

楊過笑道：「這牛鼻子老道吹牛。」小龍女再看那十六個字時，只見其後還寫得有許多小字，只是字體既小，又是在棺蓋的彼端，她睡在這一頭卻已難以辨認，說道：「過兒，你出去。」楊過搖頭道：「我不出去。」小龍女微笑道：「你先出去一會兒，待會再進來陪我。」楊過

· 261 ·

這才爬出石棺。

小龍女坐起身來，要楊過遞過燭台，轉身到彼端臥倒，觀看小字。此時看來，這些小字都已顛倒，她逐一慢慢讀去，連讀了兩遍，忽感手上無力，燭台一幌，跌在胸前。楊過忙伸手搶起，扶她出了石棺，問道：「怎麼？那些字寫的是甚麼？」

小龍女臉色異樣，定神片刻，才嘆了口氣道：「原來祖師婆婆死後，王重陽又來過古墓。」楊過道：「他來幹麼？」小龍女道：「他來弔祭祖師婆婆。他見到石室頂上祖師婆婆留下的玉女心經，竟把全真派所有的武功盡數破去。他便在這石棺的蓋底留字說道，咱們祖師婆婆所破去的，不過是全真派的粗淺武功而已，但較之最上乘的全真功夫，玉女心經又何足道哉？」

楊過「呸」了一聲道：「反正祖師婆婆已經過世，他愛怎麼說都行。」小龍女道：「他在留言中又道：他在另一間石室中留下破解玉女心經之法，後人有緣，一觀便知。」楊過好奇心起，道：「姑姑，咱們瞧瞧去。」小龍女道：「王重陽的遺言中說道，那間石室是在此室之下。我在這裏一輩子，卻不知尚有這間石室。」楊過央求道：「姑姑，咱們想法子下去瞧瞧。」

此時小龍女對他已不若往時嚴厲，雖然身子疲倦，仍覺還是順着他的好，微微一笑，說道：「好罷！」在室中巡視沉思，最後向適才睡臥過的石棺內注視片刻，道：「原來這具石棺也是王重陽留下的。棺底可以掀開。」

楊過大喜，道：「啊，我知道啦，那是通向石室的門兒。」當即躍入棺中，四下摸索，果然摸到個可容一手的凹處，於是緊緊握住了向上一提，卻是紋絲不動。小龍女道：「先朝

左轉動，再向上提。」楊過依言轉而後提，只聽喀喇喇一響，棺底石板應手而起，大喜叫道：

「行啦！」小龍女道：「且莫忙，待洞中穢氣出盡後再進去。」

楊過坐立不安，過了一會，道：「姑姑，行了嗎？」小龍女嘆道：「似你這般急性兒，也真難為你陪了我這幾年。」緩緩站起，拿了燭台，與他從石棺底走入，下面是一排石級，石級盡處是條短短甬道，再轉了個彎，果然走進了一間石室。

室中也無特異之處，兩人不約而同的抬頭仰望，但見室頂密密麻麻的寫滿了字迹符號，最右處寫着四個大字：「九陰真經」。

兩人都不知九陰真經中所載實乃武學最高的境界，看了一會，但覺奧妙難解。小龍女道：

「就算這功夫當真厲害無比，於咱們也是全無用處了。」

楊過嘆了口氣，正欲低頭不看，一瞥之間，突見室頂西南角繪着一幅圖，似與武功無關，凝神細看，倒像是幅地圖，問道：「那是甚麼？」小龍女順着他手指瞧去，只看了片刻，全身登時便如僵住了，再也不動。

過了良久，她兀自猶如石像一般，凝望着那幅圖出神。楊過害怕起來，拉拉她衣袖，問道：「姑姑，怎麼啦？」小龍女「嗯」的一聲，忽然伏在他胸口抽抽噎噎的哭了起來。楊過柔聲道：「你身上又痛了，是不是？」小龍女道：「不，不是。」隔了半晌，才道：「咱們可以出去啦。」楊過大喜，一躍而起，大叫：「當真？」小龍女點了點頭，輕聲道：「那幅圖畫，繪的是出墓的秘道。」她熟知墓中地形，是以一見便明白此圖含義。

楊過歡喜無已，道：「妙極了！那你幹麼哭啊？」小龍女含着眼淚，嫣然笑道：「我以

前從來不怕死，反正一生一世都是在這墓中，早些死、晚些死又有甚麼分別？可是，可是這幾天啊，我老是想到，我要到外面去瞧瞧。過兒，我又是害怕，又是歡喜。」

楊過拉着她手，說道：「姑姑，你和我一起出去，我採花兒給你戴，捉蟋蟀給你玩，好不好？」他雖然長大了，但所想到的有趣之事，還是兒時的那些玩意。小龍女從來沒與人玩過，聽他興高采烈的說着，也就靜靜的傾聽，心中雖想：「還是儘快出去的好」，但身子酸軟無力，又實是不想離開古墓，過了好一會，終於支持不住，慢慢靠向楊過肩頭。楊過說了一會，不聽她回答，轉過頭來，只見她雙眼微閉，呼吸細微，竟自沉沉睡去了。他心中一暢，倦困暗生，迷糊之間竟也入了睡鄉。

過了不知多少時候，突然腰間一酸，腰後「中樞穴」上被人點了一指。他一驚而醒，待要躍起抵禦，後頸已被人施擒拿手牢牢抓住，登時動彈不得，側過頭來，但見李莫愁師徒笑吟吟的站在身旁，師父也已被點中了穴道。原來楊、龍兩人殊無江湖上應敵防身的經歷，喜悅之餘，竟沒想到要回上去安上棺底石板，卻被李莫愁發現了這地下石室，偷襲成功。

李莫愁冷笑道：「好啊，這裏竟還有一個如此舒服的所在，兩個娃兒躲了起來享福。師妹，你倒用心推詳推詳，說不定會有一條出墓的道路。」小龍女道：「我就算知道，也不會跟你說。」李莫愁本來深信她先前所說並無虛假，斷龍石既已放下，更無出墓之望，但她剛才說這兩句話的語氣神情，顯然是知道出墓的法子。李莫愁一聽之下，不由得喜從天降，說道：「好師妹，你帶我們出去，從此我不再跟你為難便了。」小龍女道：「你們自己進來，便自己想法子出去，為甚麼要我帶領你們？」

李莫愁素知這個師妹倔強執拗，即令師父在日，也常容讓她三分，用強逼迫九成無效，但當此生死關頭，不管怎麼也都要逼一逼了，於是伸指在兩人頸下「天突穴」上重重一點，又在兩人股腹之間的「五樞穴」上點了一指。那「天突穴」是人身陰維、任脈之會，「五樞穴」是足少陽帶脈之會，李莫愁使的是古墓派秘傳點穴手法，料知兩人不久便周身麻癢難當，非吐露秘密不可。

小龍女閉上了眼，渾不理會。楊過道：「若是我姑姑知道出路，咱們幹麼不逃出去，卻還留在這兒？」李莫愁笑道：「她剛才話中已露了口風，再也賴不了啦。她自然知道這古墓另有秘密出口，等你們養足了精神，當然便出去了。師妹，你到底說是不說？」小龍女輕輕的道：「你到了外面，也不過是想法子去殺人害人，出去又有甚麼好？」

李莫愁抱膝坐在一旁，笑吟吟的不語。過了一會，楊過已先抵受不住，叫道：「喂，李莫愁，祖師婆婆傳下這手點穴法來，是叫你對付敵人呢還是欺侮自己人？你用來害自己師妹，可對得住祖師婆婆麼？」李莫愁微笑道：「你叫我李莫愁，咱們早就不是自己人了。」

楊過在小龍女耳邊低聲道：「你千萬別說出墓的秘密，李莫愁若不知道，始終不會殺死我們，等得她一知出路，立刻就下毒手了。」小龍女道：「啊，你說得對，我倒沒想到。我本來就只是偏偏不肯跟她說。」此時她臥倒在池，睜眼便見到室頂的地圖，心想：「這地圖若給師姊發現，那可糟了。我眼光決不能瞧向地圖。」

當年王重陽得知林朝英在活死人墓中逝世，想起她一生對自己情痴，這番恩情實是非同小可，此時人鬼殊途，心中傷痛實難自已，於是悄悄從密道進墓，避開她的丫鬟弟子，對這

位江湖舊侶的遺容熟視良久，仰住聲息痛哭了一場，這才巡視自己昔時所建的這座石墓，見到了林朝英所繪自己背立的畫像，又見到兩間石室頂上她的遺刻。但見玉女心經中所述武功精微奧妙，每一招都是全真武功的剋星，不由得臉如死灰，當即退了出來。

他獨入深山，結了一間茅蘆，一連三年足不出山，精研這玉女心經的破法，雖然小處也有成就，但始終組不成一套包蘊內外、融會貫串的武學。心灰之下，對林朝英的聰明才智更是佩服，甘拜下風，不再鑽研。十餘年後華山論劍，奪得武學奇書九陰真經。他決意不練經中功夫，但為好奇心所驅使，禁不住翻閱一遍。

他武功當時已是天下第一，九陰真經中所載的諸般秘奧精義，一經過目，思索上十餘日，即已全盤豁然領悟，當下仰天長笑，回到活死人墓，在全墓最隱秘的地下石室頂上刻下九陰真經的要旨，並一一指出破除玉女心經之法。他看了古墓的情景，料想那幾具空棺將來是林朝英的弟子所用。她們多半是臨終時自行入棺等死，其時自當能得知全真派祖師一生不輸於人。於是在那具本來留作己用的空棺蓋底寫下了十六字，好教林朝英後人於臨終之際，得知全真教創教祖師的武學，實非玉女心經所能剋制。

這只是他一念好勝，卻非有意要將九陰真經洩漏於世，料想待得林朝英的弟子見到九陰真經之時，也已奄奄一息，只能將這秘密帶入地下了。

第三者引起情海波瀾，亦無親友師弟間的仇怨糾葛。王重陽先前尚因專心起義抗金大事，無暇顧及兒女私情，但義師毀敗、枯居古墓，林朝英前來相慰，柔情高義，感人實深，其時已

王重陽與林朝英均是武學奇才，原是一對天造地設的佳偶。二人之間，既無或男或女的

無好事不諧之理，卻仍是落得情天長恨，一個出家做了黃冠，一個在石墓中鬱鬱以終。此中原由，丘處機等弟子固然不知，甚而王林兩人自己亦是難以解說，惟有歸之於「無緣」二字而已。卻不知無緣係「果」而非「因」，二人武功既高，自負益甚，每當情苗漸茁，談論武學時的爭競便隨伴而生，始終互不相下，兩人一直至死，爭競之心始終不消。林朝英創出了剋制全真武功的玉女心經，而王重陽不甘服輸，又將九陰真經刻在墓中。只是他自思玉女心經為林朝英自創，自己卻依傍前人的遺書，相較之下，實遜一籌，此後深自謙抑，常常告誡弟子以容讓自克、虛懷養晦之道。

至於室頂秘密地圖，卻是當石墓建造之初即已刻上，原是為防石墓為金兵長期圍困，得以從秘道脫身。這條秘道卻連林朝英也不知悉。林朝英只道一放下「斷龍石」，即與敵人同歸於盡，卻沒想到王重陽建造石墓之時，正謀大舉以圖規復中原，滿腔雄心壯志，豈肯一敗之下便自處於絕地？後來王重陽讓出石墓之時，深恐林朝英譏其預留逃命退步，失了慷慨男兒的氣概，是以並不告知，卻也是出於一念好勝。

小龍女不敢去看地圖，眼光只望着另一個角落，突然之間，「解穴秘訣」四個小字有如電光般閃入眼中。她心中一凜，將秘訣仔細看了幾遍，一時大喜過望，若不是素有自制，幾乎便叫了出來。秘訣中講明自通穴道之法，若是修習內功時走火，穴道閉塞，即可以此法自行打通。本來若有人練到九陰真經，武功必已到了一流境界，絕少再會給人點中穴道，這秘訣原本用以對付自身內心所起的魔頭。但在小龍女此時處境，卻是救命的妙訣。

她轉念又想：「我縱然通了穴道，但打不過師姊，仍是無用。」當即細看室頂經文，要找一門即知即用的武功，一出手就將李莫愁制住，但約畧瞥去，每一項皆是艱深繁複，料想就算是最易的功夫，也須數十日方能練成，卻又不敢多看，生恐李莫愁順着自己目光抬頭仰望，即便發見室頂的地圖與九陰眞經。耳聽得楊過大呼小叫，不住與李莫愁鬥口，幸得如此，這個向來細心的師姊才沒留心自己的眼光，突然間心念一動，想到了計策，抬頭將九陰眞經中「解穴秘訣」與「閉氣秘訣」兩項默念一遍，俯嘴在楊過耳邊，輕輕教給了他。

楊過登時便即領會。小龍女輕聲道：「先解穴道。」楊過生怕李莫愁師徒發覺，口中大聲呻吟，不斷胡言亂語，叫道：「啊喲，李師伯，你下手實在太也狠毒，對不住祖師婆婆，更對不住祖師婆婆的婆婆，婆婆的太婆……」

兩人依着王重陽遺篇中所示的「解穴秘訣」默運玄功，兩人內功本有根柢，片刻間已將身上被點的兩處穴道解開。兩人外表一無動靜，但李莫愁還是立即察覺有異，喝道：「幹甚麼？」縱身過來。

小龍女躍起身來，反手出掌，在她肩頭輕輕一拍，正是玉女心經中的上乘武功。李莫愁萬料不到她竟能自解穴道，大驚之下，急忙後躍。小龍女道：「師姊，你想不想出去？」李莫愁一聽大喜，她自負武功高強，才智更是罕逢匹敵，此時竟被一個從未見過世面的小師妹玩弄於掌股之上，不由得憤恚異常，但想且當忍一時之氣，先求出墓，再治她不遲，她雖有幾下怪招，但着身無力，這時已覺到似乎並非她手下容情，而實是內勁不足，沒甚麼了不起，當即笑道：「這才是好師妹呢，我跟你陪不是啦，你帶我出去罷。」

楊過心想，眼前機會大好，正可乘機離間她師徒，說道：「我姑姑說，只能帶你們之中一個人出去，你說是帶你呢，還是帶你徒兒？」李莫愁道：「你這壞小廝，乘早給我閉嘴。」

小龍女還沒明白楊過的用意，但處處護着他，隨即道：「正是，我只能帶一個人，多了不行。」

楊過笑道：「師伯，還是讓洪師姊跟我們出去的好，你年紀大了，活得夠啦。洪師姊相貌又比你美得多。」其實李莫愁年紀雖然較大，美貌卻猶勝徒兒，聽了這話，更是惱怒，卻仍不作聲。楊過道：「好罷！我們走！姑姑在前帶路，我走第二，走在最後的就不能出去。」

小龍女此時已然會意，輕輕一笑，携着楊過的手，走出石室。李莫愁與洪凌波不約而同的搶在後面，兩人同時擠在門口，只怕小龍女當真放下機關，將最後一人隔在墓中，若不停步，立時會斃於她掌下，只得讓師父走在前頭，心中又恨又怕。李莫愁緊緊跟在楊過背後，一步也不敢遠離，只覺小龍女東轉西彎，越走越低。同時脚下漸漸潮濕，心知早已出了古墓，只是在暗中隱約望去，到處都是岔道。再走一會，道路奇陡，竟是筆直向下，若非四人武功均高，早已摔了下去。李莫愁暗想：「終南山本不甚高，這般走法，不久就到山下，難道我們是在山腹中麼？」

下降了約莫半個時辰，道路漸平，只是濕氣卻也漸重，到後來更聽到了淙淙水聲，路上水沒至踝。越走水越高，自腿而腹，漸與胸齊。小龍女低聲問楊過道：「那閉氣秘訣你記得明白罷？」楊過低聲道：「記得。」小龍女道：「待會你閉住氣，莫喝下水去。」楊過道：

「嗯，姑姑，你自己要小心了。」小龍女點點頭。

說話之間，水已浸及咽喉。李莫愁暗暗吃驚，叫道：「師妹，你會汜水嗎？」小龍女道：

「我一生長於墓中，怎會汜水？」李莫愁略覺放心，踏出一步，不料腳底忽空，一股水流直衝口邊。她大驚之下，急忙後退，但小龍女與楊過卻已鑽入了水中，到此地步，前面縱是刀山劍海，也只得闖了過去，突覺後心一緊，衣衫已被洪凌波拉住，忙反手迴擊，這一下出手不輕，卻甩她不脫。此時水聲轟轟，雖是地下潛流，聲勢卻也驚人。李莫愁與洪凌波都不通水性，被潛流一衝，立足不定，都漂浮了起來。

李莫愁雖然武功精湛，此刻也是驚慌無已，伸手亂抓亂爬，突然間觸到一物，當即用力握住，卻是楊過的左臂。楊過正閉住呼吸，與小龍女攜着手在水底一步步向前而行。斗然被李莫愁抓到，忙運擒拿法卸脫，但李莫愁既已抓住，那裏還肯放手？一股股水往她口中鼻中急灌，直至昏暈，仍是牢牢抓住。楊過幾次甩解不脫，生怕用力過度，喝水入肚，也就由得她抓着。

四人在水底拖拖拉拉，行了約莫一頓飯時分，小龍女與楊過氣悶異常，漸漸支持不住，兩人都喝了一肚子水，幸差水勢漸緩，地勢漸高，不久就露口出水。又行了一柱香時刻，越走眼前越亮，終於在一個山洞裏鑽了出來。二人筋疲力盡，先運氣吐出腹中之水，躺在地下喘息不已。

此時李莫愁師徒二人肩上的穴道，才將她們放在一塊圓石之上，讓腹中之水慢慢從口中流出。小龍女先點了李莫愁師徒二人仍牢牢抓着楊過手臂，直至楊過逐一扳開她的手指，方始放手。

過了良久，李莫愁「啊、啊」幾聲，先自醒來，但見陽光耀眼，當真是重見天日，回想

適才坐困石墓、潛流遭厄的險狀，兀自不寒而慄，雖然上身麻軟，心中卻遠較先前寬慰。又過良久，洪凌波才慢慢甦醒。

小龍女對李莫愁道：「師姊，你們請便罷！」李莫愁師徒雙手癱瘓，下半身卻行動自如，當下站起身來，默默無言的對望一眼，一前一後的去了。

楊過遊目四顧，但見濃蔭匝地，花光浮動，心中喜悅無限，只道：「姑姑，你說好看麼？」小龍女點頭微笑。兩人想起過去這數天的情景，真是恍同隔世。四下裏寂無人聲，原來這山洞是在終南山山脚一處極為荒僻的所在。當晚二人就在樹蔭下草地上睡了。

次晨醒來，依楊過說就要出去遊玩，但小龍女從未見過繁華世界，不知怎的，竟自大為害怕，說道：「不，我得先養好傷，然後咱們須得練好玉女心經。」楊過在自己頭頂重擊一掌，說道：「該死！打你這胡塗小子！我竟忘了你的傷。」又想下山之後，再要和師父解開衣衫一同練功，實是諸多不便，當下便助她運功療傷。不到半月，小龍女內傷已然痊愈。

兩人在一株大松樹下搭了兩間小茅屋以蔽風雨。茅屋上扯滿了紫藤。楊過喜歡花香濃郁，小龍女卻愛淡雅，說道松葉清香，遠勝異花奇卉，更在自己居屋前種了些玫瑰茉莉之類香花。小龍女愛淡雅，說道松葉清香，遠勝異花奇卉，她所住的茅屋前便一任自然，惟有野草。

數月過去，先是小龍女練成，再過月餘，楊過也功行圓滿了。兩人反覆試演，已是全無窒碍，楊過又提入世之議。

師徒倆日間睡眠，晚上用功。

小龍女但覺如此安穩過活，世上更無別事能及得上，但想他留戀紅塵，終是難以長羈他

在荒山之中，於是說道：「過兒，咱倆的武功雖已大非昔比，但跟你郭伯父、郭伯母相較，又是怎地？」楊過道：「那自然還遠遠及不上。」小龍女道：「你郭伯父將功夫傳了他女兒，又傳了武氏兄弟，他日相遇，咱們仍會受他們欺辱。」

一聽此言，楊過跳了起來，怒道：「他們若再欺侮我，豈能與他們干休？」小龍女冷冷的道：「你打他們不過，可也是枉然。」楊過道：「那你幫我。」小龍女道：「我打不贏你郭伯母，仍是無用。」楊過低頭不語，籌思對策。沉吟了一會，說道：「瞧在郭伯伯的份上，我不跟他們爭鬧就是。」小龍女心想：他在墓中住了兩年多，練了古墓派內功，居然火性大減，倒也難得。其實楊過只是年紀長了，多明事理，想起郭靖相待自己確是一片真情，心下感激，是以甘願爲他而退讓一步，何況與郭芙、武氏兄弟也無甚麼深仇大恨，只不過幼時爲了蟋蟀而爭鬧而已，此時回想，早已淡然。

小龍女道：「你肯不跟人爭競，那是再好也沒有了。不過聽你說道，到了外邊，就算你肯讓了別人，別人還是會來欺侮你，咱們若不練成王重陽遺下來的功夫，遇上了武功高強之人，終究還是抵敵不過。」楊過知她雅不欲離開這清靜的所在，不忍拂逆其意，便道：「姑姑，我聽你話，打從明兒起，咱們起手練那九陰真經。」

就因這一席話，兩人在山谷中又多住了一年有餘。小龍女和楊過重經秘道潛入墓中，將重陽遺刻誦讀數日，記憶無誤，這才出來修習。年餘之間，師徒倆內功外功俱皆精進。但墓中的重陽遺刻只是對付玉女心經的法門，僅爲九陰真經的一小部份，是以二人所學，比之郭靖、黃蓉畢竟尚遠爲不如，但此卻非二人所知了。

這一日練武已畢，兩人均覺大有進境。楊過跳上跳下的十分開心，小龍女卻怏怏不樂。

楊過不住說笑話給她解悶。小龍女只是不聲不響。楊過知道此時重陽遺刻上的功夫已然學會，若說要融會貫通，自不知要到何年何月，但其中訣竅奧妙卻已盡數知曉，只要日後繼續修習，功夫越深，威力就必越強。料想小龍女不願下山，卻無藉口相留，是以煩惱，只要日後繼續修習，你不願下山，咱們就永遠在這裏便是。」小龍女喜道：「好極啦……」只說了三個字，便卽住口，明知楊過縱然勉強為己而留，心中也難真正快活，幽幽的道：「明兒再說罷。」晚飯也不吃，回到小茅屋中睡了。

楊過坐在草地上發了一陣獃，直到月亮從山後升起，這才回屋就寢。睡到午夜，睡夢中隱隱聽得呼呼風響，聲音勁急，非同尋常。他一驚而醒，側耳聽去，正是有人相鬥的拳聲掌風。他急忙竄出茅屋，奔到師父的茅屋外，低聲道：「姑姑，你聽到了麼？」

此時掌風呼呼，更加響了，按理小龍女必已聽見，但茅屋中卻不聞回答。楊過又叫了兩聲，推開柴扉，只見榻上空空，原來師父早已不在了。他更是心驚，忙尋聲向掌聲處奔去，武奔出十餘丈，未見相鬥之人，單聽掌風，已知其中之一正是師父，但對手掌風沉雄凌厲，武功似猶在師父之上。

楊過急步搶去，月光下只見小龍女與一個身材魁梧的人盤旋來去，鬥得正急。小龍女雖然身法輕盈，但那人武功高強之處，在他掌力籠罩之下，小龍女只是勉力支撐而已。楊過大駭，叫道：「師父，我來啦！」兩個起落，已縱到二人身邊，與那人一朝相向，不禁驚喜交集，

原來那人滿頤虬髯，根根如戟，一張臉猶如刺蝟相似，正是分別已久的義父歐陽鋒。

但見他凝立如山，一掌掌緩緩的劈將出去，小龍女只是閃避，不敢正面接他掌力。楊過凝思間，身法畧滯。歐陽鋒斜掌從肘下穿出，一股勁風直撲她面門，勢道雄強無比。楊過大駭，急縱而前，只見小龍女左掌已與歐陽鋒右掌抵上，知道師父功力遠遠不及義父，時刻稍久，必受內傷，當即伸五指在歐陽鋒右肘輕輕一拂，正是他新學九陰真經中的「手揮五絃」上乘功夫。他雖習練未熟，但落點恰恰到好處，歐陽鋒手臂微酸，全身消勁。

小龍女見機何等快捷，只感敵人勢弱，立即催擊，此一瞬間歐陽鋒全身無所防禦，雖輕加一指，亦受重傷。楊過翻手抓住了師父手掌，夾在二人之間，笑道：「兩位且住，是自己人。」歐陽鋒尚未認出是他，只覺這少年武功奇高，未可小覷，怒道：「你是誰，甚麼自己人不自己人？」

楊過知他素來瘋瘋癲癲，只怕他已然忘了自己，大叫道：「爸爸，是我啊，是你的兒子啊。」這幾句話中充滿了激情。歐陽鋒一呆，拉着他手，將他臉龐轉到月光下看去，正是數年來自己到處找尋的義兒，只是一來他身材長高，二來武藝了得，是以初時難以認出。他當即抱住楊過，大叫大嚷：「孩兒，我找得你好苦！」兩人緊緊摟在一起，都流下淚來。

小龍女自來冷漠，只道世上就只楊過一人情熱如火，此時見歐陽鋒也是如此，心中對下山一事更是凜然有畏，靜靜坐在一旁，愁思暗生。

歐陽鋒那日在嘉興與王鐵槍廟中與楊過分手，躲在大鐘之下，教柯鎮惡奈何不得。他潛運神功，治療內傷，七日七夜之後內力已復，但給柯鎮惡鐵杖所擊出的外傷實也不輕，一時難以痊可。他掀開巨鐘，到客店中又去養了二十來天傷，這才內外痊愈，便去找尋楊過，但一隔匝月，大地茫茫，那裏還能尋到他的蹤迹？尋思：「這孩子九成是到了桃花島上。」當即弄了一隻小船，駛到桃花島來，白天不敢近島，直到黑夜，方始在後山登岸。他自知非郭靖、黃蓉二人之敵，又不知黃藥師在不在島上，就算自己本領再大一倍，也打這三人不過，是以白日躲在極荒僻的山洞之中，每晚悄悄巡遊。島上布置奇妙，他也不敢隨意亂走。

如此一年有餘，總算他謹慎萬分，白天不敢出洞一步，蹤迹始終未被發覺，直到一日晚上聽到武修文兄弟談話，才知郭靖送楊過到全真教學藝之事。歐陽鋒大喜，當即偷船離島，趕到重陽宮來。那知其時楊過已與全真教鬧翻，進了活死人墓。此事在全真教實是奇恥大辱，全教上下，人人絕口不談，歐陽鋒雖千方百計打聽，卻探不到半聲消息。這些時日中，他踏遍了終南山周圍數百里之地，卻那裏知道楊過竟深藏地底，自然尋找不着。

這一晚事有湊巧，他行經山谷之旁，突見一個白衣少女對着月亮抱膝長嘆。歐陽鋒瘋瘋癲癲的問道：「喂，我的孩兒在那裏？你有沒見他啊？」小龍女橫了他一眼，不加理睬。歐陽鋒縱身上前，伸手便抓她臂膀，喝道：「我的孩兒呢？」小龍女見他出手強勁，武功之高，生平從所未見，卻是全真教的高手，亦是遠遠不及，不由得大吃一驚，忙使小擒拿手卸脫。歐陽鋒這一抓原期必中，那知竟被對方輕輕巧巧的拆解開了，也不問她是誰，左手跟着又上。兩人就這麼毫沒來由的鬥了起來。

義父義子各敍別來之情。歐陽鋒神智半清半迷，過去之事早已說不大清楚，而對楊過所述也是不甚了了，只知他這些年來一直在跟小龍女練武，大聲道：「她武功又不及我，何必跟她練？讓我來教你。」小龍女那裏跟他計較，聽見後淡淡一笑，自行走在一旁。

楊過卻感到不好意思，說道：「爸爸，師父待我很好。」歐陽鋒妒忌起來，叫道：「她好，我就不好麼？」楊過笑道：「你也好。這世界上，就只你兩個待我好。」歐陽鋒的話雖然說得不明不白，楊過卻也知他在幾年中到處找尋自己，實是費盡了千辛萬苦。

歐陽鋒抓住他的手掌，嘻嘻傻笑，過了一陣，道：「你的武功倒練得不錯，就可惜不會武之人，世上最上乘的兩大奇功。」楊過道：「那是甚麼啊？」歐陽鋒濃眉倒豎，喝道：「虧你是練擔憂，心道：「爸爸患病已深，不知何時方得痊愈。你拜她為師有甚麼用？」楊過見他忽喜忽怒，不由得暗自武之人，世上兩大奇功都不知曉。那兩大奇功第一是蛤蟆功，第二是九陰真經。我先教你蛤蟆功的入門功夫。」說着便教你。那兩大奇功第一是蛤蟆功，第二是九陰真經。我先教你蛤蟆功的入門功夫。」說着便背誦口訣。楊過微笑道：「你從前教過我的，你忘了嗎？」歐陽鋒搔搔頭皮，道：「原來你已經學過，再好也沒有了。你練給我瞧瞧。」

楊過自入古墓之後，從未練過歐陽鋒昔日所授的怪異功夫，此時聽他一說，欣然照辦。歐陽鋒笑道：「好他在桃花島時便已練過，現下以上乘內功一加運用，登時使得花團錦簇。歐陽鋒笑道：「好看！好看！就是不對勁，中看不中用。我把其中訣竅盡數傳了你罷！」當下指手劃腳、滔滔不絕的說了起來，也不理會楊過是否記得，只是說個不停，說一段蛤蟆功，又說一段顛倒錯

亂的九陰眞經。楊過聽了半晌，但覺他每句話中都似妙義無窮，但既繁複，又古怪，一時之間又那能領會得了這許多？

歐陽鋒說了一陣，瞥眼忽見小龍女坐在一旁，叫道：「啊喲，不好，莫要給你的女娃娃師父偷聽了去。」走到小龍女跟前，說道：「喂，小丫頭，我在傳我孩兒功夫，你別偷聽。」小龍女道：「你的功夫有甚麼希罕？誰要偷聽了？」歐陽鋒側頭一想，道：「好，那你走得遠遠地。」小龍女靠在一株花樹之上，冷冷的道：「我幹麼要聽你差遣？我愛走就走，不愛走就不走。」歐陽鋒大怒，鬚眉戟張，伸手要往她臉上抓去，但小龍女只作不見，理也不理。

楊過大叫：「爸爸，你別得罪我師父。」歐陽鋒縮回了手，說道：「好好，那就我們走得遠遠地，可是你跟不跟來偷聽？」

小龍女心想過兒這個義父爲人極是無賴，懶得再去理他，轉過了頭不答，不料背心上突然一麻，原來歐陽鋒忽爾長臂，在她背心穴道上點了一指，這一下出手奇快，小龍女又全然不防，待得驚覺想要抵禦，上身已轉動不靈。歐陽鋒跟着又伸指在她腰裏點了一下，笑道：「小丫頭，你莫心焦，待我傳完了我孩兒功夫，就來放你。」說着大笑而去。

楊過正在默記義父所傳的蛤蟆功與九陰眞經，但覺他所說的功訣有些纏夾不清，亂七八糟，然而其中妙用極多，卻是絕無可疑，潛心思索，毫不知小龍女被襲之事。歐陽鋒走過來牽了他手，道：「咱們到那邊去，莫給你的小師父聽去了。」楊過心想小龍女怎會偷聽，你就是硬要傳她，她也決不肯學，但義父心性失常，也不必和他多所爭辯，於是隨着他走遠。

小龍女麻軟在地，又是好氣又是好笑，心想自己武功雖然練得精深，究是少了臨敵的經

驗，以致中了李莫愁暗算之後，又遭這鬍子怪人的偷襲，於是潛運九陰神功，自解穴道，吸一口氣向穴道衝襲幾次。豈知兩處穴道不但毫無鬆動之象，反而更加酸麻，不由得大駭。原來歐陽鋒的手法剛與九陰眞經逆轉而行，她以王重陽的遺法衝解，竟然是求脫反固。試了幾次，但覺被點處隱隱作痛，當下不敢再試，心想那瘋漢傳完功夫之後，自會前來解救，她萬事不縈於懷，當下也不焦急，仰頭望着天上星辰出了一會神，便合眼睡去。

過了良久，眼上微覺有物觸碰，她黑夜視物如同白畫，此時竟然不見一物，原來雙眼被人用布蒙住了，隨覺有人張臂抱住了自己。這人相抱之時，初時極爲膽怯，後來漸漸放肆，漸漸大膽。小龍女驚駭無已，欲待張口而呼，苦於口舌難動，但覺那人以口相就，親吻自己臉頰。她初時只道是歐陽鋒忽施強暴，但與那人面龐相觸之際，卻覺他臉上光滑，決非歐陽鋒的滿臉虬髯。她心中一蕩，驚懼漸去，情欲暗生，心想原來楊過這孩子卻來戲我。只覺他雙手越來越不規矩，緩緩替自己寬衣解帶，小龍女無法動彈，只得任其所爲，不由得又是驚喜，又是害羞。

歐陽鋒見楊過甚是聰明，自己傳授口訣，他雖不能盡數領會，卻很快便記住了，心中欣喜，越說與致越高，直說到天色大明，才將兩大奇功的要旨說完。楊過默記良久，說道：「我也學過九陰眞經，但跟你說的卻大不相同。卻不知是何故？」歐陽鋒道：「胡說，除此之外，還有甚麼九陰眞經？」楊過道：「比如練那易筋鍛骨之術，你說第三步是氣血逆行，衝天柱穴。我師父卻說要意守丹田，通章門穴。」歐陽鋒搖頭道：「不對，不對……嗯，慢來……」

• 278 •

他照楊過所說一行，忽覺內力舒發，意境大不相同。他自想不到郭靖寫給他的經文其實已加顛倒竄改，不由得心中混亂一團，喃喃自語：「怎麼？到底是我錯了，還是你的女娃娃師父錯了？怎會有這等事？」

楊過見他兩眼發直，一副神不守舍的模樣，連叫他幾聲，不聞答應，怕他瘋病又要發作，心下甚是擔憂，忽聽得數丈外樹後忽喇一聲，人影一閃，花叢中隱約見到杏黃道袍的一角。此處人迹罕至，怎會有外人到此？而且那人行動鬼鬼祟祟，顯似不懷好意，不禁疑心大起，急步趕去。那人脚步迅速，向前飛奔，瞧他後心，乃是一個道人。楊過叫道：「喂，是誰？你來幹甚麼？」施展輕功，提步急追。

那道人聽到呼喝，奔得更加急了，楊過微一加勁，身形如箭般直縱過去，一把抓住了他肩頭，扳將過來，原來是全眞教的尹志平。楊過見他衣冠不整，臉上一陣紅一陣白，喝道：「你幹甚麼？」尹志平是全眞教第三代弟子的首座，武功旣高，平素舉止又極有氣派，但不知怎的，此時竟是滿臉慌張，說不出話來。楊過見他怕得厲害，想起那日他自斷手指立誓，爲人倒是不壞，於是放鬆了手，溫言道：「旣然沒事，你就走罷！」尹志平回頭瞧了幾眼，慌慌張張的急步去了。

楊過暗笑：「這道士失魂落魄似的，甚是可笑。」當下回到茅屋之前，只見花樹叢中露出小龍女的兩隻脚來，一動不動，似乎已睡着了。楊過叫了兩聲：「姑姑！」不聞答應，鑽進樹叢，只見小龍女臥在地下，眼上卻蒙着一塊靑布，楊過微感驚訝，解開了她眼上靑布，但見她眼中神色極是異樣，暈生雙頰，嬌羞無限。

楊過問道：「姑姑，誰給你包上了這塊布兒？」小龍女不答，眼中微露責備之意。楊過見她身子軟癱，似乎被人點中了穴道，伸手拉她一下，果然她動彈不得。楊過念頭一轉，已明原委：「定是我義父用逆勁點穴法點中了她，否則任他再厲害的點穴功夫，姑姑也能自行通解。」於是依照歐陽鋒適才所授之法，給她解開了穴道。

不料小龍女穴道被點之時，固然全身軟癱，但楊過替她通解了，她仍是軟綿綿的倚在楊過身上，似乎周身骨骼盡皆熔化了一般。楊過伸臂扶住她肩膀，柔聲道：「姑姑，我義父做事顛三倒四，你莫跟他一般見識。」小龍女臉藏在他的懷裏，含含糊糊的道：「姑姑，我自己才顛三倒四呢，不怕醜，還說人家！」楊過見她舉止與平昔大異，心中稍覺慌亂，道：「姑姑，我……我……」小龍女抬起頭來，嗔道：「你還叫我姑姑？」楊過更加慌了，順口道：「我不叫你姑姑叫甚麼？要我叫師父麼？」小龍女淺淺一笑，道：「你這般對我，我還能做你師父麼？」楊過奇道：「我……我怎麼啦？」

小龍女捲起衣袖，露出一條雪藕也似的臂膀，但見潔白似玉，竟無半分瑕疵，本來一點殷紅的守宮砂已不知去向，羞道：「你瞧。」楊過摸不着頭腦，搔搔耳朵，道：「姑姑，我不懂啊。」小龍女嗔道：「我跟你說過，不許再叫我姑姑。」她見楊過滿臉惶恐，心中頓生說不盡的柔情，低聲道：「咱們古墓派的門人，世世代代都是處女傳處女。我師父給我點了這點守宮砂，昨晚……昨晚你這麼對我，我手臂上怎麼還有守宮砂呢？」楊過道：「我昨晚怎麼對你啊？」小龍女臉一紅，道：「別說啦。」隔了一會，輕輕的道：「以前，我怕下山去，現下可不同啦，不論你到那裏，我總是心甘情願的跟着你。」

楊過大喜，叫道：「姑姑，那好極了。」小龍女正色道：「你怎麼仍是叫我姑姑？難道你沒真心待我麼？」她見楊過不答，心中焦急起來，顫聲道：「你到底當我是甚麼人？」楊過誠誠懇懇的道：「你是我師父，你憐我教我，我發過誓，要一生一世敬你重你，聽你的話。」

小龍女大聲道：「難道你不當我是你妻子？」

楊過從未想到過這件事，突然被她問到，不由得張皇失措，嗯嗯的道：「不，不！你不能是我妻子，我怎麼配？你是我師父，是我姑姑。」小龍女氣得全身發抖，突然「哇」的一聲，噴出一口鮮血。

楊過慌了手腳，只是叫道：「姑姑，姑姑！」小龍女聽他仍是這麼叫，狠狠凝視着他，但這一掌始終落不下去，她目光漸漸的自惱恨轉為怨責，又自怨責轉為憐惜，嘆了一口長氣，輕輕的道：「既是這樣，以後你別再見我。」長袖一拂，舉起左掌，便要向他天靈蓋拍落，轉身疾奔下山。

楊過大叫：「姑姑，你到那裏去？我跟你同去。」小龍女回過身來，眼中淚珠轉來轉去，緩緩說道：「你若再見我，就只怕……只怕……我管不住自己，難以饒你性命。」楊過道：「你怪我不該跟義父學武功，是不是？」小龍女淒然道：「你跟人學武功，我怎會怪你？」轉身快步而行。

楊過一怔之下，更是不知所措，眼見她白衣的背影漸漸遠去，終於在山道轉角處隱沒，不禁悲從中來，伏地大哭。左思右想，實不知如何得罪了師父，何以她神情如此特異，一時溫柔纏綿，一時卻又怨憤決絕？為甚麼說要做自己「妻子」，又不許叫她姑姑，想了半天，心

道：「此事定然與我義父有關，必是他得罪我師父了。」

於是走到歐陽鋒身前，只見他雙目呆瞪，一動也不動。楊過道：「爸爸，你怎麼得罪我師父啦？」歐陽鋒道：「九陰真經，九陰真經。」楊過道：「你幹麼點了她的穴道，惹得她生這麼大氣？」歐陽鋒道：「到底該是逆衝天柱，還是順通章門？」楊過急道：「爸爸，我師父幹麼走了？你說啊，你對她怎麼啦？」歐陽鋒道：「你師父是誰？我是誰？誰是歐陽鋒？」

楊過見他瘋病大發，又是害怕，又是難過，溫言道：「爸爸，你累啦，咱們到屋裏歇歇去罷。」歐陽鋒突然一個觔斗，倒轉了身子，以頭撐地，大叫：「我是誰？我是誰？歐陽鋒到那裏去了？」雙掌亂舞，身子急轉，其快如風的衝下山去，楊過想要拉他，被他飛足踢來，正中下巴。這一腳踢得勁力好不沉重，楊過站立不定，仰後便倒。

待得立直身子，只見歐陽鋒已在十餘丈外。

楊過追了幾步，猛地住足，只呆得半晌，歐陽鋒已然不見人影，四顧茫然，但見空山寂寂，微聞鳥語。他滿心惶急，大叫：「姑姑，姑姑！爸爸，爸爸！」隔了片刻，四下裏山谷回音，也是叫道：「姑姑，姑姑！爸爸，爸爸！」

他數年來與小龍女寸步不離，既如母子，又若姊弟，突然間她不明不白的絕裾而去，豈不叫他肝腸欲斷？傷心之下，幾欲在山石上一頭撞死。但心中總還存着一個指望，師父既突然而去，多半也能突然而來。義父雖得罪了她，她想到我卻並無過失，自然會回頭尋我。

這一晚他又怎睡得安穩？只要聽到山間風聲響動，或是蟲鳴斗起，都疑心是小龍女回來了，一骨碌爬起身來，大叫：「姑姑！」出去迎接，每次總是悵然失望。到後來索性不睡了，

奔上山巔，睜大了眼四下眺望，直望到天色大亮，惟見雲生谷底，霧迷峯巔，天地茫茫，就只他楊過一人而已。

楊過搥胸大號，驀地想起：「師父既然不回，我這就找她去。只要見得着她，不管她如何打我罵我，我總是不離開她。她要打死我，就讓她打死便了。」心意既決，登時精神大振，將小龍女與自己的衣服用物胡亂包了一包，負在背上，大踏步出山而去。

一到有人家處，就打聽有沒見到一個白衣美貌女子。大半天中，他接連問了十幾個鄉民，都是搖頭說並沒瞧見。楊過焦急起來，再次詢問，出言就不免欠缺了禮貌。那些山民見他一個年輕小夥子，冒冒失失的打聽甚麼美貌閨女，心中先就有氣，有一人就反問那閨女是他甚麼人。楊過道：「你不用管。我只問你有沒見到她從此間經過？」那人便要反唇相稽。旁邊一個老頭拉着他衣袖，指着東邊一條小路，笑道：「昨晚老漢見到有個仙女般的美人向東而去，還道是觀世音菩薩下凡，卻原來是老弟的相好……」楊過不聽他說完，急忙一揖相謝，順着他所指的小路急步趕了下去，雖聽得背後一陣轟笑，卻也沒在意，怎知道那老者見他年輕無禮，故意胡扯騙他。

奔了一盞茶時分，眼前出現兩條岔路，不知向那一條走才是。尋思：「姑姑不喜熱鬧，多半是揀荒僻的路走。」當下踏上左首那條崎嶇小路。豈料這條路越走越寬，幾個轉彎，竟轉到了一條大路上來。他一日一晚沒半點水米下肚，眼見天色漸晚，腹中餓得咕咕直響，只見前面房屋鱗次櫛比，是個市鎮，當下快步走進一家客店，叫道：「拿飯菜來。」

店伴送上一份家常飯菜，楊過扒了幾口，胸中難過，喉頭哽住，竟是食不下咽，心道：「雖然天黑，我還是得去找尋姑姑，錯過了今晚，只怕今後永難相見。」當下將飯菜一推，叫道：「店伴，我問你一句話。」店伴笑着過來，道：「小爺有甚吩咐？可是這飯菜不合口味？小的吩咐去另做，小爺愛吃甚麼？」

楊過連連搖手，道：「不是說飯菜。我問你，可有見到一個穿白衫子的美貌姑娘，從此間過去麼？」店伴沉吟道：「穿白衣，嗯，這位姑娘可是戴孝？家中死了人不是？」楊過好不耐煩，問道：「到底見是沒？」店伴道：「姑娘倒有，確也是穿白衫子的……」楊過喜道：「向那條路走？」店伴道：「可過去大半天啦！小爺，這娘兒可不是好惹的……」楊過突然放低聲音，說道：「我勸你啊！還是別去找她的好。」楊過又驚又喜，知是尋到了姑姑的蹤迹，忙問：「她……怎麼啦？」問到此句，聲音也發顫了。

那店伴道：「我先問你，你知不知道那姑娘是會武的？」楊過心道：「我怎會不知？」忙道：「知道啊，她是會武的。」那店伴道：「那你還找她幹麼？可險得緊哪。」楊過道：「到底是甚麼事？」那店伴道：「你先跟我說，那白衣美女是你甚麼人？」楊過無奈，看來不先說些消息與他，他決不能說小龍女的行蹤，於是說道：「她是我……是我的姊姊，我要找她。」那店伴一聽，肅然起敬，但隨即搖頭道：「不像，不像。」楊過焦躁起來，一把抓住他衣襟，喝道：「你到底說是不說？」那店伴一伸舌頭，道：「不像，不像。」

楊過喝道：「甚麼又是不像、又是像的？」那店伴道：「小爺，對，對，這可像啦！」楊過心想此人生性如此，抓得閉住了氣，嘿嘿，說不出話。要勉強說當然也可以，不過……」楊過心想此人生性如此，

· 284 ·

對他用強也是枉然，當下鬆開了手。那店伴咳嗽幾聲，道：「小爺，我說你不像，你說你像呢，為的是你兩位都是火性兒，有一門子愛掄拳使棍的急脾氣。」楊過只聽得心花怒放，笑逐顏開，道：「我……我姊姊跟人動武了嗎？」

那店伴道：「可不是麼？不但動武，還傷了人呢，你瞧，你瞧。」指着桌上幾條刀劍砍起的痕迹，得意洋洋的道：「這事才教險呢，你姊姊本事了得，一刀將兩個道爺的耳朵也削了下來。」楊過笑問：「甚麼道爺？」心想定是全真教的牛鼻子道人給我姑姑教訓了一番。那店伴道：「就是那個……」說到這裏，突然臉色大變，頭一縮，轉身便走。

楊過料知有異，不自追出，端起飯碗，舉筷只往口中扒飯，放眼瞧去，只見兩個道人從客店門外並肩進來。兩人都是二十六七歲年紀，臉頰上都包了綳帶，走到楊過之旁的桌邊坐下。一個眉毛粗濃的道人一叠連聲的只催快拿酒菜。那店伴含笑過來，偷空向楊過眨下眼睛，歪了歪嘴。楊過只作不見，埋頭大嚼。他聽到了小龍女的消息，心中極是歡暢，吃了一碗又添一碗。他身上穿的是小龍女縫製的粗布衣衫，本就簡樸，一日一夜之間急趕，更是塵土滿身，便和尋常鄉下少年無異。那兩個道士一眼也沒瞧他，自行低聲說話。

楊過故意唏哩呼嚕的吃得甚是大聲，卻自全神傾聽兩個道人說話。

只聽那濃眉道人道：「皮師弟，你說韓陳兩位今晚準能到麼？」另一個道人嘴巴甚大，喉音嘶啞，粗聲道：「這兩位都是丐幫中鐵錚錚的漢子，與申師叔有過命的交情，申師叔出面相邀，他們決不能不到。」楊過斜眼微睨，向兩人臉上瞥去，並不相識，心想：「重陽宮

中牟鼻子成千，我認不得他們，他們卻都認得我這反出全真教的小子，可不能跟他們朝相。

哼，他們打不過我姑姑，又去約甚麼丐幫中的叫化子作幫手。」聽那濃眉道人道：「說不定路遠了，今晚趕不到……」那姓皮的道人道：「哼，姬師兄，事已如此，多擔心也沒用，諒她一個娘們，能有多大……」那姓姬的道人忙道：「喝酒，別說這個。」隨即招呼店伴，吩咐安排一間上房，當晚就在店中歇息。

楊過聽了二人寥寥幾句對話，料想只消跟住這兩個道人，便能見著師父。想到此處，心中歡欣無限。待二人進房，命店伴在他們隔壁也安排一間小房。

那店伴掌上燈，悄聲在楊過耳畔道：「小爺，你可得留神啊，你姊姊割了那兩個道爺耳朵，他們準要報仇。」楊過悄聲道：「我姊姊脾氣再好不過，怎會割人家耳朵？」那店伴陰陽怪氣的一笑，低聲道：「她對你自然好啦，對旁人可好不了。你姊姊正在店裏吃飯……嘿嘿，當真是姊姊？小的可不大相信，就算是姊姊罷，那道爺坐在她旁邊，就只向她的腿多瞧了幾眼，你姊姊就發火啦，拔劍跟人家動手……」他滔滔不絕，還要說不去，就只向她的腿多瞧已滅了燈，忙搖手示意，叫他免開尊口，心中暗暗生氣：「那兩個臭道人定是見到姑姑美貌，不住瞧她，惹得她生氣。哼，全真教中又怎有好人？」又想：「姑姑曾到重陽宮中動手，那兩個道人自然認得她，臉上的模樣還能好看得了？」

他等店伴出去，熄燈上炕，這一晚是決意不睡的了，默默記誦了一遍歐陽鋒所授的兩大神功秘訣，但這兩項秘訣本就十分深奧，歐陽鋒說得又太也雜亂無章，他記得住的最多也不過兩三成而已，這時也不敢細想，生怕想得出了神，對隔房動靜竟然不知。

這般靜悄悄的守到中夜，突然院子中登登兩聲輕響，有人從牆外躍了進來。接著隔房窗子啊的一聲推開。姓姬的道人問道：「是韓陳兩位麼？」院子中一人答道：「正是。」姬道人道：「請進罷！」

只聽那姓姬的道人說道：「貧道姬清虛，皮清玄，拜見韓陳兩位英雄。」楊過心道：「全真教以『處志清靜』四字排行，這兩個牛鼻子是全真教中的第四代弟子，不知是郝大通還是劉處玄那一條老牛的門下。」聽得一個嗓音尖銳的人說道：「我們接到你申師叔的帖子，馬不停蹄的趕來。那小賤人當真十分了得麼？」姬清虛道：「說來慚愧，我們師兄弟跟她打過一場，不是她的對手。」

那人道：「這女子的武功是甚麼路數？」姬清虛道：「申師叔疑心她是古墓派傳人，是以年紀雖小，身手着實了得。」楊過聽到「古墓派」三個字，不自禁輕輕「哼」了一聲。

只聽姬清虛又道：「可是申師叔提起古墓派，這小丫頭卻對赤練仙子李莫愁口出輕侮言語，那麼又不是了。」那人道：「既是如此，料來也沒甚麼大來頭。明兒在那裏相會？對方有多少人？」姬清虛道：「申師叔和那女子約定，明兒正午，在此去西南四十里的豺狼谷相會，雙方比武決勝。對方有多少人，現下還不知道。我們既有丐幫英雄韓陳兩位高手壓陣助拳，也不怕他們人多。」另一個聲音蒼老的人道：「好，我哥兒倆明午準到，韓老弟，咱們走罷。」

姬清虛送到門口，壓低了語聲說道：「此處離重陽宮不遠，咱們比武的事，可不能讓宮中馬、劉、丘、王幾位師祖知曉，否則我們會受重責。」那姓韓的哈哈一笑，說道：「你們

・287・

申師叔的信中早就說了，否則的話，重陽宮中高手如雲，何必又來約我們兩個外人作幫手？」

那姓陳的道：「你放心，咱們決不洩漏風聲就是。別說不能讓馬劉丘王郝孫六位眞人得知，你們別的師伯、師叔們知道了恐怕也不大妥當。」兩名道人齊聲稱是。楊過心想：「他們聯手來欺我姑姑，卻又怕敎裏旁人知道，哼，鬼鬼祟祟，作賊心虛。」

只聽那四人低聲商量了幾句，韓陳二人越牆而出，姬淸虛和皮淸玄送出牆去。

楊過見陸無雙危在頃刻，再也延緩不得，伸指在牛臀上一戳。那牯牛放開四蹄，向六人直衝過出。六人惡鬥正酣，突然見到瘋牛衝來，都吃了一驚，四下縱開避讓。

第八回 白衣少女

楊過輕輕推開窗門，閃身走進姬皮二道房中，但見炕上放着兩個包裏，拿起一個包裏一掂，裏面有二十來兩銀子，心想：「正好用作盤纏。」當下揣在懷裏。另一個包裏四尺來長，卻是包着兩柄長劍。他分別拔出，使重手法將兩柄劍都折斷了，重行還歸入鞘，再將包裏包好，正要出房，轉念一想，拉開褲子，在二道被窩中拉了一大泡尿。

耳聽得有人上牆之聲，知道這兩個道士的輕身功夫也只尋常，不能一躍過牆，須得先跳上牆頭，再縱身下地，當下閃身回房，悄悄掩上房門，兩個道人竟然全無知覺。楊過俯耳於牆，傾聽隔房動靜。

只聽兩個道人低聲談論，對明日比武之約似乎勝算在握，一面解衣上炕，突然皮清玄叫了起來：「啊，被窩中濕漉漉的是甚麼？啊，好臭，姬師兄，你這麼懶，在被窩中拉尿？」姬清虛道：「甚麼拉尿？」接着也大叫了起來：「那裏來的臭貓子到這兒拉尿。」皮清玄道：「貓兒拉尿那有這樣多？」姬清虛道：「咦，奇怪⋯⋯哎，銀子呢？」房中霎時一陣大

· 291 ·

亂，兩人到處尋放銀兩的包裹。楊過暗暗好笑。只聽得皮清玄大聲叫道：「店伴兒，店伴兒，你們這裏是黑店不是？半夜三更偷客人銀子？」

兩人叫嚷了幾聲，那店伴睡眼惺忪的起來詢問。皮清玄一把抓住他胸口，說他開黑店，那店伴叫起撞天屈來，驚動了客店中掌櫃的、燒火的、站堂的都紛紛起來，接着住店的客人也擠過來看熱鬧。楊過混在人叢之中，只見那店伴大逞雄辯，口舌便給，滔滔不絕，只駁得姬皮二道啞口無言。這店伴生性最愛與人鬥口，平素沒事尚要撩撥旁人，何況此時有人惹上頭來，更何況他是全然的理直氣壯？只說得口沫橫飛，精神越來越旺。姬皮二道老羞成怒，欲待動手，但想到教中清規，此處是終南山腳下，怎敢胡來？只得忍氣吞聲，關門而睡。那店伴兀自在房外嘮叨不休。

次日清晨，楊過起來吃麵，那多嘴店伴過來招呼，口中喃喃不絕的還在罵人。楊過笑問：「那兩個賊道怎麼啦？」店伴得意洋洋，說道：「直娘賊，這兩個臭道士想吃白食、住白店，兩個賊道本來瞧在重陽宮的份上，那也不相干，可是他們竟敢說我們開黑店。今兒天沒亮，那一個不是嚴守清規戒律？這兩個賊道的賊相我可記得清清楚楚，定要認了他們出來⋯⋯」楊過暗暗好笑，又挑撥了幾句，給了房飯錢，問明白去豺狼谷的路徑，邁步便行。

轉瞬間行了三十餘里，豺狼谷已不在遠，眼見天色尚只辰初。楊過心道：「我且躲在一旁，瞧姑姑怎生發付那些歹人。最好別讓姑姑先認出我來。」想起當日假扮莊稼少年要弄洪

凌波之事，心下甚是得意，決意依樣葫蘆，再來一次，當下走到一家農舍後院，探頭張望，只見牛欄中一條大牯牛正在發威，低頭挺角，向牛欄的木柵猛撞，登登大響。楊過心念一動：

「我就扮成個牧童，姑姑乍見之下，定然認我不出。」

他悄悄躍進農舍，屋中只有兩個娃娃坐在地下玩土，見到了嚇得不敢作聲。他找了套農家衣服換上，穿上草鞋，抓一把土搓勻了抹在臉上，走近牛欄，只見壁上掛着一個斗笠、一枝短笛，正是牧童所用之物，心中甚喜，扮得更加像了，於是摘下斗笠戴起，拿一條草繩縛在腰間，將短笛插在繩裏，然後開了欄門。那牯牛見他走近，已在荷荷發怒，一見欄門大開，登時發足急衝出來，猛往他身上撞去。

楊過左掌在牛頭上一按，飛身上了牛背。這牯牛身高肉壯，足足有七百來斤重，毛長角利，甚是雄偉，一轉眼已衝上了大路。牠正當發情，暴躁異常，出力跳躍顛盪，要將楊過震下背來。楊過穩穩坐着，極是得意，笑叱道：「你再不聽話，可有苦頭吃了。」提起手掌，用掌緣在牛肩上一斬。這一下他只使了二成內力，可是那牯牛便已痛得抵受不住，大聲吽叫，正要躍起發威，楊過又是一掌斬了下去。這般連斬十餘下，那牯牛終於不敢再行倔強。楊過又試出只要用手指戳牠左頸，牠就轉右，戳牠右頸，立卽轉左，戳後則進，戳前卽退，居然指揮如意。

楊過大喜，猛力在牛臀上用手指一戳，牯牛向前狂奔，竟是迅速異常，幾若奔馬，不多時穿過一座密林，來到一個四周羣山壁立的山谷，正與那店伴所說的無異。當下躍落牛背，任由牯牛在山坡上吃草，手中牽着繩子，躺在地下裝睡。

他不住望着頭頂太陽，只見紅日漸漸移到中天，心中越來越是慌亂，生怕小龍女不理對方的約會，竟然不來。四下裏一片寂靜，只有那牯牛不時發出幾下鳴聲。楊過躺在坡上，蹺起一隻泥腿，擱在膝上，將斗笠遮住了大半邊臉，只露出右眼在外。

過了一會，谷口進來三個道人。其中兩個就是昨日在客店中見過的姬清虛與皮清玄，另一個約莫四十來歲年紀，身材甚矮，想來就是那個甚麼「申師叔」了，凝目看他相貌，依稀在重陽宮曾經見過。跟着山後也奔來兩人。一個身材粗壯，另一個面目蒼老，滿頭白髮，兩人都是乞丐裝束，自是丐幫中的韓陳二人。五人相互行近，默默無言的只一拱手，各人排成一列，臉朝西方。

就在此時，谷口外隱隱傳來一陣得得蹄聲，那五人相互望了一眼，一齊注視谷口，只聽得蹄聲細碎，越行越近，谷口黑白之色交映，一匹黑驢馱着一個白衣女子疾馳而來。楊過遙見之下，心中一凜：「不是姑姑！難道又是他們的幫手？」只見那女子馳到距五人數丈處勒定了黑驢，冷冷的向各人掃了一眼，臉上全是鄙夷之色，似乎不屑與他們說話。

姬清虛叫道：「小丫頭，瞧你不出，居然有膽前來，把幫手都叫出來罷。」那女子冷笑一聲，刷的一聲，從腰間拔出一柄又細又薄的彎刀，宛似一彎眉月，銀光耀眼。姬清虛道：「這就是我的幫手。」那女子一揚刀，說道：「這『我們這裏就只五個，你的幫手幾時到來，我們可不耐煩久等。』那女子一揚刀，說道：「這就是我的幫手。」此言一出，六個人盡皆吃驚。那五人驚的是她孤身一個女子，居然如此大膽，也不約一

個幫手，竟來與武林中的五個好手比武。楊過卻是失望傷痛之極，滿心以爲在此必能候到小龍女，豈知所謂「白衣美貌女子」，竟是另有其人，斗然間胸口逆氣上湧，再也難以自制，「哇」的一聲，放聲大哭。

他這一哭，那六個人卻也吃了一驚，但見是山坡上一個牽牛放草的牧童，自是均未在意，料來鄉下一個小小孩童受了甚麼委屈，因而在此啼哭。姬清虛指着那姓韓的道：「這位是丐幫中的韓英雄。」指着那姓陳的道：「這位是丐幫中的陳英雄。」又指着「申師叔」道：「我們師叔申志凡申道長，你曾經見過的。」那女子全不理睬，眼光冷冷，在五人臉上掃來掃去，竟將對方視若無物。

申志凡道：「你既只一人來此，我們也不能跟你動手。」那女子道：「我說過已有幫手，對付你們這批酒囊飯袋，還約約四個幫手，到這裏相會。」那女子道：「你這女娃娃，當眞狂得可以……」他本待破口喝罵，終於強忍怒氣，問道：「你到底是不是古墓派的？」那女子道：「是又怎樣？不是又怎樣？牛鼻子老道，你敢跟姑娘動手呢還是不敢？」申志凡見她孤身一人，卻是有恃無恐，料得她必定預伏好手在旁，古墓派的李莫愁卻是個惹不得的人物，於是說道：「姑娘，我倒要請問，你平白無端的傷了我派門人，到底是甚麼原因？倘若曲在我方，小道登門向你師父謝罪，要是姑娘說不出一個緣由，那可休怪無禮。」

那女子冷然一笑，道：「自然是因你那兩個牛鼻子無禮，我才教訓他們。不然天下雜毛甚多，何必定要削他們兩個的耳朵？」申志凡愈是見她托大，愈是驚疑不定。那姓陳乞丐年

紀雖老，火氣卻是不小，搶上一步，喝道：「小娃娃，跟前輩說話，還不下驢？」說着身形

幌處，已欺到黑驢跟前，伸手去抓她右臂。這一下出手迅速之極，那女子不及閃躲，立時被

他抓住，她右手握刀，右臂被抓，已不能揮刀擋架。

不料冷光閃動，那女子手臂一扭，一柄彎刀竟然還是劈了下來。那陳姓乞丐大駭，急忙

撒手，總算他見機極快，變招迅捷，但兩根手指已被刀鋒劃破。他急躍退後，拔出單刀，哇

哇大叫：「賊賤人，你當真活得不耐煩啦。」那姓韓乞丐從腰間取出一對鏈子錘，申志凡亮

出長劍。姬清虛與皮清玄也抓住劍柄，拔劍出鞘，斗覺手上重量有異，兩人不約而同「咦」

的一聲，大吃一驚，原來手中抓住的各是半截斷劍。

那女子見到二道狼狽尷尬的神態，不禁噗哧一笑。楊過正自悲傷，聽到那女子笑聲，見

到二道的古怪模樣，也不自禁的破涕為笑。只見那女子一彎腰，刷的一刀，往皮清玄頭上削

去。皮清玄急忙縮頭，那知她這一刀意勢不盡，手腕微抖，在半空中轉了個彎，終於劃中皮

清玄的右額，登時鮮血迸流。其餘四人又驚又怒，團團圍在她黑驢四周。姬皮二人退在後面，

手裏各執半截斷劍，拋去是捨不得，拿着可又沒用，不知如何是好。

那女子一聲清嘯，左手一提韁繩，胯下黑驢猛地縱出數丈。韓陳二丐當即追近，刀錘紛

舉，攻了上去。申志凡跟着搶上，使開全真派劍法，劍劍刺向敵人要害。楊過看他劍法雖狠，

但比之尹志平、趙志敬等大有不如，料來是「志」字輩中的三四流腳色。

他此時心神畧定，方細看那女子容貌，只見她一張瓜子臉，頗為俏麗，年紀似尚比自己

小着一兩歲，無怪那店伴不信這個「白衣美貌女子」是他姊姊。她雖也穿着一身白衣，但膚

色微黑，與小龍女的皎白勝雪截然不同。但見她刀法輕盈流動，大半卻是使劍的路子，刺削

多而砍斫少。楊過只看了數招，心道：「她使的果然是我派武功，難道又是李莫愁的弟子？」

心想兩邊都不是好人，不論誰勝誰敗，都不必理會，又想：「憑你也配稱甚麼『白衣美貌女

子』了？你給我姑姑做丫鬟也不配。」於是曲臂枕頭，仰天而臥，斜眼觀鬥。

起初十餘招那少女居然未落下風，她身在驢背，居高臨下，彎刀揮處，五人不得不跳躍

閃避。又鬥十餘招，姬清虛見手中這柄斷劍實在管不了用，心念一動，叫道：「皮師弟，跟

我來。」奔向旁邊樹叢，揀了一株細長小樹，用斷劍齊根斬斷，削去枝葉，儼然是一根桿棒。

皮清玄依樣削棒。二道左右夾攻，挺棒向黑驢刺去。

那少女輕叱：「不要臉！」揮刀擋開雙棒，就這麼一分心，那姓韓乞丐的鏈子錘與申志

凡的長劍前後齊到。那少女急使險招，低頭橫身，鐵錘夾着一股勁風從她臉上掠過。噹的一

聲，彎刀與長劍相交，就在此時，黑驢負痛長嘶，前足提了起來，原來被姬清虛刺了一棒。

那姓陳乞丐就地打個滾，展開地堂刀法，刀背在驢腿上重重一擊，黑驢登時跪倒。這麼一來，

那少女再也不能乘驢而戰，眼見劍錘齊至，當即飛身而起，左手已抓住皮清玄的桿棒，用力

一拗，桿棒斷成兩截。她雙足着地，回刀橫削，格開那姓陳乞丐砍來的一刀。楊過一驚：「怎

麼？她已受了傷？」

原來那少女左足微跛，縱躍之間顯得不甚方便，一直不肯下驢，自是為了這個緣故。楊

過俠義之心頓起，待要插手相助，轉念想到：「我和姑姑好端端在古墓中長相廝守，都是那

惡女人李莫愁到來，才鬧到這步田地。這女子又冒充我姑姑，要人叫她『白衣美貌女子』，好

不要臉！」當下轉過了頭，不去瞧她。

耳聽得兵刃相交叮噹不絕，好奇心終於按捺不住，又迴過頭來，但見相鬥情勢已變，那少女東閃西避，已是遮攔多還手少。突然那姓韓乞丐鐵鎚飛去，那少女側頭讓過，正好申志凡長劍削到，玎的一聲輕響，將她束髮的銀環削斷了一根，半邊鬢髮便披垂下來。那少女秀眉微揚，嘴唇一動，臉上登如罩了一層嚴霜，反手還了一刀。

楊過見她揚眉動唇的怒色，心中劇烈一震：「姑姑惱我之時，也是這般神色。」只因那少女這一發怒，楊過立時決心相助，當下拾起七八塊小石子放入懷中，神情已十分狼狽。申志凡叫道：「你與赤練仙子李莫愁到底怎生稱呼？再不實說，可莫怪我們不客氣了！」那少女彎刀橫迴，突從他後腦鉤刁過來。申志凡沒料到她會忽施突襲，擋架不及。姓陳乞丐急叫：「留神！」姬清虛猛力舉桿棒向彎刀背上擊去，才救了申志凡性命。五人見她招數如此毒辣，下手再不容情。霎時之間，那少女連遇險招。楊過心下暗想這少女與李莫愁必有淵源，日後被那赤練魔頭得知訊息，那可禍患無窮，眼見她並無後援，正好殺了滅口，於是招招指向她的要害。

楊過見她危在頃刻，再也延緩不得，翻身上了牛背，隨即溜到牛腹之下，雙足勾住牛背，伸指在牛臀上一戳。那牯牛放開四蹄，向六人直衝過去。

六人惡鬥正酣，突然見到瘋牛衝來，都吃了一驚，四下縱開避讓。

楊過伏在牛腹之下，看準了五個男子的背心穴道，小石子一枚枚擲出，或中「魂門」、或中「神堂」，但聽得嗆啷、拍喇、哎唷」連響，五人雙臂酸麻，手中兵刃紛紛落地。楊過卻

• 298 •

已驅趕牡牛回上山坡。他從牛腹下翻身落地，大叫大嚷：「啊喲，大牡牛發瘋啦，這可不得了啦！」

申志凡穴道被點，兵刃脫手，又不見敵人出手，自料是那少女的幫手所為，此人武功如此高明，那裏還敢戀戰？幸好雙腿仍能邁步，發足便奔，總算他尚有義氣，叫道：「陳大哥，韓兄弟，咱們走罷！」餘人不暇細想，也都跟着逃走。皮清玄慌慌張張，不辨東西，反而向那少女奔去。姬清虛大叫：「皮師弟，到這裏來！」皮清玄待要轉身，那少女搶上一步，彎刀斫將下來。皮清玄大驚，手中又無兵刃，急忙偏身閃避，豈知那少女彎刀斫出時方向不定，似東實西，如上卻下，冷光閃處，已斫到了他面門。皮清玄危急中舉手擋格，擦的一聲，彎刀已削去了他四根手指。他尚未覺得疼痛，回頭急逃。

姓韓乞丐逃出十餘步，見陸無雙不再追來，心道：「這丫頭跛了腳，怎追我得上？」想到她足跛，不自禁的向她左腿瞧了一眼，轉身又奔。豈知這一下正犯了那少女的大忌，登時怒氣勃發，不可抑止，叫道：「賊叫化，你道我追你不上麼？」舞動彎刀，揮了幾轉，呼的一聲，猛地擲出。只見那彎刀在半空中銀光閃閃，噗的一聲，插入那姓韓乞丐左肩。那人一個跟蹌，肩頭帶着彎刀，狂奔而去。不多時五人均已竄入了樹林。

那少女冷笑幾聲，心中大是狐疑：「難道有人伏在左近？他為甚麼要助我？」自己使慣了的銀弧刀給那姓韓乞丐帶了去，不禁有些可惜，拾起那姓陳乞丐掉在地下的單刀拿在手裏，急步往四下樹林察看，靜悄悄的沒半個人影，回到谷中。但見楊過哭喪着臉坐在地下，呼天搶地的叫苦。

那少女問道：「喂，牧童兒，你叫甚麼苦？」楊過道：「這牛兒忽然發瘋，身上撞爛了這許多毛皮，回去主人家定要打死我。」那少女看那牯牛，但見毛色光鮮，也沒撞損甚麼，說道：「好罷，總算你這牛兒幫了我一個忙，給你一錠銀子。」說着從懷中掏出一錠三兩銀子的元寶，擲在地下。她想楊過定要大喜稱謝，那知他仍是愁眉苦臉，搖着頭不拾銀子。那少女道：「你怎麼啦？傻瓜，這是銀子啊。」楊過道：「一錠不夠。」那少女又取出一錠銀子擲在地下。楊過有意逗她，仍是搖頭。

那少女惱了，秀眉一揚，沉臉罵道：「沒啦，傻瓜！」轉身便走。楊過見了她發怒的神情，不自禁的胸頭熱血上湧，眼中發酸，想起小龍女平日責罵自己的模樣，心意已決：「一時之間若是尋不着姑姑，我就儘瞧這姑娘惱怒的樣兒便了。」當下伸手抱住她右腿，叫道：「你不能走！」那少女用力一掙，卻被他牢牢抱住了掙不脫，更是發怒，叫道：「放開！你拉着我幹麼？」楊過見她怒氣勃勃，心中愈是樂意，叫道：「我回不了家啦，你救命。」跟着便大叫：「救命，救命！」

那少女又好氣又好笑，舉刀喝道：「你再不放手，我一刀砍死你。」楊過抱得更加緊了，假意哭了起來，說道：「你砍死我算啦，反正我回家去也活不成。」那少女道：「你要怎地？」楊過道：「我不知道，我跟着你去。」那少女心想：「沒來由的惹得這傻瓜跟我胡纏。」提刀便砍了下去。楊過料想她不會真砍，仍是抱住她小腿不放，那知這少女出手狠辣，這一刀眞是砍向他頭頂，雖不想取他性命，卻要在他頭頂上一刀，好叫他吃點苦頭，不敢再來歪纏。楊過見單刀直砍下來，待刀鋒距頭不過數寸，一個打滾避開，大叫：「殺人哪，殺人哪！」

那少女更加惱怒，搶上又是揮刀砍去。楊過橫臥地下，雙腳亂踢，大叫：「我死啦，我死啦！」他一雙泥足瞎伸亂撐，模樣要有多難看就有多難看，但那少女幾次險些被他踢中手腕，始終砍他不中。楊過見她滿臉怒色，正是要瞧這副嗔態，不由得痴痴的凝望。那少女見他神色古怪，喝道：「你起來！」楊過道：「那你殺我不殺？」那少女道：「好，我不殺你就是。」楊過慢慢爬起，呼呼呼的大聲喘息，暗中運氣閉血，一張臉登時慘白，全無血色，就似嚇得魂不附體一般。

那少女心中得意，「呸」了一聲道：「瞧你還敢不敢胡纏？」舉刀指着山坡上皮清玄那幾根被割下來的手指，說道：「人家這般兇神惡煞，我也砍下他的爪子來。」楊過裝出惶恐畏懼模樣，不住畏縮。那少女將單刀插在腰帶上，轉身找尋黑驢，可是那驢子早已逃得不知去向，只得徒步而行。

楊過拾起銀子，揣在懷裏，牽了牛繩跟在她後面，叫道：「姑姑，你帶我去。」那少女加理睬，加快腳步，轉眼間將他拋得影蹤不見。那知剛歇得一歇，只見他牽着牯牛遠遠奔來，叫道：「帶我去啊，帶我去啊。」那少女秀眉緊蹙，展開輕功，一口氣奔出數里，只道他再也追趕不上，不料過不多時，又隱隱聽到「帶我去啊」的叫聲。那少女怒從心起，反身奔去，拔出單刀，高高舉起。楊過叫道：「啊喲！」抱頭便逃。那少女只要他不再跟隨，也就罷了，轉身再行。

走了一陣，聽得背後一聲牛鳴，回頭望時，但見楊過牽了牯牛遙遙跟在後面，相距約有三四十步。那少女站定腳步等他過來。可是楊過見她不走，也就立定不動，她如前行，當即

跟隨，若是返身舉刀追來，他轉頭就逃。這般追追停停，天色已晚，那少女始終擺脫不了他的糾纏。她見這小牧童雖然傻裏傻氣，腳步卻是異常迅捷，想是在山地中奔跑慣了，要待追上去打量他，或是砍傷他兩腿，每次總是給他連滾帶爬、驚險異常的溜脫。

又纏了幾次，那少女左足跛了，行得久後，甚感疲累，於是心生一計，高聲叫道：「好罷，我帶你走便是，你可得聽我的話。」楊過喜道：「你當真帶我去？」那少女道：「是啊，幹麼要騙你？我走得累了，你騎上牛背，也讓我騎着。」楊過牽了牯牛快步走近，暮靄蒼茫中見她眼光閃爍，知她不懷好意，當下笨手笨腳的爬上了牛背。那少女右足一點，輕輕巧巧的躍上，坐在楊過身前，心想：「我驢子逃走了，騎這牯牛倒也不壞。」足尖在牛脊上重重一踢。牯牛吃痛，發蹄狂奔。那少女微微冷笑，驀地裏手肘用力向後撞去，正中楊過胸口。

楊過叫聲「啊喲！」一個觔斗翻下了牛背。

那少女甚是得意，心想：「任你無賴，此次終須着了我的道兒。」伸指在牛脊裏一戳，那牯牛奔得更加快了，忽聽楊過仍是大叫大嚷，聲音就在背後，一回頭，只見他兩手牢牢拉住牛尾，雙足離地，給牯牛拖得騰空飛行，滿臉又是泥沙，又是眼淚鼻涕，情狀之狼狽實是無以復加，可偏偏就是不放牛尾。那少女無法可施，提起單刀正要往他手上砍去，忽聽人聲喧嘩，原來牯牛已奔到了一個市集上。人眾擁擠，牯牛無路可走，終於停了下來。

楊過有意要逗那少女生氣以瞧她的怒色，躺在地下大叫：「我胸口好疼啊，你打死我啦！」

市集上眾人紛紛圍攏，探問緣由。

那少女鑽入人叢，便想乘機溜走，豈知楊過從地下爬將過去，又已抱住她右腿，大叫：…

「別走，別走啊！」旁人問道：「幹甚麼？你們吵些甚麼？」楊過叫道：「她是我媳婦兒，我媳婦兒不要我，還打我。」那人道：「媳婦兒打老公，那還成甚麼世界？」那少女柳眉倒豎，左腳踢出。楊過把身旁一個壯漢一推，這一腳正好踢在他的腰裏。那大漢怒極，罵道：「小賤人，踢人麼？」提起醋缽般的拳頭捣去。那少女在他手肘上一托，借力揮出，那大漢二百來斤的身軀忽地飛起，在空中哇哇大叫，跌入人叢，只壓得衆人大呼小叫，亂成一團。

那少女竭力要掙脫楊過，被他死命抱住了卻那裏掙扎得脫？眼見又有五六人搶上要來為難，只得低頭道：「我帶你走便是，快放開。」楊過道：「你還打不打我？」那少女道：「好，不打啦！」楊過這才鬆手，爬起身來。二人鑽出人叢，奔出市集，但聽後面一片叫嚷之聲。

楊過居然在百忙之中仍是牽着那條牯牛。

楊過笑嘻嘻的道：「人家也說，媳婦兒不可打老公。」那少女惡狠狠的道：「死傻蛋，你再胡說八道，說我是你媳婦兒甚麼，瞧我不把你的腦袋瓜子砍了下來。」說着提刀一揚。楊過抱住腦袋，向旁逃過幾步，求道：「好姑娘，我不敢說啦。」那少女啐道：「瞧你這副髒模樣，醜八怪也不肯嫁你做媳婦兒。」卻不回答。楊過嘻嘻傻笑，

此時天色昏暗，兩人站在曠野之中，遙望市集中炊烟裊裊升起，腹中都感飢餓。那少女道：「傻蛋，你到市上去買十個饅頭來。」楊過搖頭道：「我不去。」那少女道：「你幹麼不去？」楊過道：「我才不去呢！你騙我去買饅頭，自己偷偷的溜了。」那少女臉一沉，道：「我說過不溜就是了。」楊過只是搖頭。那少女握拳要打，他卻又快步逃開。兩人繞着大牯牛，捉迷藏般團團亂轉。那少女一足跛了，行走不便，眼見這小子跌倒爬起，大呼小叫，自

己雖有輕身功夫，卻總是追他不上。

她惱怒已極，心想自己空有一身武功，枉稱機智乖巧，卻給這個又髒又臭的鄉下小傻蛋纏得束手無策，算得無能之至。也是楊過一副窩囊相裝得實在太像，否則她幾次三番殺不了這小傻蛋，心中早該起疑。她沿着大道南行，眼見楊過牽着牯牛遠遠跟隨，心中計算如何出其不意的將他殺了。走了一頓飯工夫，天色更加黑了，只見道旁有一座破舊石屋，似乎無人居住，尋思：「今晚我就睡在這裏，等那傻瓜半夜裏睡着了，一刀將他砍死。」當即向石屋走去，推門進去，只覺塵氣撲鼻，屋中桌椅破爛，顯是廢棄已久。她割些草將一張桌子抹乾淨了，躺在桌上閉目養神。

只見楊過並不跟隨進來，她叫道：「傻蛋，傻蛋！」不聽他答應，心想：「難道這傻蛋知道我要殺他，因而逃了！」當下也不理會，過了良久，迷迷糊糊的正要入睡，突然一陣肉香撲鼻。她跳起身來，走到門外，但見楊過坐在月光之下，手中拿着一大塊肉，正自張口大嚼，身前生了一堆火，火上樹枝搭架，掛着野味燒烤，香味一陣陣的送來。

楊過見她出來，笑了笑道：「要吃麼？」將一塊烤得香噴噴的腿肉擲了過去。那少女接在手中，似是一塊黃羶腿肉，肚中正餓，撕下一片來吃了，雖然沒鹽，卻也甚是鮮美，當下坐在火旁，斯斯文文的吃了起來。她先將腿肉一片片的撕下，再慢慢咀嚼，但見楊過吃得唾沫亂濺，嗒嗒有聲，不由得噁心，欲待不吃，腹中卻又飢餓，只見轉過了頭不去瞧他。

她吃完一塊，楊過又遞了一塊給她。那少女道：「傻蛋，你叫甚麼名字？」楊過楞楞的道：「你是神仙不是？怎知道我名叫傻蛋？」那少女心中一樂，笑道：「哈，原來你就叫傻

蛋。你爸爸媽媽呢？」楊過道：「都死光啦。你叫甚麼名字？」那少女道：「我不知道。你問來幹麼？」楊過心想：「你不肯說，我且激你一激。」得意洋洋的道：「我知道啦，你也叫傻蛋，因此不肯說。」那少女大怒，縱起身來，舉拳往他頭上猛擊一記，罵道：「誰說我叫傻蛋？你自己才是傻蛋。」楊過哭喪着臉，抱頭說道：「人家問我叫甚麼名字，我說不知道，人家就叫我傻蛋，你也說不知道，自然也是傻蛋啦。」那少女道：「誰說不知道了？我不愛跟你說就是。我姓陸，知不知道？」

這少女就是當日在嘉興南湖中採蓮的幼女陸無雙。她與表姊程英、武氏兄弟採摘花朵時摔斷了腿，武三娘爲她接續斷骨，適在此時洪凌波奉師命來襲，以致接骨不甚妥善，傷愈之後左足短了寸許，行走時畧有跛態。她皮色雖然不甚白皙，但容貌秀麗，長大後更見嬌美，只是一足跛了，不免引以爲恨。

那日李莫愁殺了她父母婢僕，將她擄去，本來也要殺害，但見到她頸中所繫的錦帕，記起她伯父陸展元昔日之情，遲遲不忍不手。陸無雙聰明精乖，知道落在這女魔頭手中，生死繫於一綫，這魔頭來去如風，要逃是萬萬逃不走的，於是一起始便曲意迎合，處處討好，竟奉承得那殺人不眨眼的赤練仙子加害之意日漸淡了。李莫愁有時記起當年恨事，就將她叫來折辱一場。陸無雙故意裝得蓬頭垢面，一蹺一拐，打罵一番，出了心中之氣，也就不爲已甚。陸無雙如此委曲求全，也虧她一個小小女孩，居然在這大魔頭門下挨了下來。

· 305 ·

她將父母之仇暗藏心中，絲毫不露。李莫愁問起她的父母，她總是假裝想不起來。當李莫愁與洪凌波練劍武之時，她就在旁遞劍傳巾、斟茶送果的侍候，十分殷勤。她武學本有些根柢，看了二人練武，心中暗記，待李洪二人出門時便偷偷練習，平時更加意討好洪凌波。後來洪凌波乘着師父心情甚佳之時代陸無雙求情，也拜在她門下作了徒弟。

如是過了數年，只是李莫愁對她總是心存疑忌，別說最上乘的武功，就是第二流的功夫也不肯傳授。倒是洪凌波見她可憐，暗中常加點撥，因此她的功夫說高固然不高，說低卻也不低。這日李莫愁與洪凌波師徒先後赴活死人墓盜「玉女心經」，陸無雙見她們長久不歸，決意就此逃離魔窟，回江南去探訪父母的生死下落。她幼時雖見父母被李莫愁打得重傷，究未親見父母逝世，心中總存着一綫指望，要去探個水落石出。

臨走之時，心想一不作，二不休，竟又盜走了李莫愁的一本「五毒秘傳」，那是記載諸般毒藥和解藥的抄本。

她左足跛了，最恨別人瞧她跛足，那日在客店之中，兩個道人向她的跛足多看了幾眼，她立即出言斥責，那兩個道人脾氣也不甚好，三言兩語，動起手來，她使彎刀削了兩個道人的耳朵，才有日後豺狼谷的約鬥。當日李莫愁擄她北去之時，她在窰洞口與楊過曾見過一面，但其時二人年幼，日後都變了模樣，數年前匆匆一會，這時自然誰都記不起了。

陸無雙吃完兩塊烤肉，也就飽了。楊過卻借着火光掩映，看她的臉色，心道：「我姑姑此刻不知身在何處？眼前這女子若是姑姑，我烤麖腿給她吃，豈不是好？」心下尋思，獸獸

• 306 •

的凝望着她，竟似痴了。陸無雙哼了一聲，心道：「你這般無禮瞧我，現下且自忍耐，半夜裏再殺你。」當即回入石屋中睡了。

睡到中夜，她悄悄起來，走到屋外，只見火堆邊楊過一動不動的睡着，火堆早已熄了，於是躡手躡足的走到他身後，手起刀落，往他背心砍去，突然手腕一抖，虎口震得劇痛，登時把捏不定，噹的一聲，單刀脫手，只覺中刀之處似鐵似石。她一驚非小，急忙轉身逃開，心道：「難道這傻蛋竟練得週身刀槍不入？」奔出數丈，見楊過並不追來，回頭一望，只見他仍是伏在火邊不動。

陸無雙疑心大起，叫道：「傻蛋，傻蛋！」不聽答應，當下側耳傾聽，似乎屋子中傳出一陣陣鼾聲，循聲尋去，只見楊過正睡在她適才所睡的桌上，背心向外，鼾聲大作，濃睡正酣。陸無雙盛怒之下，也不去細想他怎會突然睡到了桌上，立即縱身而上，提起單刀，挺刀尖向他背心插落。

這一下刀鋒入肉，手上絕無異感，卻聽楊過打了幾下鼾，說起夢話來：「誰在我背上搔癢，嘻嘻，別鬧，別鬧，我怕癢。」

陸無雙驚得臉都白了，雙手發顫，心道：「此人難道竟是鬼怪？」轉身欲逃，一時之間

但見楊過身形縮成一團，模樣極是古怪，當下大着膽子走近，見他竟然不似人形，伸手摸了摸，衣服下硬硬的似是一塊大石。抓住衣服向上提起，衣服下果然是一塊岩石，又那裏有楊過的人在？

她呆了一呆，叫道：「傻蛋，傻蛋！我有話跟你說。」楊過只是不應。她凝神細看，

· 307 ·

雙足竟然不聽他使喚。只聽他又說夢話：「背上好癢，定是小老鼠來偷我的黃鑽肉。」伸手背後，從衣衫底下拉出半斤黃鑽，拍的一聲，拋在地下。陸無雙舒了一口長氣，這才明白：「原來這傻蛋將黃鑽肉放在背上，剛才這刀刺在獸肉上啦，卻教我虛驚一場。」

她連刺兩次失誤，對楊過憎恨之心更加強了，咬牙低聲道：「臭傻蛋，瞧我這次要不要了你的小命。」閃身撲上，舉刀向他背心猛砍。楊過於鼾聲呼呼中翻了個身，這一刀拍的一聲，砍在桌上，深入木裏。

陸無雙手上運勁，待要拔刀，楊過正做甚麼惡夢，大叫：「媽啊，媽啊，小老鼠來咬我啊。」兩條泥腿倏地伸出，左腿擱在陸無雙臂彎裏的「曲池穴」，右腿卻擱在她肩頭的「肩井穴」。這兩處都是人身大穴，他兩條泥腿摔將下來，無巧不巧，恰好撞正這兩處穴道。陸無雙登時動彈不得，呆呆的站着，讓身子作了他擱腿的架子。

她心中怒極，身子雖不能動，口中卻能說話，喝道：「喂，傻蛋，快把臭腳拿開。」只聽他打呼聲愈加響了。她不知如何是好，惱恨之下，張口將唾沫向他吐去。楊過翻了個身，右腳尖漫不經意的掠了過來，正好在她「巨骨穴」上輕輕一碰。陸無雙立時全身酸麻，連嘴也張不開了，鼻中只聞到他腳上臭氣陣陣衝來。

就這麼擱了一盞茶時分，陸無雙氣得幾欲暈去，心中賭咒發誓：「明日待我穴道鬆了，定要在這傻蛋身上斬他十七八刀。」再過一陣，楊過心想也作弄她得夠了，放開雙足，轉過身來，雖在黑暗之中，她臉上的氣惱神色仍是瞧得清清楚楚。她越是發怒，似乎越是與小龍女相似，楊過痴痴的瞧着，那裏捨得閉眼？其實陸無雙相貌和小龍女全不相似，只是天下女

子生氣的模樣總是大同小異，楊過念師情切，百無聊賴之中，瞧瞧陸無雙的嗔態怒色，自覺是依稀瞧到了小龍女，那也是畫餅之意、望梅之思而已。

過了一會，月光西斜，從大門中照射進來。陸無雙見楊過雙眼睜開，笑眯眯的瞧着自己，心中一凜：「莫非這傻蛋喬獸扮痴？他點我穴道，並非無意碰巧撞中？」想到此處，不由得出了一身冷汗。就在此時，忽見楊過斜眼望着地下，她歪過眼珠，順着他眼光看去，只見地下並排列着三條黑影，原來有三個人站在門口。凝神再看，三條黑影的手中都拿着兵刃，只見她暗暗叫苦：「糟啦，糟啦，對頭找上了門來，偏生給這傻蛋撞中了穴道。」她連遭怪異，心中雖然起疑，卻總難信如此骯髒猥瑣的一個牧童竟會有一身高明武功。

楊過閉上了眼大聲打鼾。只聽門口一人叫道：「小賤人，快出來，你站着不動，就想道爺饒了你麼？」楊過心道：「原來又是個牛鼻子。」又聽另一人道：「我們也不要你的性命，只要削你兩隻耳朵、三根手指。」第三人道：「老子在門外等着，爽爽快快的出來動手罷。」說着向外躍出。三人圍成半圓，站在門外。

楊過伸個懶腰，慢慢坐起，說道：「外面叫甚麼啊，陸姑娘，你在那裏？咦，你幹麼站着不動？」在她背上推了幾下。陸無雙但覺一股強勁力道傳到，全身一震，三處被封的穴道站便卽解開，當下也不及細想，俯身拾起單刀，躍出大門，只見三個男人背向月光而立。那人手中拿的是條鐵鞭，看準尖刀砸將下來。她更不打話，翻腕向左邊那人挺刀刺去。那人手中拿的是條鐵鞭，看準尖刀砸將下來。她更不打話，翻腕向左邊那人挺刀刺去。那人手中拿的是條鐵鞭，看準尖刀砸將下來。

他鐵鞭本就沉重，兼之臂力甚強，砸得又準，噹的一聲，陸無雙單刀脫手。楊過橫臥桌上，已見陸無雙向旁跳開，左手斜指，心道：「好，那道人的長劍保不住。」果然她手腕斗翻，已

施展古墓派武功，奪過道人手中長劍，順手斫落，噗的一聲，道人肩頭中劍。他大聲咒罵，躍開去撕道袍裹傷。

陸無雙舞劍與使鞭的漢子鬥在一起。另一個矮小漢子手持花槍，東一槍西一槍的攢刺，不敢過份逼近。那使鞭的猛漢武藝不弱，鬥了十餘合，陸無雙漸感不支。那人出手與步履之間均有氣度，似乎頗為自顧身分，陸無雙數次失手，他竟並不過份相逼。

那道人裹好傷口，空手過來。白光閃動，指着陸無雙罵道：「古墓派的小賤人，下手這般狠毒！」挺臂舞拳，向她急衝過去。那道人背上又吃了一劍，可是那矮漢的花槍卻也刺到了陸無雙背心，使鞭猛漢的鐵鞭戳向她肩頭。楊過暗叫：「不好！」雙手握着的兩枚石子同時擲出，一枚盪開花槍，另一枚打中了猛漢右腕。

不料那猛漢武功了得，右腕中石，鐵鞭固然無力前伸，但左掌快似閃電，倏地穿出，噗的一聲，擊正陸無雙胸口。楊過大驚，他究竟年輕識淺，看不透這猛漢左手上拳掌功夫的了得，急忙搶出，一把抓住他後領運勁用出。那猛漢騰空而起，跌出丈許之外。那道人與矮漢子見楊過如此厲害，忙扶起猛漢，頭也不回的走了。

楊過俯頭看陸無雙時，見她臉如金紙，呼吸甚是微弱，受傷實是不輕，伸左手扶住她背脊，讓她慢慢坐起，但聽得格啦、格啦兩聲輕響，卻是骨骼互撞之聲，原來她兩根肋骨被那猛漢一掌擊斷了。她本已昏暈過去，兩根斷骨一動，一陣劇痛，便即醒轉，低低呻吟。楊過道：「怎麼啦？很痛麼？」陸無雙早痛得死去活來，咬牙罵道：「問甚麼？自然很痛。抱我進屋去。」楊過托起她身子，不免畧有震動。陸無雙斷骨相撞，又是一陣難當劇痛，罵道：

「好，鬼傻蛋，你……你故意折磨我。那三個傢伙呢？」楊過出手之時，她已被擊暈，是以不知是他救了自己性命。

楊過笑了笑，道：「他們只道你已經死了，拍拍手就走啦。」陸無雙心中驚寬，罵道：「你笑甚麼？死傻蛋，見我越痛就越開心，是不是？」楊過每聽她罵一句，就想起小龍女當日叱罵自己的情景來。他在活死人墓中與小龍女相處這幾年，實是他一生中最歡悅的日子，小龍女縱然斥責，他因知師父真心相待，仍是內心感到溫暖。此時找尋師父不到，恰好碰到另一個白衣少女，淒苦孤寂之情，竟得稍卻。實則小龍女秉性冷漠，縱對楊過責備，也不過不動聲色的淡淡數說幾句，那會如陸無雙這麼亂罵？但在楊過此時心境，總是有一個年輕女子斥罵自己，遠比無人斥罵爲佳，對她的惡言相加只是微笑不理，抱起她放在桌上。陸無雙橫臥下去時斷骨又格格作聲，忍不住大聲呼痛，呼痛時肺部吸氣，牽動肋骨，痛得更加厲害了，咬緊牙關，額頭上全是冷汗。

楊過道：「我給你接上斷骨好麼？」陸無雙罵道：「臭傻蛋，你會接甚麼骨？」楊過道：「我家裏的癩皮狗跟隔壁的大黃狗打架，給咬斷了腿，我就給牠接過骨。還有，王家伯伯的母豬撞斷了肋骨，也是我給接好的。」陸無雙大怒，卻又不敢高聲呼喝，低沉着嗓子道：「你罵我癩皮狗，又罵我母豬。你才是癩皮狗，你才是母豬。」楊過笑道：「就算是豬，我也是公豬啊。再說，那癩皮狗也是雌的，雄狗不會癩皮。」陸無雙雖然伶牙利齒，但每說一句，胸口就一下牽痛，滿心要跟他鬥口，卻是力所不逮，只得閉眼忍痛，不理他的嘮叨。

「那癩皮狗的骨頭經我一接，過不了幾天就好啦，跟別的狗打起架來，就和沒斷過骨頭一樣。」

· 311 ·

陸無雙心想：「說不定這傻蛋真會接骨。何況若是無人醫治，我準沒命。可是他跟我接骨，便得碰到我胸膛，那……那怎麼是好？哼，他若治我不好，我跟他同歸於盡。若是治好了，我也決不容這見過我身子之人活在世上。」她幼遭慘禍，忍辱掙命，心境本已大異常人，跟隨李莫愁日久，耳染目濡，更學得心狠手辣，小小年紀，卻是滿肚子的惡毒心思，低聲道：

「好罷！你若騙我，哼哼，小傻蛋，我決不讓你好好的死。」

楊過心道：「此時不加刁難，以後只怕再沒機緣了。」於是冷冷的道：「王家伯伯的母豬撞斷了肋骨，他閨女向我千求萬求，連叫我一百聲『好哥哥』，我才去給接骨……」陸無雙連聲道：「呸、呸！呸、臭傻蛋……臭傻蛋……啊哼……」胸口又是一陣劇痛。楊過笑道：

「你不肯叫，那也罷了。我回家啦，你好好兒歇着。」說着站起身來，走向門口。

陸無雙心想：「此人一去，我定要痛死在這裏了。」只得忍氣道：「你要怎地？」楊過道：「本來嘛，你也得叫我一百聲好哥哥，但你一路上罵得我苦了，須得叫一千聲才成。」於是說道：「我就叫你好哥哥，好哥哥……哎唷……哎唷……哎唷……」楊過道：「好罷，還有九百九十七聲，你好哥哥，好哥哥……哎唷……哎唷……」楊過道：「一切且答應他，待我傷整治他不遲。」陸無雙下計議：「一切且答應他，待我傷愈，再慢慢整治他不遲。」於是說道：「好罷，我鬧不過你。」楊過道：

「你不愛治就不治，我又不希罕……」

陸無雙不由自主的一縮，驚道：「你幹甚麼？」楊過退了一步，道：「隔着衣服接斷骨我可不會，那些癩皮狗、老母豬都是不穿衣服的。」陸無雙也覺好笑，可是若要任他解衣，終覺害羞，過了良久，才低頭道：「好罷，我鬧不過你。」楊過道：

「你不愛治就不治，我又不希罕……」

那就記在帳上，等你好了再叫。」走近身來，伸手去解她衣衫。

正說到此處，忽聽得門外有人說道：「這小賤人定然在此方圓二十里之內，咱們趕緊搜尋……」陸無雙一聽到這聲音，只嚇得面無人色，當下顧不得胸前痛楚，伸手按住了楊過的嘴巴，原來外面說話的正是李莫愁。

楊過聽了她聲音，也是大吃一驚。只聽另一個女子聲音道：「那叫化子肩頭所插的那把彎刀，明明是師妹的銀弧刀，就可惜沒能起出來認一下。」此人自是洪凌波了。

她師徒倆從活死人墓中死裏逃生，回到赤霞莊來，發見陸無雙竟已逃走，這也罷了，不料她還把一本「五毒秘傳」偷了去。李莫愁橫行江湖，武林人士盡皆忌憚，主要還不因她武功，而在她五毒神掌與冰魄銀針的劇毒。「五毒秘傳」中載得有神掌與銀針上毒藥及解藥的藥性、製法，倘若流傳了出去，赤練仙子便似赤練蛇給人拔去了毒牙。秘傳中所載她早熟爛於胸，自不須帶在身邊，在赤霞莊中又藏得機密萬分，那知陸無雙平日萬事都留上了心，得知師父收藏的所在，既然決意私逃，便連這本書也偷了去。

李莫愁這一怒真是非同小可，帶了洪凌波連日連夜的追趕，但陸無雙逃出已久，所走的又是荒僻小道。李莫愁師徒自北至南、自南回北兜截了幾次，始終不見她的蹤影。這一晚事有湊巧，師徒倆行至潼關附近，聽得丐幫弟子傳言，召集西路幫眾聚會。李莫愁心想丐幫徒眾遍於天下，耳目靈通，當會有人見到陸無雙，於是師徒倆趕到集會之處，想去打探消息，另外十七八名乞兒在旁衞護。李莫愁見那人肩頭插了一柄彎刀，正是陸無雙的銀弧刀。她閃身在旁竊聽，隱約聽到那些乞丐憤

在路上恰好撞到一名五袋弟子由一名丐幫幫眾背着飛跑，正是陸無雙的銀弧刀。

313

然叫嚷，說給一個跛足丫頭用彎刀擲中了肩頭。

李莫愁大喜，心想他既受傷不久，陸無雙必在左近，當下急步追趕，尋到了那破屋之前。

但見屋前燒了一堆火，又微微聞到血腥氣，忙幌亮火摺四下照看，果見地下有幾處血迹，血色尚新，顯是惡鬥未久。李莫愁一拉徒兒的衣袖，向那破屋指了指。洪凌波點點頭，推開屋門，舞劍護身，闖了進去。

陸無雙影閃了進來，正是師姊洪凌波。

淡黃人影閃了進來，正是師姊洪凌波。

洪凌波對師妹情誼倒甚不錯，知道此次師父定要使盡諸般惡毒法兒，折磨得師妹痛苦難當，這才慢慢處死，眼見她躺在桌上，當下舉劍往她心窩中刺去，免她零碎受苦。

劍尖剛要觸及陸無雙心口，李莫愁伸手在她肩頭一拍，洪凌波手臂無勁，立時垂下。李莫愁冷笑道：「難道我不會動手殺人？要你忙甚麼？」對陸無雙道：「你見到師父也不拜了麼？」她此時雖當盛怒，仍然言語斯文，一如平素。陸無雙心想：「今日既已落在師手中，甚麼不論哀求也好，挺撞也好，總是要苦受折磨。」於是淡淡的道：「你與我家累世深仇，甚麼話也不必說啦。」李莫愁靜靜的望着她，目光中也不知是喜是愁。洪凌波臉上滿是哀憐之色。

陸無雙上唇微翹，反而神情倨傲。

三人這麼互相瞪視，過了良久，李莫愁道：「那本書呢？拿來。」陸無雙道：「給一個惡道士、一個臭叫化子搶去啦！」李莫愁暗吃一驚。她與丐幫雖無樑子，跟全真教的過節卻是不小，素知丐幫與全真教淵源極深，這本「五毒秘傳」落入了他們手中，那還了得？

・314・

陸無雙隱約見到師父淡淡輕笑，自是正在思量毒計。她在道上遁逃之際，提心吊膽的只怕師父追來，此刻當真追上了，反而不如先時恐懼，突然間想起：「傻蛋到那裏去了？」她命在頃刻，想起那個骯髒痴呆的牧童，不知不覺竟有一股溫暖親切之感。突然間火光閃亮，蹄聲騰騰直響。

李莫愁師徒轉過身來，只見一頭大牯牛急奔入門，那牛右角上縛了一柄單刀，左角上縛着一叢燒得正旺的柴火，眼見衝來的勢道極是威猛，李莫愁當即閃身在旁，但見牯牛在屋中打了個圈子，轉身又奔了出去。李莫愁望着牯牛後影，初時微感詫異，隨即心念一動：「是誰在牛角上縛上柴火尖刀？」轉過身來，師徒倆同聲驚呼，躺在桌上的陸無雙已影蹤不見。

洪凌波在破屋前後找了一遍，躍上屋頂。李莫愁料定是那牯牛作怪，當即追出屋去。黑暗中但見牛角上火光閃耀，已穿入了前面樹林。她在火光照映下見牛背上無人，看來陸無雙並非乘牛逃走，轉念一想：「是了，定是有人在外接應，趕這怪牛來分我之心，乘亂救了她去。」但一時之間不知向何方追去才是，當下腳步加快，片刻間已追上牯牛，縱身躍上牛背，卻瞧不出甚麼端倪，立即躍下，在牛臀上踢了一腳，撮口低嘯，與洪凌波通了訊號，一個自北至南，一個從西到東的追去。

這牯牛自然是楊過趕進屋去的。他聽到李莫愁師徒的聲音，當即溜出後門，站在窗外偷聽，只一句話，便知李莫愁是要來取陸無雙性命，靈機一動，奔到牯牛之旁，將陸無雙那柄給鐵鞭砸落在地的單刀拾起，再拾了幾根枯柴，分別縛上牛角，取火燃着了柴枝，伏在牛腹

之下，手腳抱住牛身，驅牛衝進屋去，一把抱起陸無雙，仍是藏在牛腹底下逃出屋來。他行動迅捷，兼之那牯牛模樣古怪，饒是李莫愁精明，事出不意，卻也沒瞧出破綻。待得她追上牯牛，楊過早已抱着陸無雙躍入長草中躲起。

這一番顛動，她都是迷糊不清，過了好一陣，於楊過怎樣相救、怎樣抱着她藏身在牛腹之下、怎樣躍入草叢，她早痛得死去活來，神智稍復，「啊」的一聲叫了出來。楊過忙按住她口，在她耳邊低聲道：「別作聲！」只聽腳步聲響，洪凌波道：「咦，怎地一霎眼就不見了人？」遠處李莫愁道：「咱們走罷。這小賤人定是逃得遠了。」但聽洪凌波的腳步聲漸漸遠去。

陸無雙微微一掙，發覺被他摟在懷內，又羞又急，正想出手打去。楊過在她耳邊低聲道：「別上當，你師父在騙你。」這句話剛說完，果然聽得李莫愁道：「當眞不在此處。」說話聲音極近，幾乎就在二人身旁。陸無雙吃了一驚，心道：「若不是傻蛋見機，這番可沒命了！」原來李莫愁疑心她就藏在附近，口中說走，其實是施展輕功，悄沒聲的掩了過來。陸無雙險

些中計。

楊過側耳靜聽，這次她師徒倆才當眞走了，鬆開按在陸無雙嘴上的手，笑道：「好啦，不用怕啦。」陸無雙道：「放開我。」楊過輕輕將她平放草地，說道：「我立時給你接好斷骨，咱們須得趕快離開此地，待得天明，可就脫不了身啦。」陸無雙點了點頭。楊過怕她接骨時掙扎叫痛，驚動李莫愁師徒，當即點了她的麻軟穴，伸手去解她衣上扣子，說道：「千

萬別作聲。」

解開外衣後，露出一件月白色內衣，內衣之下是個杏黃色肚兜。楊過不敢再解，目光上移，但見陸無雙秀眉雙蹙，緊緊閉着雙眼，又羞又怕，渾不似一向的蠻橫模樣。楊過情竇初開，聞到她一陣陣處女體上的芳香，一顆心不自禁的怦怦而跳。陸無雙微微睜開眼來，輕輕的道：「你給我治罷！」說了這句話，又卽閉眼，側過頭去。楊過雙手微微發顫，解開她的肚兜，看到她乳酪一般的胸脯，怎麼也不敢用手觸摸。

陸無雙等了良久，但覺微風吹在自己赤裸的胸上，頗有寒意，轉頭睜眼，卻見楊過正自痴痴的瞪視，怒道：「你……你瞧……瞧……甚麼？」楊過一驚，伸手去摸她肋骨，一碰到她滑如凝脂的皮膚，身似電震，有如碰到炭火一般，立卽縮手。陸無雙道：「快閉上眼睛，你再瞧我一眼，我……我……」說到此處，眼淚流了下來。

楊過忙道：「是，是。我不看了。你……你別哭。」果眞閉上眼睛，伸手摸到她斷了的兩根肋骨，將斷骨仔細對準，忙拉她肚兜遮住她胸脯，心神畧定，於是折了四根樹枝，兩根放在她胸前，兩根放在背後，用樹皮牢牢綁住，使斷骨不致移位，這才又扣好她裏衣與外衣的扣子，鬆了她的穴道。

陸無雙睜開眼來，但見月光映在楊過臉上，雙頰緋紅，神態忸怩，正自偷看她的臉色，此時她斷骨對正，雖然仍是疼痛，但比之適才斷骨相互銼軋時的劇痛已大爲緩和，心想：「這傻蛋倒眞有點本事。」她此時自己看出楊過實非常人，更與她目光一碰，急忙轉過頭去。

不是傻蛋，但她一起始就對之嘲罵輕視，現下縱然蒙他相救，卻也不肯改顏尊重，當下問道：

・317・

「傻蛋，你說怎生好？獸在這兒呢，還是躲得遠遠地？」楊過道：：「你說呢？」陸無雙道：

「自然走啊，在這兒等死麼？」楊過道：：「到那兒去？」陸無雙道：「我要回江南，你肯不肯送我去？」楊過道：「我要尋我姑姑，不能去那麼遠。」陸無雙一聽，臉色沉了下來，道：：

「好罷，那你快走！讓我死在這兒罷。」

陸無雙若是溫言軟語的相求，楊過定然不肯答應，但見她目蘊怒色，眉含秋霜，依稀是小龍女生氣的模樣，不由得難以拒卻，心想：「說不定姑姑恰好到了江南，我送陸姑娘去，常言道好心有好報，天可憐見，卻教我撞見了姑姑。」他明知此事渺茫之極，只是無法拒絕陸無雙所求，只好向自己巧所辯解罷了，當下嘆了口氣，俯身將她抱起。

陸無雙怒道：：「你抱我幹麼？」楊過笑道：：「抱你到江南去啊。」陸無雙大喜，噗嗤一笑，道：：「傻蛋，江南這麼遠，你抱得我到麼？」話雖這麼說，卻安安靜靜的伏在他懷裏，一動也不動了。

這時那頭大牯牛早奔得不知去向。楊過生怕給給李莫愁師徒撞見，儘揀荒僻小路行走。他腳下迅捷，上身卻是穩然不動，全沒震痛陸無雙的傷處。陸無雙見身旁樹木不住倒退，他這一路飛馳，竟然有如奔馬，比自己空身急奔還要迅速，輕功實不在師父之下，心中暗暗驚奇：：

「原來這傻蛋身負絕藝，他小小年紀，怎能練到這一身本事？」不久東方漸白，她抬起頭來，見楊過臉上雖然骯髒，卻是容貌清秀，雙目更是靈動有神，不由得心中一動，漸漸忘了胸前疼痛，過了一陣，竟爾沉沉睡去。

待得天色大明，楊過有些累了，奔到一棵大樹底下，輕輕將她放下，自己坐在她身邊休

· 318 ·

息。陸無雙睜開眼來，淺淺一笑，說道：「我餓啦，你餓不餓？」楊過道：「我自然也餓，好罷，咱們找家飯店吃飯。」站起身來，又抱起了她，只是抱了半夜，雙臂微感酸麻，當下舉起她坐在自己肩頭，緩緩而行。

陸無雙兩隻腳在楊過胸前輕輕的一盪一盪，笑道：「傻蛋，你到底叫甚麼名字？總不成在別人面前，我也叫你傻蛋。」楊過道：「我沒名字，人人都叫我傻蛋。」陸無雙惱道：「你不說就算啦！那你師父是誰？」楊過聽她提到「師父」二字，他對小龍女極是敬重，那敢輕忽玩鬧，正色答道：「我師父是我姑姑。」陸無雙信了，心道：「原來他是家傳的武藝。」又問：「你姑姑是那一家那一派？」楊過呆頭呆腦的道：「她是住在家裏的，派甚麼的我可不知道啦。」陸無雙嗔道：「你裝傻！我問你，你學的是那一門子武功？」楊過道：「你問我家的大門嗎？陸無雙道：「紙糊的，那明明是木頭的。」陸無雙心下沉吟：「難道此人當眞是個傻蛋？武功雖好，人卻痴呆麼？」於是溫言道：「傻蛋，你好好跟我說，你爲甚麼救我性命？」

楊過一時難以回答，想了一陣，道：「我姑姑叫我救你，我就救你。」陸無雙道：「你姑姑是誰？」楊過道：「姑姑就是姑姑。她叫我幹甚麼，我就幹甚麼。」陸無雙嘆了口氣，心想：「這人原來眞是傻的。」本來已對他畧有溫柔之意，此時卻又轉生厭憎。楊過聽她不再說話，問道：「你怎麼不說話啦？」陸無雙哼了一聲。楊過又問一句。陸無雙嗔道：「我不愛說話就不說話，傻蛋，你閉着嘴巴！」楊過知她此時臉色定然好看，只是她坐在自己肩頭，難以見到，不禁暗感可惜。

不多時，來到一個小市鎮。楊過找了一家飯店，要了飯菜，兩人相對而坐。陸無雙聞到他身上的牛糞氣息，眉頭一皺，道：「傻蛋，你坐到那邊去，別跟我一桌。」楊過笑了笑，走到另一張桌旁坐了。陸無雙見他仍是面向自己，心中煩躁，越瞧越覺此人傻得討厭，沉臉道：「你別瞧我。」指着遠處一張桌子道：「坐到那邊去。」她肚中雖餓，但胸口刺痛，難以下咽，只感一百個的不如意，欲待拿楊過出氣，他又坐得遠了，呼喝不着。

正煩惱間，忽聽門外有人高聲唱道：「小小姑娘做好事哪。」又有人接唱道：「施捨化子一碗飯哪！」陸無雙抬起頭來，只見四名乞丐一字排在門外，一齊望着自己，眼見這四人來意不善，心中暗暗吃驚。又聽第三個化子唱道：「天堂有路你不走哪！」第四個唱道：「地獄無門你進來喲！」四個乞丐唱的都是討飯的「蓮花落」調子，每人都是右手持一隻破碗，左手拿一根樹枝，肩頭負着四隻布袋子。陸無雙曾聽師姊閒談時說起，丐幫幫眾以所負麻袋數目分輩份高低，這四人各負四袋，那均是四袋弟子了，想起昨天在豹狼谷中相鬥的那韓陳二人，背上似乎各負五隻麻袋，比之眼前這四人還高了一級。自己若是身上無傷，對這四丐自是不懼，可是現下提筷子都沒力氣，卻如何迎敵？傻蛋輕功雖然了得，但這麼瘋瘋顛顛的，就算會武，也決不能高，一時不禁彷徨無計。

楊過自管自吃飯，對這四個化子恍若未見。他吃完了一碗，自行走到飯桶邊裝滿滿的又裝一碗，伸手到陸無雙面前的菜盤中抓起一條魚來，湯水魚汁，淋得滿桌都是，傻笑道：「嘻嘻，我吃魚！」

陸無雙秀眉微蹙，已無餘暇斥罵。只聽那四個乞丐又唱了起來，唱的仍是「小小姑娘」那四句。四個乞丐連唱三遍，八隻眼睛瞪視着她。陸無雙不知如何應付才是，當下緩緩扒着飯粒，只作沒有聽見，心中卻是焦急萬分。

一個化子大聲說道：「小姑娘，你既一碗飯也不肯施捨，就再施捨一柄彎刀罷。」另一個道：「你跟我們去，我們也不能難為你。只要明是非曲直，自有公平了斷。」隔了一會，第三個道：「快走罷，難道真要我們用強不成？」陸無雙回答也不是，不答也不是，不知如何是好。第四個化子道：「我們不能強乞惡化，四個大男人欺侮一個小姑娘，也教江湖上好漢笑話，只是要你去評一評理。」陸無雙聽了四人語氣，知道片刻之間就要動武，雖然明知難敵，卻也不能束手待斃，左手撫着長橃，只待對方上來，就挺橃拒敵。

楊過心想：「該出手啦！」走到陸無雙桌邊，端起湯碗，口中咬着一大塊魚，含含糊糊的道：「我……我要泡點兒湯！」湯碗一側，把半碗熱湯倒在陸無雙右臂上。她坐西朝東，右臂處於內側，這半碗湯倒將下去，她立時身子一縮，轉頭去看。楊過叫道：「啊喲！」毛手毛腳的去替她抹拭，就在此時，左手向外一揚，四根竹筷激飛而出，分射四名化子。

這四根竹筷去勢實在太快，那四個化子還沒看清，只覺臂彎處一痛，嗆啷啷啷聲響，四隻破碗一齊摔在地下砸得粉碎。楊過拉起身上破衣，不住價往陸無雙袖子上抹去，說道：「你……你別生氣……我……我……我給你抹乾淨。」陸無雙叱道：「別瞎搗亂！」回頭瞧那四個化子時，登時驚得呆了。

只見四個乞丐的背影在街角處一幌而沒，地下滿是破碗的碎片。陸無雙大是驚疑：「這

· 321 ·

四人忒也古怪，怎地平白無端的突然走了？」

她見楊過雙手都是魚湯菜汁，還在桌上亂抹，斥道：「快走開，也不怕髒？」楊過道：

「是，是！」雙手在衣襟上大擦一陣。陸無雙皺起眉頭，問道：「那四個叫化怎麼走啦？」

楊過道：「他們見姑娘小氣，不肯施捨。再求也是無用，這就走啦。」

陸無雙沉吟片刻，不明所以，取出銀子，叫楊過去買了一頭驢子，付了飯錢後，跨上驢

背。但剛上驢背，斷骨處便是劇痛，忍不住呻吟出聲。楊過道：「可惜我又髒又臭，要不然

倒可扶着你。」陸無雙道：「哼，儘說廢話。」韁繩一抖，那驢子的脾氣甚是倔強，挨到牆

邊，將她身子往牆上擦去。陸無雙手脚都無力氣，驚呼一聲，竟從驢子上摔了下來。她右足

着地，穩穩站定，可是牽動傷處，疼痛難當，怒道：「你明明見我摔下來，也不來扶。」楊

過道：「我……身上髒啊。」陸無雙道：「你就不會洗洗麼？」楊過傻笑幾下，卻不說話。

陸無雙道：「你扶我騎上驢子去。」楊過依言扶她上了驢背。那驢子一覺背上有人，立時又

要搗鬼。

陸無雙道：「你快牽着驢子。」楊過道：「不，我怕驢子踢我。要是我那條大牯牛跟着

來，可就好了。」陸無雙氣極：「這傻蛋說他不傻卻傻，說他傻呢，卻又不傻。他明明是想

抱着我。」無可奈何，只得道：「好罷，你也騎上驢背來。」楊過道：「是你叫我的，可別

嫌我髒，又罵我打我。」陸無雙道：「是啦，囉囉唆唆的多說幹麼？」楊過這才一笑跨上驢

背，雙手摟住了她，兩腿微一用力，那驢子但感腹邊大痛，那裏還敢作怪，乖乖的走了。

楊過道：「向那兒走？」陸無雙早已打聽過路徑，本想東行過潼關，再經中州，折而南

行，那是大道，但見了丐幫這四個化子後，尋思前邊路上必定還有丐幫徒眾守候，不如走小路，經竹林關，越龍駒寨，再過紫荊關南下，雖然路程迂遠些，卻是太平得多，也更加不易給師父追上，沉吟一會，向東南方一指，道：「往那邊去。」

驢子蹄聲得得，緩緩而行，剛出市集，路邊一個農家小孩奔到驢前，叫道：「陸姑娘，有件物事給你。」說着將手中一束花擲了過來，轉頭撒腿就跑。陸無雙伸手接過，見是一束油菜花，花束上縛着一封信，忙撕開封皮，抽出一張黃紙，見紙上寫道：

「尊師轉眼即至，即速躲藏，切切！」

黃紙甚是粗糙，字迹卻頗為秀雅。陸無雙「咦」了一聲，驚疑不定：「這小孩是誰？他怎知我姓陸？又怎知我師父即會追來？」問楊過道：「你識得這小孩，是不是？又是你姑姑派來的了？」

楊過在她腦後早已看到了信上字迹，心想：「這明明是個尋常農家孩童，定是受人差遣送信。只不知寫信的人是誰？看來倒是好意。當眞李莫愁追來，那便如何是好？」他雖學了玉女心經和九陰眞經，一身而兼修武林中兩大秘傳，但究竟時日太淺，雖知秘奧，功力未至，也是枉然，若給李莫愁趕上，可萬萬不是敵手，靑天白日的實是無處躲藏，正自沉吟無計，聽陸無雙問起，答道：「我不識得這小傻蛋，看來也不是我姑姑派來的。」

剛說了這兩句話，只聽吹打聲響，迎面抬來一乘花轎，數十人前後簇擁，原來是迎娶新娘。雖是鄉間村夫的粗鄙鼓樂，卻也喜氣洋洋，自有一股動人心魄的韻味。楊過心念一動，問道：「你想不想做新娘子？」

但見陸無雙眉頭微蹙，似乎睡夢中也感到斷骨處的痛楚，楊過登時想起小龍女來，跟着記起她要自己立過的誓，全身冷汗直冒，拍拍兩下，重重打了自己兩個耳光。

第九回　百計避敵

陸無雙正自惶急，聽他忽問傻話，怒道：「傻蛋！又胡說甚麼？」楊過笑道：「咱們來玩拜天地成親。你扮新娘子好不好？那才教美呢？臉上披了紅布，別人說甚麼也瞧你不見。」陸無雙一怔，道：「你教我扮新娘子躲過師父？」楊過嘻嘻笑道：「我不知道，你扮新娘子，我就扮新官人。」

此時事勢緊迫，陸無雙也無暇斥罵，心想：「這傻蛋的主意當真古怪，但除此之外，實在亦無別法。」問道：「怎麼扮法啊？」楊過也不敢多挨時刻，揚鞭在驢臀上連抽幾鞭，驢子發足直奔。

鄉間小路狹窄，一頂八人抬的大花轎塞住了路，兩旁已無空隙。迎親人眾見驢子迎面奔來，齊聲叱喝，叫驢上乘客勒韁緩行。楊過雙腿一夾，卻催得驢子更加快了，轉眼間已衝到迎親的人眾跟前。早有兩名壯漢搶上前來，欲待位住驢子，以免衝撞花轎。楊過皮鞭揮處，捲住了二人手臂，一提一放，登時將二人摔在路旁，向陸無雙道：「我要扮新郎啦。」身子

前探，右手伸出，已將騎在一匹白馬上的新郎提將過來。

那新郎十七八歲年紀，全身新衣，頭戴金花，突然被楊過抓住，自是嚇得魂不附體。楊過舉起他身子往空中一拋，待他飛上一丈有餘，再跌下來時，在眾人驚呼聲中，新郎又落入他手中，迎親的共有三十來人，半數倒是身長力壯的關西大漢，但見他如此本領，那敢上前動手？一個老者見事多了，料得是大盜攔路行劫，搶上前來唱個肥諾，說道：「大王請饒了新官人。大王須用多少盤纏使用，大家盡可商量。」陸無雙道：「別瞧纏啦，我好似聽到了怎麼他叫我大王？我又不姓王？我瞧他比我還傻。」陸無雙道：

師父花驢上的鈴子聲響。」

楊過一驚，側耳靜聽，果然遠處隱隱傳來一陣鈴聲，心想：「她來得好快啊。」說道：「鈴子？甚麼鈴子？是賣糖的麼？那好極啦，咱們買糖吃。」轉頭向那老者道：「你們全都聽我的話，就放了他，要不然……」說着又將新郎往空中一拋。那新郎嚇得哇哇大叫，哭將起來。那老者只是作揖，道：「全憑大王吩咐。」楊過指着陸無雙道：「她是我媳婦兒，她見你們快把新娘子的衣服給她穿上，我就扮新官人玩兒。」陸無雙斥道：「儍蛋，你說甚麼？」楊過不去理她，說道：「你們玩耍，新官人、新娘子拜天地成親之事，天下皆然，不足為異。但萬料不到一個攔路行劫的大盜忽然要鬧這玩意，眾人都是面面相覷，做聲不得。看楊陸二人時，一個是弱冠少年，一個是妙齡少女，說是一對夫妻，倒也相像。眾人正沒做理會處，楊過聽金鈴之聲漸近，躍下驢背，將新郎橫放驢子鞍頭，讓陸無雙守住了，自行到花轎跟前，掀開

轎門，拉了新娘出來。

那新娘嚇得尖聲大叫，臉上兜着紅布，不知外面出了甚麼事。楊過伸手拉下她臉上紅布，但見她臉如滿月，一副福相，笑道：「新娘子美得緊啊。」在她臉頰上輕輕一摸。新娘子這時嚇得呆了，反而不敢作聲。楊過左手提起新娘，叫道：「若要我饒她性命，快給我媳婦兒換上新娘的打扮。」

陸無雙耳聽得師父花驢的鸞鈴聲越來越近，向楊過橫了一眼，心道：「這傻蛋不知天高地厚，這當口還說笑話？」但聽迎親的老者連聲催促：「快，快！快換新郎新娘的衣服。」送嫁喜娘當即七手八腳的除下了新娘的鳳冠霞披、錦衣紅裙，替陸無雙穿戴。楊過自己動手，將新郎的吉服穿上，對陸無雙道：「乖媳婦兒，進花轎去罷。」陸無雙叫新娘先進花轎，自己坐在她身上，這才放下轎帷。

楊過看了看腳下的草鞋，欲待更換，鈴聲卻已響到山角之處，叫道：「回頭向東南方走，快吹吹打打！有人若來查問，別說見到我們。」縱身躍上白馬，與騎在驢背上的新郎並肩而行。眾人見新夫婦都落入了強人手中，那敢違抗，鎖吶鑼鈸，一齊響起。

花轎轉過頭來，只行得十來丈，後面鸞鈴聲急，兩匹花驢踏着小步，追了上來。陸無雙在轎中聽到鈴響，心想能否脫卻大難，便在此一瞬之間了，一顆心怦怦急跳，傾聽轎外動靜。楊過裝作害羞，低頭瞧着馬頸，只聽得洪凌波叫道：「喂，瞧見一個跛腳姑娘走過沒有？」洪凌波再問：「有沒見一個年輕女子騎了牲口經過？」那老者仍道：「沒有。」

迎親隊中的老者說道：「沒……沒有啊？」師徒倆縱驢驢從迎親人眾身旁掠過，急馳而去。

過不多時，李洪二人兜過驢頭，重行回轉。李莫愁拂塵揮出，捲住轎帷一拉，嗤的一聲，轎帷撕下了半截。楊過大驚，躍馬近前，只待她拂塵二次揮出，立時便要出手救人，那知李莫愁向轎中瞧了一眼，笑道：「新娘子挺俊呀。」抬頭向楊過道，「小子，你福氣不小。」

楊過低下了頭，那敢與她照面，但聽蹄聲答答，二人竟自去了。

楊過大奇：「怎麼她竟然放過了陸姑娘？」向轎中張去，但見那新娘嚇得面如土色，簌簌發抖，陸無雙竟已不知去向。楊過更奇，叫道：「哎唷，我的媳婦兒呢？」陸無雙笑道：「我不見啦。」但見新娘裙子一動，陸無雙鑽了出來，原來她低身躲在新娘裙下。她知師父行事素來周密，任何處所決不輕易放過，料知她必定去後復來，是以躲了起來。楊過道：「你安安穩穩的做新娘子罷，坐花轎比騎驢子舒服。」陸無雙點了點頭，對新娘道：「你擠得我好生氣悶，快給我出去。」新娘無奈，只得下轎，騎在陸無雙先前所乘的驢上。

新娘和新郎從未見過面，此時新郎見新娘肥肥白白，頗有幾分珠圓玉潤，新娘偷看新郎，依稀見到一句話剛出口，忽然路邊人影一閃，兩個人快步奔入樹林。楊過心下起疑，追了下去，眼見天色漸漸晚了。那老者不住向楊過哀求放人，以免誤了拜天地的吉期。

一行人行出二十來里，一時倒忘了身遭大盜刧持，後果大是不妙。

二人心下竊喜，此時新郎見新娘肥肥白白，頗有幾分珠圓玉潤，新娘偷看新郎，衣衫襤褸，卻是化子打扮。楊過勒住了馬，心想：「莫非丐幫已瞧出了蹊蹺，又在前邊伏下人手？事已如此，只得向前直闖。」

不久花轎抬到，陸無雙從破帷裏探出頭來，問道：「瞧見了甚麼？」楊過道：「花轎帷

楊過斥道：「你嚕唆甚麼？」

一句話剛出口，忽然路邊人影一閃，兩個人快步奔入樹林。楊過心下起疑，追了下去，眼見天色漸漸晚了。

一行人行出二十來里，一時倒忘了身遭大盜刧持，後果大是不妙。

· 330 ·

子破了，你臉上又不兜紅布。扮新娘子嘛，總須得哭哭啼啼，就算心裏一百個想嫁人，也得一把眼淚一把鼻涕，喊爹叫娘，不肯出門。天下那有你這般不怕醜的新娘子？」

陸無雙聽他話中之意，似乎自己行藏已被人瞧破，只輕輕罵了聲「傻蛋」，不再言語。又行一陣，前面山路漸漸窄了，一路上嶺，甚是崎嶇難行，迎親人衆早已疲累不堪，但生怕惹惱了楊過，沒一個敢吐半句怨言。

轉眼間夕陽在山，歸鴉啞啞的叫着從空中飛過。正行之間，忽然山角後幾個人齊聲唱道：

「小小姑娘做好事哪，施捨一把銀彎刀哪。」

陸無雙臉上變色，心道：「原來那四個化子埋伏在這兒。」花轎轉過山角，只見迎面站着三個乞丐，三人都是身材高大，與日間在飯店中所見的四人截然不同。楊過見他們每人肩頭都負着五隻麻布袋，心想：「這三個五袋叫化，定比那四個四袋的要厲害些，看來非當眞動手不可了。」

迎親人衆與轎夫等正行得沒好氣，早有人揮鞭向一個乞丐頭上擊去，高聲叫道：「快讓路，快讓路！」那乞丐也不閃避，抓住鞭梢一拉，那人撲地倒了，跌了個狗吃屎。若在平時，衆人定是一擁而上，但先前給楊過嚇得怕了，人人均想：「原來這三個叫化跟那強盜是一夥。」沒一人敢再向前，反而退了幾步。

一名乞丐朗聲說道：「恭喜姑娘大喜啊，小叫化要討幾文賞錢。」陸無雙回頭低聲道：「傻蛋，我身上有傷，動手不得，你給我打發了去。」楊過道：「好。」縱馬上前，喝道：「呸，今兒是我嫂媳婦的好日子，叫化兒莫要嘰哩咕嚕，快給讓開了。」一名叫化向楊過打

· 331 ·

量了幾眼，一時摸不準他的來歷。那四個四袋弟子先前給竹筷打中手腕，都以為是陸無雙所出手，並未向師伯師叔提到楊過。

一名叫化右手一揚，楊過的坐騎受驚，前足提起，幌了幾下便摔落馬背，半晌爬不起身。三個乞丐心想：「原來此人是真的新郎。」丐幫是俠義道的幫會，向來鋤強扶弱，濟困拯危，所以跟陸無雙為難，只為她傷了幫中兄弟，眼見楊過不會武功，這般摔了他一交，均覺歉然，一名乞丐當即伸手拉了他起來，說道：「對不住，您包涵些。」

楊過喃喃罵道：「你們，哎，真是……討錢就討錢，怎地驚了我的牲口？」摸出三枚小錢，每人給了一枚。三丐依照丐幫規矩，接過謝了。

楊過笑嘻嘻的向陸無雙道：「你要我打發，我已經打發啦。」陸無雙嗔道：「你儘跟我裝傻，有甚麼好？」楊過道：「是，是！」退在一旁，揮袖撲打身上的灰土。

陸無雙見三個化子仍是攔在路口，冷然道：「你們要怎地？」一名化子說道：「姑娘是古墓派的高手，我兄弟三人好生仰慕，要請姑娘指點幾招。」陸無雙道：「我身負重傷，還能動甚麼手？你們既然不服氣，那就約定日子，待我傷愈，自會前來領教。你們三位是丐幫高手，今日合力來欺每一個身上負傷的年輕女子，那才是英雄好漢呢！」

三個化子給她這幾句話一擋，果覺己方理虧。其中二人齊聲說道：「好罷！待你傷愈之後，再來找你理論。」另一人卻道：「慢來，你傷在何處？到底是真是假，須得讓我瞧瞧。」他不知她傷在胸口，原是言出無心。陸無雙卻登時雙頰飛紅，不由得大怒，氣憤之下，一時說不出話來，隔了半晌，才罵道：「江湖上說甚麼丐幫

· 332 ·

英雄仗義，卻原來盡是無恥之徒。」三個乞丐聽她辱及丐幫名聲，臉色立變，一丐性子甚是暴躁，搶上一步，伸出大手就要往花轎中抓她出來。

楊過見情勢緊迫，叫道：「慢來，慢來。你們討錢，我已經給了，怎麼又來跟我媳婦兒囉唆？」說着搶過來攔在轎前，又道：「看三位仁兄雖然做了化子，但個個相貌堂堂，將來必定升官發財，怎地來調戲我的新媳婦，幹這般輕薄無賴的勾當？」

三個化子一怔，倒也無言可答。那火爆性子的化子道：「你讓開，我們只是要領教她古墓派的武功，誰輕薄來？」說着用手輕輕一推。楊過大叫一聲，往路旁跌去。丐幫自來相傳有個規矩，決不許先行出手毆打不會武藝之人。那化子料不到這新郎如此不濟，只這輕輕一推便即摔倒，若是摔傷了他，幫中必有重罰，其餘兩個同伴也脫不了干係。三人大驚，同時搶上來扶起。楊過只得驚天動地：「哎唷，哎唷！我的媽啊！」三個化子也瞧不清他到底傷了沒有。

楊過一面呼痛，一面說道：「你這三人也是傻的，我新媳婦兒怕羞，怎肯跟你們說話。這樣罷！你們要領教甚麼？先跟我說。我悄悄問了我新媳婦，再來跟你們說，好是不好？」

三個化子見他半傻不傻，實是老大不耐煩，但又不便對他動手。三丐中年紀最大的那人尋思：「這姓陸的女子假扮新娘，這人若是真新郎，就不該如此出力迴護。若是假新郎，又不該如此膿包。」細細打量他身形舉止，始終瞧不出端倪。

那火爆性子的化子將手一揚，喝道：「你讓是不讓？」楊過雙手張開，大聲道：「你們

要欺侮我媳婦兒，那是萬萬不可。」另一個化子叫道：「陸姑娘，你叫這傻蛋擋着，難道還能擋一輩子不成？爽爽快快，拿句話出來罷。」楊過奇道：「咦，你也知道我叫傻蛋，真是奇哉怪也。」那火爆性子的化子向陸無雙道：「我們也不領教別的，只想見識一下你那彎刀斬肩的功夫，這一招叫做甚麼？」

陸無雙也知楊過儘這麼跟他們歪纏，總是沒個了結，心中正自尋思脫身之計，聽那化子問起，順口答道：「那叫『貂蟬拜月』，怎麼啊？」楊過接口道：「不錯，我媳婦那彎刀這麼呼的一聲，就砍在你肩頭啦。」右手一探，從那化子肩頭繞了過去，拍的一下，掌緣在他肩後輕輕斬了下一。

這一下出手，三個化子都是吃了一驚，立時躍開，均想：「這廝原來假扮新郎，戲弄我們。」那火性化子肩頭吃了一掌，雖然楊過未運勁力，卻已大感臉上無光，叫道：「好啊，賊廝鳥裝傻，來來來，先領教你的高招。」

楊過道：「你說向我媳婦領教，怎麼又向我領教？」那化子怒道：「跟閣下領教也是一樣。」楊過道：「那就糟啦，我甚麼也不會。」轉頭向陸無雙問道：「好媳婦兒，我的親親小媳婦兒，你說我該教他甚麼？」

陸無雙此時再無懷疑，知他定然身負絕藝，剛才他這反手一斬，乾淨利落，自己就決計辦不了，只是不知他武功家數，便隨口說道：「再來一招『貂蟬拜月』。」楊過道：「好！」楊過明明與那丐相對而立，並不移步轉身，只一伸手，手掌就斬到了他的肩後，這招掌法實是怪腰一彎，手一長，拍的一聲，又在那化子後肩斬了一掌。這一下出手，三丐更是驚駭。楊過

異之極。陸無雙心中也是一震。「這明明是我古墓派的武功，他怎麼也會？」又道：「你再來一招『西施捧心』。」楊過道：「好啊！」左拳打出，正中對方心口。

那化子身上中拳，只覺一股大力推來，不由自主的飛出一丈開外，卻仍是穩穩站立，胸口中拳處也不覺疼痛，倒似給人抱起來放在一丈之外一般。另外兩名化子左右搶上。楊過急叫：「媳婦兒，我對付不了，快教我。」陸無雙道：「昭君出塞，麻姑獻壽。」楊過左手斜舉，右手五指彈起，作了個彈琵琶的姿式，五根手指一一彈在右首化子身上，正是「昭君出塞」。隨即側身讓開左首化子踢來的一腳，雙手合拳向上抬擊，砰的一聲，擊中對方下巴，說道：「這是『麻姑獻壽』，對不對啊？」他不欲傷人，是以手上並未用勁。

他連使四招，招招是古墓派「美女拳法」的精奧功夫。古墓派自林朝英開派，從來傳女不傳男。林朝英創下這套「美女拳法」，每一招都取了個美女的名稱，使出來時嬌媚婀娜，卻也均是凌厲狠辣的殺手。楊過跟小龍女學武，這套拳法自然也曾學過，只是覺得拳法雖然精妙，總是扭扭捏捏，男人用之不雅，當練習之時，不知不覺的在純柔的招數中注入了陽剛之意，變嫵媚而為瀟洒，然氣韻雖異，拳式仍是一如原狀。

三個化子莫名其妙的中招，卻又不覺疼痛，對楊過的功夫並未佩服，齊聲呼嘯，攻了上來。楊過東閃西避，叫道：「天孫織錦！」楊過右手揮左，左手送右，作了個擲梭織布之狀，這一揮一送，雙手分別又都打在兩名化子的肩頭。陸無雙又叫：「文君當爐，貴妃醉酒！」楊過舉手作提鎛斟酒之狀，在那火性化子頭上一鑿，接着身子搖幌，跌跌撞撞的向右歪斜出去，肩頭正好撞中另

一個化子的胸口。

三個化子又驚又怒，三人施展平生武功，竟然連他衣服也碰不到，而這小子手揮目送，要打那裏就是那裏，雖然打在身上不痛，卻也是古怪之極。陸無雙連叫三招「弄玉吹簫」、「洛神凌波」、「鉤弋握拳」，楊過一一照做。陸無雙佩服已極，故意出個難題，見他正伸拳前擊，立即叫道：「則天垂簾。」當他此時身形，按理萬不能發這一招，但楊過自恃內力高出敵手甚多，竟爾身子前撲，雙掌以垂簾式削將下來。三個化子見他前胸露出老大破綻，心中大喜，同時搶功，那知為他內力所逼，都是騰騰騰的退出數步。

陸無雙驚喜交集，叫道：「一笑傾國！」這卻是她杜撰的招數，美人嫣然一笑固能傾國傾城，但怎能用以與人動手過招？楊過一怔，立即縱聲大笑，哈哈哈哈，嘿嘿嘿嘿，呼呼呵呵，運起了「九陰真經」中的極高深內功。雖然他尚未練得到家，不能用以對付真正高手，但那三名五袋弟子究只是三四流腳色，聽得笑聲怪異，不禁頭暈目眩，身子搖了幾搖，撲地跌倒。須知每人耳中有一半月形小物，專司人身平衡，若此半月形物受到震盪，勢不免頭重腳輕，再也站立不穩。楊過的笑聲以強勁內力吐出，人人耳鼓連續不斷的受到衝擊，轟地裏均感天旋地轉。陸無雙幾欲暈倒，急忙抓住轎中扶手。只聽啊唷、砰嘭之聲響成一片，迎親人眾與新郎、新娘一一摔倒在地。

楊過笑聲止息，三名化子躍起身來，臉如土色，頭也不回的走了。

眾人休息半晌，才抬起花轎又行，此時對楊過奉若神明，更是不敢有半點違抗。二更時分，到了一個市鎮，楊過才放迎親人眾脫身。

眾人只道這一番爲大盜所擒，扣押勒贖固是意料中事，多半還要大吃苦頭，豈知那大盜當真只是玩玩假扮新郎新娘，就此了事，實是意外之喜，不由得對楊過千恩萬謝。隨伴的喜娘更是口彩連篇：「大王和壓寨娘子百年好合、白頭偕老、多生幾位小大王！」只惹得楊過哈哈大笑，陸無雙又羞又嗔。

楊過與陸無雙找了一家客店住下，叫了飯菜，正坐下吃飯，忽見門口人影一閃，有人探頭進來，見到楊陸二人，立即縮頭轉身。楊過見情勢有異，追到門口，見院子中站着兩人，正是在豺狼谷中與陸無雙相鬥的申志凡與姬清虛。二道拔出長劍，縱身撲上。楊過心想：「你們找我晦氣幹麼？想自討苦吃？」兩個道士撲近，卻是側身掠過，奔入大堂，搶向陸無雙。

就在此時，驀地裏傳來叮玲、叮玲一陣鈴響。

鈴聲突如其來，待得入耳，已在近處，兩名道士臉色大變，互相瞧了一眼，急忙退向西首第一間房裏，砰的一聲關上了門，再也不出來了。楊過心想：「臭道士，多半也吃過那李莫愁的苦頭，竟嚇成這個樣子。」

陸無雙低聲道：「我師父追到啦，傻蛋，你瞧怎麼辦？」楊過道：「怎麼辦？躲一躲罷！」剛伸出手去扶她，鈴聲斗然在客店門口止住，只聲李莫愁的聲音道：「你到屋上去守住。」洪凌波答應了，颼的一聲，上了屋頂。又聽掌櫃的說道：「仙姑，你老人家住店……哎唷，我……」噗的一聲，仆跌在地，再無聲息。他怎知李莫愁最恨別人在她面前提到一個「老」字，何況當面稱她爲「老人家」？拂塵揮出，立時送了掌櫃他老人家的老命。她問店小二：「有

• 337 •

個跛腳姑娘，住在那裏？」那店小二早已嚇得魂不附體，只說：「我……我……」一句話也答不出來。李莫愁左足將他踢開，右足踹開西首第一間房的房門，進去查看，那正是申姬二道所住之處。

楊過尋思：「只好從後門溜出去，雖然定會給洪凌波瞧見，卻也不用怕她。」低聲道：

「媳婦兒，跟我逃命罷。」陸無雙白了他一眼，站起身來，心想這番如再逃得性命，當真是老天爺太瞧得起人。

兩人剛轉過身，東角落裏一張方桌旁一個客人站了起來，走近楊陸二人身旁，低聲道：

「我來設法引開敵人，快想法兒逃走。」這人一直向內坐在暗處，楊陸都沒留意他的面貌。他說話之時臉孔向着別處，話剛說完，已走出大門，只見到他的後影。這人身材不高，穿一件寬大的青布長袍。

楊陸二人只對望得一眼，猛聽得鈴聲大振，直向北響去。洪凌波叫道：「師父，有人偷驢子。」黃影一閃，李莫愁從房中躍出，追出門去。陸無雙道：「快走！」楊過心想：「李莫愁輕功迅捷無比，立時便能追上此人，轉眼又卽回來。我背了陸姑娘行走不快，仍是難以脫身。」靈機一動，闖進了西首第一間房。

只見申志凡與姬清虛坐在炕邊，臉上驚惶之色兀自未消，此時片刻也延挨不得，楊過不容二道站起喝問，搶上去手指連揮，將二人點倒，叫道：「媳婦兒，進來。」陸無雙走進房來。楊過掩上房門，道：「快脫衣服！」陸無雙臉上一紅，啐道：「傻蛋，胡說甚麼？」楊過道：「脫不脫由你，我可要脫了。」除了外衣，隨卽將申志凡的道袍脫下穿上，又除了他

· 338 ·

的道冠，戴在自己頭上。陸無雙登時醒悟，道：「好，咱們扮道士騙過師父。」伸手去解衣鈕，臉上又是一紅，向姬清虛踢了一腳，道：「閉上眼睛啦，死道士！」姬清虛與申志凡不能轉動的只是四肢而非五官，當即閉上眼睛，那敢瞧她？

陸無雙又道：「傻蛋，你轉過身去，別瞧我換衣。」楊過笑道：「怕甚麼，我給你接骨之時，豈不早瞧過了？」此語一出，登覺太過輕薄無賴，不禁訕訕的有些不好意思。陸無雙秀眉一緊，反手就是一掌。

楊過只消頭一低，立時就輕易避過，但一時失魂落魄，獃獃的出了神，拍的一下，這一記重重擊在他的左頰。陸無雙萬萬想不到這掌竟會打中，還着實不輕，也是一呆，心下歉然，笑道：「傻蛋，打痛了你麼？誰叫你瞎說八道？」

楊過撫着面頰，笑了一笑，當下轉過身去。陸無雙道：「傻蛋，轉過身來啦。」楊過回過頭來，見她身上那件道袍寬寬蕩蕩，更加顯得她身形纖細，正待說話，陸無雙忽然低呼一聲，指著炕上，只見炕上棉被中探出一個道士頭來，正是豺狼谷中被她砍了幾根手指的皮清玄。原來他一直便躺在炕上養傷，一見陸無雙進房，立即縮頭進被。楊陸二人忙着換衣，竟沒留意。陸無雙道：「他……他……」想說「他偷瞧我換衣」卻又覺不便出口。

個小道士？」楊過道：「我瞧不見，不知道。」陸無雙道：「你瞧！我像不像

就在此時，花驢鈴聲又起。楊過聽過幾次，知道花驢鈴已被李莫愁奪回，那青衫客騎驢奔出時鈴聲雜亂，李莫愁騎驢之時，花驢奔得雖快，鈴聲卻疾徐有致。他一轉念間，將皮清玄一把提起，順手閉住了他的穴道，揭開炕門，將他塞入炕底。北方天寒，冬夜炕底燒火取暖，

339

此時天尚暖熱，炕底不用燒火，但裏面全是烟灰黑炭，皮清玄一給塞入，不免滿頭滿臉全是灰土。

只聽得鈴聲忽止，李莫愁又已到了客店門口。楊過向陸無雙道：「上炕去睡。」陸無雙皺眉道：「臭道士睡過的，髒得緊，怎能睡啊？」楊過道：「隨你便罷！」說話之間，又將申志凡塞入炕底，順手解開了姬清虛的穴道。陸無雙雖覺被褥骯髒，但想起師父手段的狠辣，只得上炕，面向裏床。剛剛睡好，李莫愁已踢開房門，二次來搜。楊過拿着一隻茶杯，低頭喝茶，左手卻按住姬清虛背心的死穴。李莫愁見房中仍是三個道士，姬清虛臉如死灰，神魂不定，於是笑了一笑，去搜第二間房。她第一次來搜時曾仔細瞧過三個道人的面貌，生怕是陸無雙喬裝改扮，二次來搜時就沒再細看。

這一晚李莫愁、洪凌波師徒搜遍了鎮上各處，吵得家家鷄犬不寧。楊過卻安安穩穩的與陸無雙並頭躺在炕上，聞到她身上一陣陣少女的溫馨香味，不禁大樂。陸無雙心中思潮起伏，但覺楊過此人實是古怪之極，說他是傻蛋，卻又似聰明無比，說他聰明罷，又老是瘋瘋顛顛的。她躺着一動也不敢動，心想那傻蛋定要伸手相抱，那時怎生是好？過了良久良久，楊過卻沒半點動靜，反而微覺失望，聞到他身上濃重的男子氣息，竟爾顛倒難以自己，過了良久，才迷迷糊糊的睡了。

楊過一覺醒來，天已發白，見姬清虛伏在桌上沉睡未醒，陸無雙鼻息細微，雙頰暈紅，兩片薄薄紅唇略見上翹，不由得心中大動，暗道：「我若是輕輕的親她一親，她決不會知道。」少年人情竇初開，從未親近過女子，此刻朝陽初升，正是情慾最盛之時，想起接骨時她胸脯

之美，更是按捺不住，伸過頭去，要親她口唇。尚未觸到，已聞一陣香甜，不由得心中一蕩，熱血直湧上來，卻見她雙眉微蹙，似乎睡夢中也感到斷骨處的痛楚。楊過見到這般模樣，登時想起小龍女來，跟着記起她要自己立過的誓：「我這一生一世心中只有姑姑一個，若是變心，不用姑姑殺我，我立刻就殺了自己。」全身冷汗直冒，當即拍拍兩下，重重打了自己兩個耳光，一躍下炕。

這一來陸無雙也給驚醒了，睜眼問道：「傻蛋，你幹甚麼？」楊過正自羞愧難當，含含糊糊的道：「沒甚麼，蚊子咬我的臉。」陸無雙想起整晚和他同睡，突然間滿臉通紅，低下了頭，輕輕的道：「傻蛋，傻蛋！」話聲中竟是大有溫柔纏綿之意。

過了一會，她抬起頭來，問道：「傻蛋，你怎麼會使我古墓派的美女拳法？」楊過道：「我晚上做夢，那許多美女西施啦、貂蟬啦，每個人都來教我一招，我就會了。」陸無雙啐了一聲，料知再問他也不肯說，正想轉過話頭說別的事，忽聽得李莫愁花驢的鈴聲響起，向西北方而去，卻又是回頭往來路搜尋，料來她想起那部「五毒秘傳」落入陸無雙手中，遲一日追回，便多一日危險，是以片刻也不敢就擱，天色微明，就騎驢動身。

楊過道：「她回頭尋咱們不見，又會趕來。就可惜你身上有傷，震盪不得，否則咱們盜得兩匹駿馬，一口氣奔馳一日一夜，她那裏還追得上？」陸無雙嗔道：「你身上可沒傷，幹麼你不去盜一匹駿馬，一口氣奔馳一日一夜，她就生氣。」只是愛瞧她發怒的神情，反而激她道：「若不是你求我送到江南，我早就去了。」陸無雙怒道：「你去罷，去罷！傻蛋，我見了你就生氣，寧可自個兒死了的。」

好。」楊過笑道：「嘿，你死了我才捨不得呢。」

他怕陸無雙真的大怒，震動斷骨，一笑出房，到櫃台上借了墨筆硯台，回進房來，將墨在水盆中化開了，雙手醮了墨水，突然抹在陸無雙臉上。

陸無雙未曾防備，忙掬手帕來抹，不住口的罵道：「臭傻蛋，死傻蛋。」只見楊過從炕裏掏出一大把煤灰，用水和了塗在臉上，一張臉登時凹凹凸凸，有如生滿了疙瘩。她立時醒悟：「我雖換了道人裝束，但面容未變，若給師父趕上，她豈有不識之理？」當下將淡墨水匀匀的塗在臉上。女孩兒家生性愛美，雖然塗黑臉頰，仍是猶如搽脂抹粉一般細細整容。

兩人改裝已畢，楊過伸腳到炕下將兩名道人的穴道踢開。陸無雙見他看也不看，隨意踢了幾腳，兩名道人登時發出呻吟之聲，心下暗暗佩服：「這傻蛋武功勝我十倍。」但欽佩之意，絲毫不形於色，仍是罵他傻蛋，似乎渾不將他瞧在眼裏。

楊過去市上想僱一輛大車，但那市鎮太小，無車可僱，只得買了兩匹劣馬。這日陸無雙傷勢已輕了些，兩人各自騎了一匹，慢慢向東南行去。

行了一個多時辰，楊過怕她支持不住，扶她下馬，坐在道旁石上休息。他想起今晨居然對陸無雙有輕薄之意，輕薄她也沒甚麼，但如此對不起姑姑，自己真是大大的混帳王八蛋，正在深深自責，陸無雙忽道：「傻蛋，怎麼不跟我說話？」楊過微笑不答，忽然想到一事，叫道：「啊喲，不好，我真胡塗。」陸無雙道：「你本就胡塗嘛！」楊過道：「咱們改裝易容，那三個道人都瞧在眼裏，若是跟你師父說起，豈不是糟了嗎？」陸無雙抿嘴一笑，道：「那三個臭道人先前騎馬經過，早趕到咱們頭裏去啦，師父還在後面。你這傻蛋失魂落魄的，

也不知在想些甚麼，竟沒瞧見。

楊過「啊」了一聲，向她一笑。陸無雙覺得他這一笑之中似含深意，想起自己話中「失魂落魄的」，也不知想些甚麼」那幾個字，不禁臉兒紅了。就在此時，一匹馬突然縱聲長嘶。

陸無雙回過頭來，只見道路轉角處兩個老丐並肩走來。

楊過見山角後另有兩個人一探頭就縮了回去，正是申志凡和姬清虛，心下了然：「原來這三個臭道士去告知了丐幫，說我們改了道人打扮。」當下拱手說道：「兩位叫化大爺，你們討米討八方，貧道化緣卻化十方，今日要請你們布施布施了。」一個化子聲似洪鐘，說道：「你們就是剃光了頭，扮作和尚尼姑，也休想逃得過我們耳目。」楊過心想：「這兩個老叫化背負八隻布袋，只怕武功甚跟我們到執法長老跟前評理去罷。」那二人正是丐幫中的八袋老丐，眼見楊陸二人都是未到二十歲的少年，居然連敗四名四袋弟子、三名五袋弟子，料想這中間定然另有古怪。

雙方均自遲疑之際，西北方金鈴響起，玎玲，玎玲，輕快流動，抑揚悅耳。陸無雙暗想：「糟了，糟了。我雖改了容貌裝束，偏巧此時又撞到這兩個死鬼化子，給他們一揭穿，怎麼能脫得師父的毒手？唉，當真運氣太壞，魔刧重重，偏有這麼多人吃飽了飯沒事幹，盡是找上了我，纏個沒了沒完。」

片刻之間，鈴聲更加近了。楊過心想：「這李莫愁我是打不過的，只有趕快向前奪路逃走。」說道：「兩位不肯化緣，也不打緊，就請讓路罷。」說着大踏步向前走去。兩個化子

343

見他腳下虛浮，似乎絲毫不懂武功，各伸右手抓去。楊過右掌劈出，與兩人手掌相撞，三隻手掌喀一凝持，各自退了三步。這兩名八袋老丐練功數十年，均是內力深湛，在江湖上已是少逢敵手，要論武功底子，實是遠勝楊過，只是論到招數的奇巧奧妙，卻又不及。楊過借力打力，將二人掌力化解了，但要就此闖過，卻也不能。三人心中各自暗驚。

就在此時，李莫愁師徒已然趕到。洪凌波叫道：「喂，叫化兒，小道士，瞧見一個跛腳姑娘過去沒有？」兩個老丐在武林中行輩甚高，聽洪凌波如此詢問，心中有氣，只是丐幫幫規嚴峻，絕不許幫眾任意與外人爭吵，二人順口答道：「沒瞧見！」李莫愁眼光銳利，見了楊陸二人的背影，心下微微起疑：「這二人似乎曾在那裏見過。」又見四人相對而立，劍拔弩張的便要動武，心想在旁瞧個熱鬧再說。

楊過斜眼微睨，見她臉現淺笑，袖手觀鬥，心念一動：「有了，如此這般，就可去了她的疑心。」轉身走到洪凌波跟前，打個問訊，嘶啞著嗓子說道：「道友請了。」洪凌波以道家禮節還禮。楊過道：「小道路過此處，給兩個惡丐平白無端的攔住，定要動武。小道未攜兵刃，請道友瞧在老君面上，相借寶劍一用。」說罷又是深深一躬。洪凌波見他臉上凹凹凸凸，又黑又醜，但神態謙恭，兼之提到道家之祖的太上老君，似乎不便拒卻，於是拔出長劍，眼望師父，見她點頭示可，便倒轉劍柄，遞了過去。楊過躬身謝了，接過長劍，劍尖指地，說道：「小道若是不敵，還請道友念在道家一派，賜與援手。」洪凌波皺眉哼了一聲，卻不答話。

楊過轉過身來，大聲向陸無雙道：「師弟，你站在一旁瞧着，不必動手，教他丐幫的化

· 344 ·

子們見識見識我全真教門下的手段。」李莫愁一凜：「原來這兩個小道士是全真教的。可是全真教跟丐幫素來交好，怎地兩派門人卻鬧將起來？」楊過生怕兩個老丐喝罵出來，揭破了陸無雙的秘密，挺劍搶上，叫道：「來來來，我一個鬥你們兩個。」陸無雙卻大為擔憂：「傻蛋不知我師父曾與全真教的道士大小十餘戰，全真派的武功有那一招一式逃得過她的眼去？

天下道教派別多着，正乙、大道、太一，甚麼都好冒充，怎地偏偏指明了全真教？

兩個老丐聽他說道「全真教門下」五字，都是一驚，齊聲喝道：「你當真是全真派門人？你和那……」

楊過容他們提到陸無雙，長劍刺出，分攻兩人胸口小腹，正是全真嫡傳劍法。兩個老丐輩份甚高，決不願合力鬥他一個後輩，但楊過這一招來得奇快，不得不同時舉棒招架。鐵棒剛舉，楊過長劍已從鐵棒空隙中穿了過去，仍是疾刺二人胸口。兩個老丐萬料不到他劍法如此迅捷，急忙後退。楊過毫不容情，着着進逼，片刻之間，已連刺二九一十八劍，每一劍都是一分為二，刺出時只有一招，手腕抖處，劍招卻分而為二。這是全真派上乘武功中的「一炁化三清」劍術，每一招均可化為三招，楊過也就倒退三步，這一十八劍刺過，兩個老丐竟然一招也還不了手，一共倒退了五十四步。玉女心經的武功專用以尅制全真派，楊過未練玉女心經，先練全真武功，只是練得並不精純，「一炁化三清」是化不來的，

「化二清」倒也化得似模似樣。

李莫愁見小道士劍法精奇，不禁暗驚，心道：「無怪全真教名頭這等響亮，果然是人才輩出，這人再過十年，我那裏還能是他對手？看來全真教的掌教，日後定要落在這小道人身

上。」她若跟楊過動手，數招之間便能知他的全真劍法似是而非，底子其實是古墓派功夫，但外表看來，卻是真僞難辨。楊過從趙志敬處得到全真派功夫的歌訣，此後曾加修習，因此他的全真派武功卻也不是全盤冒充。洪凌波與陸無雙自然更加瞧得神馳目眩。

楊過心想：「我若手下稍緩，讓兩個老叫化一開口說話，那就凶多吉少。」這一十八劍刺過，長劍急抖，卻已搶到了二丐身後，又是一劍化爲兩招刺出。二丐急忙轉身招架，楊過不容他們鐵棒與長劍相碰，幌身閃到二丐背後，兩丐急忙轉身，楊過又已搶到他們背後。他自知若憑真實功夫，莫說以一敵二，就是一個化子也抵敵不過，是以迴旋急轉，一味施展輕功繞着二丐兜圈。

全真派每個門人武功練到適當火候，就須練這輕功，以便他日練「天罡北斗陣」時搶位之用。楊過此時步伐雖是全真派武功，但呼吸運氣，使的卻是「玉女心經」中的心法。古墓派輕功乃天下之最，他這一起脚，兩名丐幫高手竟然跟隨不上，但見他急奔如電，白光閃處，長劍連刺。若是他當真要傷二人性命，二十個化子也都殺了。二丐身子急轉，掄棒防衛要害，此時已顧不得抵擋來招，只是盡力守護，憑老天爺的慈悲了。

如此急轉了數十圈，二丐已累得頭暈眼花，脚步跟蹌，眼見就要暈倒。李莫愁笑道：「喂，丐幫的朋友，我教你們個法兒，兩個人背靠背站着，那就不用轉啦。」這一言提醒，二丐大喜，正要依法施爲，楊過心想：「不好！給他們這麼一來，我可要輸。」當下不再轉身移位，一招兩式，分刺二丐後心。

二丐只聽得背後風聲勁急，不及回棒招架，急忙向前邁了一步，足剛着地，背後劍招便

到，大驚之下，只得提氣急奔。那知楊過的劍尖直如影子一般，不論兩人跑得如何迅捷，劍招始終是在他兩人背後幌動。二丐腳步稍慢，背上肌肉就被劍尖刺得劇痛。二丐心知楊過並無相害之意，否則手上微一加勁，劍尖上前一尺，刃鋒豈不穿胸而過？但腳下始終不敢有絲毫停留。三人都是發力狂奔，片刻間已奔出兩里有餘，將李莫愁等遠遠拋在後面。

楊過突然足下加勁，搶在二丐前頭，笑嘻嘻的道：「慢慢走啊，小心摔交！」二丐不約而同的雙棒齊出。楊過左手一伸，已抓住一根鐵棒，同時右手長劍平着劍刃，搭在另一根鐵棒上向左推擠，左掌張處，兩根鐵棒一齊握住。二丐驚覺不妙，急忙運勁裏奪。楊過功力不及對方，那肯與他們硬拚，長劍順着鐵棒直劃下去。二丐若不放手，八根手指立時削斷，只得撤棒後躍，臉上神色極是尷尬，鬥是鬥不過，就此逃走，卻又未免丟人太甚。

楊過說道：「敝教與貴幫素來交好，兩位何不找她去？」二丐並不識得李莫愁。怨有頭，債有主，古墓派的赤練仙子李莫愁明明在此，兩位千萬不可信了旁人挑撥。

害，聽了楊過之言，心中一凜，齊聲道：「此話當真？」楊過道：「我幹麼相欺，但素知她的屬給這魔頭逼得走投無路，這才與兩位動手。」說到此處，雙手捧起鐵棒，恭恭敬敬的還了二丐，又道：「那赤練仙子隨身携帶之物天下聞名，兩位難道不知麼？」一個老丐恍然而悟，說道：「啊，是了，她手中拿着拂塵，花驢上繫有金鈴。那個穿黃衫的就是她了？」楊過笑道：「不錯，不錯。用銀弧飛刀傷了貴幫弟子的那個姑娘，就是李莫愁的弟子……」微一沉吟，又道：「就只怕……不行，不行……」那聲若洪鐘的老丐性子甚是急躁，忙問：「怕甚麼？」楊過道：「不行，不行。」那丐急道：「不行甚麼？」楊過道：「想那李莫愁橫行天

下，江湖上人物個個聞名喪膽，貴幫雖然厲害，卻沒一個是她的敵手。既然傷了貴幫朋友的是她弟子，那也只好罷休。」

那老丐給他激得哇哇大叫，拖起鐵棒，說道：「哼，管她甚麼赤練仙子、黑練仙子，今日非去鬥鬥她不可！」說着就要往來路奔回。另一個老丐卻甚為持重，心想我二人連眼前這個小道人也鬥不過，還去惹那赤練仙子，豈非白白送死？當下拉住他手臂，道：「也不須急在一時，咱們回去從長計議。」向楊過一拱手，說道：「請教道友高姓大名。」楊過笑道：「小道姓薩，名叫華滋。後會有期。」打個問訊，回頭便走。

兩丐喃喃自語：「薩華滋，薩華滋？可沒聽過他的名頭，此人年紀輕輕，武功居然如此了得……」一丐突然跳了起來，罵道：「直娘賊，狗廝鳥！」另丐問道：「甚麼？」那丐道：「他名叫薩華滋，那是殺化子啊，給這小賊道罵了還不知道。」兩丐破口大罵，卻也不敢回去尋他算帳。

楊過心中暗笑，生怕陸無雙有失，急忙回轉，只見陸無雙騎在馬上，不住向這邊張望，顯是等得焦急異常。她一見楊過，臉有喜色，忙催馬迎了上來，低聲道：「傻蛋，你好，你撇下我啦。」

楊過一笑，雙手橫捧長劍，拿劍柄遞到洪凌波面前，躬身行禮，道：「多謝借劍。」洪凌波伸手接過。楊過正要轉身，李莫愁忽道：「且慢。」她見這小道士武藝了得，心想留下此人，必為他日之患，乘他此時武功不及自己，隨手除掉了事。

楊過一聽「且慢」二字，已知不妙，當下將長劍又遞前數寸，放在洪凌波手中，隨即撒手離劍。洪凌波只得抓住劍柄，笑道：「小道人，你武功好得很啊。」

李莫愁本欲激他動手，將他一拂塵擊斃，但他手中沒了兵刃，自己是何等身分，那是不能用兵刃傷他的了，於是將拂塵往後領中一插，問道：「你是全真七子那一個的門下？」

楊過笑道：「我是王重陽的弟子。」他對全真諸道均無好感，心中沒半點尊敬之意，丘處機雖相待不錯，但與之共處時刻甚暫，至於郝大通、趙志敬等，那更是想起來就咬牙切齒，勉強也說得上。他在古墓中學練王重陽當年親手所刻的九陰真經要訣，若說是他的弟子，也明白他並無惡意，心下卻總不憤，臨別時又給他狠狠的教訓了一頓，固也明白他並無惡意，心下卻總不憤，臨別時又給他狠狠的教訓了一頓，故而照他的年紀，只能是趙志敬、尹志平輩的徒兒，李莫愁見他武功不弱，才問他是全真七子那一個的門人，實已抬舉了他。楊過若是隨口答一個丘處機、王處一的名字，李莫愁倒也信了。但他不肯比殺死孫婆婆的郝大通矮着一輩，便抬出王重陽來。重陽真人是全真教創教祖師，生平只收七個弟子，武林中衆所周知，這小道人降生之日，重陽真人早已不在人世了。

李莫愁心道：「你這小醜八怪不知天高地厚，也不知我是誰，在我面前膽敢搗鬼。」轉念一想：「全真教士那敢隨口拿祖師爺說笑？又怎敢口稱『王重陽』三字？但他若非全真弟子，怎地武功招式又明明是全真派的？」

楊過見她臉上雖然仍是笑吟吟地，但眉間微蹙，正自沉吟，心想自己當日扮了鄉童，跟洪凌波鬧了好一陣，在古墓中又和她們師徒數度交手，別給她們在語音舉止中瞧出破綻，事不宜遲，走為上策，舉手行了一禮，翻身上馬，就要縱馬奔馳。

李莫愁輕飄飄的躍出，攔在他馬前，說道：「下來，我有話問你。」楊過道：「我知道你要問甚麼？你要問我，有沒見到一個左腿有些不便的美貌姑娘？可知她帶的那本書在那裏？」李莫愁心中一驚，淡淡的道：「是啊，你眞聰明。那本書在那裏？」楊過道：「適才我和這個師弟在道旁休息，見那姑娘和三個化子動手。一個化子給那姑娘砍了一刀，但又有兩個化子過來，那姑娘不敵，終於給他們擒住……」

李莫愁素來鎮定自若，遇上天大的事也是不動聲色，但想到陸無雙既被丐幫所擒，那本「五毒秘傳」勢必也落入他們手中，不由得微現焦急之色。

楊過見謊言見效，更加誇大其詞：「一個化子從那姑娘懷裏掏出一本甚麼書來，那姑娘不肯給，卻讓那化子打了老大一個耳括子。」陸無雙向他橫了一眼，心道：「好傻蛋，你胡說八道損我，瞧我不收拾你？」楊過明知陸無雙心中駭怕，故意問她道：「師弟，你說這豈不叫人生氣？那姑娘給幾個化子又摸手、又摸脚，吃了好大的虧哪，是不是？」陸無雙低垂了頭，只得「嗯」了一聲。

說到此處，山角後馬蹄聲響，擁出一隊人馬，儀仗兵勇，聲勢甚盛，原來是一隊蒙古官兵。其時金國已滅，淮河以北盡屬蒙古。李莫愁自不將這些官兵放在眼裏，但她急欲查知陸無雙的行蹤，不想多惹事端，於是避在道旁，只見鐵蹄揚塵，百餘名蒙古兵將擁着一個官員疾馳而過。那蒙古官員身穿錦袍，腰懸弓箭，騎術甚精，臉容雖瞧不清楚，縱馬大跑時的神態卻頗爲剽悍。

李莫愁待馬隊過後，舉拂塵拂去身上給奔馬揚起的灰土。她拂塵每動一下，陸無雙的心

就劇跳一下，知道這一拂若非拂去塵土，而是落在自己頭上，勢不免立時腦漿迸裂。

李莫愁拂罷塵土，又問：「後來怎樣了？」楊過道：「幾個化子擄了那姑娘，向北方去啦。小道路見不平，意欲攔阻，那兩個老叫化就留下來跟我打了一架。」

李莫愁點了點頭，微微一笑，道：「很好，多謝你啦。我姓李名莫愁，江湖上叫我赤練仙子，也有人叫我赤練魔頭。你聽見過我的名字麼？」楊過搖頭道：「我沒聽見過。姑娘，你這般美貌，臉上沒一絲皺紋，怎可稱爲魔頭啊？」李莫愁這時已三十來歲，但內功深湛，皮膚雪白粉嫩，臉上沒一絲皺紋，望之仍如二十許人。她一生自負美貌，聽楊過這般當面奉承，心下自然樂意，拂塵一擺，道：「你跟我說笑，自稱是王重陽門人，本該好好叫你吃點苦頭再死。既然你還會說話，我就只用這拂塵稍稍教訓你一下。」

楊過搖頭道：「不成，不成，小道不能平白無端的跟後輩動手。」李莫愁道：「死到臨頭，還在說笑。我怎麼是你的後輩啦？」楊過道：「我師父重陽眞人，跟你祖師婆婆是同輩，我豈非長着你一輩？你這麼一個年輕貌美的小姑娘，我老人家是不能欺侮你的。」李莫愁淺淺一笑，對洪凌波道：「再將劍借給他。」楊過搖手道：「不成，不成，我……」他話未說完，洪凌波已拔劍出鞘，只聽擦的一響，手中拿着的只是個劍柄，劍刃卻留在劍鞘之內。她愕然之間，隨卽醒悟，原來楊過還劍之時暗中使了手脚，將劍刃捏斷，但微微留下幾分勉強牽連，拔劍時稍一用力，當卽斷截。

李莫愁臉上變色。楊過道：「本來嘛，我是不能跟後輩的年輕姑娘們動手的，但你既然定要逼我過招，這樣罷，我空手接你拂塵三招。咱們把話說明在先，只過三招，只要你接得

351

住，我就放你走路。但三招一過，你卻不能再跟我糾纏不清啦。」他知當此情勢，不動手是不成的了，但若當眞比拚，自然絕不是她對手，索性老氣橫秋，裝出一派前輩模樣，再以言語擠兌，要她答應只過三招，不能再發第四招，自己反正是鬥她不過，用不用兵刃也是一樣，最好她也就此不使那招數厲害之極的拂塵。

李莫愁豈不明白他的用意，心道：「憑你這小子也接得住我三招？」說道：「好啊，老前輩，後輩領教啦。」

楊過道：「不敢……」突然間只見黃影幌動，身前身後都是拂塵的影子。李莫愁這一招「無孔不入」，乃是向敵人周身百骸進攻，雖是一招，其實千頭萬緒，一招之中包含了數十招，竟是同時點他全身各處大穴。她適才見楊過與兩丐交手，劍法精妙，確非庸手，定要在三招之內傷他，倒也不易，是以一上手就使出生平最得意的「三無三不手」來。

這三下招數是她自創，連小龍女也沒見過。楊過突然見到，嚇了一跳。這一招其實是無可抵擋之招，閃得左邊，右邊穴道被點，避得前面，後面穴道受傷，只有武功遠勝於李莫愁的高手，以狠招正面撲擊，纔能逼得她回過拂塵自救。楊過自然無此功力，情急之下，突然一個觔斗，頭下腳上，運起歐陽鋒所授的功夫，經脈逆行，全身穴道盡數封閉，只覺無數穴道上同時微微一麻，立卽無事。他身子急轉，倒立着飛腿踢出。

李莫愁眼見明明已點中他多處穴道，他居然仍能還擊，心中大奇，跟着一招「無所不至」。這一招點的是他周身諸處偏門穴道。楊過以頭撐地，伸出左手，伸指戳向她右膝彎「委中穴」。

李莫愁更驚，急忙避開，「三無三不手」的第三手「無所不為」立卽使出。

這一招不再點穴，專打眼睛、咽喉、小腹、下陰等人身諸般柔軟之處，是以叫作「無所不為」，陰狠毒辣，可說已有些無賴意味。當她練此毒招之時，那想得到世上竟有人動武時會頭下腳上，匆忙中一招發出，自是照着平時練得精熟的部位攻擊敵人，這一來，攻眼睛的打中了腳背，攻咽喉的打中了小腿，攻小腹的打中了大腿，攻下陰的打中了胸膛，攻其柔虛，逢其堅實，竟然沒半點功效。

李莫愁這一驚真是非同小可，她一生中見過不少大陣大仗，武功勝過她的人也曾會過，只是她事先料敵周詳，或攻或守，或擊或避，均有成竹在胸，卻萬料不到這小道士竟有如此不可思議的功夫，只一呆之下，楊過突然張口，已咬住了她拂塵的塵尾，一個翻身，直立起來。李莫愁手中一震，竟被他將拂塵奪了過去。

當年二次華山論劍，歐陽鋒逆運經脈，一口咬中黃藥師的手指，險些送了他的性命。蓋逆運經脈之時，口唇運氣，一張一合，自然而然會生咬人之意。一人全身諸處之力，均不及齒力屬害，常人可用牙齒咬碎胡桃，而大力士手力再強，亦難握破胡桃堅殼。因此楊過內力雖不及李莫愁遠甚，但牙齒一咬住拂塵，竟奪下她用以揚威十餘載的兵刃。

這一下變生不測，洪凌波與陸無雙同時驚叫，李莫愁雖然驚訝，卻絲毫不懼，雙掌輕拍，施展赤練神掌，撲上奪他拂塵。她一掌剛要拍出，突然叫道：「咦，是你！你師父呢？」原來楊過臉上塗了泥沙，頭下腳上的急轉幾下，泥沙剝落，露出了半邊本來面目。同時洪凌波也已認出了陸無雙，叫道：「師父，是師妹啊。」先前陸無雙一直不敢與李莫愁、洪凌波正面相對，此時楊過與李莫愁激鬥，她凝神觀看，忘了側臉避開洪凌波的眼光。

楊過左足一點，飛身上了李莫愁的花驢，同時左手彈處，一根玉蜂針射進了洪凌波所乘驢子的腦袋。

李莫愁盛怒之下，飛身向楊過撲去。楊過縱身離鞍，倒轉拂塵柄，揮拂塵向後亂打。將花驢打了個腦漿迸裂，大叫：「媳婦兒，快隨你漢子走。」身子落在馬背，噗的一聲，陸無雙立即縱馬疾馳。李莫愁的輕功施展開來，一二里內大可趕上四腿的牲口，但被楊過適才的一怪招嚇得怕了，不敢過份逼近，只是施展小擒拿手欲奪還拂塵，第四招上左手三指碰上了拂塵絲，反手抓住一拉，楊過拿捏不住，又給她奪回。

洪凌波胯下的驢子腦袋中了玉蜂針，突然發狂，猛向李莫愁衝去，張嘴大咬。李莫愁喝道：「凌波，你怎麼啦。」洪凌波道：「驢子鬧倔性兒。」用力勒韁，拉得驢子滿口是血，猛地裏那驢子四腿一軟，翻身倒斃，洪凌波躍起身來，叫道：「師父，咱們追！」但此時楊陸二人早已奔出半里之外，再也追趕不上了。

陸無雙與楊過縱騎大奔一陣，回頭見師父不再追來，叫道：「傻蛋，我胸口好疼，抵不住啦！」楊過躍下馬背，俯耳在地上傾聽，並無蹄聲追來，道：「不用怕啦，慢慢走罷。」當下兩人並轡而行。

陸無雙嘆了口氣，道：「傻蛋，怎麼連我師父的拂塵也給你奪來啦？」楊過道：「我跟她胡混亂搞，她心裏一樂，就將拂塵給了我。我老人家不好意思要她小姑娘的東西，又還給她。」陸無雙道：「哼，她為甚麼心裏一樂，瞧你長得俊麼？」說了這句話，臉上微微一紅。楊過笑道：「她瞧我傻得有趣，也是有的。」陸無雙道：「呸！好有趣麼？」

兩人緩行一陣，怕李莫愁趕來，又催坐騎急馳。如此快一陣、慢一陣的行到黃昏。楊過道：「媳婦兒，你若要保全小命，只好拚着傷口疼痛，再跑一晚。」陸無雙道：「你再胡說八道，瞧我理不理你？」楊過伸伸舌頭，道：「可惜是坐騎累了，再跑得一晚準得拖死。」

此時天色漸黑，猛聽得前面幾聲馬嘶，楊過喜道：「咱們換馬去罷。」兩人催馬上前，奔了里許，見一個村莊外繫着百餘匹馬，原來是日間所見的那隊蒙古騎兵。楊過道：「你待在這兒，我進村探探去。」當下翻身下馬，走進村去。

只見一座大屋的窗中透出燈光，楊過閃身窗下，向內張望，見一個蒙古官員背窗而坐。楊過靈機一動：「與其換馬，不如換人。」待了片刻，只見那蒙古官站起身來，在室中來回走動。這人約莫三十來歲，正是日間所見的那錦袍官員，神情舉止，氣派甚大，看來官職不小。楊過待他背轉身時，輕輕揭起窗格，縱身而入。那官員聽到背後風聲，倏地搶上一步，左臂橫揮，一轉身，雙手十指猶似兩把鷹爪，猛插過來，竟是招數凌厲的「大力鷹爪功」。楊過微感詫異，不意這個蒙古官員手下倒也有幾分功夫，當下側身從他雙手間閃過。那官員連抓數下，都被他輕描淡寫的避開。

那官員少時曾得鷹爪門的名師傳授，自負武功了得，但與楊過交手數招，竟是全然無法施展手腳。楊過見他又是雙手惡狠狠的插來，突然縱高，左手按他左肩，右手按他右肩，內力直透雙臂，喝道：「坐下！」那官員雙膝一軟，坐在地下，但覺胸口鬱悶，似有滿腔鮮血急欲噴出。楊過伸手在他乳下穴道上揉了兩揉，那官員胸臆登鬆，一口氣舒了出來，慢慢站起，怔怔的望着楊過，隔了半晌，這才問道：「你是誰？來幹麼？」這兩句漢話倒是說得字

· 355 ·

正腔圓。

楊過笑了笑，反問：「你叫甚麼名字？做的是甚麼官？」那官員怒目圓瞪，又要撲上。

楊過毫不理睬，卻去坐在他先前坐過的椅中。那官員雙臂直上直下的猛擊過來，楊過隨手推卸，毫不費力的將他每一招都化解了去，說道：「喂，你肩頭受了傷，別使力才好。」那官員一怔，道：「甚麼受了傷？」左手摸摸右肩，有一處隱隱作痛，忙伸右手去摸左肩，同樣部位也是一般的隱痛，這處所先前沒去碰動，並無異感，卻有細細一點地方似乎直疼到骨裏。那官員大驚，手指按到，只見左肩上有個針孔般的紅點，右肩上也是如此。他登時醒悟，對方剛才在他肩頭按落之時，手中偷藏暗器，已算計了他，不禁又驚又怒，喝道：「你使了甚麼暗器？有毒無毒？」

楊過微微一笑，道：「你學過武藝，怎麼連這點規矩也不知？大暗器無毒，小暗器自然有毒。」那官員心中信了九成，但仍盼他只是出言恐嚇，神色間有些將信將疑。楊過微笑道：「你肩頭中了我的神針，毒氣每天伸延一寸，約莫六天，毒氣攻心，那就歸天了。」

那官員雖想求他解救，卻不肯出口，急怒之下，喝道：「既然如此，老爺跟你拚個同歸於盡。」縱身撲上。楊過閃身避開。雙手各持了一枚玉蜂針，待他再舉手抓來，雙手伸出，將兩枚玉蜂針分別插入了他的掌心。那官員只感掌心中一痛，當即停步，舉掌見到掌心中的細針，隨即只覺兩掌麻木，大駭之下，再也不敢倔強，過了半晌，說道：「算我輸了！」

楊過哈哈大笑，問道：「你叫甚麼名字？」那官員道：「下官耶律晉，請問英雄高姓大名？」楊過道：「我叫楊過。你在蒙古做甚麼官？」耶律晉說了。原來他是蒙古大丞相耶律

楚材的兒子。耶律楚材輔助成吉思汗和窩闊台平定四方，功勳卓著，是以耶律晉年紀不大，卻已做到汴梁經畧使的大官，這次是南下到河南汴梁去就任。

楊過也不懂汴梁經畧使是甚麼官職，只是點點頭，說道：「很好，很好。」耶律晉道：「下官不知何以得罪了楊英雄，當眞胡塗萬分。楊英雄但有所命，請吩咐便是。」楊過笑了笑，道：「也沒甚麼得罪了。」突然一縱身，躍出窗去。耶律晉大驚，急叫：「楊英雄……」

奔到窗邊，楊過早已影蹤全無。耶律晉疑疑不定：「此人倏忽而來，倏忽而去，我身上中了他的毒針，那便如何是好？」忙拔出掌心中的細針，肩頭和掌心漸感麻癢難當。

正心煩意亂間，窗格一動，楊過已然回來，室中又多了一個少女，正是陸無雙。耶律晉喝道：「你說甚麼？」反手就是一記巴掌。楊過若是要避，這一記如何打他得着？但不知怎的，只覺受她打上一掌、罵得幾句，實是說不出的舒服受用，當下竟不躲開，拍的一響，面頰上熱辣辣的吃了一掌。

耶律晉不知二人平時鬧着玩慣了的，只道陸無雙的武功比楊過還要高強，呆呆的望着二人，不敢作聲，楊過撫了撫被打過的面頰，對耶律晉笑道：「你中了我神針之毒，但一時三刻死不了。只要乖乖聽話，我自會給你治好。」耶律晉道：「下官生平最仰慕的是英雄好漢，只可惜從來沒見過眞正有本領之人，今日得能結識高賢，實慰平生之望。楊英雄縱然不叫下官活了，下官死亦瞑目。」這幾句話既自高身分，又將對方大大的捧了一下。

楊過從來沒跟官府打過交道，不知居官之人最大的學問就是奉承上司，越是精通做官之

道的，諂諛之中越是不露痕迹。蒙古的官員本來粗野誠樸，但進入中原後，漸漸也沾染了中國官場的習氣。楊過給他幾句上乘馬屁一拍，心中大喜，翹起拇指讚道：「瞧你不出，倒是個挺有骨氣的漢子。來，我立刻給你治了。」當下用吸鐵石將他肩頭的兩枚玉蜂針吸了出來，再給他在肩頭和掌心敷上解藥。

陸無雙從未見過玉蜂針，這時見那兩口針細如頭髮，似乎放在水面也浮得起來，心想：「一陣風就能把這針吹得不知去向，卻如何能作爲暗器？」對楊過佩服之心不由得又增了一分，口中卻道：「使這般陰損暗器，沒點男子氣概，也不怕旁人笑話。」

楊過笑了笑，卻不理會，向耶律晉道：「我們兩個，想投靠大人，做你的侍從。」耶律晉一驚，忙道：「楊英雄說笑話了，有何囑咐，請說便是。」楊過道：「我不說笑話，當眞是要做大人的侍從。」耶律晉心想：「原來這二人想做官，賣與帝皇家，圖個出身。」不由得架子登時大了起來，咳嗽一聲，正色道：「嗯，學了一身武藝，一路在後追趕。咱倆打她不過，想裝道：「這個你又想錯了。我們有個極厲害的仇家對頭，成你這等侍從，暫時躲她一躲。」耶律晉好生失望，一張板了起來的臉重又放鬆，陪笑道：「想兩位這等武功，區區仇家，何足道哉。若是他們人多勢眾，下官招集兵勇，將他們拿來聽憑處置便是。」楊過道：「連我也打她不過，大人那就不必費事啦。快吩咐侍從，給我們拿衣服更換。」

他這幾句話說得甚是輕鬆，但語氣中自有一股威嚴，耶律晉連聲稱是，命侍從取來衣服。楊陸二人到另室去更換了。陸無雙取過鏡子一照，鏡中人貂衣錦袍，明眸皓齒，居然是個美

• 358 •

貌的少年蒙古軍官，自覺甚是有趣。

次晨一早起程。楊過與陸無雙各乘一頂轎子，由轎夫抬着，耶律齊仍是騎馬，未到午時，但聽得鸞鈴之聲隱隱響起，由遠而近，從一行人身邊掠了過去。陸無雙大喜，心道：「在這轎中舒舒服服的養傷，眞是再好不過。傻蛋想出來的傻法兒倒也有幾分道理。我就這麼讓他們抬到江南。」

如此行了兩日，不再聽得鸞鈴聲響，想是李莫愁一直追下去，不再回頭尋找。向陸無雙尋仇的道人、丐幫等人，也沒發覺她的蹤迹。

第三日上，一行人到了龍駒寨，那是秦汴之間的交通要地，市肆頗爲繁盛。用過晚飯後，耶律齊踱到楊過室中，向他請教武學，高帽一頂頂的送來，將楊過奉承得通體舒泰。楊過也就隨意指點一二。耶律齊正自聚精會神的傾聽，一名侍從匆匆進來，說道：「啓稟大人，京裏老大人送家書到。」耶律齊喜道：「好，我就來。」正要站起身向楊過告罪，轉念一想：「我就在他面前接見信使，以示我對他絲毫無見外之意，那麼他教我武功時也必盡心。」於是向侍從道：「叫他到這裏見我。」

那侍從臉上有異樣之色，道：「那……那……」耶律齊將手一揮，道：「不碍事，你帶他進來。」那侍從道：「是老大人自己……」耶律齊臉一沉道：「有這門子囉唆，快去……」話未說完，突然門帷掀處，一人笑着進來，說道：「晉兒，你料不到是我罷。」耶律齊一見，又驚又喜，急忙搶上跪倒。叫道：「爹爹，怎麼你老人家……」那人笑道：

359

「是啊！是我自己來啦。」那人正是耶律晉的父親，蒙古國大丞相耶律楚材。當時蒙古官制稱爲中書令。

楊過聽耶律晉叫那人爲父親，不知此人威行數萬里，乃是當今一人之下、萬人之上，最有權勢的大丞相，向他瞧去，但見他年紀也不甚老，相貌清雅，威嚴之中帶着三分慈和，心中不自禁的生了敬重之意。

那人剛在椅上坐定，門外又走進兩個人來，上前向耶律晉見禮，稱他「大哥」。這兩人一男一女，男的二十三、四歲，女的年紀與楊過相仿。耶律晉喜道：「二弟，三妹，你們也都來啦。」向父親道：「爹爹，你出京來，孩兒一點也不知道。」耶律楚材點頭道：「是啊，有一件大事，若非我親來主持，實是放心不下。」他向楊過等眾侍從望了一眼，示意要他們退下。

耶律晉好生爲難，本該揮手屏退侍從，但楊過卻是個得罪不得之人，不由得臉現猶豫之色。楊過知他心意，笑了一笑，自行退了出去。耶律楚材早見楊過舉止有異，自己進來時，眾侍從拜伏行禮，只這一人挺身直立，此時翩然而出，更有獨來獨往、傲視公侯之概，不禁心中一動，問耶律晉道：「此人是誰？」

耶律晉是開府建節的封疆大吏，若在弟妹之前直說楊過的來歷，未免太過丟臉，當下含糊答道：「是孩兒在道上結識的一個朋友。爹爹親自南下，不知爲了何事？」耶律楚材嘆了口氣，臉現憂色，緩緩說明情由。

原來蒙古國大汗成吉思汗逝世後，第三子窩闊台繼位。窩闊台做了十三年大汗逝世，他

· 360 ·

兒子貴由繼位。貴由胡塗酗酒，只做了三年大汗便短命而死，此時是貴由的皇后垂簾聽政。皇后信任羣小，排擠先朝的大將大臣，朝政甚是混亂。宰相耶律楚材是三朝元老，又是開國功臣，遇到皇后措施不對之處，時時忠言直諫。皇后見他對自己諭旨常加阻撓，自然甚是惱怒，但因他位高望重，所說的又都是正理，輕易動搖不得。耶律楚材自知得罪皇后，全家百口的性命直是危如累卵，心想此人走得越遠越好，免得日日在眼前惹氣，當卽准奏。於是耶律楚材帶了次子耶律齊、三女耶律燕，逕來河南，此行名為宣撫，實為避禍。

楊過回到居室，跟陸無雙胡言亂語的說笑，陸無雙偏過了頭不加理睬。楊過逗了她幾次全無回答，當卽盤膝而坐，用起功來。

陸無雙卻感沒趣，見他垂首閉目，過了半天仍是不動，說道：「喂，傻蛋，怎麼這當兒用起功來啦？」楊過不答。陸無雙怒道：「用功也不急在一時，你陪不陪我說話兒？」正要伸手去呵他癢，楊過忽然一躍而起，低聲道：「有人在屋頂窺探！」陸無雙沒聽到絲毫聲息，抬頭向屋頂瞧了一眼，低聲道：「又來騙人？」楊過道：「不是這裏，在那邊兩間屋子之外。」陸無雙更加不信，笑了笑，低低罵了聲：「傻蛋。」只道他是在裝傻說笑。

楊過扯了扯她的衣袖，低聲道：「別要是你師父尋來啦，咱們先躲着。」陸無雙聽到「師父」兩字，背上登時出了一片冷汗，跟着他走到窗口。楊過指向西邊，陸無雙抬起頭來，果見兩間屋子外的屋頂上黑黝黝的伏着一個人影。此時正當月盡夜，星月無光，若非凝神觀看，

· 361 ·

還真真分辨不出，心中佩服：「不知傻蛋怎生察覺的？」她知師父向來自負，夜行穿的還是杏黃道袍，決不改穿黑衣，在楊過耳邊低聲道：「不是師父。」

楊過心中一動：「這女子身法好快，武功似在耶律晉之上，老頭兒只怕性命難保。」陸無雙叫道：「快去瞧！」兩人奔將過去，伏在窗外向內張去。

只見耶律晉提着一張板橙，前支後格，正與那黑衣女子相鬥。那女子年紀甚輕，但刀法狠辣，手中柳葉刀鋒利異常，連砍數刀，已將板橙的四隻橙腳砍去。耶律晉眼見不支，叫道：「爹爹，快避開！」隨即縱聲大叫：「來人哪！」那少女忽地飛起一腿，耶律晉猝不及防，正中腰間，翻身倒地。

楊過暗道：「不好！」心想先救了人再說，手中扣着一枚玉蜂針，正要往少女手腕上射去，只聽得耶律楚材的女兒耶律燕叫道：「不得無禮！」右手出掌往那少女臉上劈落，左手以空手奪白刃手法去搶她刀子。這兩下配合得頗為巧妙，那少女側頭避開來掌，手腕已被耶律燕搭住，百忙中飛腿踢出，教她不得不退，手中單刀才沒給奪去。楊過見這兩個少女都是出手迅捷，心中暗暗稱奇。霎時之間，兩人已砍打閃劈，拆解了七八招。

這時門外擁進來十餘名侍衛，見二人相鬥，均欲上前。耶律晉道：「慢着！三小姐不用你們幫手。」

楊過低聲向陸無雙道：「媳婦兒，這兩個姑娘的武功勝過你。」陸無雙大怒，側身就是

一掌。楊過一笑避開，道：「別鬧，還是瞧人打架的好。」陸無雙道：「那麼你跟我說真個的，到底是我強，還是她們強？」楊過低聲道：「一個對一個，這兩個姑娘都不如你。你一個打她們兩個呢，單論武功你就要輸。只不過她們的打法也太老實，遠不及你詭計多端、陰險毒辣，因此畢竟還是你贏。」陸無雙心下喜歡，低聲道：「甚麼『詭計多端』、陰險毒辣的，可有多難聽！說到詭計多端，世上沒人及得上咱們的傻蛋傻大爺。」楊過微笑道：「那你豈不成了傻大娘？」陸無雙輕輕啐了一口。

只見兩女又鬥一陣，耶律燕終究沒有兵刃，數次要奪對方的柳葉刀沒能奪下，反給逼得東躲西閃，無法還手。耶律齊道：「三妹，我來試試。」斜身側進，右手連發三掌。耶律燕退在牆邊，道：「好，瞧你的。」

楊過只瞧了耶律齊出手三招，不由得暗暗驚詫。只見他左手插在腰裏，始終不動，右手一伸一縮，也不移動腳步，隨手應付那少女的單刀，招數固然精妙，而時刻部位拿捏之準，更是不凡，心道：「此人好生了得，似乎是全真派的武功，卻又頗有不同。」

陸無雙道：「傻蛋，他武功比你強得多啦。」楊過瞧得出神，竟沒聽見她說話。

李莫愁見楊過劍法精奇，自己每招每式都在他意料之中，心下怨恨師父偏心，突然縱身躍到桌上，右足斜踢，左足踏在桌邊，身子前後幌動，飄逸有致。

第十回 少年英俠

耶律齊道：「三妹，你瞧仔細了。我拍她臂儒穴，她定要斜退相避，我跟著拿她巨骨穴，她不得不舉刀反砍。這時出手要快，就能奪下她的兵刃。」那黑衣少女怒道：「呸，也沒這般容易。」耶律齊道：「是這樣。」說著右掌往她「臂儒穴」拍去。這一掌出手歪歪斜斜，卻將她前後左右的去路都封住了，只留下左側後方斜角一個空隙。那少女要躲他這一拍，只得斜退兩步。耶律齊點了點頭，果然伸手拿她「巨骨穴」。那少女心中一直記著「千萬別舉刀反砍。」但形格勢禁，只有舉刀反砍才是連消帶打的妙著，當下無法多想，立時舉刀反砍。

耶律齊道：「是這樣！」人人以為他定是要伸手奪刀，那知他右手也縮了回來，與左手相拱，雙手籠入袖筒。那少女一刀沒砍著，卻見他雙手籠袖，微微一呆。耶律齊右手忽地伸出，兩根手指夾著刀背一提，那少女握刀不住，給他奪了過去。

眾人見此神技，一時呆了半晌，隨即一個哄堂大采。那黑衣少女臉色沮喪，呆立不動。

眾人都想：「二公子不出手擒妳，明明放妳一條生路。妳還不出去，更待何時？」

· 367 ·

耶律齊緩步退開，向耶律燕道：「她也沒了兵刃，你再跟她試試，膽子大些」，留心她的掌中腿。」耶律燕踏上兩步，說道：「完顏萍，我們一再饒你，你始終苦苦相逼，難道到了今日還不死心麼？」

完顏萍不答，垂頭沉吟。耶律燕道：「你既定要與我分個勝負，咱們就爽爽快快動手罷！」說着衝上去迎面就是兩拳。完顏萍後躍避開，悽然道：「刀子還我。」耶律燕一怔，心道：「我哥哥奪了你兵刃，明明是要你和我平手相鬥，怎地你又要討還刀器？」說道：「好罷！」從哥哥手裏接過柳葉刀拋給了她。一名守衛倒轉手中單刀遞過，說道：「三小姐，你也使兵刃。」耶律燕道：「不用。」但轉念一想：「我空手打不過她，咱們就比刀。」接刀虛劈兩下，覺得稍微沉了一點，但勉強也可使得。

完顏萍臉色慘白，左手提刀，右手指着耶律楚材道：「耶律楚材，你幫着蒙古人，害死我爹爹媽媽，今生我是不能找你報仇的了。咱們到陰世再算帳罷！」說話甫畢，左手橫刀就往脖子中抹去。

楊過聽她說這幾句話時眼神悽楚，一顆心怦怦的一跳，胸口一痛，失聲叫道：「姑姑！」就在此時，完顏萍已橫刀自刎。耶律齊搶上兩步，右手長出，又伸兩指將她柳葉刀奪了過來，隨手點了她臂上穴過，說道：「好端端的，何必自尋短見？」橫刀自刎、雙指奪刀，都只一霎間之事，待衆人瞧得清楚，刀子已重入耶律齊之手。

其時室內衆人齊聲驚呼，楊過的一聲「姑姑」無人在意，陸無雙在她身旁卻聽得清楚，低聲問道：「你叫甚麼？她是你姑姑？」楊過忙道：「不，不！不是。」原來他見完顏萍眼

· 368 ·

波中流露出一股悽惻傷痛、萬念俱灰的神色，就如小龍女與他決絕分手時一模一樣。他斗然間見到，不由得如痴如狂，竟不知身在何處。

耶律楚材緩緩說道：「完顏姑娘，你已行刺過我三次。我身為大蒙古國宰相，滅了你大金國，害你父母。可是你知我的祖先卻又是為何人所滅呢？」完顏萍微微搖頭，道：「我不知道。」耶律楚材道：「我祖先是大遼國的皇族，大遼國是給你金國滅了的。我大遼國耶律氏的子孫，被你完顏氏殺戮得沒剩下幾個。我少時立志復仇，這才輔佐蒙古大汗滅你金國。唉，怨怨相報，何年何月方了啊？」說到最後這兩句話時，抬頭望着窗外，想到只為了幾家人爭為帝王，以致大城民居盡成廢墟，萬里之間屍積為山，血流成河。

完顏萍茫茫然無語，露出幾顆白得發亮的牙齒，哼了一聲，向耶律齊道：「我三次報仇不成，自怨本領不濟，那也罷了。我要自盡，又干你何事？」耶律齊道：「姑娘只要答應以後不再尋仇，你這就去罷！」完顏萍又哼了一聲，怒目而視。耶律齊倒轉柳葉刀，用刀柄在她腰間輕輕撞了幾下，解開她的穴道，隨即將刀遞了過去。完顏萍欲接不接，微一猶豫，終於接過，說道：「耶律公子，你數次手下容情，以禮相待，我豈有不知？只是我完顏家與你耶律家仇深似海，憑你如何慷慨高義，我父母的血海深仇不能不報。」

耶律齊心想：「這女子始終糾纏不清，她武藝不弱，我總不能寸步不離爹爹，若有失閃，如何是好？嗯，不如用言語相迫，教她只能來找我。」朗聲說道：「完顏姑娘，你為父母報仇，志氣可嘉──只是老一輩的帳，該由老一輩自己了結。咱們做小輩的自己各有恩怨。你家與我家的血帳，你只管來跟我算便是，若再找我爹爹，在下此後與姑娘遇到，可就十分為難

了。」

完顏萍道：「哼，我武藝遠不及你，怎能找你報仇？罷了，罷了。」耶律齊知她這一出去，必定又圖自盡，有心要救他一命，冷笑道：「嘿嘿，完顏家的女子好沒志氣！」完顏萍霍地轉過身來，道：「怎地沒志氣了？」耶律齊冷笑道：「我武功高於你，那不錯，可這又有甚麼希罕？只因我曾遇明師指點，並非我自己真有甚麼過人之處。你所學的鐵掌功夫，本來也是當世一門了不起的武功，只是教你的那位師父所學未精，你練的時日又淺，難以克敵致勝，原是理所當然。年紀輕輕，只要苦心去另尋明師，難道就找不着了？」完顏萍本來滿腔怨怒，聽了這幾句話，不由得暗暗點頭。

耶律齊又道：「我每次跟你動手，只用右手，非是我傲慢無理。只因我左手力大，出手往往便要傷人。這樣罷，待你再從明師之後，隨時可來找我，只要逼得我使用左手，我引頸就戮，決無怨言。」他知完顏萍的功夫與自己相差太遠，縱得高人指點，也是難以勝得過自己單手；料想一個人欲圖自盡，只是一時忿激，只要她去尋師學藝，心有專注，過得若干時日，自不會再生自殺的念頭。

完顏萍心想：「你又不是神仙，我痛下苦功，難道兩隻手當真便勝不了你單手？」提刀在空中虛劈一下，沉着聲音道：「好！君子一言……」耶律齊接口道：「快馬一鞭！」完顏萍向象人再也不望一眼，昂首而出，但臉上掩不住流露出淒涼之色。

眾侍衞見二公子放她走路，自然不敢攔阻，紛紛向耶律楚材道驚請安，退出房去。耶律晉見此處鬧得天翻地覆，但楊過始終並不現身，心中暗感奇怪。耶律燕道：「二哥，你怎麼

• 370 •

又放了她走？」耶律齊道：「不放她怎麼？難道殺了她？」耶律燕抿嘴笑道：「你放她總是不對。」耶律齊道：「甚麼？」耶律燕笑道：「你既要她作我嫂子，就不該放她啊。」耶律齊正色道：「別胡說！」耶律燕見他認真，怕他動怒，不敢再說笑話。

楊過在窗外聽耶律燕說到「要她做我嫂子」幾字，心中突然無緣無故的感到一陣酸意，見完顏萍上高向東南方而去，當下向陸無雙道：「我瞧瞧去。」陸無雙道：「瞧甚麼？」楊過不答，展開輕功追了出去。

完顏萍武功並不甚強，輕功卻甚高明，楊過提氣直追，直到龍駒寨鎮外，才見到她的後影。只見她落入一座屋子的院子，推門進房。楊過跟着躍進，躲在牆邊。過了半晌，西廂房中傳出燈火，隨即聽到一聲長嘆。這一聲嘆息中直有千般怨愁，萬種悲苦。

楊過在窗外聽着，怔怔的竟是痴了，觸動心事，不知不覺的也長嘆一聲。完顏萍聽得窗外有人嘆息，大吃一驚，急忙吹熄燈火，退在牆壁之旁，低聲喝問：「是誰？」楊過道：「跟你一般，也是傷心之人。」完顏萍更是一怔，聽他語氣中似乎並無惡意，又問：「你到底是誰？」楊過道：「常言道：君子報仇，十年未晚。你幾次行刺不成，便想自殺，可不是將自己性命看得忒也輕了？更將這番血海深仇看得忒也輕了？」

完顏萍點亮燭火，道：「閣下請進。」楊過在門外雙手一拱，呀的一聲，兩扇門推開，走進房去。完顏萍見他身穿蒙古軍官裝束，年紀甚輕，微感驚訝，說道：「閣下指教得是，請問高姓大名。」

楊過不答，雙手籠在袖筒之中，說道：「耶律齊大言不慚，自以為只用右手就算本領了得，其實要奪人之刀，點人穴道，一隻手也不用又有何難？」完顏萍心中不以為然，只是未摸清對方的底細，不便反駁。楊過道：「我教你三招武功，就能逼那耶律齊雙手齊用。現下我先和你試試，我既不用手，又不使腳，跟你過幾招如何？」完顏萍大奇，心道：「難道你有妖法，一口氣便能將我吹倒了？」楊過見她遲疑，道：「你只管用刀子砍我，我要是避不了，死而無怨。」完顏萍道：「好罷，我也不用刀，只用拳掌打你。」楊過搖頭道：「不，我不用手腳而奪下你刀子，你方能信服。」

完顏萍見他似笑非笑的神情，心頭微微有氣，道：「閣下如此了得，真是聞所未聞。」說着抽出單刀，往他肩頭劈去。她見楊過雙手籠袖，渾若無事，只怕傷了他，這一刀的準頭畧畧偏了些。楊過瞧得明白，動也不動，說道：「不用相讓，要真砍！」柳葉刀從他肩旁直劈而下，與他身子相離只有寸許。完顏萍見他毫不理會，好生佩服他的膽量，又想：「難道這是個渾人？」柳葉刀一斜，橫削過去，這次卻不容情了。楊過斗地矮身，刀鋒從他頭頂掠過，相差仍然只有寸許。

完顏萍打起精神，提刀直砍。楊過順着刀勢避過，道：「你刀中還可再夾掌法。」完顏萍道：「好！」橫刀砍出，左掌跟着劈去。楊過側身閃避，道：「再快些不妨。」完顏萍將一路刀法施展開來，掌中夾刀，愈出愈快。楊過道：「你掌法凌厲，好過刀法。耶律齊說這是鐵掌功夫，是不是？」完顏萍點點頭，出手更是狠辣。楊過雙手始終籠在袖中，在掌影刀鋒間飄舞來去。完顏萍單刀鐵掌，連他衣服也碰不到半點。

她一套刀法使了大半，楊過道：「小心啦，三招之內，我奪你刀。」完顏萍此時對他已甚是佩服，但說要在三招之內奪去自己兵刃，卻仍是不信，只是不由自主的將刀柄握得更加緊了，說道：「你奪啊！」橫刀使一招「雲橫秦嶺」，向他頭頸削去。完顏萍手臂酸軟，手指無力。楊過一低頭，從刀底下鑽了過去，側過頭來，額角正好撞正她右手肘彎「曲池穴」。完顏萍手臂酸軟，手指無力。楊過仰頭張口，咬住刀背，輕輕巧巧的便將刀子奪過，跟着頭一側，刀柄撞在她脅下，已點中了穴道。

楊過抬頭鬆齒，向上甩去，柳葉刀飛了上去，他將刀拋開，為的是要清清楚楚說話，當下說道：「怎麼樣，服了麼？」說了這六個字，那刀落將下來，楊過張口咬住，笑嘻嘻的瞧着她。完顏萍又驚又喜，點了點頭。

楊過見她秋波流轉，嬌媚動人，不自禁想抱她一抱，親她一親，只是此事太過大膽荒唐，咬住刀背，一張臉脹得通紅。完顏萍那知他的心事，但見他神色怪異，心中微感驚奇，自覺全身酸麻，雙腿軟軟的似欲摔倒。楊過踏上一步，距她已不過尺許，正想拋去刀子，把嘴唇湊到她眼皮上去親一個吻，猛地想起：「她好生感激那耶律齊以禮相待，難道我就不如他了？哼，我偏要處處都勝過他。」於是低下頭來，下顎一擺，將刀柄在她腰間一撞，解開她的穴道，將刀柄遞了過去。

完顏萍不接刀子，雙膝跪地，說道：「求師父指點，小女子得報父母深仇，永感大德。」楊過大為狼狽，急忙扶起，伸手從口中取下單刀，說道：「我怎能做你師父？不過我能教你一個殺死那耶律齊的法門。」完顏萍大喜，道：「只要能殺了耶律齊，他哥哥和妹子我都不

怕，自能再殺他父親……」說到此處，忽然想起一事，黯然道：「唉，待得我學到能殺他的本事，那耶律老兒怎能還在世上？我父母之仇，終究是報不了的啦。」楊過笑道：「那耶律老兒一時三刻之命，總還是有的。」完顏萍奇道：「甚麼？」楊過道：「要殺耶律齊又有何難？現下我教你三招，今晚就能殺了他。」

完顏萍曾三次行刺耶律楚材，三次都被耶律齊行若無事的打敗，知他本領高於自己十倍，心想眼前這蒙古少年軍官武功雖強，未必就勝過了耶律齊，縱使勝得，也決不能只教自己三招，就能用之殺了他，而今晚便能殺他，更是萬萬不能的了。她怕楊過着惱，不敢出言反駁，只是微微搖頭，眼中那股叫他瞧了發痴發狂的眼色，不住滾來滾去。

楊過明白她的心意，說道：「不錯，我武功未必在他之上，當真動手，說不定我還是輸多贏少。但要教你三招，今晚去殺了他，卻決非難事。就只怕他曾饒你三次，你下不了手而已。」完顏萍心中一動，隨即硬着心腸道：「他雖有德於我，但父母深仇，不能不報。」楊過道：「好，這三招我便教你。你若能殺他而不願下手，那便如何？」完顏萍道：「憑你處置便了。反正你這麼高的本領，要打要殺，我還能逃得了麼？」楊過心道：「我怎捨得打你殺你？你殺不殺他，跟我又有甚麼相干？」於是微微一笑，說道：「其實這三招也沒甚麼了不起。你瞧清楚了。」

當下提起刀來，緩緩自左而右的砍去，說道：「第一招，是『雲橫秦嶺』。」完顏萍心道：「這一招我早就會了，何用你教？」見刀鋒橫來，側身而避。楊過突出左手，抓住她的右掌，說道：「第二招，是你剛才使用過兩次的『枯藤纏樹』。」完顏萍點頭道：「是，這是我鐵掌

・374・

擒拿手中的一招。」楊過握着她又軟又滑的手掌，心中一蕩，笑道：「你該學羊脂玉掌功才是，怎麼去學鐵掌擒拿手？這名兒倒挺美。」只覺他捏住自己手掌，一緊一放，使力極輕，覺得這手法還不及自己所學以鐵掌功爲基的擒拿手厲害，心想：「你第一招與第二招都是我所會的功夫，難道單憑第三招一招，就能殺了耶律齊？」楊過凝視她眼睛，叫道：「看仔細了！」突然手腕疾翻，橫刀往自己項頸中抹去。

完顏萍大驚，叫道：「你幹甚麼？」她右手被楊過牢牢握住，忙伸左手去奪他單刀。雖在危急之中，她的鐵掌擒拿手仍是出招極準，一把抓住楊過手腕，往外力拗，叫他手中刀子不能及頸。楊過鬆開了手，退後兩步，笑道：「你學會了麼？」

完顏萍驚魂未定，只嚇得一顆心怦怦亂跳，不明他的用意。楊過笑道：「你先使『雲橫秦嶺』橫削，再使『枯藤纏樹』牢牢抓住他右手，第三招舉刀自刎，他勢必用左手救你。他向你立過誓，只要你逼得他用了左手，任你殺他，死而無怨。這不成了麼？」完顏萍一想不錯，怔怔的瞧着他。楊過道：「這三招萬無一失，若不收效，我跟你磕頭。」完顏萍微微搖頭，說道：「他說過不用左手，一定不會用的。那便怎地？」楊過道：「那又怎地？你永世報不了仇啦，自己死了不就乾淨？」完顏萍悽然點頭，道：「你說得對。多謝指點迷津。閣下到底是誰？」

楊過還未回答，窗外忽然有個女子聲音叫道：「他叫傻蛋，你別信他的鬼話。」楊過聽得是陸無雙的聲音，只笑了笑，並不理會。完顏萍縱向窗邊，只見黑影一閃，一個人影躍出

了圍牆。

完顏萍待要追出，楊過拉住她手，笑道：「不用追了，是我的同伴。她最愛跟我過不去。」

完顏萍望着他，沉吟半晌，道：「你既不肯說自己姓名，那也罷了。我信得過你對我總是一番好意。」楊過見她秋波一轉，神色楚楚，不由得心生憐惜，當下拉着她手，和她並肩坐在床沿，柔聲道：「我姓楊名過，我是漢人，不是蒙古人。我爹爹媽媽都死啦，跟妳身世一般……」

完顏萍聽他說到這裏，心裏一酸，兩滴淚珠奪眶而出。楊過心情激盪，忽然哇的一聲，哭了出來。完顏萍從懷裏抽出一塊手帕，擲給了他。楊過拿到臉上拭抹，想到自己身世，眼淚卻愈來愈多。

完顏萍強笑道：「楊爺，你瞧我倒把你招哭啦。」楊過道：「別叫我楊爺。你今年幾歲啦？」完顏萍道：「我十八歲，你呢？」楊過道：「我也是十八。」心想：「我若是月份小過她，給她叫一聲兄弟，可沒味兒。」說道：「我是正月裏的生日，以後你叫我楊大哥得啦。」完顏萍臉上一紅，覺得此人做事單刀直入，好生古怪，但對自己確是並無惡意，於是點了點頭。

楊過見她點頭，喜得心癢難搔。完顏萍容色清秀，身材瘦削，遭逢不幸，似乎生來就叫人憐惜，而最要緊的是她盈盈眼波竟與小龍女相似。他可沒想到一個人心中哀傷，眼色中自然有悽苦之意，天下之人莫不皆然，說她眼波與小龍女相似，那也只是他自欺自慰的念頭而已。他凝視着她眼睛，忽而將她的黑衣幻想而為白衣，將她瘦瘦的瓜子臉幻想成為小龍

女清麗絕俗的容貌，痴痴的瞧着，臉上不禁流露出了祈求、想念、愛憐種種柔情。

完顏萍有些害怕，輕輕掙脫他手，低聲道：「你怎麼啦？」楊過如夢方醒，嘆了口氣，道：「沒甚麼。你去不去殺他？」完顏萍道：「我這就去。楊大哥，你陪不陪我？」楊過待要說「自然陪你去」，轉念一想：「若我在旁，她有恃無恐，自刎之情不切，耶律齊就不會中計。」說道：「我不便陪你。」

完顏萍眼中登時露出失望之色，楊過心裏一軟，幾乎便要答應陪她，那知完顏萍幽幽的道：「好罷，楊大哥，只怕我再也見不到你啦。」楊過忙道：「那裏？那裏？我……」

完顏萍悽然搖頭，逕自奔出屋去，片刻之間，又已回到耶律晉的住處。

這時耶律楚材等各已回房，正要安寢。完顏萍在大門上敲了兩下，朗聲說道：「完顏萍求見耶律齊耶律公子。」早有幾名侍衛奔過來，待要攔阻，耶律齊打開門來，說道：「完顏姑娘有何見教？」完顏萍道：「我再領教你的高招。」耶律齊心中奇怪：「怎地你如此不自量力？」於是側身讓開，右手一伸，說道：「請進。」

完顏萍進房拔刀，呼呼呼連環三招，刀風中夾着六招鐵掌掌法，這「一刀夾雙掌」自左右分進合擊。耶律齊左手下垂，右手劈打戳拿，將她三刀六掌盡數化解，心想：「怎生尋個法兒，叫她知難而退，永不再來糾纏？」

二人鬥了一陣，完顏萍正要使出楊過所授的三招，門外忽有一女子聲音叫道：「耶律齊，她要騙你使用左手，可須小心了。」正是陸無雙出聲呼叫。耶律齊一怔，完顏萍不等他會過

意來，立時一招「雲橫秦嶺」削去，待他側身閃避，斗地伸出左手，「枯藤纏樹」，已抓住他右手，自己右手迴轉，橫刀猛往頸中抹去。

在這電光石火的一瞬之間，耶律齊心中轉了幾轉：「定須救她？但她是在騙我用左手，我一使上左手，這條命就是交給她了。大丈夫死則死耳，豈能見死不救？」楊過逆料耶律齊的心思，只要突然出此三招，他非出左手相救不可，那知陸無雙從中攪亂，竟爾搶先提醒。

本來這法子已然不靈，但耶律齊慷慨豪俠，明知這一出手相救，乃是自捨性命，危急之際竟然還是伸出左手，在完顏萍右腕上一擋，手腕翻處，奪過了她的柳葉刀來。

二人交換了這三招，各自躍後兩步。耶律齊不等她開口，將刀擲了過去，道：「你已迫得了我用左手，你殺我便是，但有一事相求。」完顏萍臉色慘白，道：「甚麼事？」耶律齊道：「求你別再加害家父。」完顏萍「哼」了一聲，慢慢走近，舉起刀來，燭光下只見他神色坦然，凜凜生威，見到這般男子漢的氣概，想起他是為了相救自己才用左手，這一刀那裏還砍得下去？她眼中殺氣突轉柔和，將刀子往地下一擲，掩面奔出。

她六神無主，信步所之，直奔郊外，到了一條小溪旁，望着淡淡的星光映在溪中，心中亂成一團。過了良久良久，嘆了一口長氣。

忽然身後也發出一聲嘆息。完顏萍一驚，轉過身來，只見一人站在身後，正是楊過。她叫了一聲「楊大哥」，垂首不語。楊過上前握住她雙手，安慰她道：「要為父母報仇，原非易事，那也不必性急。」完顏萍道：「你都瞧見了？」楊過點點頭。完顏萍道：「以我這般無用之

• 378 •

輩，報仇自然不易。我只要有你一半功夫，也不會落得如此下場。」

楊過攜着她手，和她並排坐在一棵大樹下，說道：「縱然學得我的武功，又有何用？你眼下雖不能報仇，總知道仇人是誰，日後豈無良機？我呢？連我爹爹是怎樣死的也不知，是誰害死他也不知，甚麼報仇雪恨，全不用提。」

完顏萍一呆，道：「你父母也是給人害死的麼？」楊過嘆道：「我媽是病死的，我爹爹卻死得不明不白。我從來沒見過我爹一面。」完顏萍道：「那怎麼會？」楊過道：「我生我之時，我爹已經死了。我常問我媽，爹爹到底是怎麼死的，仇人是誰？我每次問起，媽媽總是垂淚不答，後來我就不敢再問啦。那時候我想，等我年紀大些再問不遲，那知道媽媽忽然一病不起。她臨死時我又問起，說道：『你爹爹……你爹爹……唉，孩兒，你這一生一世千萬別想報仇。你答允我，千萬不能想為爹爹報仇。』我又是悲傷，又是難過，大叫：『我不答允，我不答允！』媽一口氣轉不過來，就此死了。唉，你說我怎生是好啊？」

他說這一番話原意是安慰完顏萍，但說到後來，自己也傷心起來。常言道：「殺父之仇，不共戴天」，人若不報父仇，乃是最大的不孝，終身蒙受恥辱，為世人所不齒。楊過連殺父仇人的姓名都不知道，這件恨事藏在心中鬱積已久，此時傾吐出來，語氣之中自是充滿了傷心怨憤。

完顏萍道：「是誰養大你的？」楊過道：「又有誰了？自然是我自己養自己。我媽死後，我就在江湖上東遊西蕩，這裏討一餐，那裏挨一宿，有時肚子餓得抵不住，偷了人家一個瓜兒薯兒，常常給人抓住，飽打一頓。你瞧，這裏許多傷疤，這裏的骨頭突出來，都是小時給

· 379 ·

打的。」一面說，一面捲起衣袖褲管給她看，星光朦朧下完顏萍瞧不清楚，楊過抓住了她手，在自己小腿的傷疤上摸去。完顏萍撫摸到他腿上凹凹凸凸的疤痕，不禁心中一酸，暗想自己雖然國破家亡，但父親留下不少親故舊部，金銀財寶更是不計其數，與他的身世相較，自己又是幸運得多了。

二人默然半晌，完顏萍將手輕輕縮轉，離開了他小腿，但手掌仍是讓他握着，低聲問道：

「你怎麼學了這一身高強武功？怎地又做了蒙古人的官兒？」楊過微微一笑，道：「我不是蒙古的官兒。我穿蒙古衣衫，只是為了躲避仇家追尋。」完顏萍喜道：「那好啊。」楊過道：

「好甚麼？」完顏萍臉上微微一紅，道：「蒙古人是我大金國的死對頭，我自然盼望你不是蒙古的官兒。」楊過握着她溫軟滑膩的手掌，大是心神不定，說道：「若是我做大金的官兒，你又對我怎樣？」

完顏萍當初見他容貌英俊，武功高強，本已有三分喜歡，何況在患難之際，得他誠心相助，後來聽了他訴說身世，更增了幾分憐惜，此時聽他說話有些不懷好意，卻也並不動怒，只嘆道：「若是我爹爹在世，你想要甚麼，我爹爹總能給你。現下我爹娘都不在了，一切還說甚麼？」

楊過聽她語氣溫和，伸手搭在她的肩頭，在她耳邊低聲道：「妹子，我求你一件事。」完顏萍芳心怦怦亂跳，已自料到三分，低聲問：「甚麼？」楊過道：「我要親親你的眼睛，你放心！我只親你的眼睛，別的甚麼也不犯你。」

完顏萍初時只道他要出口求婚，又怕他要有肌膚之親，自己若是拒卻，他微一用強，怎

能是他對手？何況她少女情懷，一隻手被他堅強粗厚的手掌握着，已自意亂情迷，別說他用強，縱然毫不動粗，實在也是難以拒卻，那知他只說要親親自己的眼睛，不由得鬆了一口氣，可是心中卻又微感失望，畧覺詫異，當眞是中心栗六，其亂如絲了。她妙目流波，怔怔的望着他，眼神中微帶嬌羞。楊過凝視她的眼睛，忽然想起小龍女與自己最後一次分別之前，也曾這般又嬌羞又深情的望着自己，不禁大叫一聲，躍起身來。

完顏萍被他嚇了一跳，想問他爲了甚麼，又覺難以啟齒。

楊過心中混亂，眼前幌來幌去盡是小龍女的眼波。那日他見此眼波之時，尚是個混沌未鑿的少年，對小龍女又素來尊敬，以致全然不知其中含意，但自下得山來，與陸無雙共處幾日，此刻又與完顏萍耳鬢廝磨，驀地裏心靈光一閃，恍然大悟，對小龍女這番柔情密意，方始領會，不由得懊喪萬端，幾欲在大樹上就此一頭撞死，心想：「姑姑對我如此一片深情，我竟然辜負她的美意，此時卻又往何處尋她？」突然間大叫一聲，撲上去一把抱住完顏萍，猛往她眼皮上親去。

完顏萍見他如痴如狂，心中又驚又喜，但覺他雙臂似鐵，緊緊箍在自己腰裏，當下閉了眼睛，任他恣意領受那溫柔滋味，只覺他嘴唇親來親去，始終不離自己的左眼右眼，心想此人雖然狂暴，倒是言而有信，但不知他何以只親自己的眼睛？忽聽得楊過叫道：「姑姑，姑姑！」聲音中熱情如沸，卻又顯得極是痛楚。完顏萍正要問他叫甚麼，忽然背後一個女子聲音說道：「勞您兩位的駕！」

楊過與完顏萍同時一驚，離身躍開，見大樹旁站着一人，身穿青袍。完顏萍心下怦怦亂跳，滿臉飛紅，低頭撫弄衣角，不敢向那人再瞧上一眼，正是當日在小客店中盜驢引開李莫愁的那人，於自己和陸無雙實有救命之恩，見這人頭垂雙鬢，是個女郎，當即深深一躬，說道：「日前多蒙姑娘援手，大德難忘。」

那女郎恭恭敬敬的還禮，說道：「楊爺此刻，還記得那一同出死入生的舊伴麼？」楊過道：「你說是……」那女郎道：「李莫愁師徒適才將她擒了去啦！」楊過大吃一驚，顫聲道：「當眞？她……她現下不碍事麼？」那女郎道：「一時三刻還不碍事。陸姑娘咬定那部秘本給丐幫拿了去，赤練魔頭便押着她去追討。諒來她性命一時無妨，折磨自然是免不了。」楊過叫道：「咱們快救她去。」那女郎道：「楊爺武功雖高，只怕還不是那赤練魔頭的對手。咱們枉自送了性命，卻於事無補。」

楊過在淡淡星光之下，見這青衣女郎的面目竟是說不出的怪異醜陋，臉上肌肉半點不動，倒似一個死人，教人一見之下，不自禁的心生怖意，向她望了幾眼，便不敢正視，心想：「這位姑娘爲人這麼好，卻生了這樣一副怪相，實是可惜。我再看她面貌，難免要流露驚詫神色，那可就得罪她了。」問道：「不敢請教姑娘尊姓？」

那女郎道：「賤姓不足掛齒，將來楊爺自會知曉，眼下快想法子救人要緊。」她說話時臉上肌膚絲毫不動，若非聽到聲音是從她口中發出，眞要以爲他是一具行屍走肉的僵屍。但說也奇怪，她話聲卻極是柔嬌清脆，令人聽之醒倦忘憂。楊過道：「既然如此，如何救人一憑姑娘計議。小人敬聽吩咐便是。」那女郎彬彬有禮，說道：「楊爺不必客氣，你武功強我

十倍，聰明才智，我更是望塵莫及。你年紀大過我，又是堂堂男子漢，你說怎麼辦，便怎麼辦，小女子聽從差遣。」

楊過聽了她這幾句又謙遜、又誠懇的話，心頭真是說不出的舒服，心想這位姑娘面目可怖，說話卻如此的溫雅和順，真是人不可以貌相了，當下想了一想，說道：「那麼咱們悄悄隨後跟去，俟機救人便了。」那女郎道：「這樣甚好。但不知完顏姑娘意下如何？」說着走了開去，讓楊過與完顏萍商議。

楊過道：「妹子，我要去救一個同伴，咱們後會有期。」完顏萍低頭道：「我本事雖低，或許也能出得一點力。楊大哥，我隨同你去救人罷。」楊過大喜，連說：「好，好！」當下提高聲音，向那青衣女郎說道：「姑娘，完顏姑娘願助我們去救人。」

那女郎走近身來，向完顏萍道：「完顏姑娘，你是金枝玉葉之體，行事還須三思。我們的對頭行事毒辣無比，江湖上稱作赤練魔頭，當真萬般的不好惹。」語氣甚是斯文有禮。完顏萍道：「且別說楊大哥於我有恩，他的事就是我的事。單憑姐姐你這位朋友，我完顏萍也很想交交。我跟了姐姐去，一切小心便是。」那女郎過來攜住她手，柔聲道：「那再好也沒有。姐姐，你年紀比我大，還是叫我妹子罷。」

完顏萍在黑暗之中瞧不見她醜陋的容貌，但聽得她聲音嬌美，握住自己手掌的一隻手也是又軟又嫩，只道她是個美貌少女，心中很是喜歡，問道：「你今年幾歲？」那女郎輕輕一笑，道：「咱們不忙比大小。楊爺，還是救人要緊，你說是不是？」楊過道：「是了，請姑娘指引路途。」那女郎道：「我見到她們是向東南方而去，定是直奔大勝關了。」

三人當即施展輕功，齊向東南方急行。古墓派向以輕功擅長，稱得上天下第一。完顏萍武藝並不如何了得，輕功卻着實不弱。豈知那青衣女郎不疾不徐的跟在完顏萍身後。完顏萍奔得快，她跟得快，完顏萍行得慢了，她也放慢腳步，兩人之間始終是相距一兩步。楊過暗暗驚異：「這位姑娘不知是那一派弟子，瞧她輕功，實在完顏妹子之上。」他不願在兩個姑娘之前逞能，是以始終墮後。

行到天色大明，那女郎從衣囊中取出乾糧，分給二人。楊過見她所穿青袍雖是布質，但縫工精巧，裁剪合身，穿在身上更襯得她身形苗條，婀娜多姿，實是遠勝錦衣繡服，而乾糧、水壺等物，無一不安排妥善，處處顯得她心細如髮。完顏萍見到她的容貌，甚是駭異，不敢多看，心想：「世上怎會有如此醜陋的女子？」

那女郎待兩人吃完，對楊過說道：「楊爺，李莫愁識得你，是不是？」楊過道：「她見過我幾次。」那女郎從衣囊中取出一塊薄薄的絲巾般之物，道：「這是張人皮面具，你戴了之後，見面具上露出雙眼與口鼻四個洞孔，便貼在臉上，高低凹凸，處處吻合，就如生成一般，當下大喜稱謝。

完顏萍見楊過戴了這面具後相貌斗變，醜陋無比，這才醒悟，說道：「妹子，原來你也戴着人皮面具，我真傻，還道你生就一副怪樣呢。我的相貌哪，戴不戴卻都是一樣。」完顏萍道：「我才不信呢！妹子，你揭下面具給我瞧瞧，成不成？」楊過心中好奇，也是急欲看一看她的容貌，俊俏模樣，戴了面具可就委屈了他。

但那女郎退開兩步，笑道：「別瞧，別瞧，我一副怪相可要嚇壞了你。」完顏萍見她一定不

肯，只得罷了。

中午時分，三人趕到了武關，在鎮上一家酒樓上揀個座頭，坐下用飯。店下見楊過是蒙古軍官打扮，不敢怠慢，極力奉承。

三人吃得一半，只見門帷掀處，進來三個女子，正是李莫愁師徒押着陸無雙。楊過心想此時李莫愁雖然決計認不出自己，但一副如此古怪的容貌難免引起她疑心，行事諸多不便，當下轉過頭去只是扒飯，傾聽李莫愁她們說話。那知陸無雙固然默不作聲，李莫愁、洪凌波師徒要了飯菜後也不再說話。

完顏萍聽楊過說過李莫愁師徒三人的形貌，心中着急，倒轉筷子，在湯裏一沾，在桌上寫道：「動手麼？」楊過心想：「憑我三人之力，再加上媳婦兒，仍難敵她師徒。此事只可智取，不能力敵。」將筷子緩緩搖了幾搖。

完顏萍斜眼看去，卻是耶律齊、耶律燕兄妹。二人忽見完顏萍在此，均覺驚奇，向她點了點頭，找了個座位坐下。他兄妹二人自完顏萍去後，知她不會再來行刺，於是別過父兄，結伴出來遊山玩水，在此處又遇見她，心下更是寬慰。

樓梯腳步聲響，走上兩人。

李莫愁因「五毒秘傳」落入丐幫之手，好生愁悶，這幾日都是食不下咽，只吃了半碗麵條，就放下筷子，抬頭往樓外閒眺，忽見街角邊站着兩個乞丐，背上都負着五隻布袋，乃是丐幫中的五袋弟子，心念一動，走到窗口，向兩丐招手道：「丐幫的兩位英雄，請上樓來，貧道有一句話，相煩轉達貴幫幫主。」她知若是平白無端的呼喚，這二人未必肯來，若說有

話轉致幫主，丐幫的弟子卻是非來不可。

陸無雙聽師父召喚丐幫人眾，必是質詢「五毒秘傳」的去處，不由得臉色慘白。耶律齊知丐幫在北方勢力極大，這個相貌俊美的道姑居然有言語傳給他們幫主，不知是何等身分來歷，不由得好奇心起，停杯不飲，側頭斜睨。

片刻之間，樓梯上踏板微響，兩名化子走了上來，向李莫愁行了一禮，道：「仙姑有何差遣，自當遵奉。」兩人行禮後站直身子。一名化子見陸無雙在側，臉上倏地變色，原來他曾在道上攔截過她，當下一批同伴，兩人躍到梯口。

李莫愁微微一笑，說道：「兩位請看手背。」兩丐的眼光同時往自己手背上瞧去，只見每隻手背上都抹着三條硃砂般的指印，實不知她如何竟用快捷無倫的手法，已神不知鬼不覺的使上了五毒神掌。她這下出手，兩丐固然一無所知，連楊過與耶律齊兩人也未瞧得明白。

兩丐一驚之下，同聲叫道：「你……你是赤練仙子？」

李莫愁柔聲道：「去跟你家幫主言道，你丐幫和我姓李的素來河水不犯井水，我一直仰慕貴幫英雄了得，只是無緣謀面，難聆教益，實感抱憾。」兩丐互望了一眼，心想：「你說得倒好聽，怎又無緣無故的突下毒手？」李莫愁頓了一頓，說道：「兩位中了五毒神掌，那不用擔心，只要將奪去的書賜還，貧道自會替兩位醫治。」一丐道：「甚麼書？」李莫愁笑道：「這本破書，說來嘛也不值幾個大錢，貴幫倘若定是不還，原也算不了甚麼。貧道只向貴幫取一千條叫化的命兒作抵便了。」

兩丐手上尚未覺得有何異樣，但每聽她說一句，便不自禁往手背望上一眼，久聞赤練神

386

掌陰毒無比，中了之後，死時劇痛奇癢，這時心生幻象，手背上三條殷紅指印似乎正自慢慢擴大，聽她說得兇惡。

李莫愁心道：「你幫主若要你二人性命，勢必乖乖的拿五毒秘傳來求我……啊喲不好，若是他抄了個副本留下，卻將原本還我，那便如何？」轉念又想：「我神掌暗器諸般毒性的解法，全在書上載得明白，他們既得此書，何必再來求我？」想到此處，不禁臉色大變，飛身搶在二丐頭裏，攔在樓梯中路，砰砰兩掌，將二丐擊回樓頭。她倏下倏上，只見黃影閃動，已回上樓來，抓住一丐手臂一抖，喀喇聲響，那人臂骨折斷，手臂軟軟垂下。另一個化子大驚，但他甚有義氣，卻不奔逃，搶上來護住受傷的同伴，眼見李莫愁搶上前來，急忙伸拳直擊。李莫愁隨手抓住了他手腕，順勢一抖，又折斷了他臂骨。

二丐都只一招之間就身受重傷，心知今日已然無倖，兩人背靠着背，各舉一隻未傷手臂，決意負隅拚鬥。李莫愁斯斯文文的道：「你二位便留着罷，等你們幫主拿書來贖。」二丐見她回到桌邊坐下喝酒，背向他們，於是一步步的挨向梯邊，欲待俟機逃走。李莫愁轉身笑道：

「瞧來只有兩位的腿骨也都折斷了，這纔能屈留大駕。」說着站起身來。

洪凌波瞧着不忍，道：「師父，我看守着不讓他們走就是了。」李莫愁冷笑道：「哼，你良心倒好。」緩緩向二丐走近。二丐又是憤怒，又是害怕。

耶律齊兄妹一直在旁觀看，此時再也忍不住，同時霍然站起。耶律齊低聲道：「三妹，你快走，這女人好生厲害。」耶律燕道：「你呢？」耶律齊道：「我救了二丐，立即逃命。」耶律燕只道二哥於當世已少有敵手，聽他說也要逃命，心下難以相信。

就在此時，楊過在桌上用力一拍，走到耶律齊跟前，說道：「耶律兄，你我一起出手救人如何？」他想要救陸無雙，遲早須跟李莫愁動手，難得有耶律齊這樣的好手要仗義救人，不拉他落水，更待何時？

耶律齊見他穿的是蒙古軍裝，相貌十分醜陋，生平從未遇見此人，心想他既與完顏萍在一起，自然知道自己是誰，但李莫愁如此功夫，自己都絕難取勝，常人出手，只有枉自送了性命，一時躊躇未答。

李莫愁聽到楊過說話，向他上下打量，只覺他話聲甚是熟悉，但此人相貌一見之後決難忘記，卻可斷定素不相識。

楊過道：「我沒兵刃，要去借一把使使。」說著身形一幌，在洪凌波身邊一掠而過，順手在她衣帶上摘下了劍鞘，在她臉頰上一吻，叫道：「好香！」洪凌波反手一掌，他頭一低，已從她掌底鑽過，站在二丐與李莫愁之間。這一下身法之快，異乎尋常，正是在古墓斗室中捉麻雀練出來的最上乘輕功。李莫愁心中暗驚。耶律齊卻是大喜過望，叫道：「這位兄台高姓大名？」

楊過左手一擺，說道：「小弟姓楊。」舉起劍鞘道：「我猜裏面是柄斷劍。」拔劍出鞘，那口劍果然是斷的。洪凌波猛然醒悟，叫道：「好小子。師父，就是他。」楊過揭下臉上面具，說道：「師伯，師姊，楊過參見。」

這兩聲「師伯、師姊」一叫，耶律齊固是如墮五里霧中，陸無雙更是驚喜交集：「怎地傻蛋叫她們師伯、師姊？」李莫愁淡淡一笑，說道：「嗯，你師父好啊？」楊過心中一酸，

眼睜兒登時紅了。

李莫愁冷冷的道：「你師父當眞調教得好徒兒啊。」日前楊過以怪招化解了她的生平絕技「三無三不手」，最後更以牙齒奪去她的拂塵，武功之怪，委實匪夷所思，雖然終於奪回了拂塵，也知楊過武功與自己相距尙遠，此後回思，仍是禁不住暗暗心驚：「這壞小廝進境好快，師妹可更加了不得啦。原來玉女心經中的武功竟然這般厲害。幸好師妹那日沒跟他聯手，否則……否則……」此刻見他又再現身，心下立感戒懼，不由自主的四下一望，要看小龍女是不是也到了。

楊過猜到了她的心意，笑嘻嘻的道：「我師父請問師伯安好。」李莫愁道：「她在那裏呢？咱姊妹倆很久沒見啦。」楊過道：「師父就在左近，稍待片時，便來相見。」他知自己遠不是李莫愁的對手，縱然加上耶律齊，仍是難以取勝，於是擺下「空城計」，抬出師來嚇她一嚇。李莫愁道：「我自管教我徒兒，又干你師父甚麼事了？」楊過笑道：「我師父向師伯求個情，請你將陸師妹放了罷。」李莫愁微微一笑，道：「你亂倫犯上，與師父做了禽獸般的苟且之事，卻在人前師父長，師父短的，羞也不羞？」

過聽她出言辱及師父，胸口熱血上湧，提起劍鞘，連環急攻，凌厲無前，正是重陽遺刻中剋制林朝英玉女劍法的武功。李莫愁不敢怠慢，拂塵擺動，見招拆招，凝神接戰。

「你醜事做得，卻怕旁人說麼？」楊過使劍開劍鞘，當作劍使，猛力急刺過去。李莫愁笑道：李莫愁拂塵上的招數皆是從玉女劍法中化出，數招一過，但覺對方的劍法精奇無比，自己每一招每一式都在他意料之中，竟給他着着搶先，若非自己功力遠勝，竟不免要落下風，自

· 389 ·

心中恨道：「師父好偏心，將這套劍法留着單教師妹。哼，多半是要師妹以此來尅制我。這劍法雖奇，難道我就怕了？」招數一變，突然縱身而起，躍到桌上，右足斜踢，左足踏在桌邊，身子前後幌動，飄逸有致，直如風擺荷葉一般，笑吟吟的道：「你姘頭有沒有教過你這一手？料她自己也不會使罷？」

楊過一怔，怒道：「甚麼姘頭？」李莫愁笑道：「我師妹曾立重誓，若無男子甘願爲她送命，便一生長居古墓，決不下山。她既隨你下山，你兩個又不是夫妻，那不是你姘頭是甚麼？」楊過怒極，更不打話，揮動劍鞘縱身一湧，也上了桌子。只是他輕功不及對方，不敢踏在桌沿，雙足踏碎了幾隻飯碗菜碗，卻也穩穩站定，橫鞘猛劈。李莫愁舉拂塵擋開劍鞘，笑道：「你這輕功不壞啊！你姘頭待你果然很好，說得上有情有義。」

楊過怒氣勃發，不可抑止，叫道：「姓李的，你是人不是？口中說人話不說？」挺劍鞘快刺急攻。李莫愁淡淡的道：「若要人不知，除非己莫爲。我古墓派出了你這兩個敗類，可說是丟盡了臉面。」她手上招架，口中不住出言譏諷。她行事雖毒，談吐舉止卻向來斯文有禮，說這些言語實是大違本性，只是她擔心小龍女窺伺在側，若是突然搶出來動手，那就難以抵擋，是以污言穢語，滔滔不絕，要罵得小龍女不敢現身。

楊過聽她越說越是不堪，若是謾罵自己，那是毫不在乎，但竟然如此侮辱小龍女，狂怒之下，手腳顫抖，頭腦中忽然一暈，只覺眼前發黑，登時站立不穩，大叫一聲，從桌上摔了下來。李莫愁舉起拂塵，往他天靈蓋直擊下去。

耶律齊眼見勢急，在桌上搶起兩隻酒杯往李莫愁背上打去。李莫愁聽到暗器風聲，斜眼

見是酒杯，當即吸口氣封住了背心穴道，定要將楊過打死再說，心想兩隻小小酒杯何足道哉？

那知酒杯未到，酒先潑至，但覺「至陽」「中樞」兩穴被酒流衝得微微一麻，暗叫：「不好！師妹到了。酒已如此，酒杯何堪？」急忙倒轉拂塵，及時拂開兩隻酒杯，只覺手臂一震，心中更增煩憂：「怎麼這小妮子力氣也練得這麼大了？」

待得轉過身來，見揚手擲杯的並非小龍女，卻是那蒙古裝束的長身少年，她大爲驚訝：「後輩之中竟有這許多好手？」只見他拔出長劍，朗聲說道：「仙姑下手過於狠毒，在下要討教幾招。」李莫愁見他慢慢走近，腳步凝重，看他年紀不過二十來歲，但適才投擲酒杯的手勁，以及拔劍邁步的姿式，竟似有二十餘年功力一般，當下凝眸笑問：「閣下是誰？尊師是那一位？」耶律齊恭身道：「在下耶律齊，是全眞派下。」

此時楊過已然避在一旁，聽得耶律齊說是全眞派門下，心道：「他果然是全眞派的，難道是劉處玄的弟子？料得郝大通也教不出這樣的好手來。」

李莫愁問道：「尊師是馬鈺，還是丘處機？」耶律齊道：「不是。」李莫愁道：「是劉、王、郝中的那一位？」耶律齊道：「都不是。」李莫愁道：「他自稱是王重陽的弟子，那你和他是師兄弟啦。」耶律齊奇道：「不會的罷？重陽眞人謝世已久，這位兄台那能是他弟子？」李莫愁皺眉道：「嘿嘿，全眞門下盡是撒謊不眨眼的小子，全眞派乘早給我改名爲『全假派』罷。看招！」拂塵輕揚，當頭擊落。

耶律齊左手捏着劍訣，左足踏開，一招「定陽針」向上斜刺，正是正宗全眞劍法。這一招神完氣足，勁、功、式、力，無不恰到好處，看來平平無奇，但要練到這般沒半點瑕疵，這一

天資稍差之人積一世之功也未必能夠。楊過在古墓中學過全真劍法，自然識得其中妙處，只是他武功學得雜了，這招「定陽針」就無論如何使不到如此端凝厚重。

李莫愁見他此招一出，就知是個勁敵，於是跨步斜走，拂塵後揮。耶律齊但見灰影閃動，當下抖擻精神，凝神招架，眼全力應付。剎時之間二人拆了四十餘招，李莫愁越攻越近，耶律齊縮小劍圈，此時初逢強敵，拂塵絲或左或右、四面八方的掠將過來，他接戰經歷甚少，眼見敗象已成，但李莫愁要立時得手，卻也不成。她暗暗讚賞：「這小子果是極精純的全真武功，雖然不及丘王劉諸子，卻也不輸於孫不二。全真門下當真是人才輩出。」

又拆數招，李莫愁賣個破綻。耶律齊不知是計，提劍直刺，李莫愁忽地飛出左腳，踢中他的手腕，耶律齊手上一疼，長劍脫手，但他雖敗不亂，左手斜劈，右手竟用擒拿法來奪她拂塵。李莫愁一笑，讚道：「好俊功夫！」只數招間，便察覺耶律齊的擒拿法中蘊有餘意不盡的柔勁，卻是劉處玄、孫不二等人之所無，心下更是暗暗詫異。

楊過破口大罵：「賊賤人，今生今世我再不認你做師伯。」挺劍鞘上前夾攻。李莫愁見耶律齊的長劍落下，拂塵一起，捲住長劍，往楊過臉上擲去，笑道：「你是你師父的漢子，那麼叫我師姊也成。」楊過看準長劍來勢，舉起劍鞘迎去。陸無雙、完顏萍等齊聲驚呼，卻聽得刷的一聲，長劍正好插入了劍鞘之中。這一下以鞘就劍，實是間不容髮，只要劍鞘偏得厘毫，以李莫愁這一擲之勢，長劍自是在他身上穿胸而過。可是他在古墓中勤練暗器，於拿捏時刻，以力道輕重、準頭方位各節，已練到實無厘毫之差的地步，細如毛髮的玉蜂針尚能揮手必中，要接這柄長劍自是渾不當一回事。他拔劍出鞘，與耶律齊聯手雙戰。

這時酒樓上橈翻柸歪，碗碎碟破，眾酒客早已走避一空。洪凌波自跟師父出道以來，從未見她在戰陣中落過下風，古墓中受挫於小龍女，只為了不識水性；拂塵雖曾被楊過奪去，轉眼便即奪回，仍是逼得楊過落荒而逃，是以雖見二人向她夾攻，心中毫不擔憂，只是站在一旁觀戰。三人鬥到酣處，李莫愁招數又變，拂塵上發出一股勁風，迫得二人站立不定，霎時之間，耶律齊與楊過迭遇險招。

耶律燕與完顏萍叫聲：「不好。」同時上前助戰。只拆得三招，耶律燕左腿給拂塵拂中，登時跟蹌跌出，腰間撞上桌緣，才不致摔倒。耶律齊見妹子受傷，心神微亂，被李莫愁幾下猛攻，不由得連連倒退。

那青衣少女見情勢危急，縱上前來扶起耶律燕退開。李莫愁於惡鬥之際眼觀六路，耳聽八方，見那少女縱起時身法輕盈，顯是名家弟子，揮拂塵往她臉上掠去，問道：「姑娘尊姓？尊師是那一位？」

二人相隔丈餘，但拂塵說到就到，幌眼之間，拂塵絲已掠到她臉前。青衣少女嚇了一跳，右手急揚，袖中揮出一根兵刃，將拂塵擋開。李莫愁見這兵刃甚是古怪，晶瑩生光，長約三尺，似乎是根牙簫玉笛，心中琢磨：「這是那一家那一派的兵刃？」數下急攻，要逼她盡展所長。那少女抵擋不住，楊過與耶律齊忙搶上相救。但實在難敵李莫愁那東發一招、西劈一掌、飄忽靈動的戰法，頃刻間險象環生。

楊過心想：「我們只要稍有疏虞，眼前個個難逃性命。」張口大叫：「好媳婦兒，我的好妹子、穿青衣的好姊姊、耶律好師妹，大家快下樓去散散心罷！這賊婆娘厲害得緊。」四

· 393 ·

個女子聽他亂叫胡嚷，人人脫不了一個「好」字，都不禁皺起了眉頭，眼見情勢確是緊迫已極。陸無雙首先下樓，青衣少女也扶着耶律燕下去。

兩個化子見這幾個少年英俠爲了自己而與李莫愁打得天翻地覆，有心要上前助戰，苦於臂膀斷折，動手不得。他兩人甚有義氣，雖然李莫愁無暇相顧，二人卻始終站着不動，不肯先楊過等人逃命。

楊過與耶律齊並肩而鬥，抵擋李莫愁愈來愈凌厲的招術，接着完顏萍也退下樓去。楊過惱怒：「我生平要殺誰就殺誰，今日卻敎這兩個小子擋住了，若是陸無雙這賤人竟因此逃脫，赤練仙子威名何存？」她一意要擒回陸無雙，跟着追殺下樓。

耶律齊道：「耶律兄，這裏手腳施展不開，咱們下樓打罷。」他想到了人多之處，就可乘機溜走。楊過道：「好！」兩人並肩從樓梯一步步退下。李莫愁步步搶攻，雖然得勝，心中卻大爲惱怒：「好！」兩人並肩從樓梯一步步退下。李莫愁步步搶攻，雖然得勝，心中卻大爲

楊過不住叫嚷：「親親媳婦兒，親親好妹子，走得越快越好。耶律師妹、青衫姑娘，你們快走罷，咱兩個男子漢死不了。」耶律齊一言不發，他年紀只比楊過稍大幾歲，但容色威嚴，沉毅厚重，全然不同於楊過的輕捷剽悍、浮躁跳脫。二人斷後擋敵，耶律齊硬碰硬的擋接敵人毒招，楊過卻縱前躍後，擾亂對方心神。

衆人各出全力，自酒樓鬥到街心，又自大街鬥到荒郊。楊過不住叫嚷：「親親媳婦兒，

李莫愁見小龍女始終沒有現身，更是放心寬懷，全力施展。楊過和耶律齊畢竟功力和她相差太遠，戰到此時，二人均已面紅心跳，呼呼氣喘。李莫愁見狀大喜，心道：「不用半個時辰，便可盡取這批小鬼的性命。」

正激鬥間，忽聽得空中幾聲唳鳴，聲音清亮，兩頭大鵰往她頭頂疾撲下來，四翅鼓風，只帶得滿地灰沙飛揚，聲勢驚人。楊過識得這對大鵰是郭靖夫婦所養，自己幼時在桃花島上也曾與雙鵰一起玩耍，心想雙鵰既來，郭靖夫婦必在左近，自己反出重陽宮，可不願再與他相見，忙躍後數步，取出人皮面具戴上。

雙鵰倏左倏右，上下翻飛，不住向李莫愁撲喙喙。原來雙鵰記心甚好，當年吃過她冰魄銀針的苦頭，一直懷恨在心，此時在空中遠遠望見，登時飛來搏擊，但害怕她銀針的厲害，一見她揚手，立即振翅上翔。

耶律齊瞧得好生詭異，見雙鵰難以取勝，叫道：「楊兄，咱們再上，四面夾擊，瞧她怎地？」正要猱身搶上，忽聽東南方馬蹄聲響，一乘馬急馳而至。

那馬腳步迅捷無比，甫聞蹄聲，便已奔到跟前，身長腿高，遍體紅毛，神駿非凡。李莫愁和耶律齊都是一驚：「這馬怎地如此快法？」馬上騎着個紅衣少女，連人帶馬，宛如一塊大火炭般撲將過來，只有她一張雪白的臉龐才不是紅色。楊過見了雙鵰紅馬，早料到馬上少女是郭靖、黃蓉的女兒郭芙。只見她一勒馬韁，紅馬倏地立住。這馬在急奔之中說定便定，既不人立，復不嘶鳴，神定氣閒。耶律齊自幼在蒙古長大，駿馬不知見過多少，但如此英物卻是從所未見。他不知此馬乃郭靖在蒙古大漠所得的汗血寶馬，當年是小紅馬，此時馬齒已增，算來已入暮年，但神物畢竟不同凡馬，年歲雖老，仍是筋骨強壯，脚力雄健，不減壯時。

楊過與郭芙多年不見，偶爾想到她時，總記得她是個驕縱蠻橫的女孩，那知此時已長成一個顏若春花的美貌少女。她一陣急馳之後，額頭微微見汗，雙頰被紅衣一映，更增嬌艷。她向雙鵰看了片刻，又向耶律齊等人瞥了一眼，眼光掃到楊過臉上時，見他身穿蒙古裝束，戴了面具後又是容貌怪異，不由得雙蛾微蹙，神色間頗有鄙夷之意。

楊過自幼與她不睦，此番重逢，見她仍是憎惡自己，自卑自傷之心更加強了，心道：「你瞧我不起，難道我就非要你瞧得起不可？你爹爹是當世大俠、你外公是武學大宗師，普天下武學之士，無一人不敬重你郭家。可是我父母呢？我媽是個鄉下女子，我爹不知是誰，又死得不明不白……哼，我生來命苦，受人侮辱。你再來侮辱，我也不在乎。」他站在一旁暗暗傷心，但覺天地之間無人看重自己，活在世上了無意味。只有師父小龍女對自己一片真心，可是此時又不知去了何方？不知今生今世，是否還有重見她的日子？

心中正自難過，聽得馬蹄聲響，又有兩乘馬馳來。兩匹馬一青一黃，也都是良種，但與郭芙的紅馬相形之下，可就差得太遠。每匹馬上騎着一個少年男子，均是身穿黃衫。

郭芙叫道：「武家哥哥，又見到這惡女人啦。」馬上少年正是武敦儒、武修文兄弟。二人一見李莫愁，她是殺死母親的大仇人，數年來日夜不忘，豈知在此相見，登時急躍下馬，各抽長劍，左右攻了上去。郭芙叫道：「我也來。」從馬鞍旁取出寶劍，下馬上前助戰。

李莫愁見敵人越戰越多，卻個個年紀甚輕，眼見兩個少年一上來就是面紅目赤，惡狠狠的情同拚命，劍法純正，顯然也是名家弟子，接着那紅衣美貌少女也攻了上來，一出手劍尖

· 396 ·

微顫，耀目生光，這一劍斜刺正至，暗藏極厲害的後着，功力雖淺，劍法卻甚是奧妙，心中一凜，叫道：「你是桃花島郭家姑娘？」

郭芙笑道：「你倒識得我。」刷刷連出兩劍，均是刺向她胸腹之間的要害。李莫愁舉拂塵擋開，心道：「小女孩兒驕橫得緊，憑你這點兒微末本領，若不是忌憚你爹娘，就有十個也一起斃了。」拂塵迴轉，正想奪下她長劍，突然兩脅間風聲颯然，武氏兄弟兩柄長劍同時指到。他哥兒倆和郭芙都是郭靖一手親傳的武藝，三人在桃花島上朝夕共處，練的是同樣劍法。三人劍招配合得緊密無比，此退彼進，彼上此落，雖非甚麼陣法，三柄劍使將開來，居然聲勢也大是不弱。

三人二鵰連環搏擊，將李莫愁圍在垓心。若憑他三人真實本領，時刻稍長，李莫愁必能俟機傷得一人，其餘二人就絕難自保。但她眼見敵方人多勢眾，若是一擁而上，倒是不易對敵，若再惹得郭靖夫婦出手，更是討不了好去，當下拂塵迴捲，笑道：「小娃娃們，且瞧瞧赤練仙子耍猴兒的手段！」呼呼呼連進六招，每一招都是直指要害，逼得郭芙與武氏兄弟手忙腳亂，不住跳躍避讓，當真有些猴兒的模樣。李莫愁左足獨立，長笑聲中，滴溜溜一個轉身，叫道：「凌波，去罷！」師徒倆向西北方奔去。

郭芙叫道：「她怕了咱們，追啊！」提劍向前急追。武氏兄弟展開輕功，隨後趕去。洪凌波則是發足急奔。郭芙和武氏兄弟用足力氣，卻與她師徒倆愈離愈遠。只有兩隻大鵰才比李莫愁更快，不斷飛下搏擊。武敦儒眼見今日報仇無望，吹動口哨，召雙鵰回轉。

耶律齊等生怕三人有失，隨後趕來接應，見郭芙等回轉，當下上前行禮相見。眾人都是少年心性，三言兩語就說得極為投機。耶律齊忽然想起，叫道：「楊兄呢？」完顏萍道：「他一個兒走啦。我問他去那裏，他理他也不理。」說着垂下頭來。

耶律齊奔上一個小丘，四下瞭望，只見那青衣少女與陸無雙並肩而行，走得已遠，楊過卻是沒半點影蹤。耶律齊茫然若失，他與楊過此次初會，聯手拒敵，為時雖無多久，但數次性命出入於呼吸之間，已大起敵愾同仇之心，見他忽然不別而行，倒似不見了一位多年結交的良友一般。

原來楊過見武氏兄弟趕到，與郭芙三人合攻李莫愁，三人神情親密，所施展的劍法又是極為精妙，數招之間竟將李莫愁趕跑。他不知李莫愁是忌憚郭靖夫婦這才離去，還道三人的劍招之中暗藏極厲害的內力，逼得她非逃不可。當日郭靖送他上終南山學藝，曾大展雄威，打敗無數全真道士，武功之高，在他小小心靈中留下了極深印痕，心想郭靖教出來的弟子，武功自然勝己十倍，有了這先入為主的念頭，見郭芙等三人一招尋常劍法，也以為其中必含奧妙後着。他越看越是不忿，想起幼時在桃花島上被武氏兄弟兩番毆打，郭芙則在旁大叫：「打得好，用力打！」又想起黃蓉故意不教自己武功，郭靖武功如此高強，卻不肯傳授，將自己送到重陽宮去受一羣惡道折磨，只覺滿腔怨憤，不能自已，眼見完顏萍、陸無雙、青衣少女、耶律燕四女都是眼望自己，臉有詫異之色，心想：「李莫愁污言罵我姑姑，你們便都瞧不起我，那也罷了，怎敢輕視我姑姑？我此刻臉色難看，那是我氣不過武氏兄信了。你們瞧不起我姑姑？我此刻臉色難看，那是我氣不過武氏兄

弟和郭芙，氣不過郭伯伯、郭伯母，你們便當我跟姑姑有了苟且、因而內心有愧嗎？」突然發足狂奔，也不依循道路，只在荒野中亂走。此時他心神異常，只道普天下之人都要與自己為難，卻沒想自己戴着人皮面具，雖然滿臉妒恨不平之色，完顏萍等又如何瞧得見？平白無端的，旁人又怎會笑他？李莫愁惡名滿江湖，又是眾人公敵，所說的言語能信了？

他本來自西北向東南行，現下要與這些人離得越遠越好，反而折返西北。心中混亂，厭憎塵世，摘下面具，只在荒山野嶺間亂走，肚子飢了，就摘些野果野菜裹腹。越行越遠，不到一個月，已是形容枯槁，衣衫破爛不堪，到了一處高山叢中。他也不知這是天下五嶽之一的華山，但見山勢險峻，就發狠往絕頂上爬去。

他輕功雖高，但華山是天下之險，卻也不能說上就上。待爬到半山時，天候驟寒，鉛雲低壓，北風漸緊，接着天空竟飄下一片片的雪花。他心中煩惱，盡力折磨自己，並不找地方避雪，風雪越大，越是在巉崖峨壁處行走，行到天色向晚，雪下得一發大了，足底溜滑，道路更是難於辨認，若是踏一個空，勢必掉在萬仞深谷中跌得粉身碎骨。他也不在乎，將自己性命瞧得極是輕賤，仍是昂首直上。

又走一陣，忽聽身後發出極輕的嘶嘶之聲，似有甚麼野獸在雪中行走，楊過立即轉身，只見後面一個人影幌動，躍入了山谷。

楊過大驚，忙奔過去，向谷中張望，只見一人伸出三根手指鈎在石上，身子卻是凌空。

楊過見他以三指之力支持全身，憑臨萬仞深谷，武功之高，實是到了不可思議的地步，於是恭恭敬敬的行了一禮，說道：「老前輩請上來！」

・399・

那人哈哈大笑，震得山谷鳴響，手指一捺，已從山崖旁躍了上來，突然厲聲喝問：「你是藏邊五醜的同黨不是？大風大雪，半夜三更，鬼鬼祟祟在這裏幹甚麼？」

楊過被他這般沒來由的一罵，心想：「大風大雪，三更半夜，我鬼鬼祟祟的到底在這裏幹甚麼了？」觸動心事，突然間放聲大哭，想起一生不幸，受人輕賤，自己敬愛之極的小龍女，卻又無端怪責，決絕而去，此生多半再無相見之日，哭到傷心處，真是愁腸千結，畢生的怨憤屈辱，盡數湧上心來。

那人起初見他大哭，不由得一怔，聽他越哭越是傷心，更是奇怪，後來見他竟是哭得沒完沒了，突然之間縱聲長笑，一哭一笑，在山谷間交互撞擊，直震得山上積雪一大塊一大塊的往下掉落。

楊過聽他大笑，哭聲頓止，怒道：「你笑甚麼？」那人笑道：「你哭甚麼？」楊過待要惡聲相加，想起此人武功深不可測，登時將憤怒之意抑制了，恭恭敬敬的拜將下去，說道：「小人楊過，參見前輩。」那人手中拿着一根竹棒，在他手臂上輕輕一挑，楊過也不覺有甚麼大力逼來，卻身不由自主的向後摔去。依這一摔之勢，原該摔得爬也爬不起來，但他練過頭下腳上的蛤蟆功，在半空順勢一個觔斗，仍是好端端的站着。

那人見他一個倒翻觔斗之後居然仍能穩立，也不由得另眼相看，又問：「你哭甚麼？」

楊過打量他時，見他是個鬚髮俱白的老翁，身上衣衫破爛，似乎是個化子，雖在黑夜，李莫愁、丘處機之輩也是萬萬不能；而那人見他一個觔斗，雖是這一下，兩人都是大出意料之外。憑楊過目前的武功，要一出手就摔他一個觔斗，

但地下白雪一映，看到他滿臉紅光，神采奕奕，心中蕭然起敬，答道：「我是個苦命人，活在世上實是多餘，不如死了的乾淨。」

那老丐聽他言辭酸楚，當真是滿腹含怨，點了點頭，問道：「誰欺侮你啦？快說給你公公聽。」楊過道：「我爹爹給人害死，卻不知是何人害他。我媽又生病死了，這世上沒人憐我疼我。」那老丐「嗯」了一聲，道：「這是可憐哪。教你武功的師父是誰？」楊過心想：「郭伯母名兒上是我師父，卻不教我半點武功。全真教的臭道士們提起來就令人可恨。歐陽鋒是我義父，並非師父。我的武功是姑姑教的，但她說要做我妻子，我如說她是我師父，她是要生氣的。王重陽祖師、林婆婆石室傳經，又怎能說是我師父？我師父雖多，卻沒一個能提。」那老丐這一問觸動他的心事，猛地裏又放聲大哭，叫道：「我沒師父，我沒師父！」

那老丐道：「好啦，好啦！你不肯說也就罷了。」楊過哭道：「我不是不肯說，是沒有。」

那老丐道：「沒有就沒有，又用得着哭？你識得藏邊五醜麼？」楊過道：「不識。」那老丐道：「我見你一人黑夜行走，還道是藏邊五醜的同黨，既然不是，那便很好。」此人正是九指神丐洪七公。他將丐幫幫主的位子傳了給黃蓉後，獨個兒東飄西遊，尋訪天下的異味美食。廣東地氣和暖，珍奇食譜最多。他到了嶺南之後，得其所哉，十餘年不再北返中原。

那百粵之地毒蛇作羹，老貓熬盅，斑魚似鼠，巨蝦稱龍，肥蠔炒響螺，龍虱蒸禾蟲，烤小豬而皮脆，煨果狸則肉紅，洪七公如登天界，其樂無窮。偶爾見到不平之事，便暗中扶危濟困，殺惡誅奸，以他此時本領，自是無人得知他來蹤去迹。有時偷聽丐幫弟子談話，得知

· 401 ·

丐幫在黃蓉、魯有腳主持下太平無事，內消污衣、淨衣兩派之爭，外除金人與鐵掌幫之逼，他老人家無牽無掛，每日裏只是張口大嚼、開喉狂吞便了。

這一年藏邊五醜中的第二醜在廣東濫殺無辜，害死了不少良善。洪七公嫉惡如仇，本擬隨手將他除去，但想殺他一人甚易，再尋餘下四醜就難了，因此上暗地跟蹤，要等他五醜聚會，然後一舉屠絕，不料這一跟自南至北，千里迢迢，竟跟上了華山。此時四醜已集，尚有大醜一人未到，卻在深夜雪地裏遇到楊過。

洪七公道：「咱們且不說這個，我瞧你肚子也餓啦，咱們吃飽了再說。」於是扒開雪地，找些枯柴斷枝生了個火堆。楊過幫他檢拾柴枝，問道：「煮甚麼吃啊？」洪七公道：「蜈蚣！」

楊過只道他說笑，淡淡一笑，也不再問。洪七公笑道：「我辛辛苦苦的從嶺南追趕藏邊五醜，一直來到華山，若不尋幾樣異味吃吃，怎對得起它？」說着拍了拍肚子。楊過見他全身骨格堅朗，只這個大肚子卻肥肥的有些累贅。洪七公又道：「華山之陰，是天下極陰寒之處，所產蜈蚣最為肥嫩。廣東天時炎熱，百物快生快長，蜈蚣肉就粗糙了。」楊過聽他說得認眞，似乎並非說笑，心中好生疑惑。

洪七公將四塊石頭圍在火旁，從背上取下一隻小鐵鍋架在石上，抓了兩團雪放在鍋裏，道：「跟我取蜈蚣去罷。」幾個起落，已縱到兩丈高的峭壁上。楊過見山勢陡峭，不敢躍上。

洪七公叫道：「沒中用的小子，快上來！」楊過最恨別人輕賤於他，聽了此言，咬一咬牙，提氣直上，心道：「怕甚麼？摔死就摔死罷。」膽氣一粗，輕功施展時便更圓轉如意，緊緊跟在洪七公之後，十分險峻滑溜之處，居然也給他攀了上去。

只一盞茶時分，兩人已攀上了一處人迹不到的山峯絕頂。洪七公見他有如此膽氣輕功，甚是喜愛，以他見識之廣博，居然看不出這少年的武功來歷，欲待查問，卻又記掛着美食，當下走到一塊大巖石邊，雙手抓起泥土，往旁拋擲，不久土中露出一隻死公雞來。楊過大是奇怪，道：「咦，怎麼有隻大公雞？」隨即省悟：「啊，是你老人家藏着的。」

洪七公微微一笑，提起公雞。楊過在雪光掩映下瞧得分明，只見雞身上咬滿了百來條七八寸長的大蜈蚣，紅黑相間，花紋斑爛，都在蠕蠕而動。他自小流落江湖，本來不怕毒蟲，但驀地裏見到這許多大蜈蚣，也不禁怵然而懼。洪七公大為得意，說道：「蜈蚣和雞生性相剋，我昨天在這兒埋了一隻大公雞，果然把四下裏的蜈蚣都引來啦。」

當下取出包袱，連雞帶蜈蚣一起包了，歡天喜地的溜下山峯。楊過跟隨在後，心中發毛：「難道眞的吃蜈蚣？瞧他神情，又並非故意嚇我。」這時一鍋雪水已煮得滾熱，洪七公打開包袱，拉住蜈蚣尾巴，一條條的拋在鍋裏。那些蜈蚣掙扎一陣，便都給燙死了。洪七公道：「蜈蚣臨死之時，將毒液毒尿盡數吐了出來，是以這一鍋雪水劇毒無比。」楊過將毒水倒入了深谷。

只見洪七公取出小刀，斬去蜈蚣頭尾，輕輕一捏，殼兒應手而落，露出肉來，雪白透明，有如大蝦，甚是美觀。楊過心想：「這般做法，只怕當眞能吃也未可知。」洪七公又煮了兩鍋雪水，將蜈蚣肉洗滌乾淨，再不餘半點毒液，然後從背囊中取出大大小小七八個鐵盒來。盒中盛的是油鹽醬醋之類。他起了油鍋，把蜈蚣肉倒下去一炸，立時一股香氣撲向鼻端。楊過見他狂吞口涎，饞相畢露，不由得又是吃驚，又是好笑。

洪七公待蜈蚣炸得微黃，加上作料拌勻，伸手往鍋中提了一條上來放入口中，輕輕嚼了幾嚼，兩眼微閉，嘆了一口氣，只覺天下之至樂，無逾於此矣，將背上負着的一個酒葫蘆取下來放在一旁，說道：「吃蜈蚣就別喝酒，否則蹧蹋了蜈蚣的美味。」他一口氣吃了十多條，才向楊過道：「吃啊，客氣甚麼？」楊過搖頭道：「我不吃。」洪七公一怔，隨即哈哈大笑，說道：「不錯，不錯，我見過不少英雄漢子，殺頭流血不皺半點眉頭，卻沒一個敢跟我老叫化吃一條蜈蚣。嘿嘿，你這小子畢竟也是個膽小鬼。」

楊過被他一激，心想：「我閉着眼睛，嚼也不嚼，吞他幾條便是，可別讓他小覷了。」當下用兩條細樹枝作筷，到鍋中夾了一條炸蜈蚣上來。洪七公早猜中他心意，說道：「你閉着眼睛，嚼也不嚼，一口氣吞他十幾條，這叫做無賴撒潑，並非英雄好漢。」楊過道：「吃毒蟲也算是英雄好漢？」洪七公道：「天下大言不慚自稱英雄好漢之人甚多，但敢吃蜈蚣的卻找不出幾個。」楊過心想：「除死無大事。」將那條蜈蚣放在口中一嚼。只一嚼將下去，但覺滿嘴鮮美，又脆又香，清甜甘濃，一生之中從未嘗過如此異味，再嚼了幾口，一骨碌吞了下去，又去挾第二條來吃，連讚：「妙極，妙極。」

洪七公見他吃得香甜，心中大喜。二人你搶我奪，把百餘條大蜈蚣吃得乾乾淨淨。洪七公伸出舌頭在嘴邊舔那汁水，恨不得再有一百條蜈蚣下肚才好。楊過道：「我把公鷄再去埋了，引蜈蚣來吃。」洪七公道：「不成啦，一來公鷄的猛性已盡，二來近處已無肥大蜈蚣留下。」忽地伸個懶腰，打個呵欠，仰天往雪地裏便倒，說道：「我急趨歹徒，已有五日五夜沒睡，難得今日吃一餐好的，要好好睡他三天，便是天塌下來，你也別吵醒我。你給我照料着，別

• 404 •

讓野獸乘我不覺，一口咬了我半個頭去。」楊過笑道：「遵命。」洪七公閉上了眼，不久便沉沉睡去。

楊過心想：「這位前輩真是奇人。難道當真會睡上三天？管他是真是假，反正我也無處可去，便等他三天就是。」那華山蜈蚣是天下至寒之物，楊過吃了之後，只覺腹中有一團涼意，於是找塊巖石坐下，用功良久，這才全身舒暢。此時滿天鵝毛般的大雪兀自下個不停，洪七公頭上身上蓋滿了一層白雪，猶如棉花一般。人身本有熱氣，雪花遇熱即熔，如何能停留在他臉上？楊過初時大為不解，轉念一想，當即省悟：「是了，他睡覺時潛行神功，將熱氣盡數收在體內。只是好端端一個活人，睡着時竟如僵屍一般。唉，寒玉床哪寒玉床！」

姑姑讓我睡寒玉床，就是盼望我日後也能練成這等深厚內功。眼見天將破曉，洪七公已葬身雪墳之中，惟見地下高起一塊，卻已不露人形。楊過並無倦意，但見四下裏都是暗沉沉地，忽聽得東北方山邊有刷刷的踏雪之聲，凝神望去，只見五條黑影急急奔而來，都是身法迅捷，背上刀光閃爍。楊過心念一動：「多半是這位老前輩所說的藏邊五醜。」忙在一塊大岩石後邊躲起。

不多時五人便奔到岩石之前。一人「咦」的一聲，叫道：「老叫化的酒葫蘆！」另一人顫聲道：「他……他在華山？」五人臉現驚惶之色，聚在一起悄悄商議。突然開五人同時分開，急奔下峯。山峯上道路本窄，一人只奔出幾步，就踏在洪七公身上，只覺脚下柔軟，「啊」的一聲大叫。其餘四人停步圍攏，扒開積雪，見洪七公躺在地上，似已死去多時。五人大喜，伸手探他鼻息，已沒了呼吸，身上也是冰涼一片。五人歡呼大叫，亂蹦亂跳，當真比拾到奇

· 405 ·

珍異寶還要歡喜百倍。

一人道：「這老叫化一路跟蹤，搞得老子好慘，原來死在這裏。」另一人道：「洪七公這老賊武功了得，好端端的怎會死了？你想想，老賊有多大年紀啦。」其餘四人齊聲稱是，說道：「天幸閻羅王抓了他去，否則倒是難以對付。」首先那人道：「來，大夥兒來剁這老賊幾刀出出氣！任他九指神丐洪七公英雄蓋世，到頭來終究給藏邊五雄剁成了他媽的十七廿八塊。」

楊過心道：「原來這位老前輩便是洪七公，難怪武功如此了得。」洪七公的名頭和「降龍十八掌」等絕技，他曾聽小龍女在閒談時說過，但洪七公的形貌脾氣，當年連林朝英也不大清楚，小龍女自然不會知道，他手中扣了玉蜂針，心想五人難以齊敵，只怕他們傷了洪七公，傷得三兩人後，餘下的就好打發了。但隨即聽那人說要剁幾刀出氣，只怕他們傷了洪七公，不及發射暗器，立即大喝一聲，從岩石後躍將出來。他沒有兵刃，隨手撿起兩根樹枝，快招連發，分刺五人。這五招迅捷異常，就可惜先行喝了一聲，五醜有了提防，否則總會有一二人給他刺中。饒是如此，五醜也已經頗為狼狽，竄閃擋架，才得避開。

五人轉過身來，見只是個衣衫襤褸的少年，手中拿了兩段枯柴，登時把驚懼之心去了八九。那大醜喝道：「臭小子，你是丐幫的小叫化不是？你的老叫化祖宗西天去啦，快跪下給五位爺爺磕頭罷。」

楊過見了五人剛才閃避的身法，已約畧瞧出他們的武功。五醜均使厚背大刀，武功是一師所傳，功夫有深淺之別，家數卻是一般。若論單打獨鬥，自己必可勝得，但如五人齊上，

卻又抵敵不過，聽大醜叫自己磕頭，便道：「是，小人給五位爺磕頭。」搶上一步，拜將下去。他跪下拜倒的這一招「前恭後踞」，當年孫婆婆便曾使過，於全眞道人張志光出其不意之際擲出瓷瓶，差一點便打瞎了他眼睛，此刻楊過「前恭後踞」之後，接着是一招「推窗望月」，突然雙手橫掃，兩根枯柴分左右擊出。

他左邊是二醜，右邊是三醜。這一招「推窗望月」甚是陰毒，三醜功夫較高，急忙豎刀擋架，被他枯柴打在刀背上，虎口發熱，大刀險些脫手。五醜卻被掃中了脚骨，喀喇一聲，脚骨雖不折斷，卻已痛得站不起身。其餘四醜大怒，四柄單刀呼呼呼呼的劈來。楊過身法靈便，東西閃避，四醜一時奈何不了他。鬥了一陣，五醜一曉一拐加入戰團，惱怒異常，出手猶似拚命。

楊過輕功遠在五人之上，若要逃走，原亦不難，但他掛念着洪七公，只怕一步遠離，五人就下毒手。可是敵不過五人聯手，頃刻間便連遇險招，當卽俯身抱起洪七公，右手舞動枯柴奪路而行，提一口氣，發足奔出十餘丈。藏邊五醜隨後趕來。

楊過只覺手中的洪七公身子冰冷，不禁暗暗着慌，心想他睡得再沉，也決無不醒之理，莫非眞的死了？叫道：「老前輩，老前輩！」洪七公毫不動彈，宛似死屍無異，只是並非僵硬而已。楊過伸手去摸他心時，似乎尚在微微跳動，鼻息卻是全無。

這稍一停留，大醜已然追到，只是他見楊過武功了得，心存忌憚，不敢單獨逼近，待得二醜、四醜，楊過又已奔出十餘丈外。藏邊五醜見他只是往峯頂攀上，眼見那山峯只此一條通路，心想你難道飛上天去？倒也並不着急，一步步的追上。

山道越行越險，楊過轉過一處彎角，見前面山道狹窄之極，一人通行也不大容易，窄道之旁便是萬丈深淵，雲繚霧繞，不見其底，心想：「此處最好，我就在這裏擋住他們。」當下加快腳步衝過窄道，將洪七公放在一塊大岩石畔，立即轉身，大醜已奔到窄道路口。楊過直衝過去，喝道：「醜八怪，你敢來嗎？」

那大醜真怕給他一撞之下，一齊掉下深谷，急忙後退。楊過站在路口，是時朝陽初昇，大雪已止，放眼但見瓊瑤遍山，水晶匝地，陽光映照白雪，更是瑰美無倫。

楊過將人皮面具往臉上一罩，喝道：「你醜還是我醜？」藏邊五醜的相貌固然難看，可也不是怪異絕倫，那一個「醜」字，倒是指他們的行逕而言的居多。這時見楊過雙手往臉上一抹，突然變了一副容貌，臉皮臘黃，神情木然，竟如墳墓中鑽出來的僵屍一般，五醜面面相覷，無不駭然。

楊過慢慢退到窄隘處的最狹隘處，使個「魁星踢斗勢」，左足立地，右足朝天踢起，身子在曉風中輕輕幌動。瞬時之間，只覺英雄之氣充塞胸臆，敵人縱有千軍萬馬衝來，我便也是這般一夫當關。

五醜心中嘀咕：「丐幫中那裏鑽出來這樣一個古怪少年？」眼見地勢奇險，不敢衝向窄道，聚首相議：「咱們守在這裏，輪流下山取食，不出兩日，定教他餓得筋疲力盡。」當下四人一字排在橋頭，由二醜下山去搬取食物。

雙方便如此僵持下來，楊過不敢過去，四醜也不敢過來。到第二日上，二醜取來食物，五人張口大嚼，食得嗒嗒有聲。楊過早已飢火中燒，回首

・408・

看洪七公時，只見他與一日之前的姿勢絲毫無變，心想：「他若是睡着，睡夢中翻個身也是有的，如此一動不動，只怕當真死了。再挨一日，我餓得力弱，更加難以抵敵，不如立卽衝出，還能逃生。」緩緩站起身來，又想：「他說過要睡三日，吩咐我守着照料，我已親口答應過了，怎可就此捨他而去？」當下強忍飢餓，閉目養神。

到第三日上，洪七公與兩日前一般僵臥不動，楊過越看越是疑心，暗想：「他明明已經死了，我偏守着不走，也太儍了。再餓得半日，也不用這五個醜傢伙動手，只怕我自己就餓死了。」抓起山石上的雪塊，吞了幾團，肚中空虛之感稍見緩和，心想：「我對父母不能盡孝，對姑姑不起，又無兄弟姊妹，連好朋友也無一個，『義氣』二字，休要提起。這個『信』字，好歹要守他一守。」又想：「郭伯母當年和我講書，說道古時尾生與女子相約，候於橋下，女子未至而洪水大漲，尾生不肯失約，抱橋柱而死，自後此人名揚百世。我楊過遭受世人輕賤，若不齒於人，縱然由此而死，也要守足三日。」

一夜一日眨眼卽過，第四日一早，楊過走到洪七公身前，探他呼吸，仍是氣息全無，不禁嘆了一口氣，向他作了一揖，說道：「洪老前輩，我已守了三日之約，可惜前輩不幸身故。弟子無力守護你的遺體，只好將你拋入深谷，免受奸人毀辱。」當下抱起他的身子，走向窰道。

五醜只道他難忍飢餓，要想逃走，當卽大聲吆喝，飛奔過來。楊過大喝一聲，將洪七公往山谷中一拋，對着大醜疾衝過去。

國立中央圖書館出版品預行編目資料:

神鵰俠侶／金庸著 --二版-- 臺北市:遠流，民79

四冊，21公分--(金庸作品集;9-12)

ISBN 957-32-0415-0(一套:平裝)

857.9